ボクら星屑のダンス

佐倉淳一

角川文庫 16929

目次

プロローグ

湖に月がうっすらと映っていた。

小さな波に揺れる月と一緒に、自分の影が動いた。

あの影の中に、自分の身を沈めていったら、どうなるだろうか？　本当に死ぬのか、それとも、あの月影のようにいつまでも漂うことになるのだろうか。

駐車場からの石造りの階段を下りて、草と砂と貝殻とゴミにまみれた湖の岸辺に降りると、急に自分のやっていることが現実味を帯びてきた。

死んでやる……

簡単に思いついたし、迷いなく実行できることだと思っていたが、それが案外、難しいことだと今になって気がついた。

最近のニュースでは、子どもたちがあっけらかんと自殺していくが、あれは何なのだろう。勇気があるとかないとか、追いつめられているとかいないとか、そういうレベルではない。

――お前に自殺なんかできっこないよ。そのくらいの度胸がありゃあ、かわいい女房と子どもを置き去りにしてくるなんてこと、しないからさ――

ふいに〝婆さん〟の顔が波間に浮かんできた。

浅井久平《きゅうへい》の伯母《おば》、佐久間《さくま》シズの皺《しわ》だらけの顔と、心の底を見抜きそうな丸眼鏡の光と。

──あのババア、俺を馬鹿にしやがって。

そうだ、あのときの怒りを思い出さなければならない。

……あのとき、歯がギリギリと音を立て、こめかみが脈打ったではないか。あの感情の高まりを失ったら、今、自分がこうしている意味がない。

そう思いながら上を向いた。

月だ──

まん丸の月がぽっかりと浮かび、周りの空を青く光らせていた。

幼い頃の息子を思い出した。

真っ暗闇の中……といっても、まだ九時前後。寝るタイミングを逸した息子の手を引いて歩いた石畳の道で、覆い被《かぶ》さるような木立の間から見上げた月の輝きを、小さな手の感触と一緒に、まるで夢の中の出来事のように覚えていた。

「遠くに来ちゃったな」

思わず口にした。そして、自分の言葉の意味を反芻《はんすう》した。遠く……それは息子や妻との距離でもあり、息子と一緒に月を見上げたあの時間からの距離でもあった。

──しかし、俺は死なければならない。

久平は考えた。

このまま生きていくことは難しい。あんな風に啖呵《たんか》を切って出てきたのだ。伯母の所に帰るわけにはいかないし、元々、あそこは俺のいるべき場所ではない。一応、仲間がいたし、やることもあったが、それは仮の生活だ。俺に必要なのはカネだったが、その希望が絶たれたことは、既にはっきりしたのではなかったか。

久平はもっと違う自分になるべきだったし、そうなりたいと願ってきた。だから夢を見たし借金も背負った。しかし、それがうまくいかなかったとしたら、どうすればいいんだろう。四十を過ぎているんだ。新たな夢を語るには遅すぎる。全てを諦《あきら》めて生きていく自信もない。

小さく頷《うなず》いて、一歩前に出た。

足に冷たい水がかかり、不安を心の底に押し込めて、何も考えてはいけないと自分に言い聞かせようとしたときのことだった。

不意に久平は何かにぶつかった。ぐらりと体がゆらいで、地面に転がった。ついた手のひらに貝殻の欠片《かけら》が鋭く食い込んだ。

最期まで俺は不幸なのか、そう思いながら顔を上げると、そこには思ったよりも大きな黒い影があった。

「な、何だ？」

久平の声に、その黒くて丸い物の一部が動いて、月明かりの中に白い顔が浮かび上がった。真っ黒くて短い髪の下に光る、まん丸の黒い目が久平を捉《とら》えていた。

「ぼうず、こんなとこで、何やってんだ？」

驚いて声を掛けた。

「小学生だろう？　今、何時だと思ってるんだ？　しかもこんな……」久平はあたりを見回して、「危ないところに一人で……」

自殺する気でいたことを忘れたわけではないが、これは不可抗力だ。急に大人としての意識が戻ってきて、久平は全く動かないその子に近づいた。

まさかこのまま、この子をここにおいておくわけにもいくまい――

「名前は？」

肩に手を掛けた。

「ヒカリ」

まん丸の瞳《ひとみ》がふっと揺らいだ。

「え？」

「だから、ヒカリ。ボクの名前」

思ったより甲高い声で、急にこの子が男か女かわからなくなった。

「お前、男、だよな？」

確かめるとヒカリは無言で頷く。このくらいの年の少年は稀《まれ》にとてつもなく美しい顔をしていることがある。ヒカリもそのうちの一人だろう。

「お前、小学生、だよな？」

「……学校なんか、行かない」

久平は笑って、

「学校に行かないって、どういうことだよ？」

「行く必要がないからに決まっている」

無機質な声が戻ってきた。

「どうして行く必要がないって言えるんだよ？……もしかして……」

久平は言葉を呑《の》み込む。不登校、引き籠《こ》もり、といった言葉が頭に浮かび、同時に息子が小学生だった頃を思い出した。

久平の息子は三年生の終わり、急に学校に行けなくなった。そうだ、春めいては来たが、まだ水が冷たい、ちょうど今頃の時分だった。

学校に行くよう声を荒げる自分に、妻が涙目になって懇願したことがある。

――こういうときは、無理しちゃいけないんだって。学校に行けなくなったら、それはそれで仕方がないんだって。時が来るまで待つしかないんだって――

そんな馬鹿な……、そう思った久平は息子を殴った。首根っこを捕まえて、無理に学校の前まで連れて行ったこともある。学校に行けないでどうする、そんなことじゃ、夢は逃げていくぞ、一生、我慢して暮らさなければならなくなるぞ……、父さんを見てみろ、俺は学校を休んだことなどなかったのに、未《いま》だに芽が出ないじゃないか――

しかし結局、妻の言う通りになった。久平が無理強いをしても息子は学校に行かず、それは半年間、続いた。久平が仕方がないと諦める頃になって、急に息子は学校へと戻っていった。

「ボクが学校に行かないのは、みんなと違うからだ」

ヒカリが久平を見上げていた。

「まあ、学校なんか、どうでもいいかもしれないがね」久平は声の調子を柔らかくして、「それにしてもここにいるのはおかしいんじゃないか？　だいたい今、何時か知ってるのか？　もう子どもは家に帰る時間だろう？」

「ボクは帰らない。そう決めたからここにいる」

「ずっとここにいるわけにはいかないだろう？」

「そりゃあそうだ」

甲高い声が少年らしさを伝えてはいるが、まるで子どもらしくない口ぶりだった。

「そりゃあそうだとは何だ」

思わず久平が踏み込むと、ヒカリはすっとその場に立ち上がった。

久平の胸の辺りまでしかない背だったが、額に掛かった髪の毛の向こうから、黒く光った瞳が遠慮なく久平を睨《にら》み付けていた。

「お前の言った通り、ずっとここにいるわけにはいかないと言ったんだ」

「お前？」

小学生の子どもが、四十年以上生きている自分を『お前』と呼んだ事実に、久平はたじろいだ。

「子どものくせに、お前とは何だ？ 口の利き方も知らないのか？」声を荒げたが、ヒカリは表情を変えない。「……まあ、放っておくのも後味が悪いから、警察にでも突き出してやるよ」

そう言いながら手を伸ばしたとき、ヒカリは急に表情を変えて、

「触るな！」

ヒカリの冷たい手が久平の手を払った。激しい口調に久平が驚くとヒカリは急に真顔になって、はっきりと、だが小さな声で言った。

「お前、死にに来たんだろう？」

ヒカリの向こうに黒い湖面があり、そこにはさっきと同じように月が映っていた。

「何だと?」

「ボクにはわかる。……お前、自殺しにここに来たんだろう?　生きていてもしょうがないんだろ?　もう死ぬしかないって思ったんだろ?」

「生意気なことをいうな」もう一度、ヒカリの肩に手を伸ばした。「とにかくこっちに来い。警察に突き出してやる」

思ったより華奢《きゃしゃ》な肩だった。それをぐいとつかもうとすると、ヒカリが体をくるりと回した。水の音がした。ヒカリの足が湖面を踏んだからだ。

「お前、どこに行く?」

ヒカリが走り出した。

驚いた。なぜなら、ヒカリはまっすぐ湖の中に向かったからだ。

「おい、待てよ」

久平も走り出した。とにかくあいつを捕まえなければならない。何を考えているか知らないが、目の前で子どもが溺《おぼ》れるのを見るわけにはいかない。それにまだ三月。水は十分に冷たい。

バシャンと音がして、ヒカリがその場に倒れた。腰くらいの深さがあるところだったから、全身、水の中につっこんでいる。

ヒカリは水の中で手をばしゃばしゃさせた。遊んでいるように見えたが、それがなかなか止まらない。月の光の中で、ヒカリの顔が歪《ゆが》んでいるのが見えて、急に久平は心配になった。

「何やってるんだ?　まさか溺れてるんじゃないだろうな?」

どう考えても、背が届くはずだった。だが、ヒカリは相変わらず苦しそうにしているので、久平は冷たい水を掻《か》き分けるようにして手を出した。ヒカリが着ているトレーナーが重い。それを何度もつかみ直し、やっとのことで自分に引き寄せた。

「おい……、大丈夫か？」

何とかヒカリを立たせようとしたが、すぐに崩れ落ちてしまう。仕方なく、両脇に手を入れて抱き上げるようにした。

「お前、何するんだ」

ヒカリが久平を見た。

「何するんだって、助けたに決まってるだろ。だいたい、こんなに浅いところで溺れるなよ」

ヒカリはやっと自分の足で立ち、久平の手を振り払った。

「ボクは助けてなんか、欲しくない」

「何だと？」

胸ぐらをつかんだ。だがヒカリはひるまず、

「放っておいてくれ。ボクは死にに来たんだから」

「え？　お前、自殺する気なのか？」

動揺した。だが、それをヒカリに知られたくなくて、思わず濡《ぬ》れた手で顔をぬぐった。

「それとも、お前も一緒に死にたいのか？」

「一緒にって、俺がか？」

「そうだよ。だって、そうだろ？　自殺する気だったんだろ？　でも、思い切りがつかなくて、困っていたんだろ？」

「馬鹿な……」

「ボクは違うぞ。ボクは……」泣きそうな顔になって、「ボクはただ、世界を見つめていたんだ。この世界とサヨナラする前に、ボクの兄弟のことと、この世界の成り立ちのことを考えていたんだ。それがボクの役割だと思っていたから……」

最後の方は言葉が消えている。なぜならヒカリが背を向けたからだ。

ザバザバと水の音がする。ヒカリは再び湖の中へと進んでいく。

「おい、いい加減にしろよ」

馬鹿馬鹿しいと思ったが、放っておくわけにはいかない。本気でないとしても、万が一ということもある。

「おい、ヒカリ……、何だか知らないが、死ぬことはないだろう」

ヒカリはその場でこちらを振り返り何か言った。顔だけが月明かりに照らされて白く光った。

「何だ？　何て言ったんだ？」

久平が訊《き》いた。

「……お前にボクを止める資格なんかないって言ったんだ！」

その言葉と態度に怒りがこみ上げて、それまでとは違うスピードでヒカリを追いかけた。

――俺に資格がないだと？　お前のような子どもに何がわかる？　小学生の自殺と四十代の自殺じゃ、重みが違うんだぞ！

独り言を呟《つぶや》きながら、取り憑《つ》かれたようにヒカリを追った。水が冷たいし、全身ずぶ濡れだったが、気にしている場合ではなかった。

ヒカリも必死の様子だった。久平がスピードを上げたからか、ヒカリも前と違う速さで足を動かした。だが、ヒカリは水の抵抗に徐々に遅くなり、さっきより深い場所で、ほとんど動かなくなっていた。溺れているわけではないだろうが、両手をまるで湖全体を掻き回すかのように大きく動かしている。

「いい加減にしろ」息を整えながらヒカリの首を押さえ、手をつかんだ。「お前みたいな子どもが自殺してどうする。俺みたいなくたびれた中年男とは違うんだ」

独り言のように呟きながら、岸辺へと向かう。

「いいか、俺にはお前を止める資格がある。俺は確かに自殺しようとしていたのかもしれんがな、それでも俺の方がお前より長く生きている。その分、世界のことを知っているんだからな」

そこまで話したとき、ヒカリの動きが急に止まった。

「お前が世界を知っている?」

ヒカリの黒い瞳《ひとみ》にまん丸の月が宿っていた。

「そりゃそうだろ。俺の方が長く生きている」

「じゃあ訊くけど、この世界は何でできているんだ? どうして月はあんなに大きいんだ?」

生意気な子どもだとは思っていたが、やはりどこかおかしいらしい。

こういう場合は早く警察に引き渡してしまうに限る。

久平は無言でヒカリの手をグイと引っ張り、岸辺に向かって歩き出した。

「わからないくせに。……大人なんて、偉そうなこと言ったって、何も知らないんだ。……そんな連中しか生きていない世界に、ボクは幻滅したんだ」

最後は涙をはらんだ声だった。

「おい、お前、答えてみろよ。……宇宙は何でできてる？　どうして月はあんなに大きい？」

甲高い声が久平に突き刺さってきた。立ち止まってヒカリの顔を見る。唇が震えている。寒さのためか、それとも気持ちが高ぶっているのか。

ここは煙《けむ》に巻いてやろうと、昔の理科の授業を思い出した。

「この世界は原子でできている。月は大きくないさ。地球の六分の一しかない。……まあ、小学生のお前にはわからないかもしれないが、人間は馬鹿じゃない。少しずつだが科学は進歩している」

そのとたん、ヒカリが笑い出した。子どものそれではない。まるで狂気を宿したような笑いだった。

しかし突然、ふうっと息をつくと久平を睨み付けて、ぺっと唾《つば》を吐いた。

「だから馬鹿だって言うんだよ」挑戦するように睨んで、「じゃあ、原子は何でできているんだ？　まさか原子が物質の最小単位だって言うんじゃないだろうね？」

久平は煙に巻かれたように立ちすんだ。街灯がヒカリの顔の半分を照らし出す。

「原子はクオークでできているんだよ。最近じゃ超ひも理論っていうのが、量子の世界と宇宙を結びつけている。——だが、その理論でもね、世界はまだ解明されていないんだ。だいたい、このだだっ広い宇宙の中で、何とか説明できるのは、星や銀河だけで、それだって宇宙のたった四パーセントなんだよ。……あとの九十六パーセントは未《いま》だにわかっていないんだ。ダークマターだ、ダークエネルギーだなんて、勝手な名前をつけているけど、実際は謎のままだ。もっともプラズマ宇宙論ってヤツなら、その辺のことを説明できるんだけど、それだって完璧《かんぺき》じゃない。……それから月は地球の衛星には大きすぎるんだ。悪いけど月の質量は地球の六分の一じゃない。それは月の重力の話で、質量は地球の八十一分の一しかない。……でも衛星としては破格の大きさでね、例えば土星、最大の衛星、タイタンですら、土星の質量の四千七百分の一しかない。つまり月は地球にとって不釣り合いな衛星で、その理由は未だにわからない」

コンピュータのような口調に久平はどうしていいかわからなくなった。

この子は普通ではない。天才か馬鹿か、狂っているのかいないのか、とにかくこの子の相手をするのは危険すぎる。そう思ったから、久平は何も答えずにヒカリの手を引っ張った。

「おい、何だよ、何をするんだよ。ボクは死ぬんだ。死ぬことだけが、問題の解決方法だってわかったんだ」

ヒカリがわめいた。だが久平は取り合わなかった。

そのうちヒカリは暴れ始めた。浅いところにきて体を動かしやすくなったためだ。

「放せ！　早く放せ。そんなことをすると、警察に捕まるぞ」

ヒカリは本気だった。一度は久平も引きずられそうになった。だからヒカリを丸ごと肩に担ぎ上げた。

「お前にそんなことをする権利はないんだぞ。いいか、早く放さないと後悔するぞ」

ヒカリは久平の上でわめき続けた。甲高い声は暗い湖の中に吸い込まれていくようだった。

「ボクは自殺するんだ。お前にそれを止める権利はない。だから早く放せ」

繰り返しヒカリが言う。いい加減に頭に来て久平も言い返した。

「自殺はさせない。俺とお前じゃあ状況が違う。……理由は知らないが、自殺はいけない」

「お前、勝手に決めつけるな。ボクは違うんだ。ボクは……」

泣き声になって、あとはわからない。だがヒカリはずっと何かを喋《しゃべ》り続けた。

岸辺に来て、久平は立ち止まった。いつの間にかヒカリは静かになっていた。

久平は息を整えて静かに言った。

「暴れない、自殺しない、と約束するんならおろしてやるが、どうする?」

ヒカリは喋らない。

久平たちは湖岸を走る道路の近くまで来ていた。目の前を車が次々と通っていく。

ヒカリは車の音が聞こえなくなるまで待ってから口を開いた。

「もしも約束しなかったらどうなる?」

「このまま警察に行くさ。残念ながら俺の携帯は水に濡れて使えないが、通りに出ればすぐに車が来る。誰かに頼んでパトカーを呼んでもらう」

「そしたらお前も捕まるぞ。誘拐犯って言いつけるから」

「捕まってもかまわない。誤解はすぐに解ける」

再び無言。考え込んでいるのだろうか。

「自殺しないって約束するなら、俺も力になる。何ができるか知らないがね」

ヒカリは喋らない。息が詰まるような沈黙があって、その間にまた車が通りすぎていった。

「じゃあ約束してよ」

唐突にヒカリが言った。

「何を?」

「お前も自殺するな。ボクもできることをするから」

急に笑えてきた。あくまでも自分と対等に話を運ぼうとするヒカリが、かわいく思えたからだ。

「なぜ笑う?」

「小学生のお前に何ができる? 偉そうに言ったって、お前はまだ子どもだろう? 大人と対等に何かできるだなんて、思わないことだな」

「その言葉、忘れるな。ボクを普通の子どもだと思うな」

久平はハハハと声を立てて笑った。自分の肩の上にのっているくせに、立場を理解していない。

「普通の子どもじゃないのはよくわかったさ。お前みたいなガキは見たことがない。……それよりも、お前、約束できるんだな? 自殺しないって」

「お前が約束をするなら。……お前も自殺をしないって」

「自殺をしない、ねえ……」

久平は現実に戻されたような気持ちになった。死ぬ以外の選択肢が自分に残されているだろうか。

「お前が俺の悩みを何とかしてくれるなら、自殺しないと約束できるが、お前みたいな子どもに何かできるとも思えんな」

「ずるいな。……そういう言い方をするんなら、ボクだって約束しない。警察に連れて行くなら、それもいい。そのうち、逃げ出して自殺するさ」

「ちょっと待てよ」

そう言いながら肩からおろした。自分の前にヒカリを立たせ、少しかがんで目の高さを合わせた。

「とにかく自殺はいかん。俺はともかく、お前みたいに未来がある子どもは、そんなことをするもんじゃない」

「ボクはこの意味のない世の中を終わらせるためにやっとここまで逃げ出してきたのに……」

不意にヒカリの目が光ったのがわかった。

これは湖の水じゃない。もっと別の、熱いものだとわかって、久平は慌てた。

昔からそうだった。久平は子どもの涙にどうしようもなく弱い。自分の息子のときも、何をしていいかわからなくて、ただあたふたとしたのを覚えている。

「泣くなよ」

つい怒鳴ってしまった。

息子が相手の時は、それを妻が聞きつけて、今度は妻が自分に怒鳴るのだが、ここに彼女はいない。だから再び月を見上げた。

「……約束しよう」

息をつきながら、ヒカリの顔をもう一度、覗《のぞ》き込んだ。

「俺とお前、こうやって会うのも一つの縁だ」

「縁？」

「偶然ってことだよ。……この一瞬、この場所にいるなんていう奇跡、そう簡単に起こることじゃない」久平はヒカリと目を合わせて、「……だろ？ これは正しいだろ？ だだっ広い宇宙のこの場所で、流れ続ける時間のこの一瞬に、お前と俺がここにいて、両方とも自殺を考えていただなんて、これってすごい縁じゃないか」

ヒカリは黙っている。だが視線に込められていた力が少しだけ和らぐ。

「だから約束しよう。俺も自殺は諦《あきら》める。お前も諦めろ。……俺はお前が自殺しないように、何ができるかわからないが、努力する。……お前も——子どもだと思って馬鹿にして悪かったが——、俺のために何かしてくれよ、な？」

ヒカリの瞳《ひとみ》に月の光が戻った。ヒカリはゆっくりと頷《うなず》いて、

「約束する」

「よし」

久平は小指を出した。ヒカリは首を傾げて、

「何？」

「お前、指切りも知らないのか？」

「え？ ユビキリ？」

「今からする約束がとても大切で、決して破ってはいけないという印だよ」

再び息子のことを想った。彼との約束を、自分はどれだけ破っただろう。それがどれだけ彼と自分を傷つけたろうか。

「約束を絶対に破らないと誓うための、これは特別な儀式なんだよ」久平はヒカリの手を取り、その小指に自分の小指を絡ませて、「指切りげんまん、嘘ついたら針千本、呑《の》ーます、指切った」

ぽかんとするヒカリに久平は笑いかけた。

我が子との約束を守れなかった分、この妙な男の子との約束は破るまい。それにもしかしたらこの子との約束を守ることこそが、新たな人生を始める条件かもしれない。

「ともかく、俺たちは仲間だ。……さあ、言え。お前はどうして自殺なんかしようとした？　お母さんと喧嘩《けんか》したのか、それとも学校で虐《いじ》められているのか？」

ヒカリは首を振った。

「ボクは道具だ。ボクは道具として生まれてきて、道具として使われている。ボクはそのことを知って、ボクのような子どもが二度と生まれてこないように、死ぬことにしたんだ」

「お前が道具？　どういうことだ？」

「本当に道具なんだ。だいたい、ボクは生まれる前から、そうなるって決められていたんだ」

感情的な声に、久平はわざと優しい声を出した。

「そんなことないと思うぞ。お前の親だって、必死にお前を育ててるんだからさ」

「話は最後まで聞けよ！」

ヒカリはキイキイ声で言った。

「わ、わかった。話してみろよ」

「これは本当のことなんだ。必死に調べてやっとわかったんだ。……ボクは試験管の中で作られ、道具として生まれてきた。つまり家畜やロボットと同じだ。自由もなく、限られた空間の中に閉じこめられてきた。要するに人間として生きていないと同じなんだ」

暗くても、ヒカリの視線が自分に突き刺さっているのがわかる。

「それにボクは宇宙がくだらないことに気づいたんだ。宇宙なんて、三次元の膜に張り付くゴミのようなものだし、解明するほどの謎もない。……だいたい、人間が大切にしているものに、価値があるものなんか、一つもないんだから」

大真面目なヒカリに、久平は不思議な気持ちになった。

「お前、それほどのことを言えるんだから、頭がいいんだろ？　だったら俺なんかより素晴らしい未来が約束されているんじゃないか？」

ヒカリは自嘲《じちよう》気味に笑って、吐き捨てるように言った。

「未来も約束も人間の勝手な妄想なんだよ。……だいたいこの世界に確実なんてものなんかない。時間の流れも、物質の存在も、全てが確率の中にある。シュレーディンガー方程式やエヴェレット解釈を持ち出すまでもなく、この世に約束された未来なんかあるわけがない」

ヒカリはそこで気味が悪いくらい美しい笑顔を作った。

「だからボク、自殺するのはとてもいい方法だと思った。こんな世界、生きていても意味なんかないからな」

久平はヒカリの話を聞きながら、首を傾げた。何を考えているのか、意味がわからない。

「なるほど。……でも、お父さんやお母さんにも言い分があるかもしれないぞ」

「ボクには親はない」

ヒカリは乾いた声で答えると急に首を振り、さっきとは違った口調で訊《き》いた。

「今度はそっちの番じゃないの？　名前は？　それから自殺をしようとした理由は？」

何が悲しくてこんな子どもに、こうやって尋問されなければならないのか。一瞬、怒りがこみ上げてきたが、ヒカリの表情を見たら気持ちがやわらいだ。

「俺の名前は浅井久平。……自殺をしようとした理由は、そうだな……、人生がうまくいかないからだ」

さらりと言った。ヒカリは大人びた表情で頷いて、

「うまくいかない？　どうしてキューヘイはそう思うんだ？」

呼び捨てにされたが、それを今になって気にするつもりはなかった。

「もっとうまくやって、今頃は大金持ちになっている予定だった」

借金をしたきっかけのことを想った。

久平の生まれた家は、旅館をやっている。歴史、というよりも、過去が積み重なったようなひなびた宿で、それを何とか建て直すのが夢だった。そうすれば、何よりも自分が特別な存在になれるはずだったからだ。

「お金ってそんなに大事なのか？」

「当たり前じゃないか」

「じゃあ久平はお金がどれだけ欲しい？」

久平は鼻で笑って、空を見た。

「とりあえず五千万、いや一億だ。それだけあれば、一気に借金を返せる。——いや、できればもう少し。馬鹿な話かもしれないが、そうすりゃあ、もう一度、夢が見られる。……もちろん、もっとあっても邪魔にはならない」

「十億あれば足りるってことだな？」

「じゅ、じゅう億？ どうしてそういう数字が出てくる？」

「でも、足りるのは確かだろ？ 十億あれば」

ヒカリの言い方が、変に大人びていて、おかしかった。

おかしくて、かわいくて、急に久平はヒカリの肩を抱いた。


「寒い」

ヒカリが呟《つぶや》いた。

「濡《ぬ》れたからな」

寒い、というより、冷たくなった。このままだと死なないまでも、二人とも風邪を引いてしまう。とにかく歩き出さなければならない。せめて風の来ないところまで。

だが、どこに行くのがよいだろうか？

やはり伯母《おば》の縄張りの中しかないだろう。

——ヒカリと一緒なら、おかしくはない。自殺の予定を先送りしたと説明すればいい。

「とにかく行こう。ここにいても仕方ない、な？」

そう言いながらヒカリの背を押した。

「だいたい十億のことが本当だったら、お前の悩みなんて簡単に解決する。十億を自由にできるなら、世界の中心になれるんだからな」

「まさか？」

「本当の世界の中心、とまではいかないけど、とりあえず人間の世界じゃあかなりものだ。金は力なんだよ。……俺を信用しろよ。俺たちは指切りをしたんだ。約束は守るさ」

ヒカリが歩き始めた。久平は後ろからヒカリの肩を抱き、自分に引き寄せた。

何だか知らないが、夢を見ているような気分だった。

第1章　浜名湖と宇宙

1

静岡県浜松市《はままつ》の西、浜名湖《はまな》の岸辺に近い場所で、浜名湖花博が開かれたのは平成十六年のことだ。

そのときのことを清水唯《しみずゆい》は知らない。まだこんなところで生活するとは思わずに、東京の大学で心理学を学んでいたのだ。

今、浜名湖花博が行われた場所は、浜名湖ガーデンパークとして整備され、唯が仕事をしている国立最先端科学センターのすぐ横にあって、唯の大好きな場所になっていた。

唯は、ほとんど毎日、ヒカリと一緒にそこを訪れた。単に散歩することもあったが、自転車に乗っていくこともあった。

ヒカリは唯が世話をしている唯一の子どもで、まるで子どもらしくないところが特徴だったが、それでも唯はヒカリが好きだったし、たぶん愛していると思っていた。

そのヒカリがいなくなったと気づいたのは、三月十三日水曜日、午後九時を過ぎた頃だ。はじめは悪戯《いたずら》かと思った。いないと見せかけて、どこか——ベッドの下や戸棚の中から発見されるなんてことはよくあることだったのだ。

ヒカリは狭い場所が好きだ。そこで考え事をする癖があって、押入や掃除用具入れの中で、小さなメモ用紙に意味不明の記号や数式、外国の文字らしきものを書き連ねながら何時間も過ごすことができた。

だから唯は部屋の中を隅々まで捜した。まさかとは思ったが、いくら体の小さなヒカリでも無理だと思われるような場所――机の引き出しや飾り棚の奥――まで徹底的に捜したけれど見つからず、ついにこれはおかしいと内線電話で広岡《ひろおか》を呼び出した。

「何？　ヒカリがいない？」

一応、というつもりで報告したが、それを聞いた広岡は、意外なほど深刻に反応した。

「さっき、研究棟に忘れ物を取りに行くと言って出かけたんですが、そのままなんです。だいたいあの子が忘れ物をすることなんてあり得ないことだし、もう帰ってきてもいい頃なんですけど」

「研究棟には確かめたんだろうね？」

「確かめました。でも、来ていませんって」

広岡の顔が思い浮かんだ。白髪に皺《しわ》だらけ、いつもは柔和な年寄りの顔をしている彼だが、今は違うだろう。彼の深刻さは、電話線を伝わって唯に届いて、思わず眉間《みけん》が険しくなる。

「どこかに隠れているんです。……だって、ヒカリはそういう子どもだから」

相手はヒカリだ。普通の子どもではない。この最先端科学センターが認める超天才児であり、だからヒカリはここであの相模原《さがみはら》博士によって特別な教育がされていると言うし、博士の実子という噂もある。

「広岡さんもいつも言っているじゃないですか。ヒカリは普通じゃない、あの子は何でもできるんだって」

まだ唯が話している途中だと言うのに、彼は何も言わずに、電話を切ってしまった。

唯は取り残されたような気持ちになったが、こうなったら仕方ないと、もう一度、ヒカリの部屋を捜すことにした。

自分の部屋から出て、すぐ隣の扉を開ける。

大きな机と小さなベッド。壁一面を占める本棚と小ぶりの箪笥《たんす》。そしてフロア以外の全ての場所に溢《あふ》れる様々なガラクタたち……。

たぶんあの子の頭の中はこの通りなのだろう。

貝殻、昆虫の標本、宇宙ゴマ、化石、立体パズル、駝鳥《だちょう》の人形、亀の甲羅、地球儀と天球儀、太陽系の天体模型、砂の詰まった小瓶、和紙で折られた多面体、深海魚の写真、バッハの肖像と楽譜、ブロック、コンピュータが三台と唯にはわからない電子機器や機械、そしてハリネズミのロボット。

一見、乱雑に置かれているが、ヒカリはその全ての位置を記憶しているらしく、一度、唯が何気なく整理しようと触れたとたん、ヒカリはキイキイと叫んだのだ。

——触らないで！　ボクの頭が壊れてしまうから——

唯は軽く笑みを浮かべながら、ヒカリの部屋に入り、さっきと同じようにベッドと机の下をチェックした。洋服箪笥を開け、扉の後ろを見た。

「ヒカリ、どこにいるの？」

呼びかけてみたが、応《こた》えはない。

ふと目の前にある貝殻を手に取った。

これは遠州灘《えんしゅうなだ》の海岸線に、海を見たいと出かけたとき、ヒカリが自分で見つけたお気に入りだった。ヒカリの手のひらにちょうどすっぽり入る大きさで、唯が「耳に当てると海の音がするのよ」と教えると、珍しくヒカリは素直にそれを耳に当てて嬉《うれ》しそうな表情を浮かべたのだ。

それ以後、何度かヒカリが貝殻を耳に当てているのを見た。どうしてか知らないが、そういうときのヒカリが一番、子どもらしいと唯は思っていた。

「やっぱり見つからないのかね？」

背後から声がした。

振り向くと、広岡が真っ赤な顔をして立っていた。

唯は彼の年齢を知らない。だが、自分の父親よりずっと年上に違いないと考えている。

その広岡が白髪の中に節くれ立った手を入れて掻《か》き回しながら、ヒカリの部屋の中に視線を彷徨《さまよ》わせていた。

「いつから？」

「一時間半くらい前、研究棟から帰ってきて、一緒に晩ご飯を食べたんです。その後、忘れ物をしたからと研究棟に戻っていって、それっきり……」

そこまで答えたとき、広岡の背後に人影があることに気がついた。

管理棟に勤める二人の事務員だが、これまでここにやってきたことはない。

「研究棟は確認したんだよね？」

「ええ。でも今夜は来ていないって。……だから私、やっぱり戻ってきたのかなと思ってこっちを捜していたんですけど」

ヒカリは日常の多くの時間を研究棟で過ごしている。

中でどんなことが行われているかは知らない。何しろ、ヒカリは五歳にして高等数学を解いてしまった天才児だ。十歳の今、ヒカリが何を考え、何を学習しているのかなんて、唯の想像を超えているに決まっている。

ちょっと前は、ロボットのことを考えていたらしい。もちろん玩具《おもちゃ》ではなく、コンピュータ制御で自律的に動く本格的なものだったが、それすらヒカリにとっては趣味の範疇《はんちゅう》だと言う。

ヒカリは普通、午前九時頃に研究棟へ出かけていき、昼過ぎに唯が待つ生活棟に戻ってくる。遅い昼食後の数時間は唯の担当で、唯はヒカリの興味に沿って散歩したり自転車に乗ったりしている。要するに唯は、ヒカリの気分転換と生活上の世話を担当している。

ヒカリは唯との時間を過ごしたあと、夕方になると再び、研究棟に入り、その後、午後七時過ぎに戻ってくる。

すごく疲れているときもあれば、やたらに元気なときもある。だが、この数日のヒカリは、明らかに調子が悪そうで、一度は医者に行くように勧めたほどだった。

「生活棟の中も捜したんだよね？」

「研究棟に続く通路も見てきましたけど、いませんでした」

広岡は後ろの二人に目で合図をした。すると彼らはすぐに部屋から出て行く。

「こんなこと、今まで、なかったよ」広岡はため息をついた。「大変なことにならなきゃいいが」

　広岡はこの最先端科学センターの事務長だ。いろいろな場面を見るに、それなりの権限を持っているに違いないのだが、唯とヒカリの前では単なるお爺《じい》さんだった。

「ともかく、捜さなければならん」

「散歩に行ったのかな？　夜の散歩、それともサイクリング。……隣の浜名湖ガーデンパーク、とか……。あの子、あの公園に行くのが好きだから」

　本当にヒカリが好きかどうかわからない。好きであって欲しいと唯は願っているが、だいたいのときヒカリは不機嫌で、唯に何かを話すことはほとんどない。だからヒカリの気持ちなど、さっぱりわからない。いや、稀《まれ》に饒舌《じょうぜつ》になることはあるが話の内容は日常生活から懸け離れている。いずれにしろ普段のヒカリはとっつきにくくて、まるで子どもらしくない。散歩だってサイクリングだって義務だからやっている、そんな風に思えることがある。

「一応、そっちも捜すようにするが……」広岡は急に思いついて「そうだ、あれはどこだ？　ヒカリの作った何とか言う『犬』だよ」

「あ、ああ、六十二号のこと？」

　六十二号、というのがその『犬』の名前だった。

『犬』と言っても、それはヒカリの作ったロボットだったし、『六十二号』と言っても、その前の試作品――例えば六十一号とか、六十号とか――など、見たことはない。ただヒカリのお気に入りの数字が六十二だったからそういう名前になったと唯は知っている。

　ずいぶん前だが、ヒカリがそう話してくれたからだ。

——ユイはさ、数字の中で何が一番綺麗《きれい》だと思う？——

これがそのときの会話の始まりだった。

数字の中で何が綺麗か、など、考えたことはない。そう答えるとヒカリは意外そうな顔をして、こう言ったのだ。

——ボクは2と6が綺麗だと思うよ。2は黄色、6は青に見えて、この二つが並ぶととても綺麗だ。しかも62は、31の2倍なんだ。……ほら、31って素数の中でも特に綺麗でしょ？　その31が二つ集まって62。だから、すごく特別な数だと思うんだけど、ユイはどうかな？——

意味がよくわからなかったが、そうは答えなかった。ヒカリが綺麗と言うのなら、それが真実だと思って、そうね、62は特に綺麗かもしれないわね、と答えると、だから、コイツを六十二号と呼ぶことにしたんだ、とその『犬』を指し示したのだ。

六十二号はヒカリが自分の愛する数字をその名にしただけのことはあって、凝った作りになっていた。

例えば六十二号は、ロボットのくせに、本物の子犬がそうするように、首を傾け、後ろ足で耳の後ろを掻く、などという動作を自然に行うことができたし、人間を見つけると、嬉しそうに駆け寄ってきたりした。ヒカリが作ってみんなに配ったアクセサリーロボット相手に、愛くるしい表情を見せたり踊ったりすることもあった。

そんなわけで六十二号は、いつの間にかこの最先端科学センターで働く人々に受け入れられ、いわばアイドルとなっていたが、それだけではなかった。ヒカリの話によると、六十二号はセンター内に張り巡らされている無線ＬＡＮを使い、インターネット上に絵を載せることができると言う。

――これはちょっとした遊びなんだけど、コイツ、絵を描くことができるんだよ。……初めはコイツの目から見た写真を載せようと思ったけど、それだと場合によってはプライバシーの侵害になるからね、特殊なフィルターを掛けて、絵になるようにしたんだ――

何度か、見せてもらったが、六十二号の目に映ったものを単純化したようなものだった。どれも太い輪郭のある大きな物体――例えば、花、建物、人物とか――が真ん中にあって、その中と外を様々な色の付いた点で埋められている。山下清《やましたきよし》の貼り絵を彷彿《ほうふつ》とさせるような色調で、唯は悪くないと思っていた。

「あの『犬』と一緒にどこかに行った可能性はないかね？」

「六十二号と一緒に？」

「ヒカリはあの犬をかわいがっていただろう？」

確かにヒカリはあの犬をかわいがっていたし、ヒカリは六十二号のことを気に掛けていた。

ヒカリは、六十二号のための充電器――『えさ場』と呼んでいたが――の準備を欠かさなかったし、時には六十二号を抱き上げ、グルーミングと言いつつ、メンテナンスを行っていた。さらには散歩と称して、六十二号を連れてセンター内を歩き回ることさえしていたのだった。

「でも、一緒じゃないと思いますよ」唯は数分前の出来事を思い出して、「さっき、六十二号が歩いているの、見ましたから」

「見た？――ヒカリがいなくなってから？」

「そうです。さっき私がヒカリを捜しに研究室の入り口まで行ったんですが、そのとき、普段と変わらず、散歩していました。……でも、広岡事務長」

違和感に背中を押されるように呼びかけると、広岡はパッと顔を上げた。

「ヒカリのこと、もう少し様子を見てもいいんじゃないですか？　あの子、ああ見えてもしっかりしているし、ちょっと一人になりたいだけだと思うんですけど」

「でも、もしもという場合があるだろう？」広岡は首を傾げて、「たぶん唯さんはあの子の本当の価値を十分に知らないんだろうな」

「ヒカリの価値、ですか？」

そのとき、また別の男が現れた。

名前を江藤《えとう》俊也《しゅんや》と言う。三十代半ば、いつも黒い服を着た男で、前に一度だけ話したことがある。そのとき、彼は自分の立場を政府に関係していると説明した。

江藤が広岡に何かを言うと、広岡は無言で頷《うなず》く。唯は二人のやり取りを呆然《ぼうぜん》と見ていた。だが急に江藤は唯に向かって、改まった口調で言う。

「清水唯さん、私と一緒に来てもらえますか？」

有無も言わせない雰囲気に、唯は広岡を見た。広岡は迷いなく頷いてみせる。

「いいから、行ってきなさい」広岡は珍しく命令口調だった。「早くしないと、取り返しのつかないことになる」

真っ赤な顔をした広岡と、その視線の先にある、無表情な江藤を見比べて、唯は奇妙な気持ちになった。

まるで江藤の方が広岡に指示を与えたみたいではないか。——つまり広岡の方が年齢がかなり上であるにもかかわらず、江藤の方が強い権限を持っているのではないだろうか。

一瞬の沈黙を無造作に引き裂いて江藤が口を開いた。

「ヒカリさんのことでお聞きしたいことがあります。できるだけ早く一緒に来てもらえますか？　それから携帯電話を預からせてもらっていいですか？」

「携帯電話？　私のですか？」

「プライバシーには配慮します。ただ、ここで起こっていることが、外に漏れると困るんです。……いえ、あなたを信用していないという意味じゃないですよ。それだけ深刻な事態が起こりつつあると理解して頂きたい」

有無も言わさぬ態度だった。しかも江藤は表情を少しも変えない。

ヒカリもそうだが、江藤も変わっている。自分とは感情が通じにくい、というべきか。

なぜこの男の言う通りにしなければならないのだろう。携帯電話を渡すつもりはなかったが、江藤のつり上がった目に睨《にら》まれ、何も考えられなくなって、半ば自動的に唯はポケットから携帯電話を取り出し彼に渡した。江藤は無言で受け取り、携帯を開くとすぐにスイッチをオフにした。

「じゃあ、外で待っています」

江藤は表情を変えないまま、扉の向こうに消えた。

「ここは江藤さんの言う通りにするんだ。彼はこうした事態を最も恐れていたんだから」

広岡が自分に言い聞かせるように言う。

「恐れていたって、どういうことですか？」

「つまりだね、……あの連中」広岡は江藤の消えていった方を見ながら、「……は、ヒカリが誘拐される可能性があると警戒していたんだ」

そういえば、ヒカリを連れて隣のガーデンパークに散歩に行くとき、江藤のような男が視界に入ることが増えていた。何か言われるわけでも邪魔されるわけでもないので気にしないでいたのだが。

「とにかく彼の言う通りにしてくれ。ヒカリが大切な存在なのは絶対なんだから」

広岡の不安げな視線に見送られて唯は自室に戻った。

呼吸を整えた。着替える暇はない。そのままジャケットを羽織り部屋の中を見回した。ヒカリの写真を持っていった方がいいかもしれない、そう考えて棚の上に載っかっている写真立てを手に取った。緑の芝生の上で、ヒカリが両手を広げて空を見上げている写真だ。

このとき、ヒカリは珍しく上機嫌で、そのあと唯にウサギ型のアクセサリーロボットをくれたのだった。

——ユイ、このウサギはね、ボクが作ったんだ。もらってくれる？

もちろん唯は嬉《うれ》しかった。これまでにヒカリがこんな風に唯に近づいてきたことなど、一度もなかったからだ。

——このウサギはピンクだから十七号だよ。このウサギ、何の役にも立たないけど、電波を感知するとダンスをするようにできている。ほら——

ヒカリは唯に携帯電話を使ってみろと言った。唯が素直にそうすると、確かに十七号は踊るのだ。四本の手足をばらばらに動かす、決してかわいいとは言えない動き。

──これは、クオークたちの踊りさ。原子核の奥底で、クオークたちが必死になって踊るんだ。どこにでもあるのに、誰も見たことのない、本当に奇妙なダンスなんだ──

そしてヒカリも踊った。クオークたちの不思議な踊り。

唯にはわからない。でもヒカリには当たり前のダンス。

──ねえ、ユイも一緒に踊ろう。クオークみたいにさ──

あれは、まるで夢のような時間だった。

2

管理棟の一番奥、事務室の裏側にある小会議室で、唯は江藤と向き合っていた。

机の上にはヒカリの写真がある。藍色《あいいろ》のトレーナーにジーンズ姿。前髪の奥から不満そうにのぞく二つの瞳《ひとみ》。センター内にあるどこかの監視カメラの映像だろうか、上からの不自然な構図。ヒカリはそのカメラを睨んでいる。十歳というのに、まるで人生を諦《あきら》めたような視線で。

「研究棟の入り口にあるセキュリティカメラの映像です。これが一番、新しい。今日の午後四時二三分、研究棟に入るところです」

珍しい姿ではない。この写真が撮られる数分前まで唯はヒカリと一緒だった。

「何か、変わりはありませんでしたか？」

唯は首を振って、

「ヒカリはいつも同じなんです。無口で、表情を変えません」

まるで江藤さん、あなたと同じです、そう言いたくなるのを抑え込む。

「この後、一度、生活棟に戻ってきたんですよね？」

「はい。それで、一緒に夕食を食べました。でも、そのあとすぐに忘れ物があるからと研究棟に戻っていって……」

「それで戻らない、と？」

「はい」

「夕食中は何か話しましたか？」

ヒカリと私が何か話す？……そう、いつも話しているが、それに意味があるのだろうか？

「話しますよ、一応」

「どういうことを？」

「今日は夕食にでた野菜の話をしました。この辺で採れる野菜のこと」唯は息をついて、「……あの、ヒカリと会話が弾むということはないんです。私が一方的に話すか、ヒカリが一方的に話すか、そのどちらかで」

「今日は唯さんが一方的に話した、と？」

「そうです。沈黙はよくないと思って」

一度だけ、何も話さなかったときがある。

その日、ヒカリは自分からは全く口を開かないヴァージョンの日で、こうなると普通は唯が話すのだが、そのときに限って気分が良くなかった。だから、二人で静かに夕食を食べた。メニューを覚えている。シチューだった。三方原《みかたはら》産のじゃがいもが入ったクリームシチュー。ヒカリの好物の一つだったが、それを食べている途中、ヒカリはすっくと立ち上がってその場から出て行ってしまった。

今日みたいに行方不明になったわけではない。食堂から自分の部屋へ、何の前触れもなく戻ってしまって、残された唯はその場に凍り付いてしまった。

「一度、私が喋《しゃべ》らなかったら、怒ってしまうことがあったんです。……あの子、私が話しているときは何にも反応しないくせに、しばらくしてから私の話のことを持ち出すことがありますしね」

要は唯が喋らないので、ヒカリは拗《す》ねたのだ。自分が相槌《あいづち》を打たないとか、そういうことは関係ない。ヒカリは無表情のままでいても、ちゃんと唯の話を聞いていたのだと、そのとき初めてわかった。だからヒカリに向かって唯はなるべく機嫌良く話しかけるようにしていた。そして何の反応もなくても、全く気にしないようにしている。

「唯さんが一方的に話して、それでヒカリはどうだったんですか？」

「いつもと変わりません。私の話を聞いているのか、聞いていないのか、いつも通り無口でした」

「他には？」

唯は黙って首を振った。

「わかりました。じゃあ、これで終わりです。あとは部屋に戻ってください」

勝手に話が打ち切られた。唯は驚いて、

「ちょっと待ってください。私にも説明をしてください」

「説明？」

机の上の写真を手の中に入れながら江藤が顔を上げた。

「ヒカリがいなくなったのは心配ですけど、江藤さんは何の権限があって、こんな風に私に命令するんですか？」

「私の権限ですか」

「私から携帯を取り上げたでしょう？　広岡さんがあなたの指示に従うように言うから、渡したけれど、考えればおかしいと思うんです」

珍しく江藤が何かを考えている様子だったが、それも数秒のことだ。

「そうですね。一刻を争う場面ではありますが、唯さんの協力がないと私も仕事になりませんから、要点だけお知らせしましょう」

江藤は再び唯の前に座り、ポケットから手帳を取り出した。

「前にもお話しした通り、私は政府の人間です。正式には内閣官房、内閣情報調査室所属の調査官です」

「ナイカクカンボウの調査官？」

手帳は身分証明書らしく、開いたページには確かに内閣官房の文字と彼の写真がある。

「主な任務は相模原晃一《こういち》博士とヒカリさんの警護に関することです。わかりますか？」江藤は唯の反応を確かめもせずに、「相模原博士もヒカリさんも、日本にとって大きな財産なのです」

「相模原博士はわかります。博士の研究が日本を、いや、世界を救うかもしれないと聞いたことがありますから。でもヒカリは……」

ヒカリは天才かもしれないが、まだ子どもではないか。あの世界的に有名な博士と同一に扱うのは納得がいかない。ヒカリが誘拐されたとなれば、それは大事だが、まさか内閣官房、つまり政府が動くほどのことではないような気がする。

「相模原博士とヒカリさんは一心同体です。お二人を分けて考えるのはナンセンスです」

「どういうことです？」

「それ以上の説明はできません。私にも許されていないことがあるんです」

唯は一度だけ、相模原博士を見たことがある。

世界をリードする天才科学者。マスコミ嫌いが高じて、決して世の中に顔を見せることはなく、秘密のカーテンの奥に隠れる世捨て人。

いつだったか、ヒカリを研究棟に連れて行ったとき、背が高くて眉毛《まゆげ》の太い初老の紳士が顔を出し、ヒカリを手招きしたのを見た。その人を相模原博士だと紹介されたわけではないが、ヒカリが素直に従ったのを見ると、それ以外に考えられない。

「我々は、ヒカリさんが誘拐されたと考えています。したがって、静岡県警に協力を要請しますが、そこでは唯さん、あなたの全面的な助けがなければ何も進まないと思われます」

「ヒカリが誘拐された……」呆然《ぼうぜん》として唯は呟《つぶや》いた。「でも、誰が、何のために？」

江藤は当たり前のことを聞くなとでも言いたげな表情で、

「誰が、という問いにはまだ答えられませんが、個人レベルの犯罪ではないと考えるべきでしょうね」

そう言い終えるとそのまま背中を向けた。江藤の背中は黒くて冷たい。まるで夜の浜名湖のようだった。

浜名湖は今切口《いまぎれ》で太平洋につながっているから、久平とヒカリが浸《つ》かってしまったのも海水だ。だから冷たい上にべとべとしていて、どうにも気持ちが悪い。

しかしこの場で脱ぐわけにもいかない。それで久平はヒカリの肩を抱いてトボトボと歩いたが、すぐにコンビニエンスストアを見つけた。とりあえずタオルを買って顔と頭を拭《ふ》き、さらに濡《ぬ》れた衣服に風があたるのを防ぐためにビニールカッパでも手に入れればいいと考えたのだ。

だが思ったよりうまくいった。

ちょうどオーナーが店番に出ていて、頭のはげ上がったその男は、はじめはびっくりしたものの、親子二人で釣りに来ていたのだが、間違って浜名湖に落ちてしまったと久平が笑顔で説明すると、そりゃあ大変だったねえ、と思いも掛けず二人を二階に上げ、シャワーを使わせてくれたのだ。

奥さんも親切だった。うちの子はもう大学生になっちゃったから、必要がないよ、それからうちの旦那《だんな》が若い頃に着た服もある、と久平とヒカリの二人に服まで用意してくれた。

久平が借りたのは白いシャツと黄色のトレーナー、それから白いジャンパー。ヒカリにはピッタリの服はなかったらしく、だぼっとした青のトレーナーと、ストリート系の悪戯《いたずら》小僧に見えるジーンズ生地のオーバーオールだった。さっきまでと違って、ヒカリは急にかわいい男の子になってしまって、久平は少し照れくさいような気持ちになった。

「ありがとう」

ヒカリは笑顔だった。まるで女の子みたいに、綺麗《きれい》な顔だった。ほんの少し前まで、あれほど憎まれ口をたたいていたなど、まるで嘘みたいだった。

「父ちゃん、しっかりするんだな。ボクもこれに懲りず、また浜名湖に遊びに来るんだよ」

オーナーは子どもが好きらしく、ヒカリに店の菓子を持たせた。本当はもっと話をしたそうだったが、奥さんに、もう遅いんだから家に帰しておやりと何度も言われ、複雑な笑顔を浮かべながら久平とヒカリの肩を叩《たた》いた。服はそのまま着てくれてかまわない、別に礼もいらないが、これからも親子仲良くするんだぞ、とそう言いながら二人を送り出した。

コンビニエンスストアから出ると、丸い月はずいぶん空高く昇っていたし、星もたくさん見えた。久平とヒカリは住宅街を東に向かってトボトボと歩いた。寒くはなかったが、心地よい気分でもなかった。

「おい、ヒカリ」

呼びかけると、ヒカリがビクッとして久平を仰ぎ見た。

「何だ、久平」

口を尖《とが》らせた。街灯の下、ヒカリの瞳《ひとみ》が猫の目のように光った。

「お前、これからどうするつもりなんだよ?」

単刀直入に久平が訊《き》くと、ヒカリは不満げに、

「それはボクが訊きたいことだね。さっきの約束を何とかしなきゃいけないけど、何から始める?」

「約束って、あれだな?」

「ボクが十億円を手に入れる。久平はその代わりにボクを助ける」

「ヒカリを助けるって言ったって……」久平は笑って、「さっきお前は、どこかで誰かの道具にされていたっていったけど……」そこで今度は笑いを抑え込みながら、「お前が本当に十億を何とかできるんなら、きっと自由にしてくれるだろうね」

「そうかな」

ヒカリのその言葉に、今までにない色を感じて、久平は足を止めた。

「……正直に言うけどな、お前、頭がおかしいんじゃないか？」

「頭がおかしい？　ボクが？」

「だってそうだろう？　だいたい大人を呼び捨てにするような常識のない子どもに、どうやって十億なんて金が作れる？　それに、『自分が道具だ』なんて、変じゃないか？」

思わず声が大きくなった。それに反応するように、どこかで犬の鳴き声がした。

久平が辺りを見回すと、向こうから夜の散歩中らしき初老の男女がやってくる。

久平は急いでヒカリの肩に手を回し、前へと押しながら、

「な？　とにかく、お前はおかしい。それとも俺の理屈が通らないほど、お前はいかれてるのか？」

ヒカリが久平の手を払った。

「何だよ？」

「信じたくないなら、信じなければいい。さっきユビキリしたから、ボクは久平のために十億、手に入れてやろうって思っていたのに」

立ち止まってくるりと久平に背を向けた。

「お、おい」そのままますたすたと歩き出す。「ヒカリ、ちょっと待てよ」

こんなに速く歩けるのかと思うほどのスピードだった。

「お、おい、待ってくれ」

走って追いかけた。ヒカリも途中から走り出したが、急に見えなくなる。

「ヒカリ」

あまり大きな声を出せない。だがここであの子を見失ってはいけないと、必死になった。

そしてヒカリが消えたあたりに来るが、ヒカリの姿はない。どうやら角を曲がったらしいと気がつく。

「おい、いい加減にしろよ」

そう言葉をはきながら、ブロック塀の角を曲がると、ヒカリが静かに立ちすくんでいた。

驚いた。ぶつかりそうになったが、ヒカリはその気配さえ感じないようで、ちょうど街灯が届かない闇の中、凍り付いたように夜空を見上げていた。

「どうしたんだ?」

少し間をおいた後、久平はヒカリの前に回り込み、顔色をうかがった。

怒っているというより寂しさに耐えているという表情で、ヒカリは大きな目を丸い月が輝く空に向けていた。

「ヒカリ……」

名前を呼ぶと、まるで夢から覚めたように視線が動いて久平を捉《とら》えた。

「あそこにある星。――ベテルギウスっていうの、久平は知っている？」

さっきとは全く違う口調。別世界から急に戻ってきたような雰囲気。久平は少しとまどって、

「ベテルギウス？　ああ、オリオン座で一番明るい星だろ？　そのくらいは俺だって知ってるさ」

「じゃあ、その大きさは？――例えば太陽と比べて、どうだと思う？」

「大きいんじゃないか？　たぶん十倍か百倍……」

ヒカリは悲しげに笑って、

「一千倍って言われてるよ」

「一千倍？」

「具体的に言うとさ、もしも太陽が直径十センチくらいのボールだったとしたら……」そう言いながらヒカリは両手でボールを握るような仕草をして、「ベテルギウスは直径百メートルの巨大なボールになる」

「直径百メートル？」

久平がすぐに思い浮かべたのは野球のグラウンドだ。確か東京ドームの両翼が百メートルだったから、ヒカリの言う巨大なボールは、まさに東京ドームと同じくらいになる。

「太陽が手の中に入ったら、あの星が東京ドームと一緒だって言うのか？」まるで想像のつかない大きさに久平は目を白黒させながら、「じゃあ、地球はどうなんだ？　太陽より小さいのはわかるけど……」

「地球は直径一ミリのゴマ粒だよ」

「ゴマ粒？」

「そう。地球は手のひらサイズの太陽から十メートルくらい離れて回っているゴマ粒。……で、ボクたちは、そのゴマ粒にくっついている、もっともっと小さなものでしかない」

「なるほど」

そう言いながら、久平はヒカリの言葉を理解しようと想像する。

太陽が手のひらサイズ、つまりソフトボールくらいだったとする。それに対して、遠くに輝くベテルギウスという星は、東京ドームと同じ破格の大きさなのに、地球はゴマ粒でしかない。しかもそのゴマ粒である地球は、手のひらサイズしかない太陽から十メートルも離れたところを回っているという。

震えがくるほどの大きさの差——

自分たちの小ささと宇宙の大きさの差に、あきれかえってしまう。

「つまり、ボクらはゴミなんだよ。宇宙では小さすぎて、勘定にも入らない」

ヒカリの、まるでプラスチック製の人形のようにきれいな頰に、一筋の涙が静かに流れ落ちた。

「お前、なんでそんなこと言うんだ？」久平はヒカリの言葉に吞《の》み込まれそうになるのを抑えて訊いた。「俺がお前を信じないから怒っていたんじゃなかったのか？」

ヒカリは不意に久平を見て、

「そうだった。……確かに、そうだったのに」

顔を歪《ゆが》ませた。

「どうした？　急に星のことを考えたのか？」

「ボクは、暗闇に一人になると、頭の中の世界に引きずり込まれちゃうんだ。それに、ボクは何もわからない。こんな風に一人で外を歩くなんてこと、今まで一度もしたことがないし……」

もしかしたらヒカリは本当に特殊な環境に育ったのかもしれない。

「ボクは、普通じゃないんだ」不安そうに久平を見上げた。「一人で街を歩き、一人で生きていくなんてこと、できないんだ。……やっぱりボクは道具としてしか生きられないんだ」

久平は急にヒカリが愛《いと》おしい存在に思えて、ヒカリの頭に手をやった。

「大丈夫だよ、ヒカリ」なぜか余裕の笑みを浮かべた。「俺がついているから、大丈夫だ。……俺はお前を道具扱いしないし、……そうだ、俺たちは指切りをしたんじゃないか。俺はちゃんとお前を守るし、お前の言葉を信じるよ。それに……」

久平はヒカリに自分の目線を合わせてから、空を見上げた。

「……俺と一緒にいる限り、ベテルギウスだろうが何だろうが、星は星だ。……ほら、大きくたって何だって、ここから見る星たちは、こんなに綺麗《きれい》じゃないか」

「綺麗？」

ヒカリは啞然《あぜん》とした顔で久平を見る。

「星が綺麗？」

「え？」今度は久平が啞然として、「何だ、お前？　星ってあんなに綺麗じゃないか？」

ヒカリは真面目な顔をして、

「ボクは星が綺麗だなんて、今まで思ったことがなかった」

その深刻な告白を聞いて、久平はなるほどと納得だった。

やはりこの子は変わっている。星を見上げてヒカリが考えるのは、美しさではなく、星がなぜ光っているのか、であるとか、色と表面温度の関係、であるとか、科学的なことばかりだろう。

「星は綺麗だよ。人間には届かない世界の物で、昔の人はそこにたくさんの物語を紡いだんだ」

「物語？」

「お前にはナンセンスに思えるかもしれない。だがね、それも人間という不思議な存在の事実だよ。だいたいベテルギウスはギリシャ神話に出てくる勇者オリオンの右肩の印なんだぜ」

ヒカリが不思議そうな表情を浮かべるのに気がついて、久平は慌てる。

「いいか、それ以上、質問をするなよ。俺にお前と同じくらいの知識があると思うな」そこで久平は息をついて、「それよりも、さっきのことだよ。さっきは悪かったよ。俺はな、お前のことを信じたくないわけじゃない。説明が必要だって意味なんだ。指切りしたんだから、俺だって約束を守るつもりだよ」

ヒカリは満足げに頷《うなず》いた。久平はヒカリの背中を押して、元の通りに向かって歩き始める。

「ボクは死ぬことの他は考えていなかった。だから、もしもボクを信じられないんだったら、さっきの場所まで連れて戻って欲しい」

「お前をさっきのところまで連れて行く？」

「そうさ」ヒカリは立ち止まって久平を見た。「ボクは自分がどこにいて、どうやったら自分の行きたいところに行くことができるのか、わからないんだ」

ヒカリの表情に切実な気持ちを久平は感じた。だからもう一度、ヒカリの目線に合わせた。

「大丈夫。俺がお前の面倒をみる。……例えば、お前が迷子になったら、俺がちゃんと見つけるさ」

「本当？　ボクを絶対に見つけてくれるの？」

意外なほど素直にヒカリが反応した。

「そうだな」久平は星を見上げながら、「もしも迷子になったら、星に一番近いところで待ち合わせをしようじゃないか」

久平は自分を見つめるヒカリに微笑みかけた。

「星に近いって、つまり高いところだよ。その辺の家じゃなくて、ビルとか、塔とかさ、歩いていける距離の中で、一番、高いビルの一番上で待ち合わせしようじゃないか」

「だいたい半径一キロ内で、一番、高いところだね？」

「そういうことだ。そしたら大丈夫だ。絶対に俺がお前を見つける」

「わかった」

ヒカリは一つ、大きく頷くと、何事もなかったかのように歩き始めた。久平はそのあとに続きながら、ゆったりとした調子でヒカリに話しかけた。

「ヒカリ、さっきの話だ。……十億のことだけど、説明してくれないか？　俺が納得のいくようにな」

ヒカリは素直に頷いたが、しばらく無言のまま歩いた。

久平も黙った。説明すると言ったのだから、それを待てばいい。ヒカリの様子を見ていると、何でも本人に任せておけばいいような気がした。

車の行き来がある通りからはずれて、住宅街に戻り、さらに少し進んだところで、やっとヒカリは口を開いた。

「久平、ボクはね、科学センターから逃げてきた」

しばらくの間。

久平はヒカリの言葉をどう扱っていいかわからない。

もちろん久平だって最先端科学センターのことは知っている。いや、知らない人はいないだろう。

浜名湖畔にある国立最先端科学センターは、二つのことで有名だ。一つは、そこが最先端科学の実験と開発の場であり将来の日本の夢がそこで語られていること、もう一つは、そこに相模原晃一博士がいること……。

いや、相模原博士のことだけでは不十分だろう。

もう十年以上前だが、同じセンターに所属する二人の日本人科学者、安斉泰一《あんざいたいいち》と広岡謙二《けんじ》がノーベル生理学・医学賞を受賞した。遺伝子組み換えに関する画期的な理論と技術を開発したという。

それ以降、最先端科学センターは天才を発掘し研究の場を与えることで有名になり、数年前、急に脚光を浴びたのが相模原博士だった。

「科学センターって、あれか？　相模原博士のいるところか？」

「うん」

「逃げてきたって、どういうことだ？　それとさっきの十億円とどうつながる？」

「久平」

ヒカリがそこでピタッと止まった。

「何だよ」

ちょうど街灯の下だった。

「サガミハラって有名なんだろ？」

ヒカリは相模原博士ですら呼び捨てにしたが、久平はそれを気にせずに、

「当たり前じゃないか。……あの博士の研究は世界中の注目の的って言うからな」

久平が読むような大衆雑誌にも相模原晃一博士の特集記事が載っていたことがある。

それによると相模原晃一の凄《すご》さは、その発想力なのだと言う。

彼の専門は理論物理学だった。量子論を発展させ、この世界を統一的に理解しようとの試みをしていたという。しかし数年前に急に方向転換したらしい。何でも、理論だけでは不十分、現実社会に恩恵を与えることができる分野こそ科学の王道だと、現在は主にエネルギー問題をテーマに研究を推し進め、核融合に関係する画期的な技術を生み出しつつあるという。

大のマスコミ嫌いで、公の場に姿を現すことは皆無であるが、彼の存在は日本、いや、世界の希望であり、近い将来、大きな仕事を成し遂げるのは間違いないと、世界中の専門家が口をそろえている。

「そのサガミハラを誘拐したらどうなる？　それで十億円の身代金を受け取るっていうのは」

　ヒカリが真顔で言った。

「馬鹿な」

「馬鹿と言ったな」

「お前が科学センターから逃げてきたのも嘘っぽいのに、その上、相模原博士を誘拐だなんて」

「ボクを疑うのか？」

　ちょっと周りを気にしてしまうくらいのキイキイ声だった。

「疑う？」

「さっき信じると言ったくせに——。ボクは指切りをしたんだ。約束は守るつもりなんだぞ」

　一瞬、笑いそうになったが、ヒカリの表情を見たら引っ込んだ。泣きそうなのか、それとも別の感情なのか、顔を歪ませている。久平はふうっと息をついて、

「そうだったな。俺たちは指切りをした。俺はお前を助ける。お前は俺を助ける。そういう約束だ」

　するとヒカリは表情を和らげて続けた。

「サガミハラとボクは特別な関係だ。……もっと言えば、ボクの価値はサガミハラと同じだ」

　久平は返事ができない。ただ呆然《ぼうぜん》とヒカリの口が動いているのを見た。

「連中はボクの身代金に十億円くらい、簡単に払うよ。つまりボクたちは、ボクの身代金を要求するんだ」

「お前の身代金に十億？　まさか……」

「確かだよ。ボクを連れて行きたいという人から、そういう話を聞いたことがある」

「ちょっと待てよ。少し整理させてくれ」久平は呼吸を整えて、「まず、相模原博士とお前の関係なんだけど、特別ってどういうことだ？」

ヒカリはちょっと首をすくめて、

「それ以上の説明はできない。ボクにもどう言ったらいいか、わからないことってある」

「でも、博士とお前は同じ価値なんだろ？」

ヒカリは真面目に頷く。

「それっておかしくないか？」少し声が裏返った。「相模原博士は世界的な学者で、お前はただの子どもじゃないか」

「ただの子どもじゃない」

ヒカリがキッと久平を見た。

「じゃあ、何だ？」

「ボクは特別で、だから科学センターに道具のように使われている。ボクがいなかったら、連中はすごく困る。ボクとサガミハラは同じだから」

そこまで聞いてピンときた。

ヒカリは相模原博士の子どもじゃないだろうか？　だとしたら辻褄《つじつま》が合う。我が子が誘拐されれば、天才も冷静ではいられないはずだ。

「わかった。確かにお前には価値がある」

考えれば考えるほど、それしかないと思った。つまり相模原晃一も人間だってことだ。我が子が誘拐されたとなれば、研究も何もできなくなる。研究者の本人に十億の金を用意することはできまい。だが、スポンサーなら、そのくらいの金、簡単に何とかするだろう。

「でも、そうすると、カネと引き換えにお前は戻らなくちゃいけなくなるんだぞ」

ヒカリはもう一度、久平を睨《にら》み付けて、

「それは久平の仕事じゃないか！　ボクは十億を手に入れる。そしたら、久平はボクを何とかする、そういう約束だったんじゃないのか」

「そ、そうだったな」久平はひとつ、大きく頷《うなず》いて、「だが、お前がして欲しいことって、具体的に何なんだ？」

真剣に問い掛けた。ヒカリはしばらく黙っていたが、下を向いて静かに呟《つぶや》く。

「ボクを死なせてくれればいい。……だってボクはこの世界にも人間という存在にも、絶望したんだから」

久平は慌てたが、ヒカリは首を細かく振って、

「だって久平、ボクは道具なんだ。死んだって関係ないさ」

まるですぐにでも死んでしまいそうな表情に、久平はヒカリの肩を抱き寄せた。

「そんなこと言うな」久平は半分、怒りながら、「生きてりゃ、楽しいことだってあるんだ」

「そうなの？　じゃあ、久平はなぜ死のうとした？　生きてりゃ、楽しいことがあるんだろ？」

痛いところだったが、久平は動じない。

「俺の場合は、金が問題なんだ」そこで久平はヒカリの瞳《ひとみ》を覗《のぞ》いて、「だが、お前が金を手に入れてくれるって言うから、それも問題はない。……そうだ、こうしよう。俺がお前に、生きているって、結構、いけるってことを教えてやる。そうすりゃあ、俺もお前のためになれたことになる」

ヒカリは疑うような視線を久平に向けた。

「どうだ、ヒカリ？　お前、生きているのが楽しいってわかればいいんだろ？　そうすりゃ、お前のことを道具にしようとしているヤツのことなんか、どうでもよくなるから。——な？そうだろ？」

久平の言葉が、星空に吸い込まれてしまう直前に、ヒカリは真剣な表情のまま、ゆっくりと頷いた。

「久平の言う通りかもしれない。ボク、本当は『楽しい』っていう、その言葉の意味さえもわからない。だからボク、道具として生きる他のやり方がわからない」

「楽しい、という言葉の意味もわからない？——そうか……」

ふうっと息をついた。ヒカリの言っていることをどう捉《とら》えていいのだろう。楽しくないんだったら、楽しさを教えてやればいいのは確かだが、この子は何を楽しいと感じるのだろうか？

久平は再び夜空を見上げた。あの星たちを綺麗《きれい》と感じず、その大きさや成り立ちを考えるのがヒカリだ。そんなヒカリに何をしてあげられるだろうか？

「久平？」

小さな声だった。

「何だ？」ヒカリを見ると、ヒカリも久平と同じように星を見上げていた。「おい、ヒカリ、もう星の大きさの話はやめだ。宇宙と自分を比べるのもやめてくれ」

「違うんだ、久平」

ヒカリは息をついて、

「ボクはね、最近、ボクたちが何からできているか、考えることがある」

「ボクたちって、人間がってことか？」

ヒカリは小さく頷く。

「人間も動物も、地球にある物も、地球そのものも全部なんだけどね」

「また突拍子もなくでかい話だな」

話を誤魔化《ごまか》すことは難しすぎた。だから仕方なく、ヒカリの言葉を待った。

「あのね、久平、ボクたちは、元々、星だったんだよ」

さらりとヒカリが言う。まるで当たり前のこと、昼が来れば夜が来る、そして朝がやってくると同じ常識であるかのような言い方。

「俺たちが星だった？」久平は苦笑いをしながら、「死んだら星になるっていうのは聞いたことがあるが、生まれる前が星だったたって？」

「そうだよ。……元々、この宇宙にはボクたちを作っているような元素は一個もなかったんだ。水素やヘリウムっていう、小さな元素ばかりだったんだけど、すごーく大きな星が爆発するときに、変化が起こって、ボクたちの元を作り出した」

「星が爆発するときに、俺たちの元ができた？……まさか」

「これって、常識なんだよ！　さっきの星の大きさと同じで、調べたら絶対にボクの言っていることがホントだってわかる」

「わ、悪かった。——そうだな、お前の言う通りだと思うよ」

へへへと久平が笑って誤魔化そうとすると、ヒカリはそれ以上怒ることはせずに、

「ベテルギウスみたいなすごーく巨大な星が爆発して、そのカスが集まってできたのが、この地球。……その地球の上で、埃《ほこり》みたいにうろうろしているのが人間。……久平もボクも、星のカスの中のカス。屑《くず》の中の屑。宇宙のゴミみたいなもの」

ヒカリは久平に背中を見せて、

「だから、生きていたって大したことはないんだ、死んだっていいんだって、思うようになった。……しかも、ボクは不良品だ。道具として生まれたくせに、一人では何にもできない」

「お前が何にもできないって？　相模原博士と同じ価値があるお前が？」

「サガミハラにだって価値なんかない。何かを創り出したとしたって、宇宙を変えられるわけじゃない。それに、ボクは何もできない。センターの中の実験室で、理屈をこねるのは得意でも、普通の世界のことなんか、まるで知らない」

どう反応して良いかわからず、久平は黙った。

ヒカリは口を結んで前に進む。月の光が柔らかく差し込んでいる。

「なあ、ヒカリ」

久平はヒカリの後からゆっくりと歩いた。横に並んで肩を抱いた。——

「それでも、楽しいことってあるぞ」

ヒカリは何も反応しない。

「俺たちがカスだろうが、屑だろうが、絶対にあるぞ。だから大丈夫だぞ」

自信があって言っているわけじゃない。何か言わないと、自分の人生が何処かに行ってしまいそうだったのだ。

4

浜松駅から電車で西に五分、高塚《たかつか》という駅から歩いて十分。

町工場とアパートが混在する地区に、その建物はあった。

赤茶けたトタン屋根。石膏《せっこう》ボードの壁。薄汚れたシャッター。崩れかけたコンクリートブロック。そして、周りに積み上げられたガラクタ。昔は倉庫として使われていたが、既にその持ち主の佐久間シズと同じように、十分に古びてしまった。

佐久間シズは、既に八十を超えている。亡くなったシズの旦那《だんな》は、若いときから繊維工場を営んでいて、戦後の一時期には大きな工場と十以上の倉庫を持っており、まさに時代を謳歌《おうか》したのだが、昭和が終わりに近づくにつれ思うように金が回らなくなってしまい、そのあげくに残ったのがこの建物らしい。

しかし、それでも財産はあるはずだ。何しろシズはプライド高く、人脈も豊富で、存在感は抜きんでている。以前よりは落ちぶれたとは言え、何もないとは思えない。

だから久平は、自分の伯母《おば》であるシズを頼りにした。

少しくらいの借金、どうにかしてくれるはずだと勝手に考えた。

伯母には子どもがない。その上、高齢に達しているのだ。人生の終わりを前にして財産の行方を考えなければならないのは事実だから、そこにすがる価値はあるのではないかと考え、それで久平は、三か月前、借金があることを隠し、久しぶりにシズを訪ねたのだ。

だが、彼女は歳を取っていても久平に丸め込まれるような人間ではなかった。

――悪いが、あんたにやる金はないよ。いや、あると思わせた方が、夢が持てて良いのかもねえ――

八十のババアがにたりと笑うと、かなり凄《すご》みがある。妖怪《ようかい》か悪霊か、それとも魔女か。このババア、俺よりも長生きするんじゃないだろうかと真剣に思ったのを久平は鮮烈に覚えている。

そんな再会だったが、シズは久平を追い返そうとはしなかった。シズが住んでいるのは、昔からの古びた家だったが、浜松で働きたいんなら、それもいいだろうと詳しいことは全く聞かずに、近くにある倉庫に久平を連れて行った。

――ここには藤治郎《とうじろう》って男が住んでいる。昔は腕の立つ職人でね、お互いにいい時代を過ごしたんだが、この男も時代を乗り切るほど利口じゃなくてね、それで今はあたしが世話をしている。

……別に金を渡してるわけじゃなくてね、どうせ遊ばせてるだけの小屋だから、あの男にタダで貸してるんだヨ。

あんたも困っているんなら、ちょっと藤治郎のところでゆっくりと頭を冷やしたらいい。そうすりゃあ、何かのきっかけが見つかるかもしれないからね――

そうやって藤治郎と引き合わされ、あまり気が進まなかったが、かといってシズの近くから離れることもできず、それでダラダラとした日々を過ごしてきた。

そんな毎日に大きな変化が起きたのは昨日の朝だった。

妻からメールが入ったのだ。借金の取り立てがいよいよ激しくなって、宿を閉めなければならなくなった、だから帰ってきて欲しい……、悲鳴のような文字が並んでいたが、それだけならまだ良かった。

妻は困ったあげく、シズに電話を掛けた。そこで全てを喋《しゃべ》った。妻にしてみれば、他に方法がなかったのだが、それが久平を追い詰めた。

――あんた、長年続いた家をどうしてくれるんだね？　しかもそこから逃げ出してきたとくる。なんて情けない男なんだ――

売り言葉に買い言葉。お前なんか生きている価値がない、などと言われれば、死んでやる、となる。死ぬだけの度胸があるはずがない、などと言われれば、余計に死への決意を固めるしかなく、今思えば、まるで子どものように自殺すると飛び出したのだ。

それが今日の夕方。そして今は午後十時半過ぎ。

たった数時間しか経っていないのに、久平を巡る状況は大きく変化していた。

倉庫のシャッターの一部が開いていて、白い光が漏れている。そのすぐ前に、半分傾いたようなパイプ椅子が出されていたが、人の気配はない。この倉庫の主、藤治郎はたぶん建物の中だ。もう一人の住人、義男《よしお》とくだらない話をしているか、それとも既に仕事に出ているのか。

とにかく人の姿がないのは良い傾向だと、建物に近づいたとき、突然、背後から声がした。

「あれ？　久平じゃねえか」

シャッターが震える金属音がして、振り向くと藤治郎がのっそりと立っていた。

「な、なんだ、藤治郎さんか」

思わず驚いた声を出すと、藤治郎は不満げな顔をした。

「何を言ってる。わしがここにいるのは、当たり前のことだろう。それよりもお前がここにいることの方がおかしくはないか？」

「事情が変わったんだ」

「なるほど、事情がねえ」

タバコの煙が白く立ち上る。藤治郎は背が低いから、タバコの煙はそのまま久平の顔の方へと流れてくる。

「死ぬほどの事情があれば、死ぬのをやめるほどの事情もある。そういうことだろ？」

嫌な言い方だが、それも仕方がない。あれだけ騒いだのだ。藤治郎が文句を言いたいのもわからないではない。

「死ぬのが怖くなったわけじゃない。死なずに済みそうだから戻ってきた。それだけのことだ」

「お前、まだ婆さんの財産を狙ってるのか？　何かあるはずだって夢見てるのか？」

「まさか」

地面を見た。溝板の汚れを足でこすり落としながら、妻と息子を想った。

息子だって中学生になる。自分の家庭がどういう状況にあるのか、理解できる年頃だ。

借金を何とかするために、親戚《しんせき》に泣きを入れに行った父親。それがうまくいかず、音信不通になっている父親。そして、助けを求めたメールに対して、何の返事もしなかった父親。そんな父親のことを、妻とどう話しているだろう。

「……腹をくくって、全てを売り払う気になったのか？」

「まさか」

久平は乾いた笑いを立てた。

久平が持っているのは、古びた宿屋が一つだ。客が詰め掛けるような豪華な旅館でも歴史がある味わい深い宿でもない。伊豆《いず》の山の奥に忘れ去られたようなところで、その古宿を売り払ったとしても、あれだけの借金、どうにかなるものではない。

「どうするんだよ。お前、他に方法がないって言ってたじゃないか」

藤治郎が訊《き》いた。皺《しわ》だらけの顔をくちゃくちゃにして、さげすむような表情だった。

「藤治郎さん、心配かけて悪かったよ」久平は軽く頭を下げてから、明るい表情を作った。

「でも大丈夫なんだ。浜名湖に行って生まれ変わってきたと思ってくれ」

そこで久平は自分の背後に隠れるように立っていたヒカリを、前へと引っ張り出した。

「何だ、そいつは？」

藤治郎は驚いた顔で、ヒカリを遠慮なく指さした。

「死のうと思ったら、コイツに止められたんだ。で、コイツと話しているうちに、何とかなりそうな気がしてきて、それで一緒に戻ってきた」

「ほお。この子がお前の自殺を止めた？　珍しいことが起こったもんだな」

まるで本気にしていない口調だった。

「まあ、一種の奇跡だね」

久平は真顔で応《こた》えた。

「で、何が起こった？　その子が何をしたんだ？」

「ただ知り合って話しただけさ。もうこれ以上、藤治郎さんには迷惑をかけないから大丈夫だ」

「そんなわけないだろう？　お前はここに来たときから、わしに迷惑をかけっぱなしじゃないか」

このままだと説教になりそうだと感じた。だから久平は唐突に話題を変えた。

「義男は？」

「中で無線やってる」

「わかった。藤治郎さん、悪いけど、コイツも一緒にしばらくここに寄せてもらうよ」

当たり前のことのように言ってやったが、藤治郎は驚いたような表情を浮かべて、

「その子、大丈夫なのか？　子どもには家があるだろ？　わしらとは違うぞ。今じゃ、青少年保護条例とかがあって、未成年者を連れ回すだけで十分に犯罪になるんだ」

「こいつが、自分でついてきたんだ。って言うか、お互いに助け合おうという精神なんだ」

藤治郎は怪訝《けげん》そうな顔をしてヒカリに近づいた。

「坊や、おうちに帰った方がいいんじゃないのかね？　ママと喧嘩《けんか》したのかもしれないけど、今頃はママだって坊やのことを捜し回っているはずだよ」

藤治郎の言葉にヒカリは無表情の上に無言だ。久平はそんなヒカリをかばうように身体を動

かしながら、

「この子はな、そういうことはもう超越しちゃっているんだ。だから……」

放っておいてくれ、そう言葉をつなげるより早く、ヒカリが言う。

「ボクは久平と約束したんだ。邪魔しないでくれ」

金属的な声に、藤治郎は口をぱっくりと開けた。

「な、何だって？」

「せっかくボクは科学センターから逃げてきたんだ。それを戻すようなことはしないでくれ。久平とボクは約束したんだから」

「約束？」

「そうさ。……ボクは久平のために金を手に入れる。金を手に入れたら久平がボクを何とかしてくれる、そういう約束をした。ユビキリをしたんだ」

「そ、そうか……」

藤治郎は急に笑顔を作ったが、久平にだけ見えるように手をぱあにした。

「俺たちは本気だ。コイツは天才でね、本当に金を手に入れる方法があるんだ」

「本当に本当か？」

藤治郎がニヤニヤと笑った。だが目は笑っていない。

「そうか……」藤治郎は頷《うなず》いて、「そういうことならしょうがないだろう。ま、久平、この子も中に入れてやんな。そのくらいのスペースはある」

タバコを捨てて踵《かかと》でもみ消した。それから自分の頭をぐるぐるとなで回した。

藤治郎は白髪交じりの髪を、まるでインチキ宗教家みたいに丸刈りにしている。背の高さはヒカリとさほど変わらないし、いつもにこやかだから、誰も彼に警戒しない。

しかし久平は違う。藤治郎は計算高いと前からわかっている。この言葉にも裏がある、……というより、もしも儲《もう》け話があるのなら必ず仲間に入れて欲しいという意味がある。

久平は、シャッターの一部を半開きにしただけの入り口に、ヒカリを引っ張った。

ヒカリは大人しく久平のあとをついてくる。

倉庫の中には青白い蛍光灯がついていて、中のガラクタを映し出していた。外も寒かったが中も冷ややかだった。

ソファがあった。食器棚もテレビ台もベッドもあった。たくさんの服が詰め込まれたビニール袋が転がり、さらにきちんと綺麗《きれい》になった服がハンガーに掛けられて並んでいた。

出入り口から一番遠いところには、車が一台、埃《ほこり》をかぶっていたが、これは藤治郎の相棒、義男の車で、彼は暇さえあれば、この車のエンジンをいじっているのだ。

「リサイクルショップをやってるんだ」

手近なところにあるミカン箱ほどのコンテナの中を見せながら言った。

「リサイクルショップ？」

コンテナの中にはビデオデッキやテレビ、コンピュータ、ゲーム機、コード類などがいくらでも入っている。そしてこんなコンテナがこの倉庫の中には数えられないほど積み上がっている。

「藤治郎と義男の二人がね、夜な夜なゴミ集めをしてる。——あの車だって義男がどこかで拾ってきたんだよ。すごく価値があるものだって言ってね」

詳しくは知らないが、義男によると、マニアであれば誰もが欲しがるものだと言う。それが空き地に放置されていたのに気づいて、タダ同然でもらってきたのだそうだ。もちろん久平は馬鹿なことをしたと思っている。ピカピカに磨かれているならばまだしも、あのように何層にも埃をかぶり、元々、何色だったかもわからないような代物にどんな価値があるというのだろうか。

「この辺は貧乏な人が多いからね、こんなゴミみたいなものでも、使えるようにしてやれば売れるんだ。ま、儲けは少ないがね」

ヒカリのとんがった口先を見ていたら、さっきの星の話が蘇《よみがえ》ってきた。

「俺たちみたいなゴミが、さらに世の中のゴミを集めるってな……」久平はふふふと笑って、

「ゴミの中にもちゃんと宝がある、だからやってる」

「違うよ。ここにあるゴミもボクらも、星が爆発したとき、ついでにできた屑《くず》には違いないんだ」

「いや……」久平は苦笑して、「うん、まあ、いい」

久平は悲しげなヒカリを見て、

「まあ、ともかく、俺たちはゴミを集めていて、それを売ってるし、買うヤツがいる。……人間は確かに星のカスかもしれないが、それでも生きていかなきゃならない。……で、こういうリサイクルっていうのも商売になるというわけだ」

ヒカリは表情を変えずに、急に思いついたように口を開いた。

「……そうか、そういう仕事があるんだ……」

たぶん、ヒカリは本当にリサイクル業などという仕事を知らないのだろう。

ここに来るまで、久平は歩きながら自分のことを話した。だが、小学生くらいなら知っているはずのことをヒカリは大真面目で質問するのだ。

俺には妻と息子がいる、息子は中学生だ。俺の家は、伊豆で旅館をやっている、と話したが、その旅館がわからない。

リョカンって何だ？

そう訊かれ、久平は馬鹿にされているのかと思ったが、ヒカリは真顔だったから丁寧に答えた。ヒカリは久平の説明を一生懸命に聞いていて、それで本当にヒカリが知らなかったのだと理解をした。

それから久平はどうして自分が金を必要としているか話したが、そこでも久平は一つ一つ、ヒカリに説明をしなければならなかった。

借金をしたんだよ。

——シャッキンって？

金を借りたんだ。必要だからね。……で、借りた金は返さなきゃいけないんだが、それがうまくいかなくなった。

——うまくいかなくなると、どうなる？

自分の住むところがなくなる。食べるものも買えなくなる。……俺の妻も子どもも、だ。

——それで死ぬ気になったんだな？

住むところがなくなるからじゃない。食べるものが買えなくなるからじゃない。……お前は知らないだろうが、保険っていうのがあってね、俺が死んだら金が入るんだよ。

思ったとおり、ヒカリは保険のことを全く知らなかった。

普通の小学生でも知らないかもしれないが、ヒカリが凄《すご》いのは、久平の説明をあっという間に理解できることだ。保険会社の存在を、目の付け所がいい、とか、保険会社はかなり儲かるんじゃないかと評した。

そして、ヒカリは言う。

――保険金って、身代金と似てるよね。命を助けてもらえるのが身代金、命を捨ててもらえるのが保険金。どっちも命と引き換えにお金をもらえるんだからさ――

それからヒカリは、急に自分のことを話し始めた。

――ボクはね、あのセンターで飼われていたんだ。何も知らず、自分がどんな存在かもわからずね。でも、最近、それに気がついた。大人たちの話を聞いて、自分が作られた存在だってわかったんだ――

ヒカリは、そう言ったあと小さな発信器を見せてくれた。浜名湖の水に浸《つ》かったから動いていないが、これはセンターの大人たちがヒカリの服につけたものだそうだ。

その話を聞いて、久平は自分の考えの正しさを再確認することができた。やっぱりヒカリは相模原晃一の子どもなのだ。相模原もヒカリと同じくらい世間離れした人物で、だからヒカリをこんな風に育てたのではないか。

「ゴミを集めてきて、それを直して売るんだよ。……オークションに出すこともある」

「お前、インターネットはわかるか？」

「うん」

「そのネット上に、品物を出すんだよ。そうすると、それに興味がある人が見て、値段を付ける」久平はジェスチャーを交えて、「そして、一番、高い値を付けたヤツに、それを売るんだ」

「ボクは、ネットをよく使っていたけど、そういうのがあるってことも知らなかった」

「お前がそういうことを知らなくても、俺は全く驚かなくなったよ」

久平は倉庫の中へとヒカリを引っ張りながら続けた。

「藤治郎さんはね、昔、洋服屋だったんだ。それも凄腕《すごうで》の仕立て職人だったらしい。……だから、古着の再生なんて、あっという間だ。……その上、機械いじりだって得意だから、その辺のガラクタがどんどん生き返る」

ヒカリは返事をしない。ただ漫然と倉庫の中を眺めている。棚に並べられたテレビやCDデッキ、つるされた洋服たち、床の上の冷蔵庫や洗濯機。それらの間にあるむき出しの機械たち。

珍しい物を見るような調子のヒカリに、久平が首を傾げていると、上の方から声がした。

「あれ？　久平さん、帰ってきたんだ」

見上げると義男の長細い顔があった。

倉庫の中央に鉄骨がむき出しになった赤茶色の階段があって、その先が二階に続いているが、彼はその扉を半分開けたところで久平たちを見下ろしていたのだ。

「その子、誰だ？」

義男は男のくせに普段から高い声だったが、今日はさらに高くて、倉庫の天井を突き抜けそうだった。

「俺の相棒だよ。浜名湖で知り合って、これから二人でいろいろやるんだ」

「そうか。……でさ、こっちに来る途中で、パトカーが騒いでるの見なかった？」

「警察無線を聴いてたのか？」

義男は二十代後半、学生みたいな雰囲気の男だ。浜松市内にある静岡大学工学部のどこかの研究室にいたらしいが、それを何かの理由で追い出されてきたと言う。

義男の専門はコンピュータで、趣味は無線と車と鉄道だ。

オタク趣味の中に入るようなことは、だいたい網羅していて、久平には想像できないような、くだらないことを熟知している。その上、機械いじりが得意だったから、藤治郎のリサイクル業を手伝うにはうってつけで、壊れたコンピュータや携帯電話などをあっという間に修理することができた。

「十時くらいからだけど、すげーんだぜ」義男は口の端を歪《ゆが》めてヒヒヒと笑った。「かなりパトカーが出てる。浜名湖や雄踏《ゆうとう》って言ってたから、ちょうど久平さんたちがいた方じゃないか？」

そういえば、ここに来る途中、パトカーの赤色灯を頻繁に見たような気がする。

「何か、事件か？」

「科学センターだってさ」

「科学センター？」

ヒカリが久平の隣で体をピクリとさせた。

「まさか久平さんたちが、この騒ぎの原因じゃないだろうね?」

いきなり義男が言った。久平は一瞬、返答に困る。藤治郎に告げた以上、義男に黙っているわけにはいかない。というのも藤治郎と義男は基本的に行動を共にしているからだ。

「いや、警察沙汰《ざた》になっているかどうかはわからないが、この子は科学センターから逃げてきたんだよ」

さらりと言った。

義男は目を白黒させたが、久平の言葉はスルーしてヒカリに向かって大きな声を出した。

「君、男の子?」

ヒカリは頷《うなず》いたが、その返事を確認しないうちに、今度は久平に向かって言う。

「久平さん、その子、本当に科学センターから逃げてきたの?」

「この子の話を聞くとそういうことになるな。……もちろん、俺はこの子の言うことを信じているんだけどね」

何気なく言ったつもりだったが、義男の反応は大きかった。

「ちょ、ちょっと待ってくれ」義男は慌てて階段を下りてきた。「だとしたら、やばいぞ」

「な、何だよ?」

「キンパイが掛かってる」

義男は口元に泡を立てた。

「え? キンパイ?」

久平が訊《き》き返すと義男は口を尖《とが》らせて、

「緊急配備だよ。……僕は、科学センターから誰か、重要人物が行方不明になったと推理してたんだけど、すると、それはこの子か？」

まるでドラマの一場面のように芝居がかった言い方だった。久平は肩をすくめて、

「そういうことだ。まあ、いろいろと込み入った事情があってね、――義男クンには特別に教えてやるが、俺たちは組んで金儲《かねもう》けをするんだ。わかるか？」

「金儲け？」

「ボクには価値がある。だから身代金を手に入れられる」

ヒカリが応《こた》えた。

「でも、警察は……」

義男は何かを言いかけて、途中で止めたという風に、口を押さえた。

「警察が何だよ？」久平は義男を睨《にら》み付けた。だが、次の瞬間、ふっと顔の力を抜いて、「そう言えば、義男も金が欲しいって言ってたっけな？　違うか？」

義男は鼻を鳴らした。

「だからさ、僕もその話に入れてもらいたいな。僕は役に立つよ。どういう計画か知らないけど、ここにいる人間の中で一番上等にできているから」

「そうだな、お前は役に立つかもしれないな。……とりあえず、教えてくれないか？　警察はどう動いている？」

「いや、仲間に入れる方が先だよ」

「仲間、ねえ……」

「今、僕からの情報を聴いておかないと、金どころか、身の破滅になると思うね」

義男がじゅるっと音を立てて涎《よだれ》を吸った。三角形をした目が、久平の顔色を窺《うかが》う。

「義男が仲間になるんだったら、わしも当然、一緒だわな」

声のした方を振り向くと、シャッターを背に藤治郎が立っていた。

「あのねえ、お前ら、いい加減にしてくれよ。そんなに深刻なことかよ」

久平が冗談めかして言った。だが、義男も藤治郎も表情を崩さない。

「悪いがその手にはのらんよ」藤治郎が言う。「久平さん、今日のあんたはマジだね。……だいたいあれだけの覚悟をして出て行ったんだ。わしはあんたが本当に死ぬんじゃないかと思っていた。……それをひっくり返したんだ。その子のネタが本物でないはずがない」

義男が何度も頷く。久平はため息をついて、

「まあ、あんたらの性分は知ってるし、金に飢えてるのもわかってる。……なあ、ヒカリ。ちょっと怪しい連中だが、この連中とかかわらなきゃ、ここにいられないのも事実なんだ。どうだ？　仲間に入れてもいいか？」

「久平がいいならボクはいい」

「そうか」久平は義男と藤治郎の顔を交互に見ながら、「額が大きいんだ。覚悟を決めなきゃ、仲間になれないぞ。それでもいいのか？」

「額が多いって、一千万か？」

義男の質問に久平は首を振って、笑いかけた。

「桁《けた》が違うよ。俺たちは十億を目指してる」

「え？　十億？　単位が違うってことはないだろうな？　ペソとかリラとかさ」

「円に決まってるよ。ここは日本だからな」

義男は興奮した様子だが、藤治郎は逆にさばさばとして、

「十億？　面白いじゃないか。わしはもう十分に生きたから、そのくらいの刺激がないと面白くはない」

「で、義男はどうなんだよ？　十億と聞いてびびるんだったら、今のうちに辞退してくれよな」

「い、いや、入れてくれよ」

義男が言う。

「じゃあ、わかってるだろうが、仲間はこれ以上増やさないぞ」

「わかってるよ。秘密は守る」

義男が言うと、藤治郎が頷いた。

「ちょっと待って」突然、ヒカリが口を開いた。「ボクはユビキリをしなきゃいけないと思う」

「ユビキリ？」

義男が素っ頓狂《とんきょう》な声をあげた。

「大切な約束をするときは、ユビキリをする、そうだったよね？」

「あ、ああ」

久平が頷くと、ヒカリはにっこりとして、自分の小指を義男と藤治郎の両方に差し出して見

せた。義男は口を歪めたが、あっさりと同じように小指を出した。

「指切りだなんて、本当に久しぶりだなあ」

そう言いながら藤治郎も小指を差し出した。

ヒカリは藤治郎と義男の小指をまず絡ませ、そこに自分の小指を付け加えた。

「久平？」

ヒカリが久平を呼ぶ。どうやら全員の小指を絡ませるつもりらしい。

思いつきでやった指切りが、ヒカリには神聖な儀式のように思えたのかもしれない。久平は苦笑しながら、小指を出した。

――指切りげんまん、嘘ついたら針千本、呑《の》ーます、指切った――

こんなに妙な指切りは初めてだ。

年齢は四人とも全く違う。七十近い藤治郎、四十過ぎの久平、二十代後半の義男、そして十歳のヒカリ。

指切りが妙な四人をつないでいる。もしかしたら、これは誓いの儀式だ。それも自分たちが仲間――年齢が違っても、対等なのだ――であることの誓い。

藤治郎が照れくさそうに顔を紅《あか》くした。たぶん久平と同じで、真剣な面持ちのヒカリがかわいく思えたのだろう。

沈黙を破ったのは義男で、彼は深刻に話し出した。

「……で、十億の話をまともに考える前に、話さなきゃならないことがある」

あっという間に指切りが解かれて、久平も元の世界に戻った。

「さっきの無線のことか？」

久平の質問に義男が首を縦に振る。

「久平さんたち、もう警察に追われてるんだよ」義男は顔を歪《ゆが》めて、「だから僕、この子の言うこと、信じる気になったんだけどさ、警察はマジだぜ。そのうち、ここに来るかもしれない」

「久平」藤治郎が割って入った。「お前たち、浜名湖で出会ったのはわかったけど、そこからどうやってここまで来た？」

「え？　俺たち、ずぶ濡《ぬ》れになったから……」

久平は手短にこれまでのことを話した。浜名湖で会ったときのこと、コンビニエンスストアのオーナーに助けてもらったこと。歩きながら話したこと。

「コンビニだな」

義男が首を傾けて言った。

「何？」

「警察がコンビニに行ったんだよ。そこで久平さんたちのことを聞いたんだ」

「そんなに早く見つかるものなのか？」

義男はさっきより高い声で、

「だから向こうも真剣なんだよ。理由はよくわからないけど、とにかく連中は必死だよ」

「それに、コンビニには防犯カメラがあったんじゃないか？」

藤治郎が口を挟んだ。

「そ、そうだな、そのことは全く気にしていなかった。……とすると俺たちはあそこに映ったってことだ」

「他には？　どこかで見られたことは？」

義男に訊かれて久平は考えた。あのコンビニエンスストアの近くで、散歩中の男女とすれ違ったのは思い出した。だが、他はどうだっただろう。

「ヒカリ、どうだ？　誰かに見られたかな？」

すると即座に答が返ってきた。

「コンビニから東に向かう道で、散歩中の人とすれ違った。そのあとは、雄踏から浜松に向かう道で、十二台の車とすれ違った。そのうち七台は浜松に向かって、あとの五台は逆方向だった。自転車は一台、バイクは二台。あと、その道を南に曲がってから、踏切で電車の通過を待った。そのとき、電車の中からボクたちを見ている人がいたけど、それって関係あるかな？」

「電車の中？　そんなの関係ないさ」

久平が答えると、義男が腕時計で時間を確認しながら言う。

「それは十時二十分の浜松行きだな」

義男は鉄道マニアでもある。だからこの倉庫近くの踏切に、どの電車が何時何分に通るかまで熟知している。

「踏切をわたった後、一度だけ犬の散歩中の人とすれ違った」

ヒカリが続けた。

「ヒカリさん、あんた、それだけのことを全部、覚えているのか？」

藤治郎が訊《き》くと、ヒカリは当たり前に頷《うなず》く。

「すれ違った車の車種はわからない。でも色は覚えているけど、必要ないかな?」

「ま、車は問題じゃないな。スピードが出ていたから、俺たちのことなんか、覚えていないさ」

久平が答えると、藤治郎が意味深な視線を送ってくる。ヒカリの記憶力に驚いているのだ。

昔、テレビのドキュメンタリーを見たことがある。世の中には、超人的な記憶力を持つ人がいる。それは才能というよりも、障害とか病気とかの範疇《はんちゅう》で、ヒカリがそうであるように、全ての出来事を、まるで映像に撮ったかのように記憶しているのだ。

しかし久平はもう驚かなくなっていた。ヒカリならば、どんな不思議な能力を持っていてもおかしくはない。

「それより、久平さんたち、大通りは通らなかったんだよね?」義男が訊いた。「お店によっては、防犯カメラを通りに向けているところがあるから」

久平は即座に首を振って、

「大丈夫だ。ずっと裏道だった。むしろ犬の散歩の方が気になるな」そこで久平はヒカリに向かって、「覚えているか?　どんな人だった?　年齢とか、着ていたものとか、犬の種類とか」

ヒカリは一瞬、視線を宙に飛ばした。

「年齢は見ただけではわからない。でも大人の女の人。黄緑色のジャンパーを着ていた。連れていたのは一メートルくらいの大きさの、白いシベリアンハスキーだったよ」

「確かか?」

「確かだよ。赤と黒の縞《しま》になったリードを使っていて、もう一方の手に小さいビニール袋を持っていた。ボクたちに向かって、一瞬、頭を下げた」ヒカリは首を傾げて、「たぶんボクたちに挨拶《あいさつ》をしてくれたんだと思うけど、ボクは久平に話していたから、挨拶を返せなかった。……それっていけなかったかな？」

「いや、そういう問題じゃない」

久平が答えると、義男が言う。

「問題は久平さんとヒカリちゃんが既に警察からマークされているってことだ。たぶんもう防犯カメラの映像は警察の手に入っている。それにコンビニで着替えたんだから、今の格好だってちゃんと警察はわかってる。幸い、他のカメラには映らなかったんだろうが、それでも時間の問題だ」

「何とかしないと、すぐに来るな。二人の顔はもうばれてるわけだから」

藤治郎が厳かに言って、それに久平が反応する。

「だが、俺の顔はそんなに特徴があるわけじゃないだろ？　コンビニの防犯カメラは、そこまでよく映らないはずじゃないか？」

「確かに、あの店のカメラは古いタイプだったらしいよ……」義男は首を振りながら、「そうは言っても、警察の真剣度はかなりだよ。このままだと、あっという間だな」

「バカに悲観的じゃないか。それじゃあ、十億はどうなる？」

久平がイライラして言うと、ヒカリが横から久平の服を引っ張った。

「久平」

「何だ？」

「警察が久平とボクを追いかけてるんだね？」

「そうだ。……だから、お前の言うことも証明された。確かにお前は重要人物だってね」

ヒカリは頷いて、

「警察はボクたちの服を知っている。逆に言えば、服ならわかってるんだ」

「そうじゃない。坊やの顔だって知られてる」

藤治郎が言った。

「でも久平は知られていない。防犯カメラだけじゃ、顔までわからないんだろ？」

誰も何も言わない。だからヒカリは三人の大人の男を前に、まくし立てた。

「ボクたちと同じような服を着た人が別にいれば、警察はそっちを追いかける」

「そりゃあ、そうだけど……」藤治郎は言い含めるように、「そんなヤツはいない。この夜中に、久平と坊やみたいな組み合わせが歩いているわけがない」

「そんなことないよ。身代わりだったら、ちゃんといるじゃないか」

「え？」

ヒカリは藤治郎と義男の二人を指さしていた。

「あっ」

なるほど、これならいける。

義男は久平より少し背が高いが、藤治郎の背丈はヒカリとそう変わらない。

確かにヒカリは天才かもしれない。こんなこと、普通では考えつかないだろう。

いつも聞こえる空調設備の通奏低音に混じって、どこからかパタパタと風を切る音が聞こえた。

5

唯は部屋の窓に近づき外を見た。

窓は開かない。鍵《かぎ》が掛かっているのではなく、はじめから開かない構造になっている。

顔をガラスに付けると、さらにその音は大きくなったが、何か影が見えるわけではない。

最先端科学センターの敷地を示す生け垣の上に真っ黒な浜名湖が広がり、さらにその彼方《かなた》に湖西の灯《あか》りが見える。月が異常に明るくて、時折、湖の小さな波を光らせている。パタパタと風を切る音は相変わらず続いているが、風景だけはいつもと同じで静かだった。そして本当ならば、この部屋の主も静かにしている時間だったろうに。

「ヒカリ？」

声に出して呼んでみたのは、もしかしたらヒカリがその辺に隠れていてもおかしくないと思ったからだ。

ヒカリがいないと騒ぎ出したのは自分だが、かといって、いなくなった証拠があるわけではない。黒ずくめの男、江藤は、全てを知ったような顔をして誘拐されたに違いないと言っていたが、こうして静かな時間を過ごしていると、そんなドラマみたいな現実が起こるわけがないと思う。

ウィーン、ピピピ……

音がしたのは、ヒカリの机の上。小さな真っ黒いかたまりが、動いている。ヒカリが作ったアクセサリーロボット。唯のはウサギ型だったが、ここで動いているのはその仲間で、小さな体に無数の針金を尖《とが》らせている。

——ボクのはハリネズミだよ。……だって、ハリネズミって不思議だし、どこかボクに似ているからね——

ヒカリはこんな小さなロボットをいくつも作った。そして、知っている限りのスタッフに一つずつ、プレゼントしたりいくつかの部屋に飾ったりした。

——簡単な構造なんだ。……電波を感知して動くようになっているだけだからさ——

だが、ヒカリの本当の目的は、六十二号にあったのではないかと唯は思っている。

六十二号は、こうした小さな友達に近づいていくことが多い。どんな理由が隠されているかはわからないが、六十二号が自分の動きのヒントにしているように思えるのだ。

コツン、と音がして、ワンと鳴き声がした。

振り向くと、銀色をした『犬』が、まっすぐな黒い瞳《ひとみ》を唯に向けていた。

「あら、六十二号……。あんたの飼い主、いなくなっちゃったのよ」

そう話しかけると、六十二号はクウンクウンと鼻を鳴らした。まるで話の内容がわかっているように感じた。だが六十二号はすぐに興味の対象を机の上で妙なダンスを踊っている『ハリネズミ』に移し、そちらに向かって鼻を近づけていく。

唯はため息をついて、

「ほら……。六十二号、これでいいんでしょ？」

唯は激しく動く『ハリネズミ』を手の上に載せ、ゆっくりと六十二号の鼻先へ持っていった。するとと六十二号も『ハリネズミ』も、急に動きを止めて互いを見つめ合うような動作をするが、それも数秒のことで、すぐに『ハリネズミ』はさっきよりも激しく動き出し、六十二号は何事もなかったかのように、再び唯を見つめるのだ。

唯の手の上で『ハリネズミ』が動く。

手足だけでなく、四角い胴体につきだしているたくさんの針金たちが、ざわざわと動く。さっきから聞こえていたパタパタという音が大きくなるにつれ、余計に動く。あの音とこの小さな『ハリネズミ』の動きに、関係があると気がついて、唯はそれを手の中にいれたまま窓に近寄った。

パタパタという音が耐えられないほど大きくなったとき、それがヘリコプターの轟音《ごうおん》に違いないとわかった。

警察か？　いや、さっきパトカーのサイレンが聞こえた。だから警察は既に来ているのではないか。とすると、何だろうか？

「唯さん？」

バタンと音がして背後を振り返ると広岡が立っていた。

「この部屋にはね、江藤さんの命令でもう入ってはいけないことになったんだよ。それに今、静岡県警のエライ人が来たらしい。そうなると、この部屋にも本格的な捜索が入ることになる」

「じゃあ、あのヘリコプターは？」

「江藤さんが県警の一課長を呼びつけたんだよ。……つまりね、事態は我々のコントロールできる範囲を既に超えてしまった」

「この部屋に警察が入るんですか？」

「そういうことだ」

「ヒカリが許さないと思います。私が少し触っただけで、すごく怒ります。だって、あの子、どんなに小さな物でも、それがどこに置いてあったのか、正確に記憶しているんです」

「だが、捜査のためと言われれば、それを拒む権利はない。ヒカリはね、唯さんが思っているような子どもじゃない。もっと違う面を持っている」ふうっと広岡は息をついて、「……今も江藤さんと話してきたんだが、ヒカリは財産なのだよ、この日本という国のね」

広岡が唯の肩に手を置き、部屋から出るように促した。

「とにかく、今、我々にできることは、彼らの言う通りにすることだ。ヒカリが帰ってくれば問題は解決する、そうじゃないか？」

廊下に出たところで、向こうから人影が近づいてくるのが見えた。

一人は日に焼けた肌に大きな骨格、日本人離れした雰囲気を持つ中年の男で、まるでアニメに出てくる怪物か巨人のように、体を揺すりながら歩いてきた。

その男に比べると、もう一人は格段に印象が薄い。灰色の髪の毛に灰色のスーツ、顔色もくすんでいて、全てが廊下の壁に溶け込んでしまいそうな男だった。

男たちはあっという間に唯の目の前までやってきて、いきなり言う。

「清水唯さんですね？　それから広岡事務長？」

唯は無言で頷《うなず》く。広岡はごそごそとポケットに手を入れて、名刺を差し出しながら名乗った。

相手の怪物も、内ポケットにごそごそと手を入れたあげくに、何とか名刺を見つけ出し、それを広岡に差し出しながら言う。

「県警の丸之内《まるのうち》警視正です」

体がでかいから、汗も掻《か》く。ポケットから取り出したティッシュで額をぬぐいながら、丸之内は後ろを向いて、

「こっちは、浜松中央署の岩城《いわき》警部、それから後ろにいるのは……」

丸之内の後ろにもう一人、若い女性が立っていた。前からいたのか、それとも気づかなかっただけなのか。

「県警の特殊捜査班の刑事です。特殊捜査班は誘拐事件の専門家でね、特にこの木田《きだ》敦子《あつこ》は敏腕だ」

唯は静かに頭を下げた。

木田は一歩進み出ると、すぐに口を開いた。

「ヒカリさんの部屋から、出し入れした物はないでしょうね？　もちろん、本人がいなくなってからのことですが」

広岡が唯の顔を見た。唯はきっぱりと首を横に振って、

「ありません」

「なら問題ないですね。今後、立ち入り禁止とさせて頂き、あとは警察が管理します。当然ですが、この指示は絶対です」

木田敦子は年齢的に唯とそうかわらないだろうが、職業柄、凛《りん》とした雰囲気がある。

「あとですね、清水唯さんには、ヒカリさんについて、詳しくお話を聞かせて頂きますが、よろしいですね？」

質問をしたくせに木田敦子は答を求めず、そういうところが、江藤と似ていなくもない。

その上、木田敦子は、唯のことなどまるで無視して、丸之内に話しかけた。何を言っているのかわからない。たぶん捜査上のことだろう。敦子の言葉に丸之内が小刻みに頷く。

唯が唖然《あぜん》としているうちに、丸之内と岩城はその場から早足で去っていった。

「唯さん、あなたの部屋はどこなの？」

敦子が学校の先生のように訊《き》いた。そして、そのまま何も言わない。彼女は彫刻のように表情を固めたまま、ただ唯の答を待っている。たぶんこの刑事は私の気持ちを読んでいるのだ。私が慌てていることも、弱気になっていることも。

そう考えたら、涙がこみ上げてきた。

「あなた、しっかりしなさい」木田敦子が眉《まゆ》をつり上げた。「あなたはここの職員なんでしょ？　言ってみれば、これは仕事よ。……私と同じで、こういう厄介ごとへの対処も含めて仕事なの」

敦子の硬い声が白い廊下の壁に反響した。

「で、あなたの部屋は？」

「私の部屋はこっちです」

「そこで話を聞かせてもらいたいんだけど、いいわね？」

唯の部屋はヒカリの部屋のすぐ隣だ。敦子は唯の返事を待たず、ガチャリと扉を開けた。

「割と広いのね」

ヒカリもそうだが、唯も二つの部屋を与えられている。

入ってすぐの部屋がリビングで、その奥にベッドルームがある。

もうこの部屋に住んで一年が経とうとしているが、初めてこの仕事を受けたときは、その待遇の良さに驚いたものだ。給料も良い。教員や心理士になっている同級生に比べると、その倍はある。しかも無料で部屋と食事が与えられ、必要な家具、家電までついている。

ヒカリの日課に合わせなければならない制限はあるが、それ以外はほとんど自由で、好きな映画を見に行ったりビーズアクセサリーを習いに出かけたりできるほどだ。

「あなた、ヒカリさんのこと、どのくらい知っているの？」

木田敦子は南の窓辺にある椅子に勝手に座って訊いた。

「私が知っていることはそんなに多くはありません。私はただ、あの子のお世話をしているだけです。一緒に散歩に行って、一緒にご飯を食べる、……買い物に付き合うこともありますが、あの子はいつも無口だし、何を考えているかわからないし、……とにかく普通じゃないんですから」

話しているうちに、また涙が出てきた。

「あなた、おかしくない？」敦子は首を傾けて、片眉を上げた。「あなた、あの子の親じゃないんでしょ？　それに、あんまりかわいい子じゃなかったみたいだし」

「かわいいですよ、ヒカリは」唯は口を尖《とが》らせて、「一緒にいる時間が長くなれば長くなるほど、あの子の魅力がわかってくるんです」

　強く言い切ると、敦子は口の端で笑った。

「長くって、唯さんはいつからあの子の世話係をしているの？」

「だいたい一年前です」

　たった一年でもヒカリとの時間は貴重で、驚きの連続だった。

　初めて会ったとき、ヒカリはやっぱり不機嫌だった。口を尖らせ、前に掛かった髪の間から真っ黒な瞳《ひとみ》でギロリと唯を見た。唯がこれからよろしくねと差し出した手を無視し、そのまま部屋に帰ってしまったが、広岡がこれはいい傾向だよと褒めてくれたのだった。

　あとから聞いたが、これまでヒカリはたくさんの世話係を馘《くび》にしてきたらしい。はじめから唾《つば》を吐きかけたこともあれば、相手の外見上の欠点を次々に指摘したこともある。中にはどんなにヒカリが妨害しようとも、それに負けずに仕事をやろうとした人もいたが、それでも数週間で音を上げたそうだ。

　だが、ヒカリは唯に何もしなかった。

　無視しているように見えたが、実はそうではないと広岡が教えてくれた。

「あの子は、親がいないんです。そのためかどうか知りませんけど、人付き合いがとても下手です。……だから、私は逆にヒカリを放っておくようにしています。もちろん、ヒカリと一緒に出かけるし、一緒にご飯を食べるし、ヒカリの持ち物や服の管理を手伝ったりすることもありますけど、基本的に私、ヒカリにかかわらないようにしています。いえ、私は私で勝手にしているって言った方がいいかもしれないです。……だからヒカリと私は仲良しだったんだと思います」

そこまで話したところで、唯は不意に思いついて、口にした。

「でも、こんなこと、聞いても何の役にも立たないんじゃないですか？」

木田敦子は初めて笑顔を見せて、

「そうね。役に立たないね」

「それじゃあ、困るんです。私、とにかくヒカリを捜しだしてもらわないと困るんです。……本当に誘拐なのか、私にはわからないけれど、もしそうなら早く犯人を見つけてもらいたいし、何よりもヒカリの身に何かがあると……」

「あのねえ……」敦子はふうっと息をついて小声で言う。「私、あなたの気持ち、わからないんだよね。なんでそんな変な子のために、あなたが必死になるのかが、さ」

唯は挑戦するように敦子を見た。

「ヒカリは変かもしれないですけど、天才です。普通の子じゃないんです。特別なんです」

「なるほど、……たぶん、それなんだね」敦子が唯に近づいた。「それだよ、それ……」

「え？　何ですか？」

「私ね、この事件、とても変だと思ってるのよね」敦子は唯の表情を窺《うかが》うように、「どういうわけか最初から内閣官房なんていう政府の機関がかかわっているし、だいたいヒカリっていう子どもが謎だらけだし」

「この科学センターは国立の施設ですし、ヒカリはそこで特別に学ぶ子どもです。だからじゃないですか？」

唯がこの最先端科学センターに雇われるとき、調査の手が実家まで伸びたとあとから知った。だが、政府機関の職員になるのだから、当たり前のことだと思っていた。

「それって普通じゃないわよ。……科学センターは、組織上、文部科学省の管轄よ。だから文科省の役人……広岡さんがそうだけど……がいるのはわかるけど、内閣官房の調査官はね……。それに、ヒカリさんだけなんでしょ？　この施設にいる子どもは」

「時々、中学生や高校生が数日間、勉強していくことはありますけど、ずっといるのは確かにヒカリだけです」

　敦子は腕組みをした。

「ヒカリさんって、本当に親も親戚《しんせき》もいないのかしら？　あなたから離れて外出することはないの？」

「以前は一年に一度か二度、里親のところに行ってたらしいんです」

「里親？」

「ヒカリには親がいるけれど、事情があって会いに来られないっていう話でした」

　唯は相模原博士こそ、ヒカリの実父ではないかと思っていた。これは唯だけではない。このセンターで働く顔見知りの多くが、言葉には出さないけれど、そんな風にヒカリを扱っていた。

　しかし、その噂に根拠はない。だからここでは話せない。

「だから里親のところに行って、普通の家庭生活を体験するんです」

「どこにいるの？　その里親って」

「ボランティアの家庭だそうです。でもヒカリの安全を考えて、信用できる家庭……たぶん政府関係者の家だと思うんですけど、その家に行っていたらしいです。名古屋や東京だったときもあるそうです」

「名古屋や東京って、何軒もあるの？」

「本当は一つの家庭にしたいんですけど、ヒカリって特殊だから、どこの家庭でも問題を起こしてしまって、私がここに来たときには、そういう話はなくなっていました」

現在、ヒカリは里親のところには一切行かない。適応できないのだから仕方がないし、本人も行きたがらない。

だからヒカリはずっとここにいる。

唯は一週間に一泊二日、休みを取って最先端科学センターの外に宿泊する権利があって、一か月に一度くらいは実家に戻るが、そのときもヒカリはずっと一人でいる。

「私は会ったことがないけれど、その子、十歳なんでしょ？……それなのに、一人で生活していて、しかもこの日本でたった一人、科学センターにずっと住んでいる天才児」

敦子は少し唯に近寄って、

「内閣官房が動いているっていうことは、国がその子を守っているってことなの。……ねえ、あなた、知ってる？　ヒカリっていう子、どのくらいの天才なのかさ」

敦子の話を聞いているうちに、唯も妙な気分になってきた。今まで当たり前に一緒にいたヒカリが、突然、自分とは違う世界の人間に思えてしまった。

「ヒカリは今、勉強をしているのではなく、研究をしているという話です」

「研究？　というと、相模原博士の研究グループに入っているのかな？」

「さあ。それは研究棟の先生方に訊《き》かないと」

「話してくれるのかな？」

「え？」

「……とにかく、ヒカリって子のことは、情報がないの。相模原博士という科学界のスーパースターも決して人前には姿を出さないって言うしね。事件が起こった今でも、博士のことには全く触れてはいけないんだよね」

　あり得ることだ。

　まだここで働き始めて一年ほどの唯はもちろん、長くここに勤めている人でさえ、相模原博士と会った人はいない。もっとも唯は博士の顔すら知らないわけだから、そうとは知らぬうちに巡り会っていたのかもしれないが。

「あのね、普通、十歳の子どもがいなくなったとしたら、それは単なる行方不明でしかなくてね、その場合、私たち特殊捜査班はもちろん警察は動かないんだよね」

「でも、ヒカリは誘拐されたという話なんじゃ……」

　信じられないけれど、そう信じなければ許さないという雰囲気がこのセンター全体に漂っている。だから唯もそう食い下がる。

「そういうこと。まだ犯人から何の接触もないのに、なぜか私たちが呼ばれたの」敦子は意味深に首を傾げて、「でもね、これだけ初動捜査が早ければ、何とかなるものなの。——行方不明がわかって二時間。すぐに配備して、聞き込みを始めたわけだから、効果が出るのが当たり前」

「じゃあ、何か、手がかりでも？」

「雄踏のコンビニでね、中年の男と一緒にいるところが目撃されている。防犯カメラの映像から、これはほぼ確実でね」

「中年の男？」

「心当たりがあるの？」

　唯は考え込みながら首を振る。

　ヒカリが知っている中年の男は、たぶんこの最先端科学センター関係者だけだ。そのセンター関係者でも、ヒカリと気軽に話をするような者はそうそういない。

　いや、二か月ほど前にここを辞めた坂谷隆盛《さかたにりゅうせい》という男は、機械いじりが好きだという部分でヒカリと趣味が合っていたが、彼が中年の男と思われることはない。実際の年齢は知らないが、筋肉質の若々しい体つきの男で、少なくとも二十代後半に見える。

「でね、面白いのは、そこに来たとき、二人ともずぶ濡《ぬ》れだったってこと。何が起こったのか、わからない。……でもコンビニの店主によると、二人は親子のように見えた。子どもはほとんど喋《しゃべ》らなかったが、男の方は愛想が良かった。ずぶ濡れで気の毒だったから、シャワーを浴びさせて、着替えまでさせてやったってさ」

　この話を聞いたところで、坂谷隆盛であるはずがないと思った。

　坂谷は愛想が悪いという意味では、ヒカリに勝るとも劣らない。無骨で挑戦的で、何を考えているかわからなくて、唯の苦手なタイプだった。

「ヒカリがシャワーを浴びて、着替えをしたんですか？」

「そういう話だよ。その子がヒカリであることは間違いないね。ちゃんと確認がとれているから」

わけがわからない。今日の午後に会ったヒカリとは別人に思える。

人見知りをするのがヒカリだ。濡れることも好きでなければ、洋服を替えることだって苦手だ。それにいつも研究の世界から抜けきれない癖があって、いきなり宇宙や原子の世界の思索に没頭してしまうことがある。

そんなヒカリが、こんな冒険のようなことをして平気でいられるはずがないと思う。

「でも、それなら安心です」

「安心？」

「だって、無事なのがわかったわけだし、そんなに愛想のいい人と一緒なら、大丈夫そうだし」

「そうね、普通だったらこのまま見つかると思うよね」

「違うんですか？」

敦子は不満そうに口を歪《ゆが》めて、

「実は私、あんまり楽観していないんだよね」

「どういうことですか？」

敦子は肩をすくめた。そして再び、さっきの椅子に腰を下ろす。

「内閣官房の調査官が乗り出すだけでも普通ではないし、ヒカリという子どもも、どうやら普通ではないらしいし、全てが普通ではない状況だから、やはりこれからも普通でない状況が起こるだろうと少々、諦《あきら》めている」

そこで唯の顔色を窺《うかが》い、さらに続けようとしたが、そのとき近くで軽快な音楽が鳴りだした。

敦子は意味深な顔をして、胸ポケットから取り出した携帯電話を耳に当てた。そして、そのまま唯に背を向けて話し出す。

話の内容はわからない。ただ捜査に関係したことであると、深刻さからわかった。

数分の会話の後、敦子は電話を終えてから唯の方に向き直った。

「幸か不幸か、私の予想が外れたかもしれないな」

「どういうことですか？」

「いい情報が出てきたのよ」

「見つかったんですか？」

敦子は唯の前を通り過ぎ、扉の所に行ってから、

「あとは私たちに任せておくのね。遅いから寝ていいのよ。ちゃんと明日の朝には報告してあげるから」

敦子は唯の言葉を待たずに、そのまま出て行ってしまった。

第2章　身代わりとスターダスト

1

その二人を見つけたのは、浜松中央署管内、可美《かみ》公園前交番に所属する加賀《かが》剛史《たけし》巡査部長だった。緊急配備の命令を受けて、後輩の内藤《ないとう》巡査と一緒に、パトカーでパトロールをしている最中のことだ。

「おい、あの二人……」

加賀は運転しながら前方を歩く二人の後ろ姿を指さした。

大型ショッピングセンターから浜松市街に続く県道でのことだ。次から次へと車が続いているが、加賀はさらにスピードを落とした。

「確か黄色いトレーナーに白いジャンパーの大人、それから……」

それを助手席に乗った内藤が続ける。

「青いトレーナーにジーンズのオーバーオール姿の子ども。どうです？　間違いないですか？」

まだ二十メートルは離れている。だが、今、自分たちが確認したような二人連れが歩いている。後ろ姿だけだからわからないが、大人と子どものように見える。

「ここは……、県道、浜松雄踏線の入野町《いりの》交差点だな」

「職質を掛けましょうか？」

「そうだな。だが、その前によく確認してくれ」

ぎりぎりまで速度を落としながら、その二人連れを抜いていく。内藤が助手席で体を動かしている。夜とはいえ、街灯が明るい。見えないことはないだろう。

「どうだ？」

「顔を伏せているし、子どもの方は帽子をかぶってますからよくわからないんです」

「でも服装はあの通りだろ？」

「ですね」

「じゃあ、本部に連絡しておいてくれ。今から職質を掛けると」

内藤がすぐに無線に手を伸ばした。内藤の言葉を聞きながら、加賀は慎重に車を進めた。

頭の中でシミュレーションをする。

——子どもは被拐取者、大人の方はその犯人である可能性が高い。パトカーが近くに停まったら逃走するかもしれない。となると、少し離れた場所で待ち伏せするのがよいだろう——

——いや、応援が来るのを待つべきではないだろうか。もしも相手が武装していたなら、このように車通りの激しい場所では、周りに被害が出てしまう——

「どこまで行くんですか？」

加賀が彼らを追い抜かし、さらに五十メートルは進んだので、内藤が訊《き》いた。

「目立つところにパトカーを停めたら警戒するだろう？」

「なるほど。本部はすぐに応援を出すそうですから、焦る必要はないかもしれないですね」

加賀の内心を見透かしたようなことを言う。

実際、加賀は怖かった。いや、これで犯人逮捕になれば、最低でも署長賞だろうし、もしかしたら本部長賞になるかもしれない。だが、命には替えられないではないか。

この事件はいつもと違う。これまでも強盗やひき逃げなどで緊急配備についたことはあるが、今回のように上層部が緊張感をあらわにしたことはない。ということは、何らかの凶悪犯がかかわっているということだ。

加賀はウインカーを出し、パトカーを路地に入れた。住宅が立ち並んでいる奥に空き地が見えた。路地は照明もまばらで薄暗く、人通りもない。看板があるところを見ると、不動産屋が売り出しを始めたばかりの土地らしい。加賀は迷わずそこに車を停めた。

「行くぞ」

念のために銃を確かめた。もちろん撃つ気はない。触るだけで、自分の警官魂が蘇《よみがえ》るような気がするのだ。

「大丈夫か？」

通りに向かって走りながら言うと、内藤が返事をした。

「大丈夫です」

「さっきあの二人がいたところから、どのくらい離れている？」

「たぶん百五十メートルくらいですかね？　少し近づきますか？」

「いや、ここで待ち伏せしよう。警官の制服を見たら逃げるだろうから」

馬鹿な連中だ。なぜこんな目立つところを歩いているのだろう。ちょっと脇道に入れば、いくらでも暗闇があるではないか。

内藤が通りに出た。

「あれ？」

「どうした？」

「いないんですけど……」

「本当か？」

だとしたら厄介なことになる。さっき本部に連絡をしている。もしもこれで連中が見つからなかったら、自分たちの面目は丸つぶれだ。

「こっちから行ってみよう」

連中はまだ警察が動いていることを知らない可能性が高い。本部からの手配書にはそう書いてあった。それほど迅速に緊急配備がなされたと理解していた。

加賀は内藤と並んで歩道を歩き始めた。さっきとは逆向きで、あの二人組を目撃した交差点に向かっている。目の前からたくさんの車が次々にやってくる。ヘッドライトのまぶしい光に手をかざして、数歩進んだところだった。

歩道にはみ出ている立て看板の向こうから、ひょいと二つの影が飛び出してきた。

「お、おい……」

加賀はそう声を掛けたところで、頭が真っ白になった。向こうの二人も驚いた様子だ。若い内藤の方が案外落ち着いていて、二人に向かって愛想良く話しかけた。

「こんばんは、ちょっとお話を伺っていいですか？」

背の高い方は、黄色いトレーナーの上に白いジャンパーを羽織っていた。背の小さい方は、青いトレーナーとジーンズ生地のオーバーオールを着ていた。

両方とも手配書通りだが、明らかに何かが違っているのだ。

「ああ、びっくりした……」

背の高い方が言った。

「本当だ、今日は変なことがたくさん起こるよな」

小さい方が高い方に言った。

「本当だなあ、今度はお巡りさんだもんなあ」

そこで初めて、彼らの顔をまじまじと見た。

背の高い方は脂っぽい髪の毛をオールバックにしている。年齢は二十代後半だろうか。

問題は背の小さい方で、こっちは帽子から白髪交じりの髪の毛が見え隠れしているし、顔にも皺《しわ》が刻まれている。子どもではない、というより、老人にしか見えない。

「驚かせてしまってすみませんね」

急に落ち着いた。この二人だったら、危険とは言えない。

「夜のお散歩ですか？」

加賀が訊くと、二人はまた顔を見合わせた。それから小さい方が口を開いた。

「わしらは、いつもこの時間になると歩いているが、散歩じゃないですよ」

しゃがれた声だ。やはり子どもではないと、もう一度確認する。とすると、先に本部に連絡を入れておくべきではないだろうか。いや、服装は手配書通りだ。彼らのことをきちんと調べておく必要がある。

「散歩じゃないと言うと？」

「ボランティアです」

大威張りで言った。

「ボランティア？」

ふざけているのかと思った。

「わしらはね、リサイクルのボランティアをしてるんですよ。毎日じゃないが、夜になると、この辺を歩き回ってね、ゴミを拾っている。……ほら」

二人が後ろからゴミの入ったビニール袋を差し出した。背の高い方がニッと笑った。

「お巡りさん、僕たち、何も悪いこと、してないですよ。な？」

するとまるで漫才コンビのように小さくて歳を取った方が頷《うなず》いて、

「まあ、今夜に限っては、ちょっと変わったことはあったけれどね」

意味深に言った。

その言葉に加賀は手配書のことを考えた。子どもと大人の組み合わせではないが、洋服が同じだ。何か知っている可能性は高い。

「変わったこととは何だ？」

背の高い方はにやにや笑いを浮かべると、低い方が加賀の表情を窺《うかが》いながら言った。

「お巡りさん、マジメそうだから話してやるけど、その代わり、わしたちの悪いようにはしないでくれよ」

　今度は加賀の方が焦った。

「何だ？　悪いようにするもしないも、あんたたち次第じゃないか。……何があったのか、言って。さあ、早く」

　歳を取った方は、まるで夜の闇に溶け込む猫のような笑みを浮かべていたが、突然、真顔に戻って言った。

「洋服の交換をさせられたんだ。……こんなことは初めてだよな？　おい」

　背の高い方が口元に泡を立てながら、頷く。

「妙な男がね、中年の男と子どもを連れてきて、僕たちと洋服の交換をしてくれって言うんだ。そしたら金をくれるって。でも警察には絶対に言うなって。……もちろん僕たちは善良な市民だから警察には協力する。それに警察には言うなっていうのは、悪党の決まり文句だからな」

　加賀と内藤は顔を見合わせた。金一封くらいの褒美はもらえるかもしれないと考えた。

※

「名前は聞かれたし、面白くもない昔の話もしたがね、向こうも忙しいから、あっという間に解放してくれたよ。な、義男？」

「藤治郎さんはさすがだったねえ。僕なんか、本当にびびっちゃったのにさ、藤治郎さんは落ち着いてて、警察相手に、あれだけ嘘を並べるんだから……」

　義男はグラスに入った焼酎《しょうちゅう》を一気に呷《あお》ってから、甲高い声で応《こた》える。藤治郎も御機嫌で焼酎を呑《の》む。

「マジメっていうのは悲しいね。わしも昔からこのくらいの器量がありゃあ良かったんだけどな」

藤治郎の昔話を一度だけ聞いたことがある。

彼の家は父親の代から街の洋服屋だった。藤治郎は高校を卒業したあと、父親に弟子入りした。昔ながらの仕立て屋。職人気質《かたぎ》を受け継ぎ、そのまま父親の跡を継いだが、すぐにデパートの時代がやってきた。藤治郎だって高い技術を持っていたが、それよりもデパートのオーダーメイドの方が、高級感があった。だからあっという間に藤治郎の店も赤字に転落したのだ。

店を閉めようと思った。漁師をやっている従弟《いとこ》が、一緒にやらないかと誘ってくれた。洋服屋がいきなり漁師でもないだろうと考えたが、金になるならそれでもいいと半ば決心しかけたのだが、それを年老いた父親が猛反対した。俺が死ぬまでは店を閉めないでくれ、と泣いて頼むのだ。

そして藤治郎は消費者金融に手を出した。あとはお決まりの一本道、みるみるうちに借金が膨らみ、気づいたときにはどうにもならない状態で、結局、彼は逃げ出したのだ。

「警察官に限らず、公務員っていうのはマジメだから馬鹿なんだよ。そういう連中をとことん騙《だま》して、金儲《かねもう》けをしてやろうじゃないか」

そう言いながら藤治郎は酒を呑む。

「とにかく計画通りだったんだな」

久平が訊《き》くと藤治郎はカクカクと何度も頷いた。

「うまいことやったよ。……連中はちゃんと信じてる。わしたちの話をさ」

久平とヒカリがここにいることを隠すには、先にこの場所を警察にチェックさせることがいいと考えた。

身代わりはヒカリのアイディアだったが、その先のストーリーは久平が作った。

ヒカリを誘拐したのは、外国人……アジア系と白人系の混合とした……の集団で、久平らしき日本人の男は、その連中に頼まれただけだった。ヒカリが海に逃げたのを追い掛けたときに携帯電話が壊れて、それで本部と連絡が取れなくなってしまった。

さらに久平らしき男は、重要な仕事であることを十分に理解していなかったため、近くのコンビニエンスストアに助けを求めてしまい、それが大きな失敗になった。犯人グループは、その失敗を取り戻すべく、藤治郎と義男に身代わりを頼んだ、という筋書きだ。

義男と藤治郎は金をもらって服を取り替えた。警察には絶対に言うなと命令されたが、急に怖くなってしまった——

「警察は、信じたと思うよ。もちろん僕たちの顔は知られたし、この倉庫のことも調べるだろうけど、あの子さえ見つけられなきゃ大丈夫だ。却《かえ》って盲点になると思う」

義男は何だか生き生きしていた。こういうことが彼を興奮させるとは思わなかった。もっとも義男は無線に車の改造といった胡散臭《うさんくさ》いことが大好きだったから、元々そういう気質があったのかもしれない。

「さて」藤治郎が言った。「どうする？」

「どうするって何が？」

久平が訊くと、藤治郎は真顔で、

「これからどう進めるかだよ。……わしたちは、踏み込んだんだ。もう引き返すことはできん」

「引き返すつもりはないよ」

「だったら、それなりの計画がなきゃいかん。今日のところは、簡単に警察を騙すことができたが、本当に身代金を取るんだったら、そりゃあ大変なことだ。連中はマジメだからさ」

「マジメなのは馬鹿な証拠だってさっき藤治郎さんが言ったばかりじゃないか」

義男が三角の目をして言った。

「マジメが馬鹿なのは事実だ。だがね、その馬鹿野郎が束になってくるんだ。こっちだって利口に振る舞わなきゃ、やられてしまうことになる」

久平は首を少し傾けた。

「とにかくヒカリと相談だ。あいつには何かがある。俺たちとは違う考え方をする」

久平が首を傾けた先で、ヒカリが眠っていた。起きているときはそうでもないが、寝顔はまるで子どもだった。

2

すぐ近くで悲鳴が聞こえた。そして、物音が続く。バタバタと床が鳴って、その振動が久平の寝床にまで伝わってくる。

飛び起きた。周りを見た。時計の針は午前七時二十分を指している。起きるには早すぎる。

だが、これは異常事態だ。何が起こったのか？

昨日のことを思い出した。

妻子のために自殺を決意したこと、シズと藤治郎の前で大見得を切ったこと、そのあと浜名湖で死のうとしたこと、そこで妙な子ども——ヒカリという名だ——と出会ったこと……。

そうだ、ヒカリだ。

いや、ヒカリじゃないだろう。この悲鳴はどう考えても女のものだ。

だが、ここに女はいないはずだ。

声のする方向を確かめた。やっぱりヒカリだ。ヒカリを寝かせた隣の部屋から聞こえる。

久平の寝床があるのは、倉庫の二階部分で、そこには四つの部屋と台所、ユニットバスがある。久平はそのうちの一つを使わせてもらってきた。六畳ほどの空間に段ボール箱やガラクタが散乱している物置のような場所だ。

昨日の夜、久平はそこを無理矢理片づけて、二人分の布団を敷いた。ヒカリと二人で寝ようと考えたのだ。

だが、それをヒカリが嫌がった。

ボクは真っ暗な場所に一人で寝るのがいい。生まれてからこれまで、誰かと同じ部屋で寝たことがない。だから怖い。ボクは真っ暗で音のしない部屋でないと眠れない——

宇宙と星のことに詳しいくせに、星の美しさに気づかなかったヒカリ。物事を全て覚えてしまう能力のあるヒカリ。自分には十億の価値があると言い張るヒカリ。

ヒカリ自身が言うように、ヒカリは普通ではない。まるでコンピュータ内蔵のロボットのようで、だから真っ暗な部屋で自分のスイッチを切るみたいに眠らなければならないんだろう。

それで久平は藤治郎に頼み込み、幾分、大きめの彼の部屋に一緒に寝かせてもらっていたのだ。

「おい、あの声……」

藤治郎もさすがに起きたらしく、部屋の反対側で呟《つぶや》いた。

久平はそれに応えず、扉を開けた。

すぐのところは、久平たちが事務所と呼んでいる、いわばリビングルームで、その部屋を通らないとヒカリが寝ている部屋、そして義男の使っている部屋に行くことができない。

事務所は昨日と変わらない。小さなテーブルの上は、カップ麺《めん》やビールの空き缶、酒の容器で溢《あふ》れている。床にはゴミが散乱し、椅子には雑誌が積み上げられている。

久平は椅子を一つ倒しながら、その向こうへ進んだ。ヒカリがいるはずの部屋につながる扉が半開きになっていたからだ。

「おい、ヒカリ……」

うなり声をあげて、扉を勢いよく開くと、そこに義男の背中があった。

「義男、お前、何しているんだ？」

怒気を含んだ声に、義男の白い顔が振り向いた。

ヒカリが布団に倒れている。真っ赤な顔をしている。黒い瞳《ひとみ》が燃えるように義男を睨《にら》んでいる。

何かが起こった。たぶん義男だ。義男がヒカリに何かしたのだ。

言葉にする前に、手が出た。義男の首筋を捕まえて、こっちを向かせた。

「きゅ、久平さん、僕は別に……」

「ヒカリ、お前、何をされた？　義男、お前、何か変態的なことをしたんじゃないだろうな？」

　義男の部屋の中に溢れている雑誌のことを思い出した。甘ったるくて過剰に媚《こ》びている少女たちに彩られた表紙、子どもを持つ親にとっては、目を背けたくなるような猥雑《わいざつ》な趣味。どのページを開いても、少女たちは自分の性をさらけ出し、ニキビの中から出てくる白いネバネバみたいな男たちの欲望に応じているのだ。

　まさか、男の子にまで興味があるとは知らなかった。ヒカリはかわいい顔をしていたが、それで十分だったのだろうか？

「義男、何をしている？　この子が俺にとってどんな存在か、わかってるのか？」

力任せに義男の胸を押すと、彼は簡単に壁にぶつかって崩れ落ちてしまった。

　久平はすぐにヒカリに近寄った。ヒカリは体を毛布の中に入れていた。身を縮ませて、まるで猫のように丸くなっていた。

「ヒカリ、大丈夫か？」

　ヒカリの口はまっすぐと閉じられたまま、開かれない。逆に二つの大きな目は、瞬《まばた》きを忘れたかのように、久平を見ていた。

「俺はお前の味方だ。わかるな？　コイツに何をされたか知らんが、もう二度とさせない。それに、今、お前がどこか痛いなら、すぐに医者に連れて行ってやる。いや、医者をここに連れてくる。科学センターには帰さないから、心配するな。医者くらい、俺が脅せばどうにでもなる」

動揺していた。だから喋《しゃべ》り続けていたのかもしれない。

ヒカリは表情を変えなかったが、そのうち息をふーっと吐いた。それまで、呼吸をすることすら忘れていたみたいだった。

ヒカリが何も言わないのがわかると、久平は義男の方を見た。

「義男、お前、ヒカリに何をしたんだ？」

義男の胸ぐらをつかみに行こうとする久平の肩を誰かがポンとたたいた。

「久平さん」顔を上げると、藤治郎が扉の前に立っていた。「ほら、聞こえないか？　婆さんだぞ」藤治郎は露骨に嫌そうな顔をして、「こういう時に限って、あの婆さんがやってくる。家で大人しくしてりゃあ、いいものを」

この倉庫の持ち主で、久平の伯母《おば》の佐久間シズは、一週間に一度くらい、ここにやってくる。そして散々、威張り散らすのだ。リサイクルの仕事については文句はない。だが、二階の住居部分に踏み込んできては、ねちねちと嫌味を言う。

汚い、無駄な物が多い、から始まって、どうしてお前たちはそんなにろくでなしなのか、もっと生産的に生きていけないのか、などと罵倒《ばとう》し、さらには、いつでも出て行ってもらっていいんだよ、と脅しを掛ける。

「どうする？　すぐに来るぞ」藤治郎は唇を震わせた。「まさか今の騒ぎでここを追い出されることはないよな？」

藤治郎はここから放り出されることを恐れている。借金取りに追われて自宅から逃げ出してからしばらくの間、ホームレスの経験があり、その心細さが身に染みているらしい。

「おい、久平、頼むぞ。お前が取りなしてくれれば、何とかなるんだからな」

「馬鹿な。俺なんか、昨日、散々トラブったあげく、出て行った身なんだぞ」

足音が階段を上ってくる。このぎくしゃくとした音は、確かに佐久間シズのものだった。

「おい、あんたたち、何、騒いでいるんだ？」

シズのだみ声がしたと同時に、遠慮なくスチール製の扉が開けられる。

「藤治郎に義男、どこにいる？」

シズはその時代の女性にしては大柄だ。若い頃は色白で、銀幕スターのようだと評判だったらしい。久平は父親から、美人で有名だったから、金持ちの家に嫁に行ったのだと聞いている。

そのシズも八十を超えた。若い頃は日本人離れした目鼻立ちと言われたが、逆に言えば、目も鼻も口も、全てが規格以上に目立っていて、その上、小さな丸眼鏡を掛けているから、どうにもおさまらない。一度会ったら忘れられない凄《すご》みのある風貌《ふうぼう》になっている。

「久平、どうする？」

藤治郎が訊《き》く。

「どうもこうも、正直に言うしかないだろう？　今さらヒカリを隠すわけにもいかない」

そう答えたときには、真っ白な髪をしたシズの姿が扉の向こうに見えていた。

久平はヒカリに近寄った。壁際で義男がヘラヘラ笑いを浮かべた。その顔を見たら怒りがこみ上げて、一発、殴ってしまった。

そのとたん、久平たちのいる部屋に、シズが顔を突き出した。

「いったい、何やってるんだ？」首を少し傾げて、「何か、変な声が聞こえたんだが？」

この歳で、これだけの存在感がある婆はそうそう見あたらない。歳を取っているが気力は十分。一声怒鳴れば、藤治郎も久平も吹っ飛んでしまいそうな迫力がある。

その上、格好がいかれている。シズは赤やピンクといった派手な色の服を好んで着る。それも花柄だったりフリルがついていたりするものだから、どこにいても強烈に目立ってしまう。

そのシズが、眉間《みけん》に力を入れ、丸眼鏡越しに藤治郎と久平を睨み付ける。

「別に、何でもないよ」

藤治郎が気弱な声を出した。

シズは藤治郎にキッと視線を送った後、部屋の中をぐるりと見回した。当然、シズはヒカリを見つける。驚いた様子だ。丸眼鏡を取って、片手で顔をごしごしとこする。

それからシズは眼鏡を掛け直すと、ゆっくりと顔を上げ、ついに久平を見つける。

「おや、珍しい」わざとらしい優しげな声。「あんたは、死になすったんじゃなかったのかい？」

久平は苦笑して、肩をすくめた。

「伯母さん、悪いが戻ってきた。事情が変わったんだよ」

「ほお。そりゃあ、そりゃあ」そこでシズは口調を変えて怒鳴りつける。「いったい、どういうことなんだ？　どうしてこんなところに子どもがいる？」

シズが部屋の中に一歩、足を踏み入れた。シズの視線が、再び久平からヒカリに移り、さらに壁際でニヤニヤ笑いを浮かべている義男に注がれた。

「まさか、その子を誘拐してきたんじゃないよね？」

誤解されているとわかったが、どう説明したらいいか、わからなかった。

「伯母さん、いろいろあったんだ。悪いことはしちゃいないし、これからもするつもりはない」

久平の言葉にシズは片眉《まゆ》を上げて、

「そりゃあ、いろいろあったんだろうね。……だが、この子が泣いてるのは事実だろ？　あたしはねえ、子どもが大好きなんだ。だから子どもを泣かすような男は問答無用だ。出て行ってもらうよ」

シズは拳《こぶし》を振り上げてみせるので、それを久平はおさえようとする。

「ちょ、ちょっと待ってくれ」久平はシズの手をとって、「伯母さん、いきなりそんな風に怒鳴ったんじゃあ、話にならないよ」

シズは首を横に小刻みに振って、

「久平、あんたは根性なしだけど、優しいのが取り柄じゃなかったのかい？　それが何だね、このざまは」

「いや、違うんだ。とにかく俺はこの子の味方だ。だからこうして助けた」久平は慌てて、

「な、藤治郎さん、そうだよな？　俺は何もしちゃいない。こいつが声をあげたのを聞いて、今、駆けつけてきたところだ」

シズは視線を藤治郎に移して、

「藤治郎っ。あんた、どうなんだ？」

藤治郎は半分、泣きそうな顔で、

「わしが来たときは、この状態だったよ。だから何が起こったのか、わしにはわからんよ」

久平はふうっとため息をついて、立ち上がった。

「まあ、いずれにしろ、本人に聞いたらわかる。……おい、ヒカリ、お前、何をされた？　義男が何をした？」

ヒカリの表情は変わらない。まるで時が止まってしまったかのようだった。

「可哀相《かわいそう》に……」

シズが膝《ひざ》をついてヒカリに近寄った。ヒカリは動かない。それでシズがヒカリの顔に手を伸ばした。

「あんた、大丈夫かい？　変なことされなかったかい？」

その言葉に、久平は違和感を覚えた。

「伯母さん、その子……」

久平が口を開き掛けたが、それを押しとどめるようにシズが言った。

「あんたたち、この子の一生を傷つけたってこと、わかってるんだろうね？」

それまでにない低い声に、久平と藤治郎は顔を見合わせた。

「一生って……」

「久平も藤治郎も、それから義男もよくお聴き。女ってのは傷つきやすいんだよ。年齢は関係ないんだ。若くても幼くても、女は女だ」

「お、女？」

久平の声が裏返った。

「女って、ヒカリは……」

久平は義男と藤治郎の二人を交互に見た。藤治郎は肩をすくめているが、義男は気まずそうな顔をした。それで全てがわかった。

「ヒカリ、お前、女だったのか？」

久平が近寄ろうとすると、それをシズが押しとどめた。

「久平、何を言ってんだ」怒鳴りつけた。「そういう言い方が、この子をどれだけ傷つけるのか、あんたはその歳でもわからないのかね？」

シズはそのままヒカリに近寄って、

「あんた、ヒカリさんって言うんだね？」今までに見たことのないくらい優しい表情で、「もう大丈夫だ。この婆ちゃんがあんたをちゃんと助けてやるからね」

その言葉に、ヒカリの表情が動いた。大きな瞳《ひとみ》から、涙が次々にこぼれだし、そのまま嗚咽《おえつ》をあげはじめた。

「可哀相に。いいから、こっちにおいで。もう大丈夫だからな」

シズがヒカリを抱きしめた。ヒカリは崩れるようにシズの胸の中に入った。

「おい、義男、お前、ヒカリが女だってわかっていたんだな？　知っていて、悪戯《いたずら》しようとしたんだな？」

そう言いながら、義男の頰を殴りつけた。

「まさか、久平さん、今まで気づかなかったのかよ？　僕を騙《だま》すためじゃなくて、まともにわからなかったとしたら……」義男は相変わらず笑い続けながら、「……あんた、鈍すぎるぜ」

もう一度、殴りつけた。だが、それをシズが止めた。

「久平、いい加減にするんだな。お前がそうやって怒って見せたって、お前がどんな野郎なのか、この子がちゃんとわかってる」

顔を上げると、ヒカリがシズの腕の中で泣きじゃくっていた。

「ちょ、ちょっと待ってくれよ。……俺はこの子の味方なんだ。ただ、いろんな事情があったんだ。……それで、俺はこの子と約束をしている」

久平はヒカリの肩に手を掛けたが、それをシズが振り払った。久平は仕方なく、ヒカリの顔を覗《のぞ》き込んで、優しい口調で話しかけた。

「な？　ヒカリ。俺たちは仲間だよな？」

泣いていたヒカリの顔がゆっくりと久平に向けられた。

「ヒカリさんとやら、それ、本当なのかね？　久平はあんたの仲間なのかね？」

「ヒカリ、俺たちは指切りをしたじゃないか」そう言いながら、久平は自分の小指をヒカリに向かって差し出した。「指切りって大事な約束をするときにするんだって、教えてやったじゃないか」

そう言い終えたとき、ヒカリがニッと笑った。

「久平と指切りをしたよ。だから久平とボクは仲間だ」

久平はヒカリの肩に手を伸ばした。

シズがびっくりしていたが、邪魔はしなかった。ヒカリが自分から久平の腕の中に入ってきたからだ。

久平はヒカリをぎゅっと抱きしめた。男だろうが女だろうが、かまわない。ヒカリと自分には特別な絆《きずな》がある。

3

木田敦子は子どもが嫌いだった。

自分が子どもだった頃から、何で自分は子どもなのだろうと、そればかり思った。子どもは不完全で、不潔で、不便だった。大人に頼らないと生きていけなくて、本当のことも教えてもらえなかった。中学にあがって初潮があったとき、安心した。自分もちゃんと大人になれるのだと理解したからだ。

それからもずっと敦子は子どもなんか大嫌いで、子どもとかかわりを持つことなど、決してないだろうと刑事になったのだが、そのあげくに配属になったのが捜査一課の特殊捜査班で、誘拐事件を専門としているため、どうしても子どもに関することが多くなってしまうのだ。

特に敦子のような女性刑事は、被害者の家庭に入り込み、取り乱している母親をなだめて必要な情報を得たり、事件解決の際には、被害者となっている子どもを保護したり、話を聞いたりすることが多い。

敦子は心の底から子どもの相手など大嫌いだったし、子どものことで騒ぎ立てる母親をなだめることなど、一番不得意とすることだったのだが、丸之内が一課長になってから、その考えが変わった。丸之内がそうであるように、自分の感情を排し、全てを計算ずくで動いてこそプロであると思うようになったからだ。

しかし――、今度の事件はどうやら今までとは違う。

まだ十分な情報が集まったわけではないが、これまでの経過から考えると、今回、誘拐された子どもは、全くもって普通とは言い難い。たった十歳というのに、最先端科学センターという国の施設に閉じこめられ、まるで『実験動物』のように扱われている。誰が親かもわからず、それに疑問を持たずに生活しているようだし、里親のところに行くことも拒んでいる。

義務教育の制度からも逸脱しているばかりか、既に相模原博士の研究グループに所属しているようでもある。しかもこの最先端科学センターの主とも言うべき相模原博士は、こんな大事件が起こっているというのに姿すら見せない。

例えばヒカリという子どもがそんなに大切ならば、誰よりも先に相模原博士が捜査陣の前に現れ、説明すべきではないか。ほんの一言話すだけで、捜査陣の士気は大きく鼓舞され、小さな謎など、敦子たちの目の前から消え去ってしまうはずなのだから。

しかし捜査本部には、こうしたことを口にしにくい雰囲気が漂っていて、刑事同士でさえも、ただ眉《まゆ》の間に力を入れてやり過ごすしかない。つまりこの事件の存在もヒカリという子どもも、政府によって隠蔽《いんぺい》されているらしいことに、この問題の大きさが表れているように思えるのだ。

事件発生翌日の三月十四日木曜日、ちまたではホワイトデーとされている日の朝、木田敦子は最先端科学センターの会議室で行われている捜査会議に出席していた。

「で、どうなんだ？　その連中は、結局のところ、白なのか、黒なのか？」

興奮気味なのは丸之内警視正だった。こうして怒鳴り散らすのは、彼の真骨頂であり、いわば真剣になっていることのポーズだ。

　ここにいる者のうち、県警から半ば強制的に連れてこられた精鋭たちは、丸之内のこうした振る舞いが全て演技であることがわかっていたが、それでも震えが来るほどの緊張感を味わっていた。

　丸之内は昨日からずっと機嫌が悪い。

　敦子たち捜査員にとって、事件が起きて動くのは日常だったが、丸之内は静岡県警本部の捜査一課長である。彼は静岡県全体の凶悪犯罪に睨《にら》みをきかせるのがその役目で、事件が起こったときにその捜査を指揮するのは彼の部下、管理官とか係長とか呼ばれる役職の者に決まっている。

　その丸之内が呼び出された。それも選択の余地がなかったと聞いている。

　県ではなくもっと上、つまり政府の、それもかなり高いレベルからの命令だという話だが、その鬱憤《うっぷん》がここにきて破裂したのかもしれない。

「今のところは、白であるとしか判断できません」浜松中央署の岩城警部が言った。気の毒なくらいに怯《おび》えた様子だった。「彼らの話には何の矛盾もありませんし、彼らが本件にかかわる理由もありません」

「矛盾がないからと言って、それでいいのかね？　ちゃんと裏は取っているんだろうね？」

　岩城警部は目を白黒させながら説明を始めた。勿論《もちろん》、彼はベテランだから、やるべきことはやっている。それなのに丸之内の前では、まるで猛獣の前の小動物のようになってしまっている。

いや、妙な緊張感に冷や汗を出しているのは岩城だけではない。敦子を含め、その場にいる者はそれぞれがいつもと違った雰囲気の中に呑《の》み込まれているような状況だ。

そう、たった一人を除いては――

会議室の中には長机が四角に並べられていたが、その上座に当たる部分に、丸之内警視正と共に座っている男がいた。

黒いスーツ姿で、表情は先ほどから全く変わらない。江藤俊也と名乗った彼は、丸之内とは比較にならないほど若いくせに、丸之内に負けないほど重い存在感を見せていた。

「二人の話は理にかなっています。そして彼らの着ている物の確認も取れました」

敦子たち捜査陣が頼りにしていたのは、雄踏のコンビニエンスストアでの情報だった。ヒカリらしき子どもと中年男のペアが、まるで親子のように現れ、そこで着替えていった話だった。

裏付けは十分だった。店主と妻の証言の他に、セキュリティカメラの映像があった。シャワーを使ったとのことだったから、そこに落ちている毛髪等を採取して鑑識に回してある。

話によると、江藤たちは、プロによる計画的誘拐事件と考えているらしいが、警察は普通、そんなストーリーよりも事実を優先する。

もちろん誘拐の可能性も考えて高速道路や主要な国道、鉄道の駅などには十分な配備を行ったが、それ以上に敦子たちは、ヒカリと中年男のペアが、案外、近くに潜んでいるのではないかと推理した。

さらに彼らは車に乗っていなかった、との証言を受けて、市内を虱潰《しらみつぶ》しに捜索することになり、その唯一の成果が、可美公園前交番の巡査部長が発見した二人組だったのだ。

「一人目が山崎《やまざき》義男、二十八歳。浜松市北区三ヶ日《みっかび》町出身で両親は農業を営んでいます。元々は静岡大学工学部、大学院の学生だったらしいですが、そこを退学して、現在は高塚町に住む佐久間シズという女性のところでリサイクルボランティアの手伝いをしているとのことです」

　ホワイトボードには、二人の男の写真が張り出されていてる。右側は山崎義男。細長い顔をした男で、小さく開かれた口ととろんとした目つきが、何となく嫌らしさを感じさせる。

　岩城は続いて左側の男を指し示してから、

「もう一人、こっちの男は浮田《うきた》藤治郎、六十七歳。掛川《かけがわ》市の出身で、元々は洋服屋を営んでいたそうです。ですが、その店も倒産して、今は山崎義男と同じく、リサイクルボランティアをしているそうです」

　白髪の丸刈り頭、背の高さは山崎義男の肩くらいまでしかない。子どもと見違えるような小男だ。

「リサイクルボランティアとは何だ？」

　丸之内が訊《き》くとすぐに岩城はメモを見て、

「要するに、ゴミを拾い集めたり引き取ったりして、その中から使えそうな物があったら、修理して使ってもらう、というようなことで、……でも、結局は寄付とかカンパとか言って、カネを取るわけだから、まあ、古物商ってことなんです。……最近は『ゴミ持ち去り防止条例』を決めている自治体があるんですが、残念ながら浜松にはそういうものはありません。それに、連中の話を鵜呑《うの》みにするなら、彼らが扱っているのは、不法投棄された粗大ゴミでして、それならむしろ自治体も歓迎するものですし、一応、浮田藤治郎は古物商の免許を持ってましてね、……つまり、問題にはならないというのが我々の見解です」

「夜の散歩も、彼らにとっては重要な仕事のうちってことか？」

「そういうことですね。一週間に二度は回るんだそうですよ。近いところは歩いて回って、大きい物があればあとから軽トラで取りに来るらしいです。特にこの三月は、引っ越しのシーズンで、いろいろと掘り出し物があるっていう話です」

胡散臭《うさんくさ》いとは思う。詳しく調べたら、窃盗の一つや二つ、出てくるかもしれない。

「で、どうだね？　彼らの証言の信憑性《しんぴょうせい》は？」

「警察に対して、よい印象を持っているとは思えませんから、そのまま鵜呑みにするわけにはいかないでしょう。……でも、彼らの服は、コンビニエンスストアの店主が渡した物と同じですから、彼らが犯人グループと接触したのは事実でしょうね」

スクリーンに浜松市の地図が映し出される。

浜名湖の東岸に最先端科学センターがあり、浜松市中心部に行く途中に、山崎義男と浮田藤治郎の二人が犯人グループと接触したらしい場所があった。今後はその二つの場所を中心に、地取り捜査が行われることになるだろう。地道で愚直な方法だが、これこそ、警察の組織力だ。

「彼らは自分たちの倉庫――高塚町です」岩城は地図の一点を指して、「この近くで犯人グループと遭遇したと話しています。彼らの話によると、犯人グループは外国語を使っていたそうです。英語でないことはわかったが、何語という特定まではできなかったそうです」

とすると、ポルトガル語ではないか、というのが敦子の印象だった。なぜなら静岡県西部は、浜松市を中心に、ブラジル人が多く住んでいるからだ。

「いずれにしろ……」岩城は続ける。「コンビニで目撃された中年男性は、下っ端らしいということです。リーダーらしき男が怒っていたということですから」

「怒っていた？」

「これは想像の域を出ないですが、……海に落ちたことも、コンビニに寄ったことも、想定外だったということでしょうね」

「……想定外、ねえ……」

それにしても妙な捜査会議だった。

誘拐されたと思われるヒカリを追っているのは事実だが、本来、自分たちが必要としている重要な情報が抜け落ちているように思える。いや、抜け落ちていると言うより、触れられないという暗黙のルールがあって、それで敦子たちは疑心暗鬼に互いの表情を探りあうのだ。

岩城は、山崎義男と浮田藤治郎の証言にある犯人グループのことをまとめている。

敦子たち捜査員はそれを漫然としながら見ているが、心の中には別の謎が渦巻いていた。

ヒカリとは何者なのか。どうして外国人グループが動いているのか。その証拠は？　なぜヒカリという子ども一人のために、内閣官房が動いているのか。

疑問符は次々に浮かぶが、決して消えることがない。

そのとき、敦子の視界の片隅で黒いスーツ姿の男が立ち上がった。

江藤だった。

「少しお話しさせてもらっていいですか？」

捜査員の全ての目が彼に注がれたが、誰も何も言わない。進行役の警部が、事務的に頷《うなず》くだけだ。

「私は内閣官房、内閣情報調査室所属の調査官、江藤と申します。相模原博士とヒカリさんの警護を任務としていますが、私どもの力不足の結果、このような事態を招いてしまいました。予測はしておりました。ですが、それをこえた中で、事件が起こってしまいました」

眼光鋭い男だった。官僚である一方で、闇の世界も承知しているような凄《すご》みがあった。

「捜査一課長の丸之内警視正をはじめ、静岡県警の皆さんにはこの件では大変な御苦労をお掛けすることになり、本当に申し訳なく思っています」

言葉だけの挨拶《あいさつ》だが、それも仕方がないという雰囲気が、誰あろう丸之内警視正に漂っている。二人の間にどのような会話があったのか知らないが、丸之内警視正は年下の江藤を上に立てなければならぬ立場にあるようだ。

「では、簡単ではありますが、皆さんに承知しておいて頂きたい事件の背景について御説明をさせて頂きます。申し上げるまでもなく、ここでの話は全て機密事項であり、特にこれからお話しする、今回の事件の被拐取者であるヒカリという子どもについては、国家機密中の機密であると了解して頂きたい」

そこで江藤は一同を見回す。もしかして江藤は、この刑事集団の中にも、自分の敵がいると思っているのではないか、そう考えてしまうような視線だった。

江藤は淡々と言葉をつないだ。

ヒカリが天才児であり、相模原博士の研究に欠かせないこと。ヒカリの存在が、最先端科学センター内に潜入していた某国関係者——つまりスパイに気づかれてしまったこと。

相模原博士よりヒカリの方が、子どもである分、狙われやすかったこと。江藤たちは、こうした事態を予測した上で対策を取っていたが、結果的にそれがうまく働かなかったこと。そして昨日、ヒカリがいなくなった場所から文字が発見されて、それが某国関係者による誘拐であることの裏付けになっていること……。

「その某国関係者による誘拐の裏付けとは何ですか？」

刑事の一人が手を挙げながら質問した。

「メッセージです」

江藤が即答した。そしてホワイトボードに向かって、不思議な記号をいくつか書いた。

「これと同じものが研究棟の外で見つかりました」

敦子にもそれが何かわからない。数学で使われる記号かもしれないし、ギリシャ文字のようにも見える。

「これは某国で使われてる文字で、直訳するとこうなります。……光は同胞の待つ世界へ……。ここでは固有名詞ではない〝光〟が使われていますが、ヒカリ個人を示すことは明らかです。その〝ヒカリ〟が同胞——自分たちの仲間ですね——の待つ世界へ、つまり、自分たちがヒカリを確保した、ということであり、その言語を使う集団による犯行声明だと考えられます」

江藤はもう一度、そこで全体を見回し、それからさらなる謎解きを行った。

「この言葉を理解できる日本人は非常に少数の専門家に限られます。……ということはどうなるのか？　そこにこの言語を扱うグループが存在したと考えるべきでしょうね。……我々は、相模原博士の身柄を狙っている、その言語に関連する人物、及びグループの存在を確認しています。その人物とグループについて我々は詳細なレポートを作成していますし、今回の事件について、彼らが関連する可能性が高いという我々なりの見解を持っています」

その見解を聞きたいところだが、そこで江藤は口を閉ざして、敦子たちの表情をぐるりと窺《うかが》った。敦子は手を挙げ、江藤の視線を感じてから質問した。

「その人物とグループについて、具体的に説明してください」

江藤は表情を少しも変えずに答える。

「我々が関心を持っているのは坂谷隆盛という男です。この写真の男です」江藤はスポーツ刈りで眉《まゆ》の太い男の写真をホワイトボードに貼り付けて、「……この男は一か月半前までこの科学センターの職員として働いていました」

その後、江藤は坂谷隆盛について、メモ一つ見ないで、次々に説明した。

坂谷隆盛は偽名であること。元々、危険人物としてリストアップされていたが、こちら側の盲点をついてセンター内に入り込み、働いていたこと。江藤自身も彼のことを知っていたが、顔も名前も巧妙に変えていたためにぎりぎりまで気がつかず、彼の素性に気づいたときには、既に逃げ出したあとだったこと。

彼の仕事は生活棟の管理に関することで、ヒカリとは面識があったこと。坂谷は数年前まで外国で生活をしていて、実は日系外国人であるばかりか、研究棟の外で見つかったあの言葉を操ることができる人間の一人であること。

「我々は、この坂谷隆盛がヒカリを奪ったと考えています。……よって」江藤は言葉をつなげて、「坂谷を含め、この事件のバックにあるであろうグループへの対応は私どもにお任せ頂き、皆さんには、とにかく情報を集めて頂く、それに尽きるわけです」

警察に情報を集めさせ、それから江藤はどうするつもりなのだろうか？

「江藤さん」丸之内一課長が口を開いた。それまでにない落ち着いた言い方に、緊張感が高まる。「いえ、江藤警視正とお呼びした方がよろしいでしょうか？」

江藤は表情を変えずに、

「警視正はこの事件中だけの階級ですから、私はこだわりません。ただ私に階級があった方があなた方が動きやすい、そう警察庁長官がおっしゃるものですから」

「私も階級にこだわらない主義ですので、江藤さんとお呼びしますがよろしいですか？」

「もちろん結構ですよ、丸之内さん」

江藤はニコリともしないが、それは丸之内も同じだ。

「では、質問しますが、誘拐事件の場合、今後、犯人側が接触を持ち、身代金の要求が行われ、さらには人質と身代金の引き渡しという風に事件が進んでいきます。この事件も同じように展開すると思ってよろしいでしょうか？　もしもそうならば、そうした場面での捜査は我々が行うのが法律上の解釈だと思うのですが、いかがでしょうか？」

「両方ともイエスです」間髪を入れずに江藤が答えた。「こうした場合の捜査権は、警察、もしくは検察に与えられています。ただし、私も階級を頂いた以上、捜査の責任の一端を頂いたと考えておりますから、犯人側との接触、交渉等については、必ず私の許可を得た上でやって頂きたい。なぜならば、あなた方が知り得ない犯人側に関する情報、事件の本質について摑《つか》んでいるのは、我々の側なのですから」

そこまで江藤が話し終えたとき、丸之内が思わず、という風に口を開いた。

「江藤さん……。もう少し情報をこちらに頂けないですかねえ。情報があって動いているのとそうでないのとでは、捜査の士気にかかわることになるんですよ」

慇懃《いんぎん》な言葉の裏に、丸之内のプライドが見えた。

立場が違うことは承知している。だが、こういう時こそ、それを乗り越える努力をすべきではないか――

一回り以上年上の丸之内だからこその言葉だった。

江藤の視線が一瞬、宙に浮いたが、一つ、何かを取り戻すかのように頷いてから口を開いた。

「秘密の保持は法律上のものです。あなた方も法律の枠内でお仕事をされているわけですから、情で法律を流用することの怖さを御存知でしょう？」一瞬、空気が凍り付いた。だが、江藤は丸之内の反応さえ確認しようとせずに、「どちらにしても、私はあなた方を信頼しています。日本の警察は優秀である。静岡県警もしかり。私はあなた方のプロ意識を十分に尊重します」

江藤が一人一人の顔を確かめるように見回した。

敦子は顔をそむけなかった。プロ意識では負けない。だが、そこには意地もある。

だから、江藤が隠している秘密さえも、見通してやろうと思った。

「さて、次に当日の状況について、説明させて頂きます」

江藤は事務的に説明を進めた。

――これまで解析したところによると、犯人の姿はセンター内のいかなるセキュリティカメラにも映っていない。これは彼らがセンターのセキュリティ体制について十分に情報を得ており、計画的な行動だったからだと考えられる。

　——しかし、その後の行動を見るに、彼らの計画にも微妙にずれが生じている様子である。その理由は、コンビニエンスストアで目撃された犯人があまりにも我々が想像しているものと違っていたからだ。

　——坂谷隆盛は、自分が既にマークされていることがわかっていたため、自らの手でヒカリを奪うことは諦《あきら》めたと考えられる。そのため坂谷は、日本人協力者——コンビニエンスストアで目撃された男——を使わざるを得なかったのだろう。

　——しかし事件は坂谷の計画から外れてしまったのだろう。それが予定外だったことは、その後の動きから考えても明らかと言える。つまり日本人協力者は手柄を立てようとして計画を変更し、その結果、浜名湖への転落からコンビニエンスストアでの一件など、失敗を続けたのではないだろうか。

　——残念だったのは、ヒカリが身につけていた発信器が作動しなかったことだ。これは湖への転落による故障が原因と思われる——

「そんな無計画な犯人に誘拐されてしまうほど、ここのセキュリティは軟弱なんですか？」

　慇懃な調子で丸之内警視正が訊《き》いた。江藤は視線さえ動かさず、

「ここは牢獄《ろうごく》ではありません。よって全てをチェックすることは不可能です。特に中から出ようとする者に対しては甘くなっているという弱点があります」

　それを聞いて、思わず敦子は質問をした。

「ヒカリさんが、自分から出て行った可能性はないですか？」

江藤が敦子の方を見た。まるでその瞬間に、敦子の存在に気づいたように凝視した。

「いや、さっきの文字の存在から考えて、我々の知らない第三者が一緒だったと考えるべきでしょう」

「あの文字、ヒカリさんか、他の人が見よう見まねで書いた可能性はありませんか？」

「ヒカリは言葉に関しても天才でしたので、可能性がないとは言い切れませんが、そうすべき理由が見あたりません。あの文字はどう考えても、犯人グループのメンバーが、――それが、たとえ日本人協力者であったとしても――犯行声明として書き残したものと考えるべきです」

「しかし、わざわざ犯行声明を残す理由とは何でしょうか？　犯人側としたら、単なる行方不明だと思わせておいた方が得なはずです」

江藤はそこでしばらく間をおいて、

「坂谷隆盛の側に、そうすべき理由があったと考えてください」

「そうすべき理由？　そうすべき理由とは、いったい……」

食い下がる敦子を断ち切るように江藤が言葉を続ける。

「このことについて、これ以上の説明は必要ありません」

江藤はきっぱりと宣言する。そしてすぐに口調を変えて、

「我々は最近、特にヒカリの動向に気をつけるようにしていました。そんな中、こうした事態に陥ってしまった要因の一つは、ヒカリが我々の予測を超えた行動をとったからなのです」

江藤たちの予測を超えた行動とは何だろうか？　まさか忘れ物をしたことではあるまい。

そう考えたとき、丸之内が同じことを呟《つぶや》いた。

「まさか、忘れ物を研究棟に取りに行ったことが、それじゃないだろうね？　いくら天才でも忘れ物くらいするだろうに」

江藤は顔色を変えず、まるで当たり前の事実のように淡々と言葉をつなぐ。

「ヒカリという子どもには普通とは違う特性がありました。つまり、自分の日課を崩さない、忘れ物をしない、というのがあの子の行動特性の一つだったわけです。よって我々は、ヒカリが生活棟から戻ってくることを全く考えに入れていませんでした」

ヒカリの特性が日課を守り忘れ物をしないこと？

そこに引っかかったが、それを敦子が質問する前に江藤が続けた。

「第二の要因は、通用口が使われたという事実です。……センターのセキュリティは、研究棟を中心としています。おわかりでしょうが、研究棟こそ、このセンターの中枢。よって、生活棟はまだしも、生活棟と研究棟をつなぐ通路や通用口は、ある種の盲点となっていました。通用口にもセキュリティカメラがありますが、他のところほど徹底したものではないのです。この通用口は職員用住宅への出入り口で、直接、外に出ることができません。よって、それだけセキュリティが甘かったと言えます。……今回の場合、犯人と思われる人物は何らかの方法で昼間のうちに敷地内に入り込み、そのまま研究棟と生活棟を結ぶ通路でヒカリを拉致《らち》したと考えます。その人物は、センターのセキュリティについて熟知しており、だからこそ通用口を使って堂々と出て行った可能性が高いと思われます。通用口は外からは開きませんが中からは開きます。そして、そういう記録が残っています」

「もう一つ、質問してもいいですか？」

敦子は手を挙げた。そして江藤が許可を与える前に喋《しゃべ》り始めた。

「このヒカリという子どものことをもっと詳しく教えてください。この子どもに日課を崩さないという特性があるとはどういうことですか？……いったい、このヒカリという子どもは何者なんですか？」

江藤が敦子を見た。何も言わない江藤の目が不気味だった。だが敦子は言葉をつなげた。

「ヒカリさんのことがわからなければ、私たちは何もできません。だいたい、この子はどうして一人でこの科学センターに暮らしているんですか？　親はいないんですか？　それにヒカリという子どものフルネームは何なんですか？　生年月日はいつなんですか？」

質問はいくらでもある。だが、珍しく気持ちが高揚して息が上がってしまった。

江藤はそんな敦子を冷ややかに見ていたが、口の端で少し笑みを浮かべたあと、ゆっくりと話し始めた。

「ヒカリという子どものフルネームが必要ならば、相模原ヒカリ、で良いのではないかと思います。生年月日は必要ではないでしょう。両親は存在していますが、ヒカリの存在が特別なために、親権を放棄されたと考えて良いでしょう」

疑問符が敦子の頭の中を飛び交う。

相模原ヒカリ？　両親は存在しているが親権を放棄？

どういうことだろうか？

「それから、ヒカリの行動特性は観察から導き出されたもので他意はありません」

「他意はない？」

敦子は引っかかる。まるで何かを隠しているような言い方ではないか。

江藤はギロリと敦子を見て、

「あの子は、天才です。相模原博士の研究、それも重要な部分であの子は重要な役割を担っていました。――たった十歳にして、世界最先端の研究に関与するという、いわば人間離れした能力を持つ子ども、それがヒカリです。行動特性が通常と違っていたところで大きな問題ではないですし、そこにこだわる必要もない」

江藤がヒカリの能力を最大限に評価しているのはわかる。しかし、まるでヒカリを道具としてしか扱っていないような言い方に、心苦しかった。しかし江藤は冷ややかに、さらなる事実を告げた。

「むしろ私があなた方にお伝えしなければならないのは、ヒカリが生物学的に女性であることです」

「女性？」

敦子だけではない。ため息のような声が、幾重にも響いた。

「男の子じゃなかったのか？」

誰かが呟いた。

「本人も周りも、性別については気にしていません。よって世間的な、いわゆる女の子らしさについては、本人は全く意識していません。いえ、女性であることのわずらわしさを嫌って、わざと男の子のように振る舞っていたと言っていいでしょう」

江藤はそこまで話すと、急に背後を振り向いた。そして、静かにかがみ込むと、何かを抱え込んで立ち上がる。

「皆さん――」

江藤の腕の中で、銀色の犬らしき物体が手足をバタバタさせている。

「これが何だか、わかりますか？」

本物の子犬のように見える。

例えば、首を傾げ、前足で江藤をひっかくような動きをするところ、目と鼻を細かく動かす仕草などは、生きている子犬そのものだ。しかし、銀色をした身体は、まぎれもなくそれがロボットであることを示していた。

「もう驚かないとは思いますが――」江藤が少しだけ笑みを浮かべて、「ヒカリがこのロボットを作り上げたのですよ」

江藤は『犬』をテーブルの上に置いた。

「これほど子犬らしい動きをするロボットを、皆さんは見たことがありますか？　たくさんの小型モーター、それを制御するコンピュータとプログラム。その全てをヒカリが設計し、材料を調達し、まさに一から創造したというわけです」

テーブル上の『犬』は、首を二度、三度と振った後、ワンワン、と江藤に向かってほえた。

そして、急に走り出したかと思うと、テーブルの端ぎりぎりで落ちそうになりながらも止まる。

「この犬は、センター内をいわば、放し飼いにされています。ヒカリによると、この犬――六十二号という名前が付いていますが――は、こうした『犬』らしい動作や感覚の他にも、インターネット上に絵を載せるとか、他にも様々なことができるらしいんですが――」ここで江藤は息をついて、「私が言いたいのは、これだけのロボットを創り上げることも、この十歳の少女にとっては遊びでしかないということです」

敦子にはロボットのことなど少しもわからない。だが、たくさんの優秀な頭脳がこうしたロボットの基礎となる技術を創り出すのに、何年も掛けてきたことは理解できる。

となると、ロボットの創造には最先端の技術や知識が必要なわけで、それを軽々とやっていたヒカリの実力は江藤の指摘する通りなのだろう。

「ヒカリはまだ発展途上です。あの子の潜在能力の高さは疑いのないところでしょう。よって、ヒカリの本質を捉《とら》えたならば、彼女を狙う者がいるのも当然のことだと言えるのです」

江藤はそう言い終わると、『犬』をそっと床におろした。

「確認しますが、我々の最終目的は、ヒカリを無事に取り戻すことです。どんな犠牲を払ってでも、成し遂げなければなりません」

そうだ、問題はヒカリだ。国が全力で守ろうとしている天才児。男の子に見える女の子。そして、珍しく日課を変更した日に姿を消してしまった謎の子ども。

鍵《かぎ》はヒカリにある。ヒカリを巡る謎を解かない限り、この事件は解決しない。

となると、ここはやはり清水唯と手を組むしかないだろう。ヒカリの一番近くにいたのは、彼女なのだから。

4

誰かが扉を叩《たた》いていた。

コツコツコツ……

長い間、続いていたような気がするが、定かではない。

唯は夢を見ていた。たぶんヒカリのことで、唯はまだ目覚めたくなかったのだが、ノックの音が無理矢理、唯を夢の世界から引き離した。

コツコツコツ……

唯はベッドからやっとのことで立ち上がった。夢の澱《おり》が頭の奥に塊となって残っていて気分が重かったが、緑色のカーテン越しに朝日を感じて、少しだけ楽になった。とにかく朝が来た。これでヒカリが戻ってくれば言うことはない。もしかしたらヒカリがいなくなったことさえ、夢の世界のことで、ノックの主は不機嫌なヒカリ、これまでと同じ平和な日が戻ってきたのではないかと根拠もなく考えた。

「今、開けます」

そう言いながらゆっくりと鍵を開けたが、そのとたん、扉が向こう側に引っ張られ、現実が飛び込んできた。扉の向こうに立っていたのは木田敦子だったのだ。

「唯さん、起こしちゃったかな？」

唯より少し背が高い彼女が、挑むような目をして唯を見つめていた。

「見つかったんですか？」

唯の質問に、敦子はあっさりと首を振る。

「そう簡単にはいかないわね」

敦子は遠慮せずにずかずかと唯の部屋に入り、中を見回す。そしてベッドサイドに置かれていたコンピュータに目を付ける。

「これ、ネットにつなげられるの？」

「ネットと、センター内のLANに入れます。ただし昨日の夜から制限が掛かりました。江藤さんがそう言いました。どうやらあの人、私のことを信用していないみたいです」

「あの人は誰も信じないのよ」

敦子はコンピュータのマウスに触る。すると画面が反応して写真が浮かび上がってくる。

クリスマスに、ヒカリと一緒に出かけたときの写真。浜松駅前に飾られた、大きなツリーをバックに、笑顔の唯と笑顔でないヒカリが並んでいる。

「コンピュータって、あの子の部屋にもあったよね？」訊《き》かれて唯が返事をする前に、敦子が思い出したように言葉をつなげた。「ねえ、唯さん。あなた、あの子が女だってこと知ってたんでしょ？」

唯は少し驚きながら、

「は、はい……」

「私、驚いたんだよね。……でも、いけないよね、それに失格だよね」敦子は首を振りながら、

「研究にかかわっている天才児っていうことと、あの子の姿を見て、私、自動的に男だって判断しちゃったけれど、それって私に偏見があるってことだから」

敦子はにっこり笑いかける。

「天才だから男、ってわけないのにね」

「でも、ヒカリは女の子でもないですよ」

敦子の動きが止まる。

「どういうこと?」

「女の子として扱うとすごく怒りました。パニックになりました」

「そう?」敦子は首をひねって、「じゃあ、あなた、ヒカリさんが日課を崩すのが得意ではないっていうの、わかる?」

「はい」唯は素直に答えた。「確かにそういうところがあります。でも、それだけじゃないですよ。ヒカリっていろいろなところで、他の子と明らかに違いますから」

「どういうところが違うの?」

答えにくい質問だった。ヒカリとの生活が始まってしばらくの間は気になることばかりだったが、今は違う。ヒカリとはこういう存在だと承知しているから、何も考えなくなっている。

「数字とか、覚えるのが得意です。記憶力は超人的です。機械いじりも得意だし、とにかくパッと見てすぐにわかっちゃう。ラジオやテレビを分解するのは、ヒカリの趣味でした。それに基板っていうんですか?……電化製品に入っている小さな部品が詰まった回路を見て、これは綺麗《きれい》だとか、綺麗じゃないとか、言ってました。……もっとこうすると、美しいのに、だなんて……」ヒカリの顔が思い浮かんで、唯は泣き笑いの表情になる。「機械なんて、機械でしかないのに、それが綺麗とか、綺麗じゃないとか、とっても変だけど、ヒカリは大まじめなんです」

そこまで話すと、次々にヒカリとの思い出が浮かんでくる。

隣の浜名湖ガーデンパークでは、花の美しさを楽しんでいるのかと思ったら、構造とか色素とか、そんなことばかり気にしていた。花ではなく、その隣を流れる水の行方ばかり見ていることもあった。雲を眺めていたり、花びらの舞に注意を奪われたりしていたが、ヒカリの頭の中では唯が想像していたのと、全く違う世界が展開していたのだろう。

そして、ヒカリは不思議なことを言う。

――赤い花って、数字の7に似ているね。だって叫んでいるみたいだもの――

「ヒカリさんは、日課の変更が嫌なんだよね。とすると、忘れ物を取りに行くなんてこと、普通じゃないことだよね？」

「そうですね……」唯は慎重に考えながら、「そうかもしれないです。忘れるってことが、あの子には似合わないですから。……気にしたことはなかったけれど、ヒカリは規則通りが好きだったみたいです。でも、ヒカリにだけしかわからない規則がたくさんあるんですけど」

「ヒカリさんにしかわからない規則？」

「ヒカリの頭の中は、ヒカリの部屋と同じです。ごちゃごちゃだけど、必要なところに必要な物がきちんとあって、ヒカリの中では整理されているんです」

敦子は自分と正反対。頭も切れるし、性格も男っぽい。その上、スタイルも良くて、自分にはないものをたくさん持っている。その敦子が自分に近寄ってくる。今まで気づかなかったけれど、敦子はまるでヨーロッパの彫刻のように整った顔をしている。

「あなた、坂谷っていう人、知ってる？」

「え？　まさか今回の件に、坂谷さんが関係しているとか？」

驚いた。なぜなら坂谷は唯にとって既に過去の人だったからだ。

「あら？」敦子が今度は驚いた表情をして、「何か心当たりがあるの？」

「いえ、そんなことないです。ただヒカリは、坂谷さんのことを嫌ってなかったな、と思ったから」

「え？　あの子が坂谷のことを嫌っていなかった？　それ、どういうことなの？」

畳みかけるように訊かれて、唯はまるで操り人形みたいに体のあちこちを動かしてしまう。

「ヒカリって、自分の気持ちを言葉にするようなことはありません」

「じゃあ、嫌ってなかった、なんて、わからないじゃないの」

「でも、ヒカリは坂谷さんと話していたことがあったから……」敦子からのプレッシャーに唯は一歩、後退しながら、「坂谷さんは生活棟のメンテナンスをやる人で、いろいろな機械を直してくれていたんですが、それでヒカリと接点があったんです」

敦子は何も言わない。だから、唯は仕方なく、言葉をつなげる。

「ヒカリは天才だけど、経験は坂谷さんの方があるわけで、だから坂谷さんが何かを修理しているとそれをヒカリはじっと見ていて、時々、話をしていることがありました」

「坂谷って人、何の修理をしていたの？　そのヒカリさんが見ていたときだけど……」

「内線電話とか、コンピュータとか」

「その人、コンピュータの修理もできるの？」

「とにかく何でもよく知っている人なんです。コンピュータは、何かのプログラムのこととか、インターネットのこととかだと思うんですが……」そこで唯は気がついて、「でも、何かあったんですか？　もしかして、今回のこと、やっぱり坂谷さんがヒカリを連れ出した、とか…

……」

　唯にとって坂谷は得体の知れない男だった。だから疑われるのも理解できる。

「坂谷っていう男、唯さんから見ても、何か、怪しいところがあったの？」

「あの人が辞めてすぐだったかな、変な噂があったから」

「やっぱりそうなんだね」

「どうして、やっぱり、なんですか？」

　敦子はつまらなそうな顔をして、

「あの江藤って男が教えてくれたんだけどさ、そういう話が本当にあったらしいんだよ」

　坂谷が相模原博士を狙って入り込んだスパイだった、という話を聞いたのはいつだったろうか？　ヒカリだったら、何日の何時何分に誰からどんな風に聞いた情報なのか、一度に答えられるのに、唯の記憶は曖昧《あいまい》だ。たぶんその話を聞いたのは一か月ほど前のことで、それ以降、この最先端科学センターに勤める者の間では公然の秘密になっていた。

「ねえ、唯さん。……その辺のことを含めて、今から私に詳しく話してくれないかな？」敦子は唯に笑いかけた。「私ね、あなたの全面的な協力を必要としているのよ」

「全面的な協力？」

「あなた、ヒカリさんを救い出したいと思っているでしょ？」質問をしているくせに、敦子は唯の返事を待たず、「私もそれは同じ。……でね、それにはあなたの協力が絶対に必要だと思っている」

「私なんか、何も知らないですよ」

敦子は唯の言葉に反応せず、

「あのね、謎はこの科学センターとヒカリという子どもにあると思うんだ。だって、あの子に価値があること以外、秘密だらけだからね。……例えば、あの子、どういう経緯でこのセンターに住むことになったのかな。で、どうやら研究で最も重要な事柄をあの子は知っているらしいんだけど、どうしてそんな重要なところを受け持つことになったのかな？　だって、まだ十歳なのよ」

「でも、普通の十歳じゃありません」

唯はそう言い返すのが精一杯だが、敦子はそれを全く気に掛けず、

「それにね、相模原博士との関係は何なの？　それから外国の組織に狙われてるっていうけど、その組織の目的は何なのかな？」敦子は息をついて、「たぶんあなたも知らないことばかりだと思うんだけど、それでもあなたの方が私よりわかっているはずって思うんだよね」

「そうでしょうか？」

敦子は返事をしないで唯を見つめる。少しだけ顔を近づけ、まるで魔法を掛けるかのように唯に向かって呟《つぶや》く。

「私、正直に言って、江藤っていう人が気にくわないんだよね。……あの人、警察を道具だと思っててさ、面倒臭いこと、人がたくさん必要なことは警察にやらせて、あとは自分だけで、こっそりと事件を解決しようとしている」

「でも、解決されるんだったら、私はそれでいいです。ヒカリが無事に帰ってくるんなら」

思わず口に出た。敦子は虚をつかれたように表情を止めたが、すぐに笑みを浮かべ、

「それって本当の解決にならないのよ」

「どういうことです？」

「ヒカリさんが戻ってきて、表面上は解決されたことになるかもしれない。でもね、また同じようなことが起こるかもしれないから」

　敦子が唯の目を見た。

「これは私の勘だけど、ヒカリさんって、自分からここを出て行ったんじゃないのかな？　もちろん坂谷っていう男から、誘いがあったかもしれないけどね」

　今度は唯が敦子を見た。

「思うんだけど、ヒカリって子、ここの生活に満足していたのかしら？」

　その瞬間、ヒカリの顔が思い浮かんだ。

　あれはいつだったろう？　一度だけヒカリが唯に抱きついてきたことがあった。

　あのときヒカリはひたすらに涙を流し、その上でこんなことを呟いたのだ。

　ボク、何のために生まれてきたのかな？　ボク、研究するために生まれてきたのかな？

　あれは月明かりの綺麗な夜のことだった。

5

「本当はスカートがかわいいと思ったんだが、本人が嫌がるから、ズボンにした。今風にいうなら、パンツってヤツだが、どうだ？　わしの見立てもなかなかだろ？」

　藤治郎が満面に笑みを浮かべている。不思議と嫌らしさを感じないのは、藤治郎が職人魂を発揮しているからかもしれない。

衣装の全てを藤治郎が倉庫のどこかから引っ張り出してきた。七十近い爺《じじい》のやることだから、多少、センスが古くさくなってしまったが、それにしてもヒカリは眩《まぶ》しい。

「お前、本当にヒカリだよな？」

「ボクはヒカリだ。洋服を替えただけじゃないか」

ヒカリが喋《しゃべ》ったとたん、魔法がとけた。あんなに似合っていると感じた服も、急に場違いに思えた。ハートのマークがワンポイントのトレーナー。体にピッタリと吸い付くようなズボン。両方とも明るい色だったし、髪の毛をピンで留めたのが今までと違う。

事務室は乱雑なままだったが、それでも前より片づいている。というのはヒカリの服のことで、藤治郎とシズが何だかんだとやり合っている間に、義男と二人で片づけたからだ。

特に義男には、必死で働くように命令した。本人なりに反省はしているようだが、それでも久平の怒りはおさまらない。ヒカリに手を出すなんて許せないし、そのあとに吐いた言葉はもっと気にくわない。

――ヒカリちゃんが女の子だってわかったんだから、いいじゃないか――

しかしもちろん、義男を仲間に入れなければならないことはわかっている。彼は既に秘密を知っている。追い出すことはできないわけだから、このまま仲間として扱うしか方法はない。

「事情があるのはわかったよ。この子が上手に話してくれたからね。……だが、とにかく義男はお仕置きが必要だね。こんなかわいい子を泣かしたんだから」

きっぱりとシズが言う。久平はため息をついてから、ポンと膝《ひざ》を叩《たた》いた。自分なりの決心をするためだった。

「伯母《おば》さん、そこまでわかってくれたんなら、義男のことも俺に任してくれないか?」

シズが久平をギロリと睨《にら》んだ。

「こいつのことは俺も腹が立つが、いないと困るのも事実だ。その証拠に、昨日の夜は、義男が教えてくれた情報のおかげで、この子も俺も助かった」

「警察のことかね?」

シズはどこまで知っているのだろうか?

久平は彼女の表情をうかがう。

シズがヒカリを警察の手に渡そうと考えるのではないか……。

「この子、あんたのことを気に入っているんだってね?」

シズは愛《いと》おしそうにヒカリを自分の腕の中に入れた。

「科学センターなんかに帰りたくない。だってボクは……」

ヒカリが口を開いたが、それをシズが押しとどめる。

「女の子が自分のことを『ボク』なんて言うもんじゃないよ。そう教えただろう?」

シズはバシッとヒカリの頭を叩く。ヒカリは肩を震わせて目を閉じ、そのまま黙り込む。

シズはそんなヒカリの頭を撫《な》でてから、

「まあね、この子の境遇を考えれば仕方がないんだろうが、それでもしつけは必要だよ。だから余計に、その何とかいうセンターに戻しちゃいけないよ。そうじゃないか?」

シズはさすがだった。ほんの三十分も経たないうちに、ヒカリの本質を見抜いていた。

「婆さん、いいことを言うねえ」

思わずというように、藤治郎が言うが、それをシズは視線で制して、

「となると、義男を仲間はずれにするのも危なっかしいことだから、あとは久平、あんたのやりたいようにやるしかない」

物わかりの良いシズに久平は首をひねると、シズがヒカリを横にどけてから、唐突に久平の耳元に近づいて囁《ささや》いた。

「久平、この子、金になるんだろ？」シズの香水がむわっと久平を包み込む。久平は思わず息を止め、シズの肩を押さえながら頷《うなず》いた。「あたしゃあね、子どもが好きだが金も好きだ。八十にはなったが、もう少し生きていたいからな」

どうやらヒカリはシズに全て話したらしい。もしくはシズが上手に聞き出したと言うべきか。

「そりゃあ良かった。……だけど伯母さん、頼むよ、秘密だけは守ってくれなきゃ」

久平は真剣に言う。秘密の保持は、人の数が増えれば増えるほど難しくなるからだ。

「久平、大丈夫だ。あたしゃ、惚《ぼ》けちゃあいない。あんたが何を考えているか、だいたい想像がつくからな」

「この子のことを何とかするには、伯母さんの協力が絶対に必要になる」

「あたしにできることはやるよ。あたしゃね、あんたたちが思っている以上に人脈も知恵もあるんだ。……だが、それよりもお前の方はどうなんだ？　いろいろな事情があるだろうが、この子が幸せになるのが第一なんだ。もしもそれをお前たちが忘れたら、このババアはすぐに警察でもどこでも行くんだからな。……義男、わかってるだろうな？」

シズは長い腕を伸ばして、義男をこづいた。義男は簡単によろけて手をついたが、何度も頷いて見せる。シズは続いて藤治郎と久平を交互に見て、

「あんたたちも、わかってるだろうね？」

久平は胸を張って、

「伯母さん、俺はね、昨日、この子と会う直前まで死ぬ気だった。で、死ぬのをやめたのは、この子のためなんだ。……それにね、伯母さん、ヒカリも死ぬ気だったんだ。たった十歳なのに」

話しているうちに熱くなった。

「だから俺はヒカリを助けたい。——俺みたいな中年ならまだしも、十年しか生きていないヒカリが、自分のことを屑《くず》だって言って、それで死を選ぼうとしたんだから、それを何とかしたい。敵が警察だろうが何だろうが、とにかくヒカリを助けたい」

久平はシズを見た。シズは泣き笑いの顔だった。

「あんた、そういう風にどうしてもっと早くなれなかったのかねえ」

久平がポカンとしていると、シズは帰り支度を始めながらヒカリに向かって、

「まあ、大人を呼び捨てにしようが、自分のことを『ボク』って言おうが、あんたはあんただ。その強情なところを含めて、あんたは本当にかわいい。気に入ったよ」

シズとヒカリ。八十歳と十歳。さらに広がる年齢差などヒカリには関係ない。もっと違うところで、ヒカリとシズは通じ合っている。

「いずれにしろ、久平、お前が命がけになるところを見られて良かった。せいぜい、その子の

か。


ために力を使ってみるんだな」

シズの優しい表情を初めて見た。いや、昔からシズはそういう顔をしていたのではなかったか。
※

「ほら、僕の助けが必要だったろ？　僕がいなきゃ、ヒカリちゃんだって、困ったはずなんだ」

義男が口に泡を浮かべながら久平に言う。

「偉そうなことを言うな。俺がお前を完全に許していると思うなよ。俺はその気になりゃ、お前をどうにでもできるんだからな」

久平はそうやって脅してみせるが、実のところ、義男の根が悪くないことも承知している。ヒカリが、いや久平が隙を見せなければ、こういうことは二度と起こらないと思うし、義男だって、同じことを繰り返すことのリスクをわかっているはずだろう。

「ヨシオ、他にはネットにつながっているPC、ないの？」

ヒカリがこっちを見て義男に訊《き》いた。

義男は自分が呼び捨てにされていることなど、全く気にしない。それどころか、ヒカリの頼みに、嬉々《きき》として働いている。

「遅いけどいいの？」

「何でもいい。つながっていれば大丈夫。あとはボクがやるから」

午前十時を回っているところを見ると、あれから二時間以上、ヒカリはこうしてコンピュータに向かっている。

——どう考えてもネットだよ。コンピュータを使うのが楽でいいと思う。

そう言い出したのはヒカリだった。ヒカリは、自分なら科学センターのメインコンピュータにも警察のネットワークにも侵入できると豪語した。

久平はヒカリが扱っているコンピュータの画面を見た。文字がびっしりの画面にかじりついていたかと思うと、まるで幼稚園児が描いたような、色とりどりの絵を一心不乱に見ていたこともある。インターネットを使っているのはわかるが、何をしているのかはわからない。

しかもヒカリは日本語なんか使わない。かといって英語だけでもない。

途中で久平がヒカリにそのことを訊くと、ヒカリは当たり前のように答えるのだ。

「基本的に言葉はどれも同じだから、気にしなくてもいいんだよ」

気にするとかしないとか、そういうレベルではないだろう。

そう言いたいのをグッとこらえた。それはやはりヒカリが普通の子どもではないことの証明で、それで久平は何となく誇らしい気持ちになるのだ。

そうやってコンピュータに向かっていたヒカリが突然、久平を呼んだ。

「ほら、ここに書いてある。読んでみてよ」

コンピュータの前に座ったまま、藪《やぶ》から棒にそう告げる。

ヒカリが指し示したディスプレイには、『超新星爆発』について書かれていた。

——初期の宇宙に存在した元素は水素とヘリウムのみで、それより重い鉄や珪素《けいそ》、我々の体を構成する炭素や窒素などの元素は恒星内部での核融合反応で生成し、超新星爆発により宇宙空間にばらまかれた。また、鉄より重い元素は超新星爆発時に生成したと考えられる——「いい？　ボクらの体は、全部、星の屑でできてる。前にも言ったけど、だいたい地球なんて、太陽みたいな恒星に比べれば、塵《ちり》みたいなものなんだ」ヒカリは画面を凝視しながら淡々と続ける。「偉そうに言っても、人間なんて疑いなく取るに足らない存在でさ、全く意味がないんだ」

ヒカリは無表情に見えたが、実は悲しんでいるのではないかと久平は思った。

「ボクはね、その人間の中でも最低なんだよ」ヒカリが微《かす》かな声で言う。「ボクなんか、生まれなければ良かった。どうせ大人の都合で作られたロボットみたいなものなんだし——」

思わずヒカリの顔に手を伸ばし、自分の方に振り向かせた。

「ヒカリ、そういうことを言うもんじゃない」

ヒカリの考えは非常識だ。宇宙と人間を同じに論じるところに大きな間違いがある。

「じゃあ、久平はボクの考えが違っていると証明できる？　論理的に納得させられる？」

久平は微笑んで、

「お前を納得させることなんか、俺にできるはずがない」不満気なヒカリをおさえて、「いいか、ヒカリ。……こういう難しい問題はすぐに結論を出してはいけないんだ。——お前が今、話してることはね、実験室の中のことじゃない。もっとでかい話だから」

「宇宙なんか、実験室と同じだ。でかくても同じだ」

「そうじゃない」久平はがっしりとヒカリの肩をつかんで、「お前が天才なのは認める。だが、神様じゃない。だから悩む。苦しかったり悲しかったりして涙を流す。……わかるな？」

ヒカリは反応しない。だが、それでも久平は語り続けなければならなかった。

「……だからな、ヒカリ。時間を掛けようよ。とりあえず、そのことを考えるのはやめにして、俺たちがやらなきゃいけないことを……」

――やっつけよう、そう続けようとしたとき、後ろから義男の声がした。

「ヒカリ、こっちにもう少し大きいメモリーがあったんだけど……」

振り向くと、義男がむき出しの部品を手にしていた。しかし義男はそのままの表情で固まる。

「久平さん、何があったんだ？」

義男の心配そうな視線の先にヒカリの顔があった。ヒカリは唇を噛《か》んでいる。何かの苦しみに必死に耐えているような顔をしている。

久平はため息をついて、

「ほら、これを読んでやってくれ」

義男がこっちにやってきて、腰をかがめながらディスプレイを覗《のぞ》き込んだ。

「ここだ」

ヒカリの前にある画面を指さすと、すぐ横に藤治郎が立っていた。

藤治郎は何も言わない。すぐ外で話を聴いていたのだろうか。まるで自分の孫を見るような視線をヒカリに送ってから、義男と同じくコンピュータのディスプレイを覗き込んだ。

「なんだか、難しいなあ」

藤治郎が目を細めた。

「要するに、地球も人間も星の屑からできているっていう話なんだ」久平が説明する。「で、ヒカリはそれを苦にしてる。……地球が屑なら、人間はその屑にくっついている埃《ほこり》で、さらにヒカリはその埃の中でも最低なんだそうだ」

へへへ、と義男が鼻で笑った。その不謹慎な反応に久平が睨《にら》み付けると、目の前でぱたぱたと手を振って、

「いや、僕は別に……」義男は目を見開いて、「そんなの、当たり前だって思ってたから」

「当たり前？」

久平が訊くと、義男は小刻みに頷《うなず》いて、

「だってさ、僕なんか、生まれてからずっとカスだ、屑だって言われ続けてきた。……僕は三人兄弟の真ん中だけど兄貴も弟も出来が良くてさ、僕なんか、ずっと屑扱いだったから」

そう言えば聞いたことがある。

義男の兄貴は東大卒業の官僚で弟はハーバード大学に留学中。二人とも頭がいい上にスポーツマン。義男だけがまるで別の家の子どものように出来が悪かったのだそうだ。

「だからさ、僕なんか星の屑で上等。英語にすりゃあスターダスト。星の屑だったなんて逆に嬉《うれ》しいし、ゴミだろうが埃だろうが、それで十分って思っちゃうんだよね」

義男が言うと、藤治郎が珍しく真顔で、

「スターダストなんて、わしたちには勿体《もったい》ないくらい綺麗《きれい》な感じだよなあ」

久平はこの話の流れをチャンスだと感じて、ヒカリに向き直った。

「なあ、ヒカリ。……どうだ、そんなところで」ヒカリの表情をうかがいながら、「義男みた

いな考え方をすれば楽になれる。そうじゃないか？」

　ガタン――

　ヒカリが立ち上がった。

　白い頰が急に赤みを帯びた。

「ボクはそんな風に考えられない」

　キッと目を開いて、挑むように久平を、義男を、藤治郎を睨んだ。

「ボクはね」大きな目が光る。「人間の中でも、ロボットのように作られた、化け物なんだ。……だから、ボクに生きてる価値なんかない」

　全てを言い終わる前に、ヒカリは歩き始める。そうしていないといられないかのように、その狭い空間を行ったり来たりする。

「ヒカリ――」

　いきなりほとばしった感情に、久平はとまどってしまう。ヒカリの中には、久平が思っていたよりも深い闇のようなものが入っているらしい。

「おい、ヒカリ……」

　もう一度、呼びかけたが、ヒカリは止まらない。

　真っ赤な顔をしたまま、唖然《あぜん》とした久平たちを見ると、手を振り下ろしながら叫んだ。

「もういい。ボクを放っておいてくれ。でないとボクは、壊れてしまうから――」

　久平は呆然《ぼうぜん》としたが、その肩を藤治郎が叩《たた》いた。

「おい、久平さんよ」藤治郎は神妙な面持ちで、「ここは勝手にさせておくしかあるまい。こういうときはそれが一番だ。……どうしたらいいかは、あの子が自分でわかっているんだから」

藤治郎は部屋から出るようにと義男の背中を押す。義男はヒカリから目を離せずにいたが、藤治郎に促されてしぶしぶといった感じで部屋を出た。

久平は動けなかった。ヒカリと同じ空間にいなければならないと思った。

藤治郎は何度か久平の肩を叩いたが、それでも動かないのに気づいて、大きなため息と一緒に出て行き、そして部屋の中は久平とヒカリの二人だけになった。

ヒカリの興奮は簡単にはおさまらず、まるで発作を起こしたみたいに両手で耳を押さえてうずくまるときもあった。歩いては立ち止まり、天井を見上げたりうずくまったりした。しかし二十分もするとやっと動きが穏やかになり、いつの間にかヒカリは何事もなかったかのようにコンピュータの前に座った。

久平は言葉を探した。ヒカリを励ましてやりたいと思ったし、ヒカリを包み込んで安心させてやりたいと思った。だが、何を言ったらいいかわからないし、もしかしたら藤治郎の言うとおり、こうして放っておくことだけが自分たちにできることではないかと思うようになって、それで久平はそっと部屋の外に出たのだった。

それから丸二時間、ヒカリはコンピュータの前だったが、その間、久平、義男、藤治郎の三人は事務室の片づけをした。こんな風に必死に掃除をしたのは、初めてだ。

久平はヒカリのためだと思った。あの子がいつまでここにいるのかわからないが、あの子がいる間だけでも、ここは綺麗にしておきたいと思った。

昼食は久しぶりに久平が料理した。

実を言うと、久平は調理師の免許を持っている。自宅が旅館なのだから、そのくらいできて当たり前だと専門学校に通ったのは、まだ夢を見ていた頃のことだった。久平は久しぶりに包丁を握った。あの子がここにいる間は、なるべく自分が作った物を食べさせてやりたいと思った。メニューは普通の和食だったが、栄養バランスは考えられていたし、何よりもおいしくできた。

昼食中、ヒカリはまるで夢を見ているような顔をしていた。さっき、あれほど興奮したことなど、まるで覚えていない様子だった。義男が何かコンピュータの話題をヒカリにふったが、それにヒカリは反応しなかった。気まずい空気が流れたが、それをヒカリが気にする風でもない。義男はそのヒカリを見て、首を傾げたが、すると藤治郎が静かにこう言うのだ。

「この子は普通じゃないんだよ。今も何か考えているんだろうよ。だからわしたちは、わしたちでやるさ。必要なときになれば、この子は何か言うんだから」

愛《いと》しい孫を見るような視線で、照れくさいのか、へへへと笑った。そして昼食が終わって、義男がお茶を並べたとき、まるで夢から覚めたように、ヒカリが口を開いたのだ。

「ボクたちは、これから科学センターと警察に連絡を取ることにしよう。文章は久平が考えて欲しい。ボクが考えると、おかしくなってしまうから」

「俺が考えるのか？」

ヒカリは真面目な顔で頷いて、

「久平は金が欲しいんだろ？　それをそのまま書けばいい。ヒカリを預かっている。返して欲しかったら、十億円払えって」

「だがヒカリ、その大金をどうやって払わせるつもりでいる？　それってすごく難しいじゃないか。向こうだって、俺たちのことを疑っているはずだから」

久平がそこまで言うと、藤治郎が冷静に言った。

「それよりも十億はふっかけすぎじゃないか？　こういうのって、値段が高くなればなるほど、リスクが高まるんだ。わしたち、ヒカリまで入れて四人。婆さんを入れても五人。久平さんの借金を考えても、ちょっと多目の一億で十分だよ」

「ダメ。十億。それより多いのはいいけど、少ないのはダメ」ヒカリが言った。「はじめからそういう話だったんだよ」

「はじめからって、確かにそうだが、それは勢いってもんだ。実際、十億なんてお金、どうするんだ？　わしたちには多すぎるじゃないか？」藤治郎は久平と義男の顔を交互に見て、「大切なのは安全に奪って安全に使うことだ。……十億なんて言ったら、連中は全ての札の番号を控えて、ブラックリストに載せて、その上、死ぬ気でわしたちを追いつめる」

藤治郎はそこで間をおいて、念を押すように言った。

「な？　十億は多すぎるだろ？　もっと身の丈にあった額にした方がいい」

「なるほど、身の丈にあった額、ねえ……」久平はヒカリの顔色を窺《うかが》いながら、「確かに十億だと、扱いにくいよな。だいたいそういう金を銀行に預けるわけにもいかないし、持って歩くわけにもいかない。隠し場所を考えるのも大変だし、どうやって使ったらいいかもわからない」

「な？　そうだろ？」

藤治郎が言った。

「おい、ヒカリ、どうだ？　十億は多すぎると思うんだけど」

久平が言うと、ヒカリがキッと瞳《ひとみ》の色を変えて、

「ダメ、絶対に十億じゃなきゃ。ボクの身代金だ。十億より少ないのはおかしいんだ」

「どうしておかしい？」

ヒカリは挑戦するような顔をして、ゆっくりと言う。

「ボクの価値が十億以上だから。……ボクを外国に連れて行くつもりだった人が、十億、いや百億の価値はあるって言ったから」

「十億ねえ。……お前さん、自分のことを屑《くず》だカスだって言ったわりに、すげえ自信があるんだなあ」

嫌味っぽく言ったわけではない。純粋に感心した様子だったのだが、藤治郎がつい含み笑いをしたのがいけなかった。ヒカリの目がキッとつり上がって、

「笑ったな。ボクを笑ったな」

藤治郎は動じずに、

「ヒカリさん、あんたは確かに賢いかもしれないがね、わしはあんたの数倍生きている。わしの経験から言っても、十億っていう値段はかなりのものだ。いくらあんたが価値のある子どもでも、十億は言い過ぎだろう」

久平は心配になって口を挟んだ。

「な、藤治郎さん、俺たちの考えたストーリーでは、ヒカリを誘拐したのは外国のグループってことになっている。そのグループがヒカリを誘拐したんなら、十億くらいの身代金を要求しないと、おかしいんじゃないか？」

「ストーリーから言ったらそうかもしれないが、現実としては危険すぎるだろう」

「いや、十億より少ない方が危険かもしれないぞ」

そう言っておきながら、久平はどうしていいかわからない。久平はヒカリが嘘をつけるような子ではないことを理解している。よって、ヒカリに十億以上の価値があると言う人がいたのは事実だろう。

しかし、久平たちにとって十億という額が重すぎるのも、もう一つの事実だった。

「オークション」

ヒカリが言った。

「え？」

義男が反応した。

「ボクをオークションに掛ければいい」

「オークションって、あれか？　インターネットのオークションか？」

「そういうのがあるって、久平が教えてくれたんじゃないか」

「そりゃあ、そうだけど……」

「ここの倉庫にある物は、オークションで売るって言っただろう？　オークションに掛ければ、どのくらいの価値のあるものか、わかるってことだろ？」

「まあ、そうだな」

藤治郎が応じた。

「だったら、ボクをオークションに掛けたらいい。そしたら科学センターがボクに勝手に値段を付ける」

「面白いじゃないか」藤治郎がハハハと笑った。「身代金をオークションで決めるなんて、最高じゃないか」

藤治郎の言葉に、意外にもヒカリも笑顔を見せた。

「ボクも面白いと思う。それにボクは自分の価値を知りたい」

「危険じゃないか?」

久平が言うと、義男が首を振った。

「安全だと思う。……だってこの事件のことは、僕たちと科学センターしか知らないし、ネットは上手に使えばいろいろ抜け道がある。それに僕たちにはこのヒカリちゃんがついている」

義男の言葉に嫌らしさを感じて久平は睨《にら》んだが、彼は意外にも真剣な表情だ。

藤治郎は頷《うなず》いて、

「意表をついているよ。それが一番だ」

こうして前代未聞のオークションが始まることになり、四人は早速、その準備に取りかかった。

第3章　オークションと浜松城

1

カテゴリー　　オークション〉おもちゃ、ゲーム〉フィギュア〉オリジナル
出品物　　ヒカリ
出品者　　スターダスト
最低落札価格　　五千万円
入札単位　　壱千万円
商品説明・オリジナルの高機能フィギュアです。この商品の価値を御存知の方に、これ以上の説明は必要ないことでしょう。高額商品のため、入札者には制限があります。制限の詳細は出品者にお問い合わせください。
注意事項・落札希望価格に達したところで早期終了する場合があります。
支払方法・安全かつ迅速な方法を御提案する予定です。

※

そのことを知らされたのは、小会議室の中だった。

部屋の中央には楕円形《だえん》のテーブルがあって、正面には丸之内課長と江藤俊也が隣り合って座り、その他に、敦子たち特別捜査班の主な面々、浜松中央警察署の警部などが陣取っている。もちろん捜査に出ている者も多く、全員が集まっているわけではない。

正面の江藤はいつもと同じ真っ黒いスーツ、精悍《せいかん》で無表情。背筋の伸びた姿勢で隙がない。一方で丸之内は見るからに不機嫌そうで、彼の大きな体にある無数の毛穴から、彼のイライラが放出されているかのようだった。

「犯人から接触がありました」江藤が何の前触れもなく切り出した。「これがそのメールです」

江藤がスイッチを入れると、彼の背後にあるスクリーンにいくつかの活字が映し出された。

「これは数分前、科学センター宛《あて》に送信されたものだ」

丸之内が続けたところをみると、既に丸之内は江藤から連絡を受けていたらしい。

「読み上げます」江藤が言う。「件名はオークションのお誘い、差出人はスターダスト。文面はたったの一行、──最先端科学センター長様、あなた方をオークションに御招待致します」

江藤はそこで全員を見回して、「もちろんこれには続きがあります」そう言いながらスクリーンを切り替えた。

「あ……」

思わず声が出た。そして、スクリーンに映し出された写真から目が離せなくなった。

人形に見えた。

──いや、それは確かに人形だ。プラスチックのように透明でなめらかな肌をした少女がそこに座っている。着せられているのは、まるで冗談みたいにひらひらがついたドレスで、その少女は無表情のままこちらを見ていた。

心の中が急に静かになった。怒っているわけではない。だが興奮していることもない。気持ちが固まってしまって、どう考えていいかわからない。

「どういうことですか？」

捜査員の一人が唸《うな》りながら訊《き》いた。

「ここに座っているのが我々の捜しているヒカリという少女です。——人形のように見えますが、たぶんコンピュータで加工しているんでしょうね。勿論《もちろん》、この服も合成でしょう」

これまで見たヒカリの写真は、どれも不満げな表情と黒っぽい服のために、美しいとかかわいいとか思うことはなかったが、これは違う。意図的だとはいえ、ここまで美しく見えるものかと目をこすりたくなるような出来だった。

「つまり、連中は人質をオークションに掛けたというわけだ……」丸之内が怒りを込めた口調で、「しかも開始金額は五千万で、入札単位は一千万……」

興奮気味の丸之内に対して、江藤は冷ややかな調子で、

「敢《あ》えて冷静に受け取るならば、犯人が我々に身代金の額を決めろと言ってきていると理解できます」

「しかしオークションというのは、前代未聞だろう」

「あなたがそうおっしゃるんなら、たぶん、そうでしょうね」

江藤の変わらない声に、丸之内は息をついて早川《はやかわ》刑事を呼んだ。

早川はコンピュータに詳しい、最近重宝されるタイプの男で、敦子の気心の知れた仲間でも

ある。その早川が丸之内の声に丸っこい身体を踊らせるようにして前に進み出る。

「早川刑事、メールやオークションのページからわかったことを報告してくれ」

丸之内にそう言われると、早川はハンカチで汗をぬぐいながら、早口で話し始める。

「最初に確認したいのは、入札の注意としてオークションのページに書かれていることです」

早川は画面を切り替えて、「読み上げます。……高額商品のため、このオークションの入札には制限があります。入札資格者にはこちらからメッセージをお送りしてありますが、それ以外に興味のある方は、下のフォームより連絡をお願い致します」

そこで再び画面を切り替えて、

「入札期限はここにあるように二日後となっています。具体的には本日が三月十四日木曜日ですから三月十五日の午後十二時。つまり十六日の午前零時です。入札可能回数については特に記載がありません。常識的に考えて、何度でも入札を繰り返すことができます。……ただし、この部分に次のような注意書きがあります」早川はポインターでスクリーンの一部を指し示し「出品者の都合により、早期終了する場合があります。また希望落札価格……カッコ、未公開、カッコ閉じる、に達しなかった場合は、出品者の判断により次の中のどれかとなります。一、それまでの最高額の入札者と取引、二、オークションの延長、三、出品そのものを取りやめ――」

早川はそこで、丸之内と江藤の顔を交互に見た。

江藤は表情を変えない。丸之内は不機嫌なままだったが、大きなため息をつきながら言う。

「まあ、そういうことだろうな」

「そういうこと、とはどういうことです？」

江藤が訊くと丸之内はギロリと視線を画面に向けて、

「犯人側が自分たちに有利なように話を進めている、ということです。もちろん、こうした事件では当たり前のことですが、あまりにも斬新《ざんしん》だったのでね」

丸之内はそう言ってから、早川に続けるように促す。

「捜査の結果、犯人がかなり慎重であることがわかりました。根拠は二つ。一つは、どうやらインターネット経由で彼らの本拠地まで辿《たど》ることが難しそうであること。もう一つは、民間のオークションサービスを利用しているように見せかけていますが、その実、これは特別に設定されたホームページであること――」

早川はメモを開き、さらにスクリーンに資料を映し出して続ける。

「使われていたのは、フリーメールアドレスで、誰でも簡単に取得可能ですから、このアドレスから犯人を特定することは難しいです。しかもドメインから考えると、日本の会社によるものではありません。詳しくはわかりませんが、アラビア語圏です」

早川は機械的に画面を再びオークション画面に切り替えて、

「これは日本でも有名なオークションサイトを巧妙に複製したものです。……ここの部分」早川はポインターで画面の上の方を指し示して、「……を見るとわかります。このアドレスも無料でホームページのスペースを提供するサービスなんですが、ここの会社に依頼したところで、犯人を特定することは難しいでしょう。一昔前に比べれば、多少、法律の規制が入ってますが、この犯人は外国のサービスを使っていますから」

「早川刑事、質問してもいいですか？」咄嗟《とっさ》に敦子が口を挟む。「犯人が使っている外国のサービスって、全てアラビア語圏なんですか？」

　早川は静かに首を振って、

「僕にもわからないんです。……最初のフリーメールアドレスはアラビア語であることの確証が得られたんですが、ホームページ会社の方は、どこの言葉かわかりません」

「信憑性《しんぴょうせい》はどうですか？　こうしてコンタクトを取ってきたのが、犯人である証拠です」

　江藤の質問に早川は頷いて、

「いくつかありますが、最初はこの画像です」映し出されたのは、人形のように見えるヒカリの写真だった。「これは被拐取者のヒカリさんです。データに刻印されている撮影日時が本日の午後零時三十二分になっています――」そこで早川は顔を上げ、「この人物がヒカリさんであることが明らかならば、犯人しか撮影し得る者はいません。……データの撮影日時を改ざんしている可能性は、まあ、少ないと思っていいと思います」

「唯さんに見せましたか？」

「はい。彼女はヒカリさんだとすぐに言いましたよ。驚いていました。どうしてこんなに女の子らしい格好をしているのかって」

　そこで早川は汗をぬぐい、さらに画面を切り替える。今度は人形のように見えるヒカリの写真だけを大きく引き伸ばしたものだ。

「合成画像である証拠ですけど、こうして大きくしただけでも不自然な箇所が見られます」

　早川はその不自然な部分を説明した。ヒカリの写真には違いないだろうが、着ている服も、その背景も、全てデジタル処理だと言う。ヒカリの顔でさえ、修整が加えられていて、だからプラスチックの人形に見えるらしい。

「特別な技術ではありません。少し習えば、誰にでもできることです。それから、この部分……」早川は画像の右上、座っているヒカリの頭のあたりにある不規則な模様を指さして、「この部分には次のような文字が隠されていることがわかりました」

さらにその部分を拡大した画面に切り替える。

するとその不規則な模様の部分が、色を変えて加工されていて、確かにそこにはアルファベットのような奇妙な文字が刻まれていたのだった。

息を呑《の》んだ。

見たことがある。たしかこれは、江藤が昨日、敦子たちに告げた『坂谷隆盛が犯行にかかわっている根拠』ではなかったか。

「江藤警視正」早川がまるで尋問するように江藤を呼んで、「これは警視正のお話にあった文字と同じです」

覚えている。研究棟の外に書かれていたという文字。

「光は同胞の待つ世界へ、……そう書いてあるとのことですが、念のため、私もインターネットで調べさせて頂きました。……その結果、これがキリル文字であることがわかりました」

キリル文字——

遠い昔、どこかで耳に挟んだような響きがある名前。どういう意味を持つのかわからないが、ただ遠くの国で使われている、魔法の呪文《じゅもん》のように思える。

「キリル文字は、ロシア語など、スラブ系の言語で使われる表音文字です。……ここに書かれているのは、そのうちのカザフ語のようです」

カザフ語？　そう言えば、カザフスタンとかいう国があったような気がする。

とすると、犯人グループは、そのカザフスタンの人たちなのだろうか？

だが、その疑問を口にする前に、江藤がまるでそれを見透かしたように言った。

「カザフ語は、カザフスタンだけで話される言葉ではありませんよ。ロシア、モンゴル、中国の一部でも話す人がいますが、だからといって、この犯人グループがカザフ語を母国語とする人たちだと結論づけるわけにはいかないでしょう。むしろここで皆さんに言っておきたいのは、私が想定している犯人——坂谷隆盛がカザフ語を操る能力を持っているということです」

江藤はそこにいる者、全員を見回して、

「よって、センター内に残されていた文字が坂谷隆盛による犯行声明であることは明らか。あとはこの犯人側からのメッセージに対して、どのように対処するか、それを決定していくことになります」

江藤の言葉に、丸之内が息をついて、

「では、問題は対処法ですな。これをどうするか、ここが捜査本部の腕の見せ所となる」

その発言に江藤は丸之内に向き直り、そこで珍しく微笑みを浮かべた。

敦子は江藤が何かを言おうとしているのを感じた。それが自分の尊敬するボスを逆上させるような内容でなければいいと願った。

「丸之内警視正」

江藤がそう丸之内に言った。

丸之内が警視正ならば、江藤も仮にも警視正だ。互いに同じ階級である以上、そこに身分上の差は生じないが、二人の所属は大きく違っている。その二人の間をどう取り持てばよいのか、もしかしたら捜査そのものよりも難しいのかもしれない。

だから敦子は何も言えず、ただ二人の表情を見守っている。何か、決定的なことが起こる前に、せめて自分の尊敬する上司をその場から連れ出してしまおうと身構える。

「何でしょう、江藤警視正」

淡々とした口調だ。

「あなたと私では立場が違いますが、この事件を解決したいという思いは同じだと思っているんですが、どうでしょうか？」

「わざわざ確認すべきことではないでしょうね」

江藤は厳しい表情を崩さないまま、一つ、頷《うなず》いて、

「では、私の提案を是非とも了承して頂きたい」

「それが事件の解決に向かうのであれば」

そこまで話が進んで、敦子は少しだけ緊張を解いた。丸之内はやはり大人だ。口調に余裕が感じられる。

「提案は簡単です。……事件は私の想像以上に複雑な様相を見せている。よって、今後はこれまで以上に、我々はしっかりと手を握らなければならない。実のところ、私の側には、全てを皆さんにお伝えできないという足枷《あしかせ》があり、それで御迷惑をお掛けしているのは重々承知して

いるところです。しかし、それを限定的ではあるができる限りゆるめていきたい」

「なるほど」丸之内は少し首を傾げて、「あなたが譲歩するとは思いも寄りませんでした」

「いえ、私も静岡県警の刑事諸君が優秀であることは承知しておりますし、私だけで事件を解決できるとも思っていません。……特に私はあなたを全面的に信頼しています。よってこの難しい局面こそ、あなたの御判断を仰ぎたいのです」

驚いた。江藤のやり方があまりにもスマートだったからだ。

これまで江藤は敦子たち刑事を尊重していないようだった。立場上のことなのか、誰に対しても高圧的で、秘密主義の上に無表情、人間らしいところが少しもないのが彼だった。

その江藤が丸之内を信頼していると明言した。

となると、丸之内のような男が、その信頼に応《こた》えようとしないはずがない。

「あなたからの信頼には、私個人というより、静岡県警全体の最大限の努力で応えることとしましょう。……具体的には、そうですね、ここは役割分担をはっきりさせるべきでしょう」

「役割分担、と言いますと？」

江藤が訊《き》くと、丸之内はその場にいる者全員を見回しながら、

「この事件は我々がこれまで扱ってきたものとは全く違うことは明らか。よって、ここは少数精鋭のチームで、柔軟に事件について検討し、今後の捜査方針を立てなければなりません。しかし……」ここで丸之内は呼吸をおいて、「同時に、通常の誘拐事件でも行っている、地道な捜査を続ける必要があります。つまりこれまで得た情報を詳細に分析し、さらに広範囲に渡っての聞き取り及び防犯カメラ等の確認を進めなければなりません。何しろ誘拐事件は時間との

戦いでもありますから」

「なるほど。この事件の特殊性への対応と通常の捜査の両方を同時に行わなければならない、よってその二つを確実にすべきだ、ということですね」

江藤の言葉に丸之内は頷いて、

「それで役割分担なのですが――」丸之内は大きな目をギョロリとさせ、幾分、前屈《かが》みになって、「御承知の通り、私はたたき上げの刑事です。よって、定石通りの捜査は私にお任せ頂きたい」

自信満々の言葉に江藤は重々しく頷いて、

「わかりました。では、私は何を？」

「江藤警視正、私もあなたを信頼します。その上で、この事件の分析――つまり特殊性への対応について、お願いしたい。もちろん、お一人では難しい点もありましょうから、そこは木田と早川、捜査一課の若手精鋭の二人を部下としてお預けすることにしましょう」

「え？」

思わず声に出た。自分がここで抜擢《ばってき》されるとは思わなかったが、それは早川も同じだ。

丸之内は微笑を浮かべ、

「木田も早川も優秀です。彼ら二人を十分に使って頂ければそれで満足。そこでの話し合いを受けて、私たちが動くような形を取るのがベストの布陣でしょう」

丸之内の大きな目が自分に向けられていた。その奥に自分に対する大きな信頼を感じて、敦子は胸が熱くなるのを感じた。

丸之内はそこに集まっていた敦子と早川以外の捜査員に対して、仕事に戻るよう指示を出す。

敦子は不思議な気持ちになって、思わずその場に立ち上がっていた。

「私で大丈夫でしょうか？」

丸之内の前に出て訊くと、彼は大きく頷いた。

「当たり前だ。それは江藤警視正も同意見だろう。重要な任務だ。しっかりやるんだぞ」丸之内はそのまま扉のところまで移動し、江藤に向かって言った。「二人を十分に鍛えてやってください。彼らはあなたの期待に十分に応えられるはずです」

江藤が頷くと、そのまま丸之内は捜査本部に戻って行き、それに続いて、捜査員の面々が退出する。すると急に、空間が広がった気がして、珍しく敦子は子ども時代に戻ったような心細い気持ちになった。

早川と敦子の二人は江藤の近くに席を移動した。そして、敦子は江藤に向かって質問した。

「では、江藤警視正、私は今から何をしたらよろしいでしょうか？」

とにかく丸之内の期待に応えたい、そんな想いがある。

「木田刑事も早川刑事も、私のことは警視正という借り物の役職ではなく、調査官、もしくは江藤と名前で呼んでください。……それから、今、私があなた方にお願いしたいのは、この事件について、あなた方なりの率直な感想、意見、考えを述べることです。遠慮は無用。……まずこのオークションでどうでしょうか？　木田刑事、あなたはこの犯人からのメッセージから、何を読み取りますか？」

単刀直入な聞き方だった。江藤に遊びの部分はない。彼の全てが事件に向かっている。それだけヒカリという子どもの存在が重いからなのか、それとも、これが彼の本質なのか。いずれにしろ敦子は真剣になった。まるで試験のようだと思った。ここは負けるものかと、言葉を選びながら口を開いた。

「犯人が集団であることはわかっています。例の二人組の証言を信じるならば、外国人を中心としたグループですが、中にコンピュータの専門家が含まれていることは確実でしょう」

「十分な準備がなされている、ということですね？」

「そうです。通常の犯罪者であれば、ネットが未《いま》だに匿名であるなどという幻想を抱いていてもおかしくはないでしょうが、この事件の犯人はそのレベルではないと予想されます。……もちろんインターネット捜査班に分析を命じる必要はあるんですが、そこに過剰な期待を持つのは避けた方がいいと思います」

「早川刑事、あなたの意見は？」

早川は顔を紅潮させて、

「同じです。ネットから彼らに迫るのは不可能だと考えるべきでしょう」

江藤は満足そうに頷いたが、すぐに片眉《まゆ》を上げて、

「ところで木田刑事。あなたは今、もしもあの二人組の証言を信じられたら、というような言い方をしましたが、そこのところをもう少し説明して頂けませんか？」

「あの二人組？」敦子はとまどったが、すぐに頭を切り替えて、「そうです、あの洋服の交換をしたという二人組です。――では、私、逆に訊きたいんですが、調査官はいかがお考えですか？　あの二人の証言を信用していますか？」

江藤は静かに息をついて、

「基本的に私は他人を信用しません。しかし論理的に考えて、真実である可能性が高ければ、信用すると同じように考えることになります」

「というと？」

江藤はそっと肩をすくめて、

「言葉通りですよ。ただ、この場合、彼らの証言のみで判断するのは間違っています。私はこの事件に坂谷隆盛が関与していることは確実だと考えています。よって、彼らが証言した外国人グループのことは、詳細の違いはあれ、信じるに足る論理的理由があると考えられます」

敦子は静かに江藤を見つめた。そして呼吸を整えてから、

「調査官、そこのところです」敦子はそこでもう一度、息を整えて、「調査官は、坂谷隆盛の関与を確実だとしていますが、それは百パーセントの真実なのでしょうか？」

「木田刑事、彼の関与は、オークション画面のキリル文字からも明らかじゃないですか？」

早川が言うが、それを敦子は手を挙げて押しとどめた。

確かに今や、理屈の上では坂谷隆盛の存在は確実になっている。

しかし、あの二人組の証言やコンビニエンスストアで目撃された中年男から感じられる、ある種のニオイが敦子を悩ませていた。

あのニオイは、坂谷隆盛に似つかわしくないものだ。

だいたい坂谷隆盛のような男が、あの二人組との洋服の交換を許可するだろうか？　そして、コンビニエンスストアで愛嬌《あいきょう》を振りまくような男を、協力者として採用するだろうか？

江藤は敦子を見つめて、

「木田刑事、この事件の発端は坂谷隆盛なのです。……例えば、ヒカリが行方不明になったとき、なぜすぐに誘拐だと判断することができたでしょうか？　いくらヒカリが特別な子どもでも、坂谷の件がなければ、いきなり誘拐事件として取り上げることはできなかったわけです」

「それはわかります。調査官が私たち警察の出動を、緊急に、いわば力業《ちからわざ》を使って要請したのには、それなりの根拠があったのだと理解できますから」

江藤は頷《うなず》いて、

「そして、このように身代金の要求がされ、そこには坂谷隆盛が操ることができるキリル文字が存在していた。つまり私の想定内で事態は動いているわけですから、これは坂谷隆盛の関与を証明していると考えざるを得ません」

江藤は珍しく何かを思い出すように上を向いた。そして、ゆっくりと敦子たちの方に視線を移して話し出す。

「これはあなた方を信用して話すのですが……」江藤は言葉を選びながら、「今から十二年前のことです。私はロシアで仕事をしていたのですが、そのときの協力者が坂谷隆盛でした」

江藤は無表情に続ける。

「坂谷隆盛は日系ロシア人です。父親が日本の政府関係者だったことから、私たちは彼を仲間であると理解していました。ロシア生まれでロシア国籍をもってはいるが、日本を愛している、そう考えていました」

その言葉を聞いてピンと来た。江藤は情報収集、つまりスパイ活動をしていて、坂谷は現地の協力者として雇われていたのではないか。

「しかし、彼は敵方のスパイだった？」

敦子が言うと、江藤は頷いて、

「彼の母親はカザフ人です。彼は日本語とロシア語はもちろん、カザフ語も話すことができます。そして、彼はロシアの中でもカザフスタン寄りのグループに所属していて、自分の国のために日本の情報を集めていた」

「しかし、その彼がなぜヒカリさんを？」

敦子の疑問に江藤は珍しく疲れた顔を見せて、

「我々は彼を仲間だと信じていました。よって彼は、我々の機密情報にも触れるチャンスがありました。……もちろんそれは、ヒカリが生まれるずっと前のことでしたが、坂谷はそのときに得た情報や人脈から、ヒカリの存在に行き着いたわけです。つまりヒカリという秘密の子どものことを知っていたのは、坂谷隆盛以外にあり得ない、というのが私の考えです」

「だから坂谷隆盛こそ、この事件の首謀者だと調査官は信じているのですね？」

早川の言葉に江藤は慎重に頷いて、

「その上、大胆にも彼がこの施設に潜り込んで働いていたという事実がありますから」

「だから坂谷、もしくは彼の仲間は、キリル文字以外に全く痕跡《こんせき》を残さず、ヒカリさんを奪うことができたと？」

江藤は無表情に頷く。

「いくら顔や名前を変えたからといって、彼の侵入を許してしまったことについて、私は言葉がありません」江藤は幾分、腹立たしげに、「しかもヒカリとの関係も良好だったということです。……よって、今回のことも彼の存在を意識せざるを得ません。なぜならヒカリは特別な子どもです。面識のない人間の言うことを素直に聞くような子ではないからです。しかし、例えば全くの初対面であっても、坂谷の名前を出せば、ヒカリは素直に話を聞いたかもしれない」

　敦子は江藤の思考の道筋を読んで、

「坂谷は自分が関係していることを江藤調査官に伝えたくて、カザフ語を使ったとか？」

　江藤は小さく微笑んだ。

「さすがです。木田刑事。あなたは、私が思っていた以上の鋭さを発揮する」

「私が、ですか？」

「そうですよ。あなたはこの短い時間に、エフゲーニー――坂谷のロシア名ですが――と私の関係を見抜いている」

「見抜いたわけではありません。江藤調査官が坂谷隆盛がロシアで出会っている。そして彼は調査官の目をかいくぐってセンターに潜入したが、その目的を達する前に調査官が彼の正体に気づいた。しかし坂谷は調査官に身柄を捕捉《ほそく》される前にここから逃げ出した――。つまり調査官と坂谷隆盛はこれまでずっと一種のライバルだった」

「私は彼をライバルだと考えたことはありませんが、結果的にそうだったかもしれませんね」

　そこで敦子は考え込む。

坂谷隆盛がこれまでの経緯から江藤に対して、犯行声明を残したのだろう。そして、逆に言うならば、だから江藤は坂谷隆盛を意識せざるを得ないのだ。

「じゃあ、オークションの目的は何でしょうね？」自問自答する。「他にもヒカリさんの価値を知っているグループがいるとほのめかして、身代金をつり上げるためでしょうか？」

「そう思いますよ。坂谷隆盛はオークションの中で、別のグループの参加をほのめかし、さらには希望落札価格を明示しないでいる。これは連中が身代金を我々の限界までつり上げようというトリックに他ならない」

　本当にそうだろうか？

　敦子は自問自答した。敦子の頭の中には、相変わらずコンビニエンスストアの中年男や、例の奇妙な二人組への疑念が巣くっていたからだ。

　敦子は頭の中を整理しながら、

「例えば、我々が犯人が想定したより多い金額を提示したら、ヒカリを素直に返してくれるんでしょうか？」敦子は江藤から目を離さずに、「私が心配しているのは、どんなに破格の金額で入札しても、取引に応じないという可能性です。金を奪うかどうかは別として、そのままヒカリさんをロシアに連れ出してしまうという……」

「それはあり得ますね。いや……」江藤も考え込みながら、「本来、私が最も恐れていたのは、ヒカリが忽然《こつぜん》と姿を消してしまうことでした。——何の手掛かりもなく、ただ忽然と——。つまりヒカリが坂谷隆盛の手によって、国外に連れ去られることこそ、最も避けなければならない事態だと考えていました。つまり、私は今、非常に安心しているんですよ」

「身代金要求があっただけでも、良かったと？」

早川が訊《き》いた。

「そうです。坂谷隆盛とそのグループ、もしくはそのバックとなっている某国は、ヒカリを奪うことと同列に金銭の要求も考えている。それは我々にとって助けでもあります」

「ちょっと待ってください」敦子は話の流れに付いていけない。「それはつまり、ヒカリさんを取り戻すチャンスがまだあると思われるからですよね？」

江藤は頷いたが、そこに早川が口を挟んだ。

「でも、こういう可能性はないですか？　坂谷がオークションを通して、ヒカリさんの価値を担保させようとしているという？」

早川の発言の意図がわからない。それで敦子は早川を見つめると、彼は汗を拭《ふ》きながら説明する。

「ヒカリさんの存在は極秘なわけです。坂谷隆盛はその価値を知っていますが、対外的にはどうでしょうか？　例えば坂谷の後ろ盾となっている存在も、ヒカリさんの価値をそうそう信じられるものではない。つまりオークションという突飛なやり方はヒカリさんの価値を証明するための手段なのでは？」

江藤は二度、三度と頷いて、

「あり得ますね」そこで再び考えながら、「しかしそれでもなお、私は連中がヒカリをそのまま連れ去ることはないだろうと考えています。なぜなら、こういうことは時間を掛ければ掛けるほど、リスクが高くなるのは自明のこと。ヒカリの価値など、本人を目の前にすれば、誰でも理解できるはず」

江藤は、よほどヒカリを大切に思っているらしい。その深刻さは痛いほど伝わってきたが、それはそれで敦子にとって謎なのだ。

「調査官――」江藤の表情を盗み見ながら敦子が訊いた。「ヒカリさんを取り戻さなければならないのはわかっています。しかし、あの子にはどんな価値があるんでしょうか？……他の国が奪い取ろうとするのは、なぜなんでしょうか？」

「難しい質問です。あなたが要求している答の全てが、今もなお国家機密です」江藤は眉間《みけん》に皺《しわ》を寄せながら、「しかし、ここはあなた方を信頼し機密ギリギリの説明をさせて頂くならば、あの子の価値には二つの側面があります」

「二つ、ですか？」

思わず敦子が訊き返すと、江藤は頷いて、

「一つはあの子自身の価値――今後、最先端科学のあらゆる面で、世界のトップになり得る素質を持ち、既にそれを証明しつつある存在としての価値。そして、もう一つは相模原博士の研究への関与です」

「相模原博士の研究？」今度は早川が訊く。「それはいったい、どういう研究で、ヒカリさんはどんな関与をしているんでしょう？」

江藤は言葉を選びながら、

「この研究所で行われている最も重要な研究は『核融合』に関する理論の創造と技術の開発ですが、わかりますか？」

核融合――。聞いたことはあるし、何となく理解をしているつもりだが、どのくらい重要なことなのかピンと来ない。

江藤は早川と敦子の表情を見て、簡単に説明をした。

核融合は現在、原子力発電所で利用されている核分裂反応とは全く違うものであり、はるかに安全であること。その反応は、太陽をはじめとする恒星で行われているものであり、一度に多量のエネルギーを取り出すことができること。さらに原料は海中に無尽蔵にある上、二酸化炭素などの温暖化に関するガスを出すこともなければ、高レベル核廃棄物などの問題もないこと。

よって人類が抱えるエネルギー問題を全て解決する理想の技術であるが、一方、その実現にはまだまだハードルがあること。

「相模原博士は、核融合に関する画期的なアイディアを提案しています。現在、そのアイディアを実現すべく、特殊な機械の設計と実験に取りかかっているのですが……」ここで江藤は二人の顔を見て、「それに関する重要な事項をヒカリが握っているのです」

「ヒカリさんが握っている？　どういう意味ですか？」

敦子が訊く。

「御承知の通り、この分野は他の研究機関と協力しているとはいえ、競争関係にあります。より早く技術を生み出せば、それは大きな金銭的な価値となります。よって、新たな技術の開発には、いつもリスクがついて回ることは明らか」

「情報漏洩《ろうえい》のことですね？」

早川の言葉に江藤は頷《うなず》いて、

「今や、コンピュータの中は安全とは言えません。どんなに堅固なシステムを構築しても、ハッキングは避けられない。そこで、この画期的な技術に関する最も重要な事項の保持を、ヒカリの正確無比な記憶に頼るという判断をしたというわけです」

「記憶に頼る、というと？」

早川が訊くと、江藤が言葉を選びながら、

「ヒカリが重要項目の全てを記憶しています。新たな技術の中心となる数式も、これまでの実験データも、その全てはヒカリの超人的な記憶の中にある」

これまでのヒカリに関わる情報に照らし合わせればあり得ることだと思ったが、それでも十歳の少女が引き受けるには重要過ぎる役目ではないか。

敦子はその事実に息苦しささえ感じてしまった。

「つまりあの子がいないと研究はストップしてしまうということですか？」

敦子が訊くと、早川も負けずに、

「あの子をその気にさせれば、研究の全てを奪うことができるということですか？」

江藤は無言で頷く。

「ヒカリは天才です。しかし、ヒカリの存在は極秘でした。よって、セキュリティとしては完《かん》璧《ぺき》だと考えていました。まさか十歳の子どもが最先端の研究の中心にいるとは、誰も想像できないわけですから」

敦子は江藤に挑戦するように、

「しかし、坂谷隆盛にはばれてしまったんですよね？」反応しない江藤に敦子はさらに言葉を投げつける。「坂谷の影が見えたところで、もっと別の方法はなかったんですか？」

江藤は首を振って、

「ヒカリの記憶にある機密情報はとても複雑で多岐に渡っています。それら全てをコンピュータに移すとしたら、それだけで膨大な時間が必要となります。……つまり、それだけヒカリは奇跡の子どもであり、価値が高いと理解してください」

敦子は息を整えた。どう反応していいかわからないが、自分のやるべきことはこれではっきりしたと思った。

「江藤調査官。……私たちはこのオークションに参加しなければなりません。そうしない限り、ヒカリさんの安否確認もできないわけです。……これはこの事件に限ったことではないのですが、とにかく人質を取られている以上、向こうに決定権があります」敦子は江藤が異を唱えないのを確認して、続けた。「そこで私は質問があるんですが……」

「何でしょう？」

「オークションの入札額です」

江藤が敦子を見た。敦子は笑顔で、

「これは私たちのいつものやり方だと御理解頂きたいんですが……、こうした誘拐事件の場合、勿論《もちろん》、被害者の身の安全を第一にします。となると、身代金の用意は必須《ひっす》です。誤魔化《ごまか》しはいけません。取り返しのつかない事態になります」敦子はそこで間をおいて、「身代金を渡さなくて済めば、それほど良いことはありません。しかし、お金で済めばそれで良い、という考えもあります。特に先ほど、調査官がおっしゃった通り、ヒカリさんの代わりになる存在はないわけですから――」

「この件に関して、金額の問題はありません。実際問題として、先ほど説明した通り、ヒカリの記憶だけでも莫大《ばくだい》な価値があると考えています」

江藤がきっぱりと言う。彼の顔色からは何も読み取ることはできないが、話の流れから相当額が提示されるのだろう。

だがそう思った瞬間、敦子は別の可能性に思い当たった。

「あの、江藤調査官……」切羽詰まった雰囲気に江藤は首を傾げた。「あの、これは私の勝手な考えなんですが……、そのオークションですけど、もしかしたら、相手も純粋にヒカリの値段を付けられなくてやってるんじゃないでしょうか？」

江藤が敦子を値踏みするように見た。敦子はそれにかまわず、

「いえ、連中がヒカリさんの価値を証明するためという意図も、リスクをこちらに押しつけて、連中が主導権を握ろうとしているのもわかります。……でも、もしかしたら彼らはもっと基本的なところに躓《つまず》いているかもしれないと思ったんです」

「基本的なところ？」

「オークションの開始金額に注目してください」

「開始金額？」早川がすぐに反応して、「五千万円ですね」

「五千万円は安すぎるんじゃないですか？」敦子は江藤の表情をうかがう。「ヒカリの価値を知っているにしては、安すぎませんか？　何だか、自信なさそうじゃないでしょうか？」

敦子は誘拐捜査とはゲームのようなものだと思っている。人質、身代金を盤上に載せ、見え

ない相手に対し、警察側は様々な捜査の手を打つ。

そして、ゲームに勝つには、相手の心を読むことが何よりも大事だと思っている。そうでなければ、ギリギリのところで予期しない出来事に巻き込まれ、敗北してしまうのだ。

「なるほど」江藤は静かに頷いた。「そういう風に考えるんですか」

「そうです。相手の立場を考えるんです。少ない情報から、自分がその立場だったらどうだろうか、と考えていくとわかってくることがあるんです」

「とすると、どうなりますか？　どんなことが考えられますか？」

「坂谷隆盛が本当にヒカリの価値を理解していたとしたら、オークションをしたとしても、こんな安い金額から始めないでしょう。せめて一億円、もしかしたら五億円くらいのことは言い出しそうです。……とすると、坂谷隆盛以外の誰かが大きくかかわっていると考えるべきではないでしょうか？」

「坂谷隆盛以外の誰か、ですか……」

江藤が考え込んだ。

「例えば、坂谷が他の団体の協力を得る可能性はありませんか？」

「単純に核融合技術、もしくは相模原博士の研究に興味を持っていたと考えられる国、もしくは団体は非常にたくさんありますが、坂谷隆盛が手を握る可能性があるとすると、どうでしょう」江藤は首を振って、「可能性を否定するわけではありませんが、すぐには思いつきません」

「では、あの二人組はどうですか？」

「身代わりになった、あの二人組ですか？」

「そうです。あの二人組が何らかの事情で巻き込まれている可能性を洗っておく必要があると思うんです。——何しろ、あの二人組だけが、犯人と接触しているると言えるんですから」

「なるほど。念には念を入れておく必要はあるかもしれませんね」江藤は大きく頷いて、「だったらすぐにやりましょう。誰に頼みますか？」

「私が自分でやります。実際に彼らに会ってみないと、わからないことも多いですから」

「わかりました。では、私から丸之内一課長に報告することにしましょう」

江藤が立ち上がり、扉を開けた。敦子も一緒に外に出たが、そこでギョッとして立ち止まる。

「六十二号ですね」

後ろから早川が言った。

ヒカリが作ったという犬型ロボット、六十二号が、部屋の前にちょこんと座って、つぶらな瞳《ひとみ》をこちらに向けていた。小さな尾をちぎれそうなくらい振っている。

「驚いちゃうんですよね」早川が嬉《うれ》しそうな声で、「……木田刑事はわからないかもしれないけど、これって凄《すご》い技術ですよ。それを十歳の女の子がやっちゃうんだから」

確かに早川の言う通りのことだろう。このロボットをヒカリという少女は、遊びの一つとして創り出したというのだから。

「調査官」敦子は廊下を歩き始めた江藤を呼び止めた。「相模原博士にお会いできませんか？」

急な思いつきだったが、ずっと考えていたことだった。

「相模原博士？　まさか木田刑事、あなたが会いたいというのですか？」

「私でダメならば、丸之内一課長が——」

「会ってどうするというのです？」

「ヒカリさんのことを聞きたいんです。彼女の価値や行動の特性について、……とにかくヒカリさんについてもっと知りたいんです。そうでなければ、例えば今度、あの二人組のところに出かけていったとしても、うまく捜査できないような気がするんです」

「それは違いますね。あなたはもう十分にあの子のことを知っています」

江藤は決めつけた。

「そうでしょうか？ただお会いして、ほんの数分、話を聞かせて頂ければいいんです。……あの子の様子、印象……、それからどれだけあの子が大切な存在なのかを教えて頂ければ、それで私たちはきっと……」

もっと気合いを入れて捜査に向かえる、そう言葉を続けようとしたが、江藤はそれを遮って、

「相模原博士も研究員も、ヒカリがいなくなったための処理に追われています。あの人たちの邪魔をすることは、また別の意味で難しい。……むしろあなたは清水唯さんとお話しするのがいいでしょうね。あの人が、一番、ヒカリの生の姿を知っているんですから」

「でも……」

江藤は敦子に喋《しゃべ》らせない。

「清水唯さんと、そうですね、あとは広岡事務長から聞くのがいいでしょう。わかりましたか？」

江藤はもう敦子の返事を待たない。不満げに固まる敦子と、その敦子を心配そうに見る早川を残し、江藤はその場をあとにした。

敦子の横を六十二号がぱたぱたと走って、小会議室の中に入っていった。

まるでホンモノの子犬のように部屋の中を走り回ったかと思うと、急に動かなくなる。

早川がゆっくりと六十二号に近寄っていく。

「おお？　お友達がいるのか」

早川と六十二号の前には、小さなフクロウが壁に掛けられていて、しきりに小さな首を動かしている。

「そのフクロウ、アクセサリーロボットって言ってね、それも天才児が作ったらしいのよ」

敦子が近寄っていくと、逆に六十二号は、ワンと一声、吼《ほ》えたかと思うと、江藤が消えていった廊下の先に向かって走っていく。

「うまいことできてますよねえ、あの犬。本当にかわいくて、ゆずってもらいたいくらいですよ」

早川のその言葉を聞いて、敦子は不思議に思った。

ヒカリは何のためにあの六十二号を創造したのだろうか。あれは遊びだと江藤が言ったが、本当にそれだけなのだろうか。

いや――

六十二号のことを考えている場合ではない。問題はヒカリという少女なのだ。

敦子は、事件の始まりでさえ、坂谷隆盛などという男ではなく、ヒカリそのものなのだと理解していた。

2

「久平さん、僕が悪かった。あの子に、あんなことをして、本当に悪かったって思ってる」

義男は珍しく深刻だった。

「何だよ、お前。……何か、たくらんでいるんじゃないのか？」

すると義男は真面目な表情を変えず、心外だとばかりに目の前で必死に手を振った。

「久平さん、僕、あの子の様子を見て、本当に心を入れ替えた。これぱっかりは信じてくれなきゃ困る」

「ヒカリの様子を見て、心を入れ替えた？……どういうことだ？」

義男は二つ頷《うなず》いて、それから話し始めた。

「ヒカリちゃんってスゲーんだ。まるで超能力者みたいだったよ。何しろ僕にはヒカリちゃんがやっていたこと、少しもわからなかった。しかもほとんど英語だよ。……一応、言っておくけどさ、僕は大学院で情報工学を専攻していたんだ。その僕よりも上を行くなんて、プロを超えていると言ってもいい」

義男が唾《つば》を飛ばしながら話したことをまとめるとこうなる。

ヒカリはボットウイルス、というものを仕掛けたという。

ボットウイルス——一般的なコンピュータウイルスよりも上を行く存在で、世界のどこかにあるコンピュータに侵入し、そのコンピュータを遠隔操作することができるウイルスを言う。ボットとは、ロボットのような、という意味らしい。

ヒカリはボットウイルスを仕掛け、地球の裏側にあるコンピュータを使ってメールの発信やオークションサイトの管理などをやることにしたのだそうだ。

「要するに安全なんだよな?」

「まあ、僕ぐらいの知識があるヤツが束になってもわからない。そういう方法だよ」

義男は完全にヒカリの信奉者となったようだ。久平はそれが嬉しかった。

「おい、義男。もうヒカリに手を出すなんてこと、しないだろうな?」

義男は大げさに首を振って、

「あの子は神様だ。僕とは違う世界から来たとわかった。僕たちはこの世の中のゴミかもしれないけど、あの子は単なるゴミじゃない。スターダストだ」

ナンセンスな話だが、義男なりに意味がある。

最先端科学センターとの交渉をするために、久平たちは自らを『スターダスト』と名乗ったが、これは義男のアイディアだった。自分なんかゴミで十分、それもヒカリが言う通り、星の屑《くず》だったとしたら、そんなに嬉しいことはない。そういう肯定的な意味で、ここに義男のささやかなプライドがあった。

「とにかく、久平さん。僕、すごい値段が付くんじゃないかと思っている。本気で十億とかさ」

義男との話を終え、倉庫の階段をおりると、ガラクタの間で作業をしている藤治郎を見つけた。藤治郎は自転車を直しているところだ。

「どうした?」

藤治郎は扉が閉まる音で久平に気づいていた。久平は返事をする代わりに首を振った。

「別にどうもしない。ヒカリと義男はコンピュータで作業中だ」

「あの二人を一緒にしといて大丈夫なのか？」

「大丈夫だよ。義男はヒカリを神様扱いするようになっている」

「ふーん。そんなに凄いか？」

「ああ。俺なんかには理解できないが、義男は興奮してた。ヒカリの手に掛かると、どんなネットワークにも簡単に入り込める、どんな機密情報もあっという間に目の前に出てくるってさ」

「なるほどねえ」

藤治郎は口をへの字に曲げて、自転車の修理を再開した。久平はその近くに寄って、

「なあ、藤治郎さん。これからどうすりゃあいいかなあ？　ほら、俺とヒカリの約束のことだよ。――あの子は俺たちのために金を手に入れてくれる。その代わり、俺はあの子に『生きる楽しさ』ってヤツを教えるって」

「ハハハ」藤治郎は声を出して笑った。「生きる楽しさだなんて、まるで小学生みたいだ」

「そうかな？　俺はあいつに言われて真面目に考えたんだけど、これって大変だぜ。……普通の小学生ならどうにでも誤魔化《ごまか》せるけど、あいつは違う。年齢は小学生でも中身は……」

何と表現すべきなのか。久平が考えているうちに、藤治郎が不意に言う。

「中身はバケモノ……」

「バケモノ？」

「違うか？」

「バケモノは言い過ぎだろう？」

「そうかな……」藤治郎はスパナでボルトを締めながら、「婆さんはすごくかわいいって言ってたが、それだけでは済まないだろう？……いや、かわいいはかわいいんだ。でも、それだけじゃない。何というか、わしはちょっと怖くなってるんだ」

「怖い？」

「そうだな、怖いな。……あの年齢であれは怖いだろ？」

「だからヒカリは困ってるんだろ？　自分の能力を持て余してるんだろ？」藤治郎が顔を上げるのを見て、久平が続けた。「頭が良すぎるのも不幸なんだよ。いろいろ考えちゃうし、思いついちゃうし、どうしていいか、わからなくなるんだ」

「なるほどね」藤治郎は額を首に掛けていたタオルで拭《ふ》いて、「じゃあ、頭が関係ない世界に連れてけばいいじゃないか」

「え？　どういう意味だ？」

「だからさ、あの子は自分の能力に振り回されているんだろ？　だったらあの子の能力が関係ないところに連れて行きゃあいいんだよ。そうすりゃ普通の子どもと同じになる」

　さすが藤治郎は長く生きている。そういう考え方もあるのかと納得する。

「そうか。あいつの能力が関係ないところ、か……」

　だが、それはどこなのだろうか？

「泳ぎがうまいヤツを海やプールに連れて行ったって、何も変化はない。だが、そいつを山へ連れて行けば、何か発見がある。……逆に山登りに長《た》けているヤツを山に連れて行ってもしょうがない。むしろコンピュータの前に座らせれば、何か新しいことを思いつくかもしれない」

藤治郎は立ち上がって、自転車を左右に動かしながら続ける。

「コンピュータの前や実験室にいたような子どもは、外に出せばいい。そうじゃないか？」

「じゃあ、ヒカリを連れて山登りでもしろってことか？」

藤治郎は笑って、

「山登りをする暇はないだろう。それで金が手に入らなくなっちゃあ困るんだ」

「それにリスクも考えなきゃいけないよな。ヒカリが外に出るってことは、誰かに見られるってことなんだから」

「そういうこと。……それに久平さん、同じ失敗をしないように気をつけなきゃいけないぞ」

藤治郎が同じ失敗というのは、監視カメラに映ることだった。

盗聴マニアの義男が次のように言っていた。

――この世の中、監視カメラが凄い勢いで増えているから、気をつけなきゃいけないよ。お店の防犯カメラもそうだけど、最近では道路上や街角にも隠しカメラがついていて、それらを警察が分析しているんだから――

義男はそれからこうしたカメラについて記載された資料をインターネットで探しだし、プリントアウトしてくれた。

それを読む限り、日本は既に監視社会と言えるようだ。東京や大阪といった都会が中心だろうが、駅や商店街にある監視カメラは人の顔を追跡するし、道路脇にあるカメラは速度違反の車を撮影するだけでなく、車と運転手の移動そのものを記録する。

「なかなかハードルが高いなあ。駅は危険だし、車っていうのもあまりピンと来ない」

そこまで言って、倉庫の奥に目をやった。そこには巨大な物体が埃《ほこり》をかぶっていたが、これは義男が時々いじっている車だ。

「まさか義男の車を出させるわけにはいかないだろうからな」

久平がそう言うと、藤治郎は諦《あきら》めたように、

「そうだろうな。わしにとっちゃ邪魔なガラクタだが、ありゃあ、ヤツの宝物だから」

義男はこの車にかなりの愛着がある。埃だらけのくせに、彼に言わせると、この車には彼の夢が詰まっているのだそうだ。

「車じゃない方がいいんじゃないかな。警察は車をかなり厳しくマークするはずだから」

「じゃあ電車にするか？　電車のことなら義男がいろいろ教えてくれるぞ」

「電車、ねえ……。駅も電車の中も、警察がマークしているだろうね」

「義男なら余分なことまで知ってるぜ。例えば貨物列車に乗り込む方法とかさ」

確かに義男は鉄道マニアで、例えば高塚駅を通過する列車は貨物や回送電車を含めて、全てを知っている。そういう知識を生かせば、もしかしたらヒカリに、何か新しい体験をさせてやれるかもしれない。

いや——

久平は首を振る。

「電車はダメだね。義男の世話になりすぎるよ。このことは自分でやらないとね」

藤治郎はふんふんと頷《うなず》く。そして自転車のブレーキに不具合を見つけて、再び座り込んだ。

「とりあえず、その辺をふらふらしてみるか？　上手に変装すりゃあ、目立たないかもしれない」

腕組みをした久平の前で藤治郎は作業を続けている。久平は何気なく藤治郎の修理している自転車のサドルに手を掛けたが、そのとき急に思いつくことがあった。

「自転車はどうだ？」

「何だって？」

藤治郎が顔を上げた。

「ヒカリと俺の二人で、自転車に乗ってみようと思うんだが、どうかな？」

「ほお？」

藤治郎が目を細めた。

「ここに来る途中だったか、ヒカリが自転車のことを言ったことがある。自転車に乗るのは好きだってさ。——だから、ここから、そうだな、遠州海岸沿いをずっと走っていく。……確か自転車道が整備されていたし、警察だってまさか俺たちが自転車を使うとは思ってもいないだろう」

「だったら御前崎《おまえざき》に行けよ。わしのおふくろの生まれ故郷で、今でも従弟《いとこ》が住んでるよ。港と灯台、風と砂浜しかないような町だけど、そこまで自転車で行くのはちょっと骨が折れる。でも実験室しか知らないヒカリには発見があるだろう」

自転車ならば警察の目にもつかないだろう。主要道路では検問をしているだろうが、彼らが見ているのは自動車ばかりだ。歩道を通り過ぎる自転車は、案外、盲点かもしれない。

「何なら、従弟に電話しておいてやるよ。あいつなら、何日でも泊まっていけと言うだろうし、気を遣う必要もないからな」

「そりゃあ、いいな。楽しそうだ」

久平が言うと、藤治郎はニコリとした。

「自転車は気持ちがいいよ。春の風の中だと、さらにいい。……暖かな日差しの中に、梅の花が咲いているのでも見れば、あの子の気持ちも柔らかくなる。……ほら、あそこに——」藤治郎は倉庫の片隅を指さして、「もう一台、自転車がある。あっちの方が小さいからあの子用で、今、わしが直しているのをお前さんが使えばいい」

そこまで藤治郎が言ったとき、突然、バタンと音がした。二階の事務所の扉が開いたのだ。

「久平！」

見上げると扉の前にヒカリが立っていた。

「何だ？　どうした？」

久平は笑顔で応じた。

「久平、来るよ。来るんだよ」ヒカリは階段を駆け下りながら、「警察だよ。警察がここに来る」

息を切らせながら久平の前にやってきて、

「どうしよう？　警察が来たらボクは連れ戻される」

「ちょっと待てよ」

久平はヒカリの細い肩に手を置いた。

「待てないよ。だって、すぐに来るんだ。もうこっちに向かってるかもしれない」

「何でそんなことがわかる？　義男が警察無線で聞いたのか？」

「義男は関係ない」

久平の視界の端で、藤治郎が動いた。のそのそと階段に向かうところを見ると、義男の様子を確かめに行くのだろう。

「じゃあ、どうしてわかる？」

「科学センターで何が起こっているのか、ボクには全てわかるんだ。ボクも油断していて気がつくのが遅かったんだけど、警察が話していたんだ。藤治郎と義男の二人組をちゃんと確認しなければいけないって。とにかく、二人の住居を調べておこうって」

ヒカリの興奮はおさまらない。久平が肩を押さえていないと、ヒカリはまるで熱を持った分子みたいに、飛んでいってしまいそうだった。

「じゃあヒカリ、先に言うが、警察だってそんな横暴できないんだぞ。……まあ、捜査令状を取っていれば別だけどな」

「いや、違うよ。そうじゃないって」ヒカリは相変わらず慌てた様子で、「捜査令状がなくても踏み込もうって。緊急事態だから、そのくらいのことはやってもいいって」

「誰が言ったんだ？」

「警察。それから内閣の人」

内閣とは驚いた。なぜ内閣が出てくるのかわからない。

「久平、急がないと全てが終わっちゃう」ヒカリは久平の胸に摑《つか》みかかって、「ねえ、早くしないと警察が来て、ボクと久平を捕まえちゃう。もしかしたら義男や藤治郎まで捕まっちゃう」

　涙声になった。

「ヒカリちゃん！」義男の甲高い声がした。「どうしたって？」

　藤治郎に呼ばれて義男が二階の扉を開けて顔を突き出した。

「義男、ヒカリの話だと警察がこっちに向かっているっていうんだけど、そうなのか？」

「え？　警察が？」わざとらしいほど義男が驚いた。「無線からはそういう話は……」

　口の中で何か呟《つぶや》いているが聞こえない。義男は首をひねりながら久平たちがいる階下へとおりてくる。藤治郎もそのあとに続いている。

　久平はため息をついた。ヒカリは天才だが、これはどうしたものだろう。妄想か、幻聴か。それとも何か別の意図があるのか。

「久平、これは嘘じゃない。ボクには科学センターの中で起きていることがわかるシステムがある。ネットを通して、さっき見つけたんだ。ここに警察がボクを捜しに来るってことを」

　ここはヒカリの話を信じておいた方が安全だ。久平は急にそう判断した。

「ヒカリ、わかった。……じゃあ、とにかく俺とお前は裏口から外に出よう」

　義男と藤治郎は啞然《あぜん》としているが、久平は迷わない。

「義男、上に行ってヒカリの痕跡《こんせき》を消してくれ。と言ってもコンピュータを片づけるくらいだろうが……。それから藤治郎さん、あんたは外で警察が来るのを待ってて時間を稼いでくれよ」

　義男がバタバタと二階に上がった。藤治郎が首をひねりながらも足早に半開きのシャッターに向かう。久平はヒカリの手を握って裏口に向かった。

「いいか、裏口から外に出る。婆さんの家を目指すからな」

　ヒカリは小動物のような怯《おび》えた目を久平に向けながら、小さく頷いた。

「ボクたちがここにいないとわかれば、それでいいんだ」

　そこまでヒカリが言ったときだった。シャッターのところでバタバタと音がした。

「お、おい、藤治郎さん。どうしたんだ？　あんたが慌てたんじゃ、しょうがないだろ」

　小さな声だが、思わず口にした。そして入り口の方を見た。

「と、藤治郎さん」

　今度は大きい声になった。

「久平、お前ら、そこに伏せろ」

　藤治郎のしゃがれた声がした。ただごとではない、そう思って目をこらした。

　すると、開けられたシャッターの光の中に、人影が二つ見えた。藤治郎ともう一人。

「だ、誰だ？」

　独り言でもなければ、そこにいる誰かに向かって言ったわけでもない、中途半端な言葉が宙に浮いた。

「お、おい、手荒な真似をするなよ」

　藤治郎が言った。

藤治郎の後ろにいるのは、彼よりも一回り大きな体をした男らしい。逆光のため顔は見えず、真っ黒な影だけが、不気味に浮かび上がる。

「警察か？」

「警察じゃないよ」

ヒカリがささやき声で答えた。

「どうしてわかる？」

「警察から来るのは女の人だから」

「じゃあ、誰だ？」

そう久平が言い終わると、藤治郎の後ろから太い声がした。

「ここにヒカリがいるだろう？　科学センターから来た子どもだ」

ヒカリが久平の隣でビクッとふるえる。この太い声に聞き覚えがあるのだろうか。

「時間がない。わかるか？」イライラと男が言った。「警察が来る。その前にヒカリを別の場所に動かさないといけない。それに俺はヒカリが必要だ。ヒカリだって俺と来た方がうまくいくとわかっているはずだ」

久平の頭は真っ白になった。

ヒカリがここにいるのは、誰も知らなかったことではなかったか。

「ヒカリ、あいつは誰だ？」

「ナガレボシだ。センターで働いていた人」

ナガレボシとは不思議な名前だったが、それよりも、なぜその男がヒカリを連れに来たのか、なぜヒカリと同じように、警察が来ると言っているのかわからない。

「おい！　早くしろ。ヒカリを渡さないと、このジジイを刺すぞ」

　こんな風に迫力のある声を聞いたことがない。ヤクザというよりも、もっと別の世界の人間。

「久平――」

　藤治郎の情けない声がした。

「ほら、早くしろ。お前ら、ヒカリを警察に渡すつもりなのか？」

　もちろんヒカリを警察に渡すつもりはない。しかし、その男に差し出すはずもない。

「行こう」

　久平はヒカリの手を引っ張った。藤治郎のことは心配だが、それよりもヒカリだ。

「ヒカリ、いるんだろ？　返事をしなさい」

　男が呼びかけた。

「ボクは大丈夫。ナガレボシに助けてもらわなくても、大丈夫だから」

　甲高い声でヒカリが言ったが、次の瞬間、男が動いた。

「うわっ」

　藤治郎の声と一緒に、あたりのガラクタ同士がぶつかり合う音が響いた。藤治郎を脅していた男が、ヒカリの声を頼りに、ここまで突進してきたのだ。

　久平がそのことに気がついたときには、頭に凄《すご》い衝撃を感じていた。殴られた。体が後ろに投げ出されるのを感じながら、久平は考えた。ヒカリが奪われる。何とかして阻止しなければ。

「ひ、ヒカリ」

名前を呼ぶのが精一杯だった。ヒカリの悲鳴にも似た叫びが、自分から遠ざかっている。

「違う、……ナガレボシ、違うってば。ボクは久平と約束したんだから——」

やっと体を起こすと、倉庫の外に向かって男が出て行こうとしている。ヒカリは彼の逞《たくま》しい肩の上に乗って、こっちを見ている。久平は声が出ない。藤治郎が倒れている。義男がその横で驚愕《きょうがく》の表情のまま固まっている。

「ヒカリ、ヒカリ——」

痛みを感じる暇もなく、久平は体を起こし、そのまま出入り口に走った。

「ヒカリ」

喉《のど》が潰《つぶ》れるほど叫んだ。いくつかのガラクタを蹴飛《けと》ばしながらシャッターのところに来た。外に出た。太陽の光に目が慣れるまで時間が掛かった。

突然、左側から車のエンジン音が聞こえた。

「ヒカリ」

名前を呼びながら、額に手を当てて影を作った。

髭《ひげ》の男がハンドルを握っていた。体型から考えて、ヒカリを奪ったのはこの男だ。薄黒い肌、サングラス、盛り上がった肩の筋肉。

久平はジープの前に躍り出た。すぐにジープが急発進した。ボンネットに向かって手を伸ばしたとき、後ろから誰かが自分を引っ張った。

「久平さん！　危ない」

後ろからの力とジープの衝撃で、久平は道の端へと飛ばされた。

ジープが久平の目の前を通った。

ヒカリの顔が見えた。助手席のガラス窓に額をくっつけて、顔を歪《ゆが》めていた。

「義男、何するんだ！　あの子を助けなきゃ」

「ダメだ、あいつはプロだ。久平さんには無理だよ」

久平は義男を振り払った。そして、そのままジープを追い掛け始めた。

ジープが向かったのは南だ。五十メートルほど進んだところに一旦《いったん》停止の標識があって、そこを左に曲がると国道につながっている。ジープはまだ一旦停止の標識で停まっている。曲がりたくても通りの車が途切れないからだ。

全力で走った。こんなに必死に走ったのは、どれだけぶりだろう？

太股《ふともも》の筋肉がちぎれそうだったが、それでも前に向かって足を出した。心臓が耳元で呻《うめ》いた。

ジープのブレーキランプが消えて、少し前に出た。通りの車が途切れて、いよいよ左折しようとしている。

「ヒカリ」

大声で呼ぼうとしたが、息が出なかった。

あと少しでヒカリに届く、そう思ったとき、ジープが動き出した。白い排気ガスを出して、左に曲がった。久平の手の中からヒカリが逃げていく瞬間だった。

諦《あきら》めるわけにはいかず、そのまま一旦停止の標識まで走った。奇跡が起きろと祈った。

通りに出たが、ジープの影はない。

肩を落とした。だが、疑問が次から次へと浮かんだ。

あの男、何者だろうか？　ヒカリは最先端科学センターで働いていた男、ナガレボシ、と呼んでいたが、その彼はどうしてここに現れたのだろうか。警察さえ、ヒカリの居場所を知らないでいると言うのに。

そこまで考えたとき、久平は急に思いついて、自分たちの倉庫を振り返った。

ちょうどその時だった。

茶色いスーツを着た女と背広姿の男が、メモを片手に倉庫の前に立っていた。

そして、開かれたシャッターの中にゆっくりと入っていく。

警察だ。ヒカリが言った通りに、そしてあの男も知っていた通り、刑事が来たのだ。

自分が今、自分があの場に戻るわけにはいかない。だが、何か手を打たなければ。

倉庫の二階には自分とヒカリの痕跡がある。

特にコンピュータを見られたら自分たちが何をしていたのか、簡単にわかってしまう。

久平は決断した。すぐに倉庫に戻ろう。ヒカリを捜すのはそのあとだ。

裏口から二階に入り込み、とにかくコンピュータを何とかしなければ。

3

とにかく異常な事件だった。呼び出しが入ったときから、異例なことだらけ。

誘拐事件なのに、誘拐された子どものことがまず、わからない。名前はともかく、性別を知らされたのはついさっきのこと。親の名前も、なぜ最先端科学センターに住むことになったのかもわからない。

いきなり一課長が現場に乗り出すのもおかしければ、捜査本部に、今まで聞いたことのないような役職の男——内閣官房の調査官——が入り込むことも妙だ。

その上、江藤とかいう調査官は、警視正という恐ろしく高い階級を手に入れ、まるで主のような顔をしているし、よりによって自分がその直属の部下になってしまった。

誘拐されたときの状況にも謎がある。

どうやら、誘拐された子ども自身が、自分から外に出て行ったような気配がある。その後、浜名湖畔のコンビニエンスストアで目撃されているが、事件性は全く感じられなかったそうだ。父親に見える中年男と一緒、しかも二人とも湖に落ちたらしく、そこで着替えまでさせてもらっていた。子どもは泣いていないどころか、犯人と目される男と、それこそ親子のように仲が良かったと言うし、一方で内閣官房の調査官殿が御本人と因縁があるらしいスパイとそのグループによる略取の説を真剣に打ち出すものだから、捜査本部は混乱するばかりだ。

まるで下手な三題噺《さんだいばなし》だと思う。——天才児、スパイ、そして親子に見える二人組。

この三つを何とかまとめ上げ、誰もが理解できる物語を組み立てなければならないのに、その後の情報がさらに状況を悪くした。

リサイクル業を営むらしい怪しい二人組、彼らの証言から浮かび上がる胡散臭《うさんくさ》い犯人グループ。そして、何よりも子どもの身代金をオークションに掛けるという前代未聞のやり方。

だが、そんな混乱の中、やっと具体的な捜査が敦子のもとにも回ってきた。

ターゲットはあの二人組。浮田藤治郎と山崎義男。

彼らの住んでいる倉庫に直接、捜査の手を入れるのが目的だったが、直前に妙な老人に捕まってしまった。

見たところ、八十を過ぎたお婆さんで、たまたま庭仕事をしていたらしいが、敦子たちの姿を見つけると、近くで見かけない顔ね、どこから何しに来たの、と話し掛けてくる。

適当にあしらおうとしたら、警察に通報するよ、と言う。仕方なく自分たちが刑事であることをあかすと、やけに大袈裟《おおげさ》に驚いたあげく、何しに来た？　何を調べている？　危険なのか？　と質問攻めにする。

本当は一刻も早く倉庫に乗り込みたかったが、それが難しい。

だいたいこの老人、高齢であることは確かだが、その時代の女性にしては身体も顔も大きくて威圧感がある。本当かどうかは定かではないが、敦子たちが目的としている倉庫を自分の持ち物だと言うのだ。

「昔はね、この辺りに織機工場を持っていたんだよ。あたしの死んだ旦那《だんな》が社長だったんだがね、景気の良い時期があってね、その頃はこの辺の倉庫はみんなうちの会社の物だった。……もちろん、あそこにいる連中は、悪い奴らじゃあないよ。藤治郎は、昔からの知り合いでね、もう一人は藤治郎の仲間さ。……貧乏だから場所を使わしてやってるんだ」

この際だから利用してしまおうと、雄踏のコンビニエンスストアで撮られた中年男とヒカリの写真を見せ、訊《き》いてみた。すると佐久間シズと名乗った彼女は、丸眼鏡を掛けたり外したりしながら何度も見たが、「子どもはかわいい顔をしているが、こっちの男は大したことはないねえ」などと見当違いの感想を述べる。

結局、十分以上も足止めされてしまった。

敦子はもっと話したそうにしているシズを何とかなだめ終えると、やっとのことで倉庫の正面に出た。

「さあ、行くよ」

敦子が気合いを入れると、早川は額をぬぐっている。太っているからなのか、それとも緊張しているからなのか。

倉庫の正面は全てシャッターになっている。その大きなシャッターの一角が、三分の二くらい開けられていて、たぶんそこが出入り口なのだろう。敦子のいるところからは、中が暗く見えるが、もしもあの二人組がいるとしたら、この中だろうと予想を付けた。

「私が話をしている間に、中に入るの。緊急事態だから、どんどん家宅捜索をやっちゃっていいんだから」

ヒカリの保護ができたら上出来だが、少なくとも何か手がかりになる物を見つけたい。

敦子は開けられているシャッターに近寄った。道路と建物の敷地の境には側溝がある。その上にはスチールの板が置かれていたが、敦子が歩くとその板がバタバタと音を立てた。

「すみません」

敦子はシャッターの中に首だけ突っ込んだ。

南側の天井近くにある窓から、春の弱い太陽の光が差し込んでいる。そのため、中の様子がまるで印画紙に映し出されたように飛び込んでくる。

コンクリートの床面が見えなくなるくらい、様々な物が散乱している。古い型のテレビ、洗濯機、冷蔵庫。古着の山とコンピュータの山。自転車に箪笥《たんす》。事務机と椅子、そして得体の知れない機械類。

そして目立っているのは、埃《ほこり》だらけの車だった。

たぶん走ることはできないのだろう。

それは、この倉庫の中の物すべてに言えるのだが、どうにも生気がない。車も、走れない、というより走る気がないように見えるのだ。

「あんた、何しに来た？」

こうした様々な物に目を奪われていると、突然、目の前に男が現れた。

見覚えのある顔だった。

この男、確か浮田藤治郎だ。背の高さがあの子と同じくらいで、わざわざあの子がもらったオーバーオールの衣装を着ていた、妙な老人。

「ここで電化製品とか古着が安く分けてもらえると聞いたから、来たんだけど」

敦子は動じない。そう言いながら、中の様子をうかがう。

人の気配はない。この老人の相棒、義男とかいう若い男がいるかもしれないが、少なくともグループというほどの人数はいない。

「どこで聞いた？　あんたみたいな人がお望みの物はないよ」

「私みたいな人はダメなの？」

「ダメだね。帰ってくれ。国道沿いにちゃんとしたリサイクルショップがあるから」

藤治郎は敦子に向かって手を振る。外に出ろ、という意味だ。

敦子は一歩、二歩と後退したが、ここで帰るわけにはいかないと腹をくくった。

「ちょっと待ちなさいよ」

強めの口調だった。藤治郎は口を開けて、敦子の顔を見た。

「わしも忙しいんでね。……さあ、帰った、帰った」

藤治郎の手が敦子の肩に触れた。それで敦子は反射的に藤治郎の手首をひねった。

藤治郎はヒィッと情けない声を出した。

「悪いんだけど、藤治郎さん。私、刑事なのよ」敦子は藤治郎の手を放して、「体を触られると反射的に体が動いちゃうの。……でも、そんなにひどくしていないはずだから、許してね」

藤治郎は目を白黒させながら、敦子にひねられた手首を痛そうにさする。

「わしは何も悪いことをしちゃいないよ。……刑事って、あんた、この前の洋服の件だが、あの話に裏はないよ。わしたちは、他には何ももらっちゃいない。ただ服を交換してやったんだ、それだけだよ」

哀れな言い方に敦子は首をひねった。

「あの話はもういいんだけど、念のため、あんたたちの住んでいるところを見せてもらいに来たの。悪いことしてないんなら、いいでしょ？」

言い終わる前に敦子は前に進む。藤治郎は敦子の行く手を阻むように立っていたが、敦子が彼に向かって手を伸ばすと、ひいっと声をあげて横に逃げる。

「老人を虐《いじ》めるのはやめておくれよ。あんたたちのこと、新聞社に言うよ」

「新聞社だって馬鹿じゃないんだよ。私たちを敵に回したらニュースがとれなくなっちゃうから、そんなことを言ってもダメ」

もう敦子は藤治郎を気にしない。倉庫の中央まで進んで、ぐるりと周りを見回す。

「早川刑事、中に入って」

早川はゆっくりと進んでいる。太っているから、というより彼の性格だ。

「もう一人はどうしたの？　確か山崎義男っていう男がいるんでしょ？」

「ああ、あの男なら奥にいるよ。ほら、あっちの扉の向こう……」

藤治郎が指さしたのは、奥の一角だった。

この倉庫は一部が二階建てになっている。スチールのむき出しの階段があって、工事現場にあるような建物が、倉庫内に建てられている。

藤治郎は二階部分ではなく、その下に人差し指を向けて、

「あの奥が義男の仕事場でね、あそこでヤツはコンピュータを直してる」

「じゃあ、二階は何なの？」

「台所と寝室。……わしたちのプライベートなところだよ」

あっけらかんとした言い方に、敦子は拍子抜けをする。

「じゃあ、見せてもらうね」

敦子は返事を待たず、早川を見た。彼は既に建物の中央にいたが、敦子の言葉に顔を上げ、階段下の入り口を目指した。

「あんたたち、インターネットもやるんでしょ？」

藤治郎は肩をすくめて、

「わしにはよくわからんが、それがないと仕事にならんという話だからね」

「オークションに出したりするの？」

さらっと訊いた。視線は藤治郎の表情から動かさない。

「ああ、義男がそういうのをやってるよ。かなり様子がいいものが入ったときに限るがね。そこそこ金になることもある」

何気なしに答える。特に不審な様子はない。

「人形とかは？」

「人形？」

「そうよ。かわいい人形とか、出さない？」

藤治郎は横を向いて、

「意味、わからないね、そんなもの」そこで敦子を見て、「人形じゃなくて、プラモデルとか鉄道模型なら出すことはあるね。義男が好きだからね。……うちがよく出すのは、古着と電化製品、車のアクセサリーだよ。わしは洋服屋だったし、義男も機械いじりが得意だから」

「そう？」

「だが、義男には妙な趣味があるから、何とか言う、エッチな女の子の人形をどこかから手に入れてくることはあるがね」

ヒヒヒと下品な笑いをする。

義男の顔を思い出すに、いわゆるオタク趣味というものではないかと想像した。敦子としては、軽蔑《けいべつ》したくなるような連中だが、それを表情には出すわけにはいかない。

むしろ藤治郎の目、頬、口元の動きに注意をする。どこか、おかしいことはないか。緊張しているのではないか。一つ一つをフィルターに掛けていくが、敦子の中のアラームは鳴り出さない。

「うわー、こりゃあ、凄《すご》いですよ。マニア垂涎《すいぜん》のマシンまである」

早川が思わず、という風に声をあげた。

「そっちに義男がいるはずだがなあ」

藤治郎がそう言いながら、早川が覗《のぞ》き込んでいる扉に向かって動き出す。藤治郎は敦子に背中を見せる格好になったが、そこには何の不自然さもない。

とすると、やはりこの連中はシロなのだろうか……

いや、連中がもしも私たちがここに来ることを予測していたとしたら、彼らの何気なさも説明できる。もちろん今回の動きは部外者はもちろん、同僚の刑事たちにも秘密だったから、警察無線を傍受していたくらいでは、知り得ない情報のはずなのだが。

藤治郎の横をすり抜けて、扉の中を覗き込む。

なるほど、早川が声をあげるのは無理もない。部屋中が様々な物で溢《あふ》れている。大昔の無骨なコンピュータとゲーム機。色とりどりのプラモデルと鉄道模型。マニアならきっとその一つ一つに大きな価値があることに気づくだろう。

そして、その中央に、ひょろりとした男が立っていた。

「あんたが義男さん？」

「そうだけど何か？　僕たち、ケーサツに迷惑を掛けるようなことしてないし、この前は、協力までしたはずなんだけど」

黄色い歯を出してニッと笑った。敦子はその言葉には反応せずに、

「ここにネットにつながっているコンピュータはないの?」

義男は機械的に部屋の隅にあるマシンを指さしたが、既に早川が捜査している。

「さっと見せてもらうだけじゃ、わかりません。オークションをやっているのは確かなんだけど」

「まさか、それを取り上げるんじゃないでしょうね?」藤治郎が敦子の表情を探るように、

「それを持ってかれちゃうと、仕事にならないんだ。な? 義男、そうだろ?」

義男は幾分、慌てた様子で、

「そ、そうっすよ。それで在庫管理からオークションまでやってるんだから」

「それに、警察とはいえ、こういうものを持ち出すにはちゃんと手続きがいるはずですよね?」

藤治郎がねっとりとした口調で続けた。

敦子は無言でいる。もちろんこのコンピュータを持っていければ有力な手掛かりになる。ゆっくりと調べれば何かわかるかもしれない。だが、それがやりすぎであることも了解している。

「わしだって、弁護士の知り合いくらいいるんだよ。……ほら、ここは外国人が多いし、それに関係するトラブルもある。だから、懇意にしている先生だっているんだ」

「じゃあ、あとは二階ね。二階を見せてもらうわ」

喰《く》えないジジイだ。得体の知れないところがある。

「二階?」

義男が素っ頓狂《とんきょう》な声を出した。

「え？　何かあるの？」

ギロリと敦子が見ると、義男は顔の前で手をパタパタと振って、

「いや、そんなことはないけど……」

歯切れの悪い義男の言葉に、藤治郎が嬉《うれ》しそうに口を挟んだ。

「刑事さん、悪いがこの男を逮捕してくれんかね？」

「逮捕？」

「変態って罪にならんのかね？　この男の部屋を見ると、あんたが目を背けたくなるような非合法な何かがあるかもしれないからね」

嫌らしい笑いを浮かべた。

要するにポルノ画像があるというのだろう。

本当にこの連中を逮捕してやりたいと思ったが、そういう場合ではない。さっさと二階をチェックして、終わりにしよう。

敦子は扉の外に出ると、階段に向かった。後ろから藤治郎が何か、嫌みったらしいことを言っている。義男がひいひい文句を付けている。

何を言っているのか、その内容を考えることすら腹立たしい。だいたい連中と同じ空間にいることにすら、我慢ならなくなっていたのだった。

長い間、隠れていた。

4

倉庫の二階。昨夜、ヒカリが泊まった部屋。二階の一番奥で、さらにその奥にある押入の上の段。手を伸ばすと、二重になった屋根の内側のパネルに触ることができる場所。

警察の連中が、二階に乱入してきて、さらに詳しく調べるようならば、屋根を突き破るつもりだったが、そこまでの事態にはならなかった。

藤治郎は上出来だ。あの爺《じい》さん、普段からのらりくらりしているが、今日はその実力を十分に発揮できた。女の刑事をいらいらとさせて、十分に時間を稼いでくれたから、久平は裏口から二階に入り込み、ヒカリが使っていたコンピュータを押入の奥に隠した。いざというとき、自分が持って逃げるためだ。

義男の部屋にある他のコンピュータは、彼の嫌らしい趣味に使われているだけだとわかっていたから放っておいた。それに義男については、未《いま》だ許せない気持ちがあったから、彼の部屋では、ヤツの宝物にしているフィギュアやエッチな画像を部屋の中に散乱させてやった。ただし、今後も役立つであろう義男の大事な無線機は、その辺にある雑誌を束で持ってきて、見えなくなるように積み上げて隠した。

そうしたことを、自分でも考えられないほどの素早さでやりきったのだ。

刑事たちが二階の扉を開けたのは、久平が隠れて五分以上は経過してからのことだった。

義男の部屋から妙な悲鳴が聞こえたときには、笑いを抑えるのが大変だった。

女の刑事が、義男の部屋にあるヌード写真や恥ずかしい格好をした人形を見て、どんな気持ちになるのか、考えただけで笑えた。だが、刑事たちがヒカリを捜しに来ているのだと思い起こすと、急に久平の気持ちは萎《な》えてしまった。ヒカリがジープの男にさらわれてしまったことにはかわりないからだ。

考えても考えてもヒカリを取り戻す方法を思いつかず、かといって考えるのを止めるわけにもいかず、どうしていいかわからなくなっていたところに藤治郎の声がして、警察が行ってしまったことを知らされたのだ。

事務所に戻ると、藤治郎が口をへの字に曲げて、いつもの場所に座っていた。義男の姿はなかったが、理由はすぐにわかった。ヤツは自分の部屋の惨状に驚き、必死で宝物を元通りにしているのだ。

「で、あの子はどうした？」

顰《しか》めっ面で訊《き》く藤治郎に久平は首を振った。

「……そうか」藤治郎は息をついて、「あの子がいなきゃ、どうにもならないだろうに……」

「そうだな。どうにもならないな」久平は崩れるように、いつもの椅子に座った。「追いかけたんだ。……だが、あと少しというところでダメだった」

藤治郎は立ち上がって、冷蔵庫から冷えた缶ビールを二つ出した。

「まあ、一服してから考えるのがいいだろうな」

老人の知恵、とでも言うのだろうか。とにかく藤治郎はゆったりとした表情を作ってから、ビールを開け、タバコに火をつけた。

久平も藤治郎の動作につられるようにビールを呑《の》んだ。うまかった。冷たいビールが、喉《のど》から胃に落ちて、体中に広がっていくのがわかった。

「投げ出そうか?」

藤治郎がポツンと言った。

「投げ出す?」

「それも一つの方法だろうよ」藤治郎は久平の顔を見て、「あの子がいなくなったんじゃ、わしたちは何もできない。そういうことじゃないか?」

「何もできないけど、投げ出すこともできないよ」

ヒカリとの約束を想った。

ヒカリが自分のために金を手に入れてくれる。その代わりに久平はヒカリに生きる楽しさを教える。あの約束を守らなければならない。そうでなければ、俺は生きていく資格がない。例えば、伊豆の山奥で俺の帰りを待っている、妻と子どもに合わせる顔がない。

「俺はあの子と約束したんだよ。……藤治郎さん、あんただってそうじゃないか」

「約束?」

「あんたと義男と俺とあの子の四人で、指切りをしたのを、まさか忘れたんじゃないだろうね?」

藤治郎はハッと気がついて、

「あ、ああ、そういうことがあったな」

「俺は金が欲しい。それは事実だ」久平は、一つ、二つと頷《うなず》いて、「だがそれだけじゃない。

……いや、金よりもあの子と約束したってことが、大切な気がする」

ヒカリとの約束は特別だ。何が何でも守らなければならないと思った。

「だが、あの子が帰って来なきゃ、どうしようもないだろう」

藤治郎の言葉が終わらないうちにバタンと扉が開いて、義男も入ってきた。彼は珍しく久平と藤治郎の間に漂う空気に気がついて、静かにいつもの椅子に座った。

「義男、あの子は誘拐されちゃったよ。追いかけたんだが、ダメだった。それで、藤治郎さんは、もうやめればいいって言ってる」

「やめる？」

ため息混じりの声だった。

「そうだよ、義男」藤治郎は深く頷いて、「それしかないだろう。あの子がいないんだからさ。……幸い、わしたちは、まだ犯罪と言うほどの罪は犯していない。警察も気づかなかった。……オークションのこともヒカリのことも、このまま静かにしていりゃ、時間が解決してくれる」

藤治郎は久平と義男に向かって笑いかけた。

「な？　そしたら、わしたちのいい加減で無責任な生活が戻ってくる。全てが元通りだ」

「そう簡単にはいかないよ」久平は言う。「俺は自分のためにも投げ出すわけにはいかないんだ。——何とか別の選択肢を見つけるしかないんだよ」

藤治郎はグビリとビールを呑んで、

「投げ出す以外の選択肢、ねえ……」

義男が頬杖《ほおづえ》をついた。

「この際だから、自首するっていうのはどうだ?」藤治郎が半分、真面目な口調で言った。

「なあ、久平さん。あんたはあの子のことが心配でしょうがない。とにかくあの子を取り戻したい。だったら警察に頼むのが一番だよ。そうじゃないか?」

久平は明確に首を振って、

「自力で取り戻すさ」

「それができりゃあ、いいんだがな」

藤治郎が目をむいた。

「できるさ」

「どうやって?」

「今から考える」久平は天井を仰いだ。「——だいたい不思議なことが多すぎるからな。例えば、ヒカリがどうして警察が来るとわかったのか。……あの男、確かナガレボシって呼ばれていたが……」

「流れ星だなんて、ふざけた名前だ。まるでアイドルみたいじゃないか」

藤治郎が鼻で笑った。

「だが、その男も警察のことはわかっていたんだ。それに、ここにヒカリがいるということも」

「そうだな。妙な話だ」

そこで義男がガタンと椅子を前に引いて、

「その話、まずヒカリちゃんのことから考えるべきじゃないかな？」

「どういうことだ？」

「あのナガレボシとかいう男がどうしてここに来たのかなんか、僕たちが考えてもわかりっこないよ。……でもね、ヒカリちゃんのことだったらわかる。少なくても、あの子は僕たちと一緒にいたんだから」

「そうか。あの子がどうやって警察の動きを知ったのか、そこを考えればいいんだ」

久平は義男の意図を理解したが、だからといって方法が見つからない。

「だが、義男。あの子、無線を聞いてたわけでもないし、誰かと電話で話したわけでもない」

「でも久平さん、ヒカリちゃんはずっとコンピュータの前に張り付いていたんだ。僕が思うのに、ヒカリちゃんは何か秘密の方法を使って、ネットを通して警察の動きを察知したんだよ」

「そんなことができるのか？」

久平が訊くと義男は自信満々で、

「あの子は天才だ。僕らにはわからない方法を使うことは考えられる。……それから、あのナガレボシっていう男も同じ方法だと思うんだよね。少なくとも警察の動きは、ヒカリちゃんと同じ方法で知ったんだと思う」

義男が立ち上がった。

「どうした？」

藤治郎が訊くと、義男は珍しくさわやかな笑顔を見せた。

「ヒカリちゃんが使っていたコンピュータを持ってこようと思ったんだ。何か残っているかもしれない」

「お前は、あの子が何をしていたのか見ていたのか？」

久平が訊いた。義男は首を振って、

「ヒカリちゃんはボットウイルスをいじくって、いろいろとオークションの調整をしてくれていた。これから科学センターと連絡を取るときの方法なんかも、考えていた。……それから、そうだな、不思議だったのはヒカリちゃんが変な絵を長い時間、見ていたことかな」

「絵を見ていた？」

「うん。葉っぱとか、動物とか、建物とかが大きく描かれた絵だよ。モザイクみたいにいろんな色がつぎはぎになっている不思議な絵だ」

意味がわからない。絵を見ていたところで、警察の動きなど、わかるはずがない。

義男がヒカリの使っていたコンピュータを運んでくる間、久平と藤治郎は無言でビールを呑んだ。何を考えたらよいのか、わからなかった。ヒカリと出会ってからというもの、久平は夢を見ている気がするのだ。

5

義男が操るコンピュータの画面には、妙な絵が何枚も映っていた。

そこはインターネット上のギャラリーになっていて、たくさんの絵が飾られているが、その全てが、一種独特な雰囲気を持っていた。

形ははっきりしている。幼稚園児が描くような太い線で描かれた物体——花、動物、乗り物、など様々だ――が中央にあって、その物体も背景も、まるで色とりどりのタイルを混ぜ合わせたみたいに、ごちゃごちゃに色づけられているのだった。

義男によると、ヒカリはこのギャラリーを長い時間、見ていて、そのすぐ後に、警察が来る、と言い出したのだそうだ。

「要するに、俺たちは天才ではないんだよ」

久平はがっかりしながら呟《つぶや》いた。義男も藤治郎も何も言わない。だから空気の流れが止まってしまうくらい静かになる。

そのとき突然、ガシャンとシャッターの音がして、久平たちは一様に飛び上がってしまった。

「何事だ?」藤治郎が首を傾げた。「この時間に客はないだろ?　それに客だったら、何か声を出すし、泥棒だったらあんな音を立てるはずがない」藤治郎はさらに小さな声で続ける。「もっとも泥棒が欲しがるようなものは、ここにはないんだがね」

久平は音を立てないようにそっと扉を開けて、階下を見た。人の姿は見えない。だから、階段の踊り場までゆっくりと進んだ。

黒い影がすぐ下をうろうろしていた。その影が男だと気がついた瞬間、久平はその正体を理解していた。

「あ、あいつ……」

そのとたん、自分の行動を止められなかった。後ろから藤治郎と義男が何かを言ったが、全くかまわずに階段を転がり下りた。

「お、お前、この野郎!」

大きな声を出して、その男につかみかかった。拳《こぶし》を振り上げて、まずは一発、男の顔を殴りつけた。

だが、男は冷静に久平の腕をつかんで締め上げた。恐ろしく強い力だった。

「そいつ、誰だ？」

階段の上から藤治郎が顔をのぞかせた。

「さっきの男だよ。ナガレボシって言う、ヒカリを誘拐した男が、のこのこ戻ってきやがった」

「誘拐？　俺がヒカリを誘拐したって？　じゃあ、お前たちがしているのは何だ？」

男はそう言いながら腕に力を入れ、久平の首をぎりぎりと締め上げた。

「おい、や、やめろ」

言葉にならない声をあげると、次の瞬間、男がすぐ近くに転がっているラジカセを蹴《け》り上げた。年代物の銀色の箱は、わけもなく転がりながら大きな音を立てた。

それは男の腕の中にいる久平と、階段の上にいる藤治郎への警告で、同時に男は冷たいナイフを久平の喉元《のどもと》に突きつけた。

「騒ぐな」

それまでとは違う硬い声だった。刃先が喉に食い込んだ。

この男、人を殺すことを何とも思っていない、そう思わせるような力の入れ方だった。

「ジジイ、お前もそれ以上、近寄るな」

男の言葉に階段の上を見ると、藤治郎が真っ白な顔色をして立ちすくんでいた。

義男の姿が見えないところを見ると、彼は事務室の中に留《とど》まっているか、藤治郎の横に伏せているのだろう。

男の腕が久平をさらに締め付けた。ぎりぎりと骨が軋《きし》む音がする。

「ヒカリはどこだ?」

その言葉に久平は驚いた。そしてやっとのことで口を開いた。

「お前があの子を連れ去ったんじゃ……」再び男の腕が締め付けられ、頬に痛みが走った。

「わかった、わかったから、待ってくれ」

男は静かに力を入れ続ける。だから久平は抵抗しないことを、体から全ての力を抜くことで伝えなければならなかった。

男は久平が動かなくなったことを確認した後、先ほどより低い声で言った。

「お前たちのところに、ヒカリから連絡があったわけじゃないんだな?」

締め付けられている久平はもちろん、藤治郎も何も言わない。だが、その空気を男は読んで、

「なるほど、お前たちもヒカリを捜している、そういうことだな」

その言葉を受けて、藤治郎がゆっくりと口を開いた。

「ナガレボシさんとやら、あんた、わしたちを誰だと思っている?」

とぼけた声にナガレボシと呼ばれた男は少しだけ体を硬くした。

「わしらは、民間人だよ。あんたみたいなプロじゃない。……特にお前さんが締め付けてるその男なんて、中年のへなちょこだ。そんなに真剣になることたあない」

中年のへなちょこはないだろうとは思ったが、藤治郎の意図も理解した。この男、自分たち

とは違う世界に住んでいる。警戒を解いてもらわないことには話にならない。

「ヒカリさんはな、あんたが締め付けてる男が浜名湖で知り合ってここに連れてきたんだよ。あの子を無理矢理、奪うなんてこと、わしたちにできるわけないだろう」

男はしばらく考え込んでいるようだった。倉庫の中をぐるりと見回し、藤治郎と久平を見比べた。

「よし」

自分に納得させるように言うと、男は久平をどさりと前に転がした。

久平は倉庫の床で腰を打ったが、開放感の方が大きかった。四つんばいのまま息を吐き、状況を把握しようと考えた。

これは、どういうことだろうか？　この男がヒカリを連れ出したというのに、今も捜していると言う。つまり、ヒカリはどうなったんだ？

男は久平の心を読んだように、

「ヒカリは逃げたんだよ。お前たちのところに帰りたいと、不意に車を降りやがった。赤信号で止まっているときでね。そのあと、俺も必死で捜したんだが、見つからなかったんだ」

状況は良くないにもかかわらず、心の中が急にあたたかくなった。

そうか、ヒカリは俺たちのところに帰りたいと言ったのか――

「どこで逃げたんだ？　一人で戻ってこられる場所なのか？」

久平が訊《き》いた。だがナガレボシはそれには答えず、

「お前らの目的は何なんだ？」

「俺たちの目的？」

ナガレボシは久平を睨《にら》み付けた。久平はなぜかしどろもどろになって、

「俺は偶然、ヒカリと出会ったんだ。それで約束をした。ヒカリは俺のために金を手に入れる、逆に俺はヒカリのために――」

俺はヒカリのために何を手に入れようとしていたのか。

久平は自問自答した。なぜなら生きる喜びとか、楽しさとか、あまりにもあやふやで、この男の前では通用しないように思えたからだ。

それで言葉を探していると、ナガレボシは一つ、大きく頷《うなず》いて、

「なるほど、ヒカリが嘘をつけるはずがないとは思っていたが、まさかそういうことが起こるとはね」

この男、ヒカリのことを知っているのだ。ヒカリという子どもの価値も、その特性も。

ということは、どうなる？　このナガレボシという男の正体は？

「俺だったらヒカリを見つけられるよ」

久平は急に思いついて言った。

「何？」

ナガレボシが一歩、久平に近寄った。

「俺だったら、見つけられるって言ったんだ」

根拠がないわけではない。

昨夜、浜名湖からここまで歩いてくる途中、自分はヒカリに約束したのではなかったか。

指切りをしたんだ、どんなことがあってもヒカリを信じるし守る。迷子になったら必ず捜し出す。だからそのときは、星に一番近いところで自分を待っていてくれ、と。

「ただし、どこでヒカリが逃げ出したのか、教えてくれたらの話だがね」

男が久平に手を伸ばしてきたのを見て、反射的に後ずさりした。

「待ってくれ。俺を脅そうったって、そうはいかない」

手を男の前にかざして、

「お前、これ以上、俺に触れるなよ」

精一杯のはったりだった。

「な、何？」

「俺に仲間がいるのを知っているだろ？」

「上のジジイのことか？」

「もう一人いるんだよ。お前さんからは見えないだろうが、二階の奥にいて、あんたと俺のやり取りを一生懸命聞いている」

久平はゆっくりと言葉を選びながら、

「そいつはね、あんたがこれ以上、俺に近寄るんなら、警察に電話をするだろう。いや、無線が趣味の男だから、警察無線に直接、電波を合わせて、ここに急行するように指令を出すだろう」

全て口から出任せだが、思った以上の効果があったようで、男はふうっと力を抜いた。

「警察が来ると、あんたたちも困るだろう？」

「いや、俺たちは犯罪者じゃない。たまたまヒカリと仲良くなっただけのことだ」

「オークションを仕掛けて、身代金を受け取ろうってことじゃないのか？」

「なぜ知っている？」

「俺はヒカリと同じでね、センターの中の動きは何でもお見通しなんだよ」

久平は鼻で笑って、

「だったら警察が未《いま》だに何もつかめずにいるのは知っているだろ？」

「うまく立ち回っていると言っていいだろうな」

「じゃあ、警察が俺たちとお前の両方を見て、どっちを疑うと思う？」久平はナガレボシの顔色をうかがいながら、「俺たちはどういう風にも言い逃れできる。警察は既にお前さんをマークしているんじゃないか？」

このナガレボシという男こそ、ヒカリにヒカリ自身の価値を教えた人間ではないだろうか。ヒカリも言っていたが、この男、以前はヒカリの身近、つまり最先端科学センター内部で仕事をしていたことになる。

しかし今は違う。何らかの理由があって、彼はセンターの外からヒカリを非合法的に奪うことを考えている。とすると、このナガレボシという男は警察に追われているのではないか、そう久平は推理した。

「なるほどな。だが、俺が警察を恐れていないと言ったらどうなる？」ナガレボシは手を広げて、「俺だって善良な市民だ。ヒカリのことは気にしているが、警察を恐れる必要はないさ」

「今さら、遅いだろうよ」今度は藤治郎が口を開いた。「あんた、警察が来るのを知って、慌ててヒカリさんを連れに来たんだろ？　それなのに逃げられて困っているんだろ？」

とたん、ナガレボシは大声で笑った。倉庫中にがんがんと響いて、裏からシズが飛んでくるのではないかと思うほどだった。

「なんだよ、何がおかしいんだよ」

久平が身体を硬くして訊いた。

「いやね、お前さんたちが意外に賢いんでね、驚いている」ナガレボシは笑顔を引っ込めて、「つまりね、お前さんたちの言う通りだってことだ。……俺は警察を恐れている。何しろあの子はお前たちが思っている以上に重要な存在なんだ」そこでナガレボシは二階を仰《の》ぎ見て大声で言う。「警察には連絡しないでくれよ。基本的に、俺はお前たちの要求を呑むんだから」

あまりに急な展開に久平は眉《まゆ》をひそめた。

「本当に俺たちの要求を呑むのか？」

「疑い深い男だな」ナガレボシは面倒くさそうに、「これで諦《あきら》めたわけじゃないんだ。警察よりお前たちの方がまだマシだってことだよ」

「俺たちの方がマシ？」

「何度も言わせるなよ。あの子はお前たちが想像している以上に価値があるんだ。だから早く見つけてもらうに限る。——ヒカリは車の中でお前たちのところに帰りたいとそればかり言うんだ。だから、お前たちと、何か約束があると思ったんだよ」

ナガレボシはヒカリが浜松城公園近くの交差点で車から逃げ出したことを告げた。

交通量の多い場所だったから、すぐに車を止めることはできず、そこに空白の時間が生じた。

そのため、ヒカリの姿を見失ってしまったのだそうだ。

そんなに遠くには行けないだろうと、浜松城公園を中心に捜したのだが、手掛かりすら見つけられなかったらしい。

「今日のところは引き下がるが――」男は凄《すご》みのある声で、「その代わり、必ずヒカリを見つけ出して連れ戻すんだぞ。警察やセンターに渡したら、俺は本気になる。いいな?」

「大丈夫だよ。必ず見つけ出すさ」

男は久平に近づいた。

「何だ?」

声を荒げると、笑顔で肩をたたいた。

「さっきは悪かった。誤解だったんだ、仲直りをしてくれ」

「仲直り?」

「実はな、俺はヒカリのためなら争いをしないと決めていたんだった」

そこでナガレボシは急に腰をかがめ、久平の足下にあるラジカセに手をやった。久平は驚いて足をどかそうとすると、それを男はポンとたたいて、

「いや、さっき蹴飛《けと》ばして、悪かったと思ったから」

かがんだまま、ラジカセの埃《ほこり》を払い、それからゆっくりと体を起こした。

「とにかく、俺はヒカリの安全さえ約束してくれるんなら、それでいい。あの子が嫌がるなら、連れて行くつもりはない。もちろんセンターに戻すというんなら、それは阻止するがね」

気味の悪いほどの笑顔を浮かべながら後ずさりした。

シャッターのところまで来ると、手を挙げて、

「とにかくヒカリを連れ戻してくれ。あとは警察に気をつけるんだな。いいか。ここは既にマークされている。早く動く方がいいぞ」

何がお前の魂胆だ？　そう訊《き》こうとしたときには、既に男の姿は消えていた。

※

ヒカリは浜松城の中で見つかった。

信号待ちの最中にヒカリが降りたという市役所の交差点から二百メートル。市役所の裏手にある浜松城公園の中心。小高い丘の上にある浜松城。

確かに、お城の最上階はそのあたりで最も星に近い場所で、ヒカリは浜松城の展望デッキの片隅で空を見上げていたのだった。

——時間なんて、何の意味もないのに人間はそれを抱えなきゃいけない

——宇宙も素粒子の世界も、隙間だらけなのにボクたちはこんなに暑苦しく感じている

ヒカリは世界に毒づきながら、泣いていた。

——ボクは押しつぶされそうなんだ

——こんな不条理な方程式の世界で生きていられないんだ

嗚咽《おえつ》を繰り返しながら、ヒカリは体を硬くしていた。

浜松城は小中学生入場無料だったから、ヒカリが飛び込むようにお城の中に入っていったとしても誰も怪しまなかったのだろう。もっとも久平が入ろうとしたときも、窓口には誰もいな

かったのだが。

「ヒカリ、迎えに来たぞ」

ヒカリが何か呟《つぶや》いているのには気づいていたが、それを聞いても始まらない。だからまるで別世界からの使者のように言葉を掛けた。

ヒカリは本当に違う世界に行っていたかのように、顔をゆっくりと上げた。

ナガレボシがヒカリを見つけられなかったのはラッキーだった。そのときヒカリが今と同じように浜松城の最上階、それも大きく外に開かれたデッキに出ていたかどうかはわからない。

だがナガレボシは、まさかヒカリが浜松城の中に入っているとは思わなかったに違いない。

「ヒカリ、帰るぞ。義男が軽トラで待ってるから」

努めて当たり前に話すのがコツだ。

「久平、遅かったじゃないか。ボク、死にそうだったんだぞ」

顔を肘《ひじ》で拭《ふ》き、口をとがらせるヒカリを見たら、急に愛《いと》おしくなって抱き上げた。

あとは言葉はいらない。ヒカリの頭をぽんぽんとたたいたあと、笑顔を交わした。ヒカリの手が久平の手の中に入り込んで、二人は手をつないで歩いた。

浜松城公園の北側にある駐車場の端に義男の軽トラが待っていた。義男が運転席で安堵《あんど》の表情を見せるのを確認した後、ヒカリと一緒に荷台に乗った。運転席の隣は危険すぎる、そう考えてのことだ。

久平がヒカリと自分に毛布をかぶせると、軽トラが動き出した。これでもう大丈夫、と思ったら力が抜けた。

「ヒカリ、あいつは何者なんだ？」

「あいつ？」

「ナガレボシってお前が呼んでいた男だよ」

軽トラが心地よく揺れる。毛布ごしに車の音が聞こえるが、それでも静かだと感じられた。

「ナガレボシの本当の名前は坂谷隆盛って言うんだ。本当は流れ星って書くんじゃないけど、リュウセイだからナガレボシって呼んでた」

「お前と何か、約束していたのか？」

「約束？」ヒカリの表情が止まる。「指切りしてなくても約束は約束なのかな？」

「指切りは本当に本当に大事な約束の時だけだよ。普通の約束は、指切りなんてしないね」

「じゃあ、ボクは約束をした。でも、一緒に行くことまでは約束していない」

「どんな約束をしたんだ？」

「科学センターから出てくるとき、カザフの言葉を書き記すってこと、――これでボクは安全になるってナガレボシは言ったからね。それからもしもボクが行きたいって言ったら、外国に連れて行ってくれるって」

「お前に何億って価値があることを教えてくれたのもナガレボシか？」

「そうだよ」ヒカリは当たり前のように頷《うなず》いて、「金があれば何でもできるってナガレボシは言ったけど、ボクは信じられなかったんだ。ねえ、久平、それって本当かな？」

「金があれば何でもできる……。そういう考えもあるし、そうじゃない考えもある。この世界は十分に複雑なんだよ」

「ナガレボシはね、ボクにいろいろなことを教えてくれた。ボク自身の価値だけじゃない。お金のこと、外国のこと、それから……」

不意にヒカリの言葉が止まった。久平がヒカリの顔を覗《のぞ》き込むと、視線は覆い被《かぶ》さっている毛布の向こうを注視しているかのようだった。

「どうした？」

ヒカリは我に返って、

「ボクはクオークや宇宙のことはよく考えていたけど、自分が生活しているところについて全然、知らなかった。っていうか、考えたことがなくて、それをナガレボシは教えてくれた」

ヒカリが横を向いて、顔を肘でぬぐった。もしかしたら泣いていたのかもしれない。

「お前、それで死にたくなったんだな？　それで何か、考えちゃったんだな」

ヒカリはうつむいて、膝小僧《ひざこぞう》を抱えた。そして、そのまま動かなかった。

6

午後七時半すぎ、突然、ノックの音がして、飛び上がった。ぼーっと考え事をしていた。普段なら夕食を食べ終わる頃だったが、今日の唯は何も口にできないのだ。

「入っていい？」

木田敦子だと声でわかった。

扉を開けると、そこに立ちすくむ敦子は、いつになく疲れた様子だった。

「悪いけど、ちょっと休ませて」

敦子はずかずかと唯の部屋に入って椅子に座った。唯の椅子の斜め横。ヒカリが好んで座る場所だった。

「何かわかりましたか？」

「そうね、微妙なところね」

「微妙なところって？」

「二人組のところに行ったのよ」

「二人組？」唯は敦子のためにハーブティを入れながら、「ああ、ヒカリと服の交換をした二人組ですね？　何かありました？」

「特になかったけど、怪しいのは怪しいんだよね」

ピンクの花柄のティーカップにカモミール茶を注ぎ、敦子の前に出した。

敦子はそれを「ありがとう」と受け取ってから、さらに続ける。

「もちろんヒカリさんの姿はなかったし、あの子がいた形跡があるかと言えば、それも見つからない。……コンピュータはあったんだけどね」

「その中にヒカリの写真はなかったんですか？」

「早川っていうコンピュータ専門の刑事がそこで見てくれたんだけど、何もなかった。……もっともオークションはやっているらしいんだけど」

「オークションはやってるって、このヒカリのですか？」

敦子は首を振って、

「じゃなくて、普通のオークション。……あの人たち、捨てられている電化製品とか古着を集めてきて、それを修理したり綺麗《きれい》にしたりして売ってるんのよ。オークションでね」

「じゃあ、関係ないじゃないですか」

敦子はカモミール茶を口に含み、考え込むように首を振って、

「うん、でもね……」さらに首を振り、「やっぱり妙な感じがするんだよね。——例えばあの人たちがこっちの動きを察知していて、あらかじめ警戒してたんじゃないかって思っちゃう」

「あらかじめ警戒って……」唯は驚いて、「そんなこと、できるんですか？」

「できないよね」敦子はため息をついて、「そんなの無理だとわかっているんだけど、この事件に関してはそういう不思議なことが起こってもいいような気がするんだ」

それからしばらく、敦子は喋《しゃべ》らなかった。カモミール茶を口に運び、そしてため息をつく。その繰り返しだった。

「ねえ、唯さん」

顔を上げると、敦子がこっちを見ていた。疲れてはいるようだが、力がある視線だった。

「あなた、あの子がここから出て行ったのは、なぜだと思う？」

「やっぱりヒカリが自分でここから出て行ったんですか？」

「江藤調査官はその意見に反対らしいけど、私はそうとしか考えられないんだよね。……前にも言ったけど、ヒカリって子、自分の嫌がることは絶対にやらないと思うから」

唯はそこで黙り込む。

ヒカリが自分から出て行っただなんて、認めたくはない。だが、敦子の言う通り、ヒカリが誰かの指示に従って行動することは、絶対に考えられない。

「そうだ」敦子は急に思いついて、ポケットから紙を取り出して唯の前に置く。「これ、何だかわかる?」

アルファベットのような文字が並んでいた。

「これ、キリル文字って言うんだって」

見たことがある。たぶんヒカリが書いたり読んだりしていたことはあったはずだ。何しろ、言葉を覚えることも、ヒカリにとっては遊びでしかない。

「ここにある文字と同じ物が研究棟の外に残されていたんだけど、それを見て、唯さん、何かわかるかな?」

唯は首を振って、

「ヒカリには読めるかもしれないな、とは思いますよ。あの子にとって、言葉も文字も、玩具《おもちゃ》みたいなものですから」

敦子は当たり前のように頷いて、

「じゃあ内容はどう? ここにはね、こう書いてあるんだって。——光は同胞の待つ世界へ——、ただし、ここの光は、固有名詞じゃない方の光だよ」

唯は首をひねった。

「わかりません」素直に口にした。「光はヒカリでしょうけど、同胞って言っても思い当たりません。ヒカリには同胞って呼べるような兄弟も仲間もないですから」

敦子も唯と同じように首をひねった。

「そうだよね。だから江藤調査官は、同胞っていうのを犯人グループだって解釈して、これが犯行声明だと言うんだよ。……でもね、それも違うような気がする」敦子は頬杖《ほおづえ》をついて唯を凝視した。「だって、やっぱり私はヒカリさんが自分でここから出て行ったと思うから」

敦子はまるで唯の顔に彼女が必要としている答が書いてあるかのように見つめる。

唯はそれだけでドキドキしてしまって、思わず口を開く。

「そう言えば、これって全然、関係ないことかもしれないけれど……」そう言い出しておいて、自分が敦子に告げようとしていることが、実はとても大切なことではないかと思って、「二か月くらい前かな、ヒカリが突然、私に変なことを言ったことがあったんです」

あの日、自分が正月休みから帰ってきてすぐの頃——

ヒカリが真っ青な顔で、自分からこの部屋を訪れたのだ。

「一月の上旬です。夕食を済ませて、その日は研究室に行かずに自室にいたんですが、突然、私のところに抱きついてきたことがありました」

急にヒカリの顔が脳裏に浮かんでくる。

涙を流した、あのときの顔。あの日にしか見なかった、ヒカリの心の奥。

「ヒカリが私に抱きついて、しかも涙を流すなんて、……私、信じられなかったんです」

「そう？　それって珍しいことなんだね？」

「ええ。ヒカリが感情を表すなんてこと、そのとき以外に見たことがないですから」

「で、涙を流して、それからどうしたの？」

「ヒカリはただ、私にこう問い掛けたんです」

そして唯はそっと口にする。あのときのヒカリの言葉を……。

――ボク、何のために生まれてきたのかな？

――ボク、研究するために生まれてきたのかな？

「私、ヒカリがこういうことを言うなんて、信じられなかったし、どう答えていいか、わからなかった。だから、ただ抱きしめてから、……みんなわからないの。みんなわからないけど、生まれて来ちゃったのって、言ったんです」

唯にしてみると、こういう生死にかかわることは、心の奥が震えて言葉にできない種類のものだ。だからヒカリがそれを口にしただけで、唯の方がショックを受けてしまった。

「しばらくヒカリは私に抱きついていました。でも十分、……いいえ、たぶん三十分くらい私の胸の中で泣いたり呻《うめ》いたりしていたんですが、突然、ぷいって、まるで憑《つ》き物《もの》が落ちるみたいに自分の部屋に戻っていったんです」

「そう」敦子は静かに頷《うなず》いて、「それは一度だけのことなの？　それから同じようなことは？」

「ありません。だからまるで夢の中のようなことだったんです」

「何か、あったんだね」

「そうでしょうか？」

「心当たりはない？　その日か、前日に何か変わったことは？」

唯は自分の記憶のひだを丹念にたどって、

「まだ坂谷さんは辞める前だったと思います。確か、あの人の噂が流れたのは、その少しあとだったから」

「噂って、スパイをしているっていう？」

「コンピュータで秘密を盗み見たとか、そういう……」

「やっぱりそこだね。何かあるね」敦子は急に立ち上がって、「わかった。そこのところの情報、少し集めてみようかな」

　敦子は時計を気にしている様子だった。

「あの、訊《き》きたいんですけど」

　唯は遠慮がちに声を掛けた。

「何？」

　扉に手を掛けながら敦子が振り向く。

「オークションはどうなるんですか？　ちゃんと入札して、ヒカリを取り戻してくれるんでしょうね？」

　敦子は扉を開けながらも肩をすくめて、

「もちろん。……あの子を取り戻すことが何よりも優先されるの。かなりのお金が用意されると思う。何しろ、あの子には国がついているんだから」

　唯はほっと息をついた。

「あ……」

　敦子が声をあげた。

「何か？」

「犬よ」

「六十二号のことですか？」

敦子の肩越しに、六十二号が廊下にいるのが見えた。

「そう。この犬、いろいろなところに出没するんだね。何か嗅《か》ぎ回っているみたい」

「違いますよ。このワンちゃんは、ヒカリの分身なんです、たぶん」

そう言いながら唯は腰をかがめる。すると、どういう仕掛けになっているのか、六十二号はまるでホンモノの子犬のように走り寄ってくるのだ。

「ヒカリがいなくなってから気がついたんですけど、この六十二号って、ヒカリの中にある子どもの心、そのものじゃないかって」

「どういうこと？」

「ヒカリは天才だから、あんな風にポーカーフェイス、大人に混じって研究しているんですけど、本当は十歳の子どもです。いくら天才でも、子どもの心ってあると思うんですよね」

「それをこの六十二号に託したってこと？」

「託したって言うか……」唯は六十二号の頭をなでてから、敦子の顔を見上げる。「ヒカリそのものなんだと思います。あの子の心はやっぱり子どもなんですよ。寂しがり屋で、みんなにかわいがって欲しい気持ちもたくさんあって、でも素直になれなくて……。だから、こんなロボットを作って表現している」

六十二号は、ちぎれそうなくらい尾を振りながら、クウンクウンと甘えたような声を出して、唯の手に自分の頭をすり寄せる。すると唯には、六十二号が本当にヒカリの分身に思えてくる。

「私は、そう思わないな」敦子の言葉が頭の上から聞こえてきた。「だって、ヒカリさんほどの天才に『子どもの心』なんか、必要ないと思うから」

ギョッとするような言葉だった。半ば非難の気持ちを込めて、唯は立ち上がった。

「私ね、ヒカリさんって恵まれていると思うんだよね」

敦子が動じずに続けた。

「そうでしょうか？」

「びっくりするかもしれないけど、私、子どもなんか大嫌いなんだよ。自分自身が子どもだったときからずっと、子どもなんて、汚くて不格好で、面倒くさくて、くだらない存在だって思っていた」

今度は敦子が腰をかがめ、六十二号の頭に手をやりながら、

「私ね、こう見えても小さい頃から頭が良かったんだよ。ヒカリさんとは雲泥の差だけどね」

敦子は少し照れた調子で言ったが、唯は大きく頷《うなず》く。納得のいく話だと思ったからだ。

「でね、私は子どもだった自分が嫌だった。早く大人になって、意味のある仕事をしたいと思っていた」敦子は唯をぐっと見つめて、「だからね、ヒカリさんって恵まれていると思うし、こんなロボットに自分の心を託すなんてことはしなかったと思う」

「じゃあ、なぜヒカリは出て行ったんですか？　おっしゃる通りヒカリが恵まれているとしたら、出て行く必要なんかなかったじゃないですか」

涙ぐみながら唯が訊くと、敦子はため息をつきながら、立ち上がった。

「さあね。……そこを含めて、ヒカリさんという天才児は秘密だらけなんだよ」そこで再び、六十二号に目を戻して、「このワンちゃんも秘密の一つ。こんなにかわいい顔をしていても、何か秘密があると思う。だいたい、このワンちゃん、なぜここに現れたのかな？　私たちの話

をまるで盗み聞きしているみたいだと思わない？」

唯は六十二号を抱き上げた。すると六十二号は小さく足をばたつかせてみせる。

「違います。盗み聞きなんか、していません。この時間だと……」唯は目覚まし時計の針が八時に近づいているのを確かめて、「充電に来たんですよ」

「充電って、どこでするの？」

「ヒカリの部屋に充電器があるんですけど、ダメですか？　あの子のためにも、六十二号を動かしておいてあげたいんですけど」

唯が言ったのはヒカリの部屋が警察と江藤の命令で封鎖されたままだからだ。六十二号はこの建物内にいる限り、無線ＬＡＮに勝手にアクセスして、絵をアップすることはできるのだが、充電だけはヒカリの部屋でしかできない。だから二日に一度、決められた時刻にやってくる。

「なるほどね」敦子は唯と六十二号を交互に見て、「やっぱりこの六十二号にも秘密があるような気がしてきた」

「どういうことです？」

「どういうことって、そういうことよ」

唯は重ねて何か尋ねようとしたが、敦子はそれに関係なく続けた。

「とにかく六十二号が何をどうするのか、見てみたいから、開けることにするわ」

そしてヒカリの部屋の鍵《かぎ》を取りに、歩いて行ってしまった。

7

管理棟の奥に小会議室があって、これまでも何度か、江藤との話し合いに使っていたが、そのすぐ隣に江藤のオフィスがあるとは知らなかった。

大きくはないが、事務机やコンピュータの他、小さな打ち合わせ用のテーブルがある。高級と言うほどではないが、それでも立派なもので、江藤がこのセンター内で個室を用意されるほどの立場であることを改めて知らされた格好だ。

「六十二号はどうだったんですか？」

江藤は自分のデスクから離れて、打ち合わせ用のテーブルに近寄りながら訊く。

「早川刑事にも見てもらいました。でも、わかりません。……確かにインターネットに接続して、絵をアップするんですが、それだけです。他のデータは送っていません」

「あなたとしては、もっと違う情報もどこかに載せているんではないかと思っていたんですね？」

「そうです。そうであれば、こちらの捜査の情報が犯人グループに伝わった理由がわかるわけですから」

あの二人組が住んでいる倉庫に行くことは、漏れるはずのない情報だ。それが漏れているとしたら、何か特別な方法があるはずだと考えた。

「あの二人組に会ったときのことを、思い返してみるんですが、やはり何か怪しいと思うんです。……そうすると、私たちの情報が漏れていると考えざるを得ないわけで、いろいろ考えた結果、六十二号の存在に行き着いたんです。……あのとき、——調査官と早川刑事、そして私が話し合ったとき——、六十二号は廊下で待っていましたよね？　もしも六十二号が何らかの方法を使って部屋の中の会話を聞き、さらにその情報を誰かに伝えていたとしたら、全てが説明できると思ったんです」

「ナンセンスですよ。会議室は防音の上に、いかなる電波も通さないようにできています」

「でも、そこを何らかの方法で……」

「それに六十二号を作ったのはヒカリですよ」

「そうです。……だから、余計に疑わしいって思います」

「どうしてですか？」

「ヒカリさんなら、防音壁の中の音も聞き出すような、何らかの方法を編み出したかもしれないと思いますから」

「木田刑事、論点がずれてますよ」

「え？」

「高塚の倉庫の二人が、こちらの情報を得ていた可能性について論じていたはずが、ヒカリのことに替わっている」

敦子は少しもひるまずに続けた。

「私、ヒカリさんも共謀していると思っているんです」

「ヒカリが共謀している？」

「ヒカリさんは犯人と共謀している。つまりヒカリさんが私たちの情報を犯人に与えているって」

「何のために？」

「理由はわかりません。でも、私はヒカリさんが自分の意志でここから出て行った、そう考えていますから」

「なるほど」江藤は首を傾けて、「しかし、それは坂谷隆盛にマインドコントロールをされてということになりますね」

「マインドコントロールの有無については、わかりませんが、可能性は高いと思っています。それにヒカリさんが六十二号を作っていたとき、坂谷隆盛はここで働いていたんですよね？」

唯の話から考えるに、ヒカリが六十二号を作ったのは坂谷隆盛が逃げ出す前のことだ。とすると、ヒカリは部品の調達などで坂谷の手を借りているだろうし、もしかしたら設計にも関係していたかもしれない。

江藤は敦子の様子を冷ややかに見て、

「あなたの話は、全て推論でしかありません。いくら情報を集めたとしても、決して明らかにならないことですね」

敦子はあの倉庫での二人組の様子を思い描いた。

あれは、あの場の空気を吸わなければわからないことだろう。埃《ほこり》っぽい倉庫、そして、そこに巣くう、とぼけた表情をした浮田藤治郎と嫌らしい笑みを浮かべた山崎義男。

江藤も一緒に行けば、あの何とも言えない不審な空気を感じることができたのに。

そのとき、ノックの音がした。

「江藤調査官」

早川刑事の慌てた声だった。

「どうぞ」

短く江藤が返事をすると、早川が飛び込んできた。その向こうに丸之内一課長の姿も見える。

「動きました」早川は息を荒げて続ける。「オークションに入札がありました」

「入札があった？　というと別のグループですか？」

江藤が立ち上がって訊《き》いた。

「そういうことになるでしょうね。……その新たな団体ですが、調査官がおっしゃる通り、連中の自作自演なのか、全くわかりません。ですが、とにかく報告をしようと思いまして」

早川は紙を差し出すと、江藤がそれを受け取って無言で読み始めた。

「これは何語なんでしょうか？　まさかカザフ語ってことはないですよね？」

早川が訊くと、江藤がこっちを向いて、

「これはロシア語ですよ。шёпот звёзд（ショーパト・ズヴョーストゥ）、直訳すると『星のささやき』となります」

江藤は簡単にロシア語を読んでみせたが、敦子はもう驚かない。江藤もヒカリと同様に、自分たちとは頭の構造が違う人間だと思っていたからだ。

「それに額が凄《すご》いですよね？　自作自演にしても多すぎるような気がするんですが」

早川が言う。

「いくらですか？」

敦子が訊いた。

「十億円だよ。一挙に十億だ」

早川が興奮気味に言うと、江藤がさらりと言った。

「では、我々はその上をいきましょう。自作自演など、必要ないことを連中に知らせなければなりません」

「具体的にはいくらなんですか？」

十億円の上といったら、いくらを考えればよいのだろうか。

「百億円でどうでしょうか？」

江藤がさらりと言った。

「百億?!」

早川が素っ頓狂《とんきょう》な声を出した。

「そうです。百億円で入札しましょう。もちろんそれ以上の増額をするつもりはありません」

「でも、百億っていう数字はどこから出てきたんですか？」

敦子が訊く。

「ヒカリの価値は前に説明した通りです。あの子を失った場合の損失は、百億をはるかに超えるのは明らか」

「しかし……」

早川が言いかけるが、それを江藤が遮る。

「それでは足りないとでも言うのですか？」江藤は微笑んで、「百億は時間内に我々が用意できる最高の金額です。これ以上は難しい」

「いえ、そういうことではなくて……」早川は汗を拭《ふ》きながら、「それだけの額を、最初から提示しなくてもいいんじゃないかと思うんです」

「早川刑事」江藤は余裕の表情で、「これは犯人を追いつめるための方策の一つですよ」

「犯人を追いつめるために、百億円で入札するんですか？」

敦子が驚いて訊いた。

「我々の目的はヒカリを取り戻すことです。そのためにも、身代金が高い方がいいのはわかりますよね？」

「でも、いくら天才とはいえ、一人の子どもに百億は……」

早川の言葉に江藤は微笑んで、

「入札を繰り返しても、連中は尻尾《しっぽ》を出さないでしょう。早川刑事の報告にもありましたが、ネット上から彼らを追いつめるのは難しいですから」

「でも、彼らが自作自演をしたのかどうか、そのあたりをじっくりと考えて……」

「考えたところで変わりませんよ。自作自演であろうがなかろうが、我々がやることは決まっています」

江藤が何を言っても百億という金額が大きいことには違いなく、早川は酸欠状態になったかのように口をぱくぱくと開けたり閉めたりしている。

一方、江藤は全く慌てたそぶりを見せずに続けた。

「我々がやらなければならないことは、連中に取引相手が誰なのかをわかってもらうことです。

我々がヒカリを取り戻すつもりであることをはっきりと犯人に伝えることです。……つまりここは連中が唖然《あぜん》とするくらいの値を付けた方がいい」

「なるほど」敦子は江藤の理屈を理解した。「私たちがこれまで手がけてきたケースは、身代金の準備が難しいことがほとんどだったから、何かというと、身代金を少額で済ませようという意識になってしまったんです。……でも今回は違うんですね？」

江藤はそれに頷《うなず》いて、

「我々が取引相手だとわかって頂いたところで、安否確認を要求しますし、それ以上に、この百億という額が彼らを追いつめることになります」

早川も江藤の意図に気がついた。

「身代金の額が多ければ多いほど、彼らはその扱いに困るっていうわけですね？」

「そういうことです。百億という金は一万円札で百万枚。重さにすると一トン。……彼らはそれをどうにかして受け取らなければならない。そして、それをどこかに保管しなければならない」

犯人を追いつめるために身代金の額を増やす――

この事件が前代未聞であることは確かだった。

第4章　六十二号とスカイライン

1

その日の夜——

浜松市南区高塚町の倉庫での話題は、十億という入札額だった。

入札がされたことに気づいたのは義男。興奮気味に久平と藤治郎がいる事務所に飛び込んできた。

「十億円だってさ。本当にヒカリちゃんが言った通りになったよ」

「十億円？」

藤治郎が口に含んでいたビールを少しだけ噴き出した。わざとではない。十億という金の重さを、彼なりに理解したのだろう。

「ほら、やっぱりヒカリちゃんにはそれだけの価値があるんだよ」

なぜか嬉《うれ》しそうな義男の言葉に藤治郎は横を向いて、

「騙《だま》されてるんじゃないか？　十億っていうお金、命の値段にしちゃ、破格だよ。ノーベル賞間近の相模原博士ならまだしも、あの子にそれだけの値段が付くとは思えない。何か、裏があるんじゃないか？」

久平はヒカリの価値を承知しているつもりだったが、十億と言われると困ってしまう。例えば久平はついこの間、自殺しようとしたが、そのとき悩んでいたのは五千万円の借金だった。あまりにも違いすぎる。

「ちょっと待て。誰が入札したんだ？　予定通り、科学センターか？」

「それが……」義男が首をひねって、「読めないんだ」

「じゃあヒカリに見せろよ。あいつならわかる」

久平がそう言うと、義男がヒカリを呼びに行った。

ヒカリはこの前まで物置になっていた場所にコンピュータを持ち込んで、情報を集めている。

「Шёпот звёзд（ショーパト・ズヴョーストゥ）」扉を開けるなりヒカリが言った。

「ロシア語だよ。『星のささやき』っていう意味」

「星のささやき？」藤治郎が言う。「じゃあ、科学センターじゃないじゃないか？」

「ナガレボシがボクに値段を付けたんだよ」

ヒカリが言った。

「どうしてわかる？」

久平が訊くとヒカリは表情を変えずに、

「ボクがナガレボシにオークションのことを教えたから」

「教えたのか？」

「そうさ。だってナガレボシがボクを連れて行きたいって言ったから、オークションで落札する方法もあるって答えた」

「お前、隆盛とは一緒に行かないって……」

「でも、オークションのルールはルールだろ？　それに大丈夫、科学センターがもっと高い値段を付けるから」

なぜかわからないが、ヒカリは自分に十億という値段が付いても全く驚いていない。それどころか、もっと値段が上がると言う。

「ねえ、久平」ヒカリが遠くを見るような目をして久平に言う。「このшёпот звёзд（ショーパト・ズヴョーストゥ）って、『星のささやき』って意味なんだけどね、これって、凍えそうに寒いときに、ハアーって息をすると、それがキラキラ、凍ることを言う」

ヒカリの言葉に久平は息をついた。

「ナガレボシはボクにそれを見に行こうって言ったんだよ」

「いつだ、それ。……いつ隆盛がそう言ったんだ？」

「ナガレボシがまだ科学センターにいたときのこと。……ボクはそれも面白いって思った。……その頃、ボクは自分が飼われているってことが完全にわかっていなかったんだ。でもナガレボシがいろいろ教えてくれて、それで本当のことがわかってきた」ヒカリの大きくて真っ黒な瞳《ひとみ》が、さらに大きくなって見えた。「ナガレボシはボクにロシアに行こうって言った。ボクは科学センターから逃げ出したかったから、それもいいかなって思った」

「でも、お前は行かなかったじゃないか」

久平が言うと、ヒカリの視線がぱっと久平に注がれた。

「あの時、ナガレボシに連絡を取ろうと思えば取れたんだけど、それでも何も変わらないんじゃないかって思った。……物理法則は真実だよ。ゴミはゴミでしかないし、どうせボクなんか、その法則にも当てはまらない不完全なものだって思ったらもうどうでもよくなっちゃって……」

ヒカリの瞳から涙がこぼれ始めた。そうなると久平はどうしようもない気持ちになって、ヒカリに近寄った。

「ヒカリ。お前はゴミじゃない。……いや、人間なんか、星の屑《くず》かもしれないけど、とにかくお前はゴミじゃない」久平は思いついて、「だって、お前のために十億もの大金を払おうって人がいるんだからな。それに科学センターはもっと金を払うはずなんだろう？」

「久平」ヒカリが冷たい声で言う。「金もゴミだ。全部ゴミだ。ボクもそうだけど、みーんなゴミだ」

悲しすぎる顔だった。どうしていいかわからなくなった。

「ヒカリ」久平はごりごりとちょっと強めにヒカリの頭をなで回して、「明日、自転車で出かけないか？」

思い切り明るい声を出した。

「自転車？」

ヒカリがハッとして訊《き》き返した。

「ゴミの話も金のことも、とりあえず横において、とにかくここから自転車で出かけよう」

「そんなことしたら……」

「お前、天才なんだろ？　自転車で出かけていてもちゃんと事件の面倒を見られるようにするくらい、大丈夫だろ？」

ヒカリの頭を自分の胸に抱きかかえた。

「泣かなくてもいいから出かけようよ。……確かヒカリ、お前、自転車に乗るのが好きって言っただろ？」

久平の言葉にヒカリが表情を変えた。

「うん。ボクは自転車が好きだ」

「じゃあ、明日、出かけよう。藤治郎さんの従弟《いとこ》が住んでいる御前崎まで、ひとっ走りしようじゃないか」

ヒカリは笑顔を見せて、それで久平はふうっと息をついた。

2

少なくとも四人の刑事が近くに潜んでいることがわかった。

義男が警察無線を聞いていたし、藤治郎が何気なく外に出て確かめた。

相変わらずどうやっているのかわからないが、ヒカリも警察の動きがわかっているらしく、昨夜遅くに「まだ警察はここを見張ってるらしいよ」と久平に告げたのだ。

倉庫から南へ数十メートル。薄汚れたアパートがあるが、その駐車スペースに汚れた車がとまっていて、中に二人の男の姿が見える。その上、裏口が見える位置にも、同じような車がいる。

「嫌な感じだぜ」ぐるりと散歩を終えた藤治郎が口を歪《ゆが》めた。「昨日みたいに、乗り込んでこられても困るが、ああやってしつこくされるのも参るね」

「何か方法があるんじゃないか？　連中だって、休憩が必要だろうし」

久平はあまり深刻には考えていない。少なくとも夜になれば暗闇に紛れることもできるだろうし、他にも方法はあるはずだ。

「だけど、これから見張りは増える一方だとわしは思うよ。警察を甘く見ない方がいい」

「それに自転車をどうするんだよ？」義男がキンキンした声で言う。「ヒカリちゃんと久平さん、自転車旅行をするんだろ？　人間だけならどうにかなるかもしれないけど、自転車を運び出すのは目立つと思うんだよね」

それから三人でアイディアを絞ったが、急に何かを思いつくわけではない。唯一思いついたのは、藤治郎が言い出したリアカーを使う方法だったが、それも危険と隣り合わせだった。

「わしたちが商品を運ぶのは当たり前のことだろ？　だから怪しまれることはない。しかもわしたちが扱う商品には冷蔵庫や洗濯機みたいに、人間を二人、隠せるような物があるし、自転車だって運べる」

そう藤治郎が主張した。

確かに藤治郎と義男は、一週間か二週間に一度、近くのリサイクルショップに、自分たちが直した商品を運んでいる。そうしたとき彼らは普通、リアカーを使う。だから不自然さはないのだが、あれだけ警察が見張っているのだ。チェックされないはずがない。

時計の針が午前九時近くになって、ヒカリが奥の部屋から寝ぼけた顔で現れた。たぶんヒカリは昨夜、かなり遅くまでコンピュータの前に座っていた。久平の言葉通り、自転車旅行の先でも事件の面倒を見られるように、何か考えていたのだろう。

「久平」部屋に入るなりヒカリが言う。「科学センターがボクに値段を付けるらしいよ」

「お前に値段を付ける？」久平はヒカリが何の話をしているのか、やっと理解して、「いくらか知ってるのか？」

久平が訊くとヒカリは平然と言い放った。

「百億円だって」

久平は目を見開いただけだったが、すぐ近くにいた義男と藤治郎が悲鳴をあげた。

「ちょっと待ってくれよ。百億って、単位は円だよな？　ペソやリラじゃないよな？」

義男がいつかと同じ反応をする。藤治郎も義男も、実のところ久平も、視線が定まらないくらい驚いている。呆《あき》れている、と言うべきかもしれない。

「本当に百億円か？　本当に科学センターがそれだけ用意するっていうのか？」

藤治郎が訊いた。

「そのうちにネットに載るから、自分で見たらいい」

「条件があるだろう？」

久平が訊いた。

「ボクが無事でいることを知らせなきゃいけない」

「当然だな。だがどうやって？」

ヒカリは首を軽く傾けて、

「インターネットを使うのがいいかなって思ってる。リアルタイムで、しかも自転車で出かけた先でやるんだから、多少リスクがあっても、電話よりましだと思う」

久平はやはりヒカリの安全が優先だと考えた。

「だったら、出発を遅らせようよ。別に急いでるわけじゃない」

ヒカリは珍しくイライラした様子で、

「ダメだよ、そんなの。……だって、早くここから出ないと、また警察がやってくるんだから」

「警察が来る？　見張っているだけじゃなくて、中にも入ってくるのか？」

「警察はね、入札をしておいて、そのとき何が起こるのかを把握しようとしているんだよ」

なるほど。

連中は俺たちをどこかに隠れているネズミのように思っている。入札という刺激を与えて、どう動くのか、そこを注視している。としたら、ヒカリが言う通り、先に動いた方がいい。

「わかった、ヒカリ。背に腹は代えられないよ。すぐに出よう」

「張り込みしている刑事がいるんだけど」

義男が言う。

「何か方法はないの？　裏口もダメなの？」

ヒカリが訊く。藤治郎、義男、久平の三人は顔を見合わせた。

「ダメだ。完璧《かんぺき》に見張られている。袋のネズミだね」

藤治郎が諦《あきら》めムードで言うと、ヒカリは考え込みながら、

「警察は藤治郎と義男を疑って、ボクがここにいるんじゃないかって思っているんだ」そこで

ヒカリは顔を上げて、「でも、逆に言えば、それだけのことだよ。遠慮する必要ないんじゃないかな」

「遠慮する必要はない？」久平は首をひねった。「どういうことだ？」

「つまり堂々と出て行くんだよ」

「堂々と出て行く？　まさか……」

「藤治郎と義男がここから出て行くのは、別に知られてもいいことじゃないの？　もちろん久平とボクは隠れなきゃいけないし、捕まらないようにしなきゃいけないけど」

久平はヒカリの発想に驚きながらも納得だった。

「言われてみればその通りだな。出て行くのに遠慮はいらない。ただ捕まらないようにすればいいだけのこと」

笑ってしまいそうなくらい、明快な論理だった。

「いや、そんなに簡単なことじゃないぞ」藤治郎が顔をしかめて、「連中は車で見張っている。何をしたって追い掛けてくるよ」

「追い掛けられても捕まらないようにすればいい」

ヒカリが言った。

「どうやって？」

藤治郎が訊くと、義男が考え込みながら、

「車を使うしかないな。猛スピードでぶっちぎる」

「そうだ、義男」久平は義男の肩をたたき、「警察に捕まらないようにするには、車を使うしかない。いつもの軽トラでいいからさ、上手にヒカリと俺と自転車二台を載せるんだ。それで、猛スピードを出して、張り込んでる連中を出し抜いてやるんだよ」

　義男が何となく久平の話のイメージをつかんだらしく、表情が明るくなってきた。

「もうこの倉庫には戻らない、そういうつもりでやるんだね？」

「そうだよ、どうせここは仮の宿じゃないか」

「いや、そんなことを言うなよ」藤治郎が泣きそうな顔になる。「ここを出たらどうするんだ？　わしは年寄りだし、行き場がないんだよ」

「大丈夫だよ、藤治郎さん。俺が婆さんに掛け合って、何か別の場所を紹介してもらう。それにこの事件が終わったときには、俺たちは大金持ちになっている」

「そうだ！」義男が急に大きな声を出した。「久平さん、僕の車を使おう」

「お前の車？」

　久平と藤治郎が同時に復唱した。

「僕の愛車、スカイライン。この日のためにちゃんと走れるようになっている。改造してあるから、パトカーが束になったって負けないよ。自転車二台もばっちり載せられるしね」

「いいのか？」

　義男は晴れやかな顔で、

「いいに決まってる。ヒカリちゃんのためにもなるし、この倉庫との別れにもふさわしい。僕の車の価値を見せる素晴らしいチャンスだよ」

「だがパトカーのしつこさはわかってるだろ？　逃げ切れると思うのか？」

藤治郎が心配そうに言う。

「そうだね、何かトリックが必要だ。パトカーが決して追いかけられないようにする方法がね」

久平はそう答えながらヒカリを見た。ヒカリは人差し指で北の方向を指さした。

「昨日、ここに来るとき、踏切を通ったよね？」

「あ、ああ、そうだ。東海道線の踏切だ」

「踏切が閉まったら、警察だって通れないよね？」

ヒカリの言葉の意味を探りながら、久平が応《こた》える。

「だが、そりゃあ、警察だけじゃないぞ。どの車も踏切が閉まったら通れない」

「じゃあそれを使うのがいいんじゃないかな？」

「どういうことだ？」

久平は眉間《みけん》にしわを寄せるが、ヒカリはあくまでも明るい調子で、

「久平、電車は時間に正確なんだよ。つまり、いつ踏切が閉まるのか、わかるんでしょ？」

そこまで聞いた瞬間、ヒカリが何を言おうとしているのか、急にわかった。

「そ、そうか、……そうだな。それなら警察は追ってこられない。俺たちは堂々と出て行くことができるよ。……な、義男？　そうだろ？」

急に訊《き》かれて、義男は口をあんぐりと開けたが、彼だってすぐに理解するはずだ。

ここは義男の実力が試されるところだ。彼の車もそうだが、鉄道マニアとしての知識も。

3

その後久平は、シズのところに電話を掛けた。

自分たちの状況を説明し、これからのことを話そうとしたのだが、シズはヒカリのことが心配でたまらないらしい。だから久平が止めるのもきかずに、倉庫に乗り込んできたのだ。

「そんなことをして大丈夫なのかね？」

いきなり大声を出すから、みんなでそれを止めた。

たくさんの警察が周りに張り込んでいること、既に一度は中に入ってきていること、早く出て行かないとヒカリが捕まってしまうことを、久平はもちろん藤治郎や義男まで一緒になって説明した。

「で、勝負に出るって言うのかい？」

「そういうことだ。だからな、伯母《おば》さん、この倉庫、燃やさせてくれ」

「燃やす？」

「派手な方がいいと思うんだ。どうせ警察を出し抜くんなら、徹底的にやった方が面白い」

「派手にやりたいのはわかるが、火事を出すのはいただけないね。御近所に迷惑が掛かるから」

「いや、火事を出すんじゃないよ。パーッと花火を上げるんだ」

自分たちの計画を詳しく説明していくと、シズも真剣になった。

「それなら面白くていいんじゃないか」

そう許可したあと、シズはまるで一味の首領のような顔をして、「ここで、大切なのはあれだね、徹底的に敵の裏をかくことだね」と久平たちにアドバイスした。

その上、シズは久平たちにアパートを紹介してくれた。

そのアパートは管理はシズがしているものの、名義はシズの旦那《だんな》の友人になっている。だから警察がシズに目をつけたとしても、絶対に結びつけることができないだろうと言う。

これは良い情報だった。自分たちの将来の居場所がはっきりしたことで、特に藤治郎が喜んだ。

シズが帰った後、久平たちは準備を本格化させた。自転車は藤治郎が整備をし、義男の車に積み込んだ。久平は御前崎までの地図を準備し、途中でコンピュータをインターネットにつなげる手段について、確認したが、最も活躍したのは何と言っても義男だろう。

彼はまず自分の部屋にあるコレクションのうち、本当に大切なものを車に積み込んだりシズに預けたりした。それからヒカリと相談しながら、何時何分にこの倉庫を出発するのがよいのか、そしてどの程度のスピードで走ればよいのかを計算した。

さらに義男は藤治郎と一緒に、自分の生まれ故郷、浜松市北区三ヶ日町で使われている手筒花火をどこからか引っ張り出し、その導火線の細工までやってのけた。

こうした準備を久平たちは一時間程度で済ませてしまったのだ。

スカイラインは義男の愛車だ。パッと見ただけでは埃《ほこり》だらけのオンボロだが、座席とエンジン以外は義男の改造により取り去られている。

久平たちはそのスカイラインに二台の自転車を積み込み、自分たちの乗るスペースを確保した。

義男はフルフェイスのヘルメットを被《かぶ》り、革のジャンパーに手袋をして、変装とはいえ、まるでレーサー気分だった。

ヒカリと藤治郎は既に車の中で丸くなっていた。久平は自分の乗るべき助手席を確認した後、シャッターの横に立ち、時計を見ていた。問題はタイミングだ。

ヒカリと義男が計算した通りに行わなければならない。

十時二十二分二十秒を過ぎたところで、久平は予定通りの行動に移った。

時計から目を離し、「十、九、八……」とカウントダウンをする。

五と言うと同時に、花火の導火線に火をつけた。
四、三と言う間にシャッターに手を掛け、二で思い切り跳ね上げた。
ガラガラガラ――

大きな音がして、まばゆい光が埃で真っ白くなったスカイラインを照らし出す。

ゼロとカウントダウンを終えたとき、久平は既に車に乗り込み、とたん、義男が一度にアクセルを踏み込んだ。

腹の底に響くエンジン音がして、体が大きく前後左右に揺れた。

加速と共に義男はハンドルを大きく左に切った。

「行くぞ！」

そう義男が叫ぶと同時に、背後でバチバチと音がした。

振り向くと開け放たれたシャッターから、オレンジ色の火花が噴き出していた。

これが三ヶ日手筒花火だ。

手筒というだけあって、人間が両手で抱えるものだ。実際の祭りでは、勇壮な太鼓のリズムに合わせ、法被姿の男衆が、火花を天高く噴き上げる手筒を抱えて乱舞する。三ヶ日町で生まれ育った義男によると、見応えがある分、危険であり、怪我をしてしまうこともあるそうだ。

その手筒花火の本物を義男は倉庫に隠し持っていて、それをこの際だからと一度に火をつけた。火事にはならないけれど、張り込みをしている警察を引きつけるには十分な効果があるだろうと考えたら、その通りになった。

わらわらと警察関係者と思われる男たちが倉庫に群がり、さらにはこちらを指さしている様子が、走り去るスカイラインからも見えた。

「追っ手は？　誰も追いかけてこないのか？」

後ろから藤治郎が訊いた。義男は運転に集中していたから、久平が少し身を乗り出して後ろをうかがった。

「お、やっぱり追いかけてきたぞ。あれは覆面パトカーってヤツだな」

背後の路地から、白いセダンがスピードを上げてこちらに向かってきた。助手席の窓から手が伸びて、天井に赤色灯を載せる。

ウ――

サイレンの音がまるでドラマの一場面のように思われる。

「義男、スズキ本社前の踏切を目指せ」

「時間は？　時間は予定通りかな？」

久平の言葉にヒカリが反応した。

「大丈夫だ」久平はダッシュボードに固定されている時計の秒針を見つめた。「計算通りだ」

義男は少しスピードを緩めた。

路地に入って危ないのもあるが、たとえ後ろの車が追いついたとしても、何もできないと考えてのことだ。

高塚町のアパート街。すれ違いがやっとできるほどの狭い道を埃だらけのスカイラインが走り、赤色灯をつけサイレンを鳴らした覆面パトカーが追いかける。二台の差がだんだんと縮んできたためか、後ろの車から大きな声が響く。

――そこの車、止まりなさい――

「止まるわけないよな。むしろここからが勝負なんだ。予定通りだから頑張れよ、義男」

久平がそう言っている間に、スカイラインは路地を抜け、左に曲がった。目の前に踏切が見えてきた。

と、そのとき、踏切の赤色灯が交互に光り出した。

「計算通り！」

久平が大声を出すと、義男が親指を立ててみせる。

遮断機が下りだしたが、それにかまうことなく、義男はアクセルを踏み込む。

体が後ろに引っ張られ、スカイラインは大きく加速し、一時停止など無視して踏切に突入する。

そうだ、このタイミングだ――

スカイラインが踏切を渡り始めたとたん、後ろの遮断機が下りきる。

同時にキィーッというブレーキ音。追い掛けてきた覆面パトカーが急停止をした。

義男がガッツポーズ。とりあえず追っ手は振り切ることができた。

これから踏切を通過するのは、二十両以上の貨物列車だ。だから、かなりの時間を稼げるが、それは今まで追跡してきた覆面パトカーだけのこと。既に警察は全てのパトカーをこのあたりに向かわせているはずだ。のんびりしている暇はない。

義男は通りを猛スピードで抜けて、長い貨物列車が通過中の線路に向かってハンドルを切った。つまり自分たちの倉庫の方に引き返す格好になる。そうなると当然、線路が立ちはだかるのだが、その道は急に地下道へと吸い込まれていた。

トンネルの中に入り、暗がりに到達すると、義男はブレーキを踏んだ。

これも予定通りの行動だ。

車が止まると同時に、全員が動き出した。

藤治郎と久平は飛び降りて、後ろから自転車を二台おろした。幸い、練習通り手際よく行うことができた。

久平が自分の荷物を背負って自転車にまたがったときには、ヒカリも準備万端だった。

藤治郎はここから歩いていくことになる。

義男だけが車だが、この間にヘルメットを取り、簡単な変装をしている。

全員が降りたことを確認した後、義男はすぐに車を走らせることになっていた。そして地下道を出てすぐ、線路沿いにある洗車場に向かうのだ。そこで埃だらけの車を洗って磨き上げると、今までのイメージが一掃できるはずだ。さらにナンバープレートの文字の一部は、水によって流されるようにできていたし、義男はここでも違う服装に着替えることになっている。これだけやれば警察だって、そうそう見つけられないはずだ。

4

それはまさに悲鳴だった。

——緊急事態です。倉庫から、一台の車が飛び出して来ました。それが北に向かって逃走を始めましたっ——

時刻は午前十時二十三分。丸之内一課長と江藤調査官を交えて、オークション入札とその後の対応について打ち合わせをやっている最中のことだ。

本部のスピーカーからいきなり流れ出したが、これはここに入ってくる無線の全てが、自動的にスピーカーから流れる仕組みになっているためだ。

——すごいスピードです。追跡しますか？　いや、それよりも……——

興奮気味の声に、捜査本部は静まりかえっている。

——倉庫の中から煙が出ています。……煙だけじゃありません、火花も出ています——

敦子には「倉庫」という言葉だけで、それが高塚町にある例の二人組の住処《すみか》からの連絡であることがわかったが、あとのメンバーはどうだろうか。

バタンと大きな音を立てて、捜査本部正面に座っていた丸之内一課長が立ち上がった。

そのまま捜査員の一人から、通信用のマイクを奪い取ると、いきなり吼《ほ》えた。

「一課長の丸之内だ。高塚の倉庫だな？　いいか、すぐに緊急配備をする。お前たちは逃走車両の追跡と倉庫の内部調査の両方をやるんだ。わかったな、ここは大事な局面だぞ」

そう言い終わると、そのマイクを敦子の隣にいる特殊捜査班の村松《むらまつ》班長に投げてよこす。

村松は丸之内の下で長く働いてきた気心のしれた男だった。はげ上がった頭がトレードマーク、外見から想像されるよりずっと頭が切れる男で、こうした緊急場面の手配なら誰よりも適切に行うはずだった。

「落ち着け。そっちにはできるだけ多くのパトカーを向かわせる。お前たちはすぐにサイレンを鳴らして、逃走車の追跡を確実に行え。いいな」

――はい。では、サイレンを出します。……現在、東に向かって路地を進んでいます。グレーのスカイラインです。ナンバーは……――

スピーカーからの声がさらに重なった。他の捜査員からの連絡、こちらからの指令、警察無線などが飛び交う。

敦子は慎重に話の筋を聞き取っていたが、そのうち状況がわかってきた。

高塚にある倉庫――敦子が自ら乗り込んでいった――のシャッターがいきなり開き、そこから埃だらけの車が飛び出してきたという。

まるで警察が張り込んでいるとわかっているようだ、と誰かが言っていたが、そんなこと、当たり前だと敦子は思う。やはり敦子の思った通りだった。あの二人が犯人、というより、犯人グループの一員で、だからこんな風に警察を馬鹿にしたような行動を取ったに違いない。

車のことは想像がつく。

早川とも確認したが、倉庫の奥には確かに一台の車が置かれていた。動きそうにないくらい古ぼけていたが、それで逃げ出すのだからこれは一大事だ。

しかもこのタイミングはどうだろう？

入札予定時刻は正午。これは今朝決めたことだ。入札直後、犯人側に動きが出てくるだろうと想定し、それならば捜査をしやすい昼間の方が良い。そう考えた。

だが、連中は入札前に動いた。――そう、まるで入札時刻を知っているかのように……。

今まで、敦子の胸の奥に引っかかっていた違和感、それが急に喉元《のどもと》まで浮き上がってきた。

やはりこちらの動きが漏れていたのだろうか？

捜査は万全で、高塚の倉庫以外にも十分な目配りをしていた。例えば、浜松には東名高速道路への入り口が二つあるが、どちらも検問を続けていた。第二東名高速道路はまだ工事中だが、引佐《いなさ》から北へ抜ける道があるので、そちらも既に抑えた。

浜松は東に天竜川、西に浜名湖があるが、それぞれでNシステムを十分に活用していた。

Nシステムとは、正式名称を『自動車ナンバー自動読取装置』といい、その名の通り、通行車両のナンバーを読み取ってコンピュータで分析するシステムだ。これらは全国の高速道路や主要国道に配置されていて、そこで読み取られた膨大な情報はコンピュータで管理され、不審車両の洗い出しに効果をあげることができる。特に今回の事件のような場合、Nシステムの効果は絶大で、単に浜松を通過するだけの車両や明らかに事件と無関係だと思われる車両とそうでない車両を区別して監視することができる。

浜松の東、天竜川にかかる橋で監視が必要なものが八つ。浜名湖側は二つと限られてくる。

これらに対し、限られた数の捜査員をいかに効率的に配置するかが重要なところだが、一方で高塚にある例の倉庫にどの程度の捜査員を割くかという点も非常に難しく、その検討をしていた矢先のことだった。

――こちら高塚です。倉庫の中で燃えていたのは花火です。手筒花火です。三つほど、倉庫の中から外側に向けて火花が出るように仕掛けられています――

「火事になるようなら消防車を要請してくれ」

――いえ、周りに火花が飛んでいますが、大丈夫でしょう――

火花と煙が出たからびっくりしたが、中はどうということもない状態だ。まるでふざけている。警察の目を倉庫の中に向けようとするつもりだろうが、そうはいかない。

我々の持つ組織力を使って、とにかく出て行った車を捕まえるべきだろう。

「車は？　車はどうです？」

敦子が訊《き》いた。

既に丸之内や江藤を含め、主なメンバーは村松を中心に集まり、その前にある画面に映された浜松市の地図を見つめている。

赤いポイントが高塚の現場、そこに向かって動いている多くの点滅光が全て警察車両だった。

村松はコンピュータを操作して、地図の一部を拡大すると、さらにマウスを使って地図の一点を指し示した。

「不審車両はここです。このポイントです」

点滅光が一つ、村松の指し示すポイントの近くで動いている。つまり、それが倉庫を見張っていた警察車両で、現在、追跡中にあることを示していた。

「花火で時間を稼ごうだなんて、ふざけてますよ。我々の力をみくびっている」村松は苦笑いをして、「あの二人組、今回の件とは関係なく、何か警察に知られたくないことがあるのかもしれませんよ。それで破れかぶれになって逃げ出した、とか」

村松は二人組が犯人であると考えてはいない。だから、こうした余裕のある発言になる。

「木田君、安心していいぞ」村松は敦子があの二人組を疑っていることを知っていて、「あと数分もすれば、パトカーがぐるりと包囲できるからね、そこで改めて連中の話を聞けばいい。事件に関係していれば儲《もう》け物だよ」

「本当に大丈夫でしょうか？」敦子は真面目に訊き返す。「彼らは狡猾《こうかつ》です。逃走を図ったなら周到な準備をしているはず……」

村松がそう言ったときのことだった。スピーカーから再び悲鳴のような声が聞こえてきた。

「任せておけ。連中は袋のネズミだよ」

──車が踏切に突っ込みましたっ──

「何？　踏切に？　どういうことだ？」

村松が訊き返すが、それと同時に丸之内が画面の一点を指さした。

点滅している光の先に確かに東海道本線の踏切がある。

──踏切が、踏切が閉じます。車が向こうに行きます。あ、ああーっ──

「どうした、いったい何が起こった？」

無線の向こうからはまともな言葉が返ってこない。同じ車に乗っている者同士の話し声がしたが、そのうち、ため息混じりの言葉が聞こえてきた。

──貨物列車です。あいつら、危機一髪のところで、踏切を渡ってしまいました──

「何？　で、お前らは？」

──渡れませんでした。ちょうど遮断機が下りてきてしまったんです。そこを突っ込んだら、事故になっていましたから──

「つまり、取り逃がしたんだな？」

──あの連中、運が良かったんです。偶然、遮断機が下りてきたんです──

いや、これは運の問題ではないだろう。全て彼らの綿密な計算だ。

敦子はすぐに納得した。

倉庫から踏切まで掛かる時間。列車がやってきて、遮断機が下りるタイミング。いくら緊急車両でも、鉄道を止めることはできない。それに、日本の鉄道の正確さは、世界有数と言うではないか。彼らは踏切の遮断機が下りる時刻を秒単位まで予想し、その寸前に踏切を渡ることで追っ手から逃れたのだ。

「村松班長、検問だ。検問を敷け。絶対に奴らを取り逃がすな」

丸之内が真っ赤な顔をして言った。

村松がマイクに向かい、次々と指令を出した。地図を見ると、既に十台以上の警察車両が高塚町周辺に集結している。

「いいか、既に逃走車両のナンバー、車種、色はわかっている。すぐに手配しろ」

丸之内が大声で言う。それだけで捜査本部はピリッと引き締まってくる。

これなら大丈夫かもしれない。

敦子でさえ、そう思った。

※

その一時間後、捜査本部の雰囲気は最悪だった。

丸之内一課長、江藤調査官をはじめ、早川、敦子といった特殊捜査班の主だったメンバーの中、村松が頭を抱えていた。なぜなら、逃走車両は未《いま》だ検問に引っかからずにいたからだ。

今回の場合、問題の倉庫にあらかじめ捜査員が張り付いていたため、素早い対応を取ることができた。もっとも踏切のトリックに、不審車両を見失うという失態をさらしたが、それをカバーするには十分な数の警察車両がその近辺に集合し、二重にも三重にもなるように、検問態勢を敷くことができたのである。

それにもかかわらず、不審車両は見つからない。範囲を広げたり、聞き込みを行ったりしたが、手掛かりは全く見つからず、あの埃《ほこり》まみれの車は、まるで宙に溶け込んだみたいに消えてしまった。

「もう、いいんじゃないか？」

丸之内がため息混じりに言った。

「いや、しかし、あの車が見つからない、ということはあり得ないと思うんです」

喉を絞るような声で村松が答えた。丸之内はそれにうんと一つ、頷《うなず》いてから敦子に訊く。

「木田刑事、どうだね？　君の意見は？」

「私は既に連中は検問の外に出たと思います。方法はわかりません。しかし、ここで捜査を停滞させてはいけないと思うんです。ここはむしろ潔く検問を解き、次のことに捜査の手を割くべきではと思います」

「私もそう思いますよ」江藤がつなげた。「例の踏切とその周辺は、もう一度、確認するとして、あとは次のことを考えるべきでしょう。聞き込みにしろ、あの地域の防犯カメラの分析にしろ、時間が掛かります。それよりも我々は入札も行わなければなりません」

入札と聞いて、敦子は時計を確認した。十一時四五分。今朝の話では、十二時ちょうどに百億円で入札をする予定だ。

早川は丸之内の指示を受け、入札作業を予定通り行うため退室する。

その場にいる者は、早川を見送ったところで一様にため息をついた。

高塚の倉庫での騒ぎ。手筒花火と不審車両。踏切で追っ手をまき、そのまま消え去る手口。まるで悪い夢のような出来事だったが、それも全て、彼らが自分たち警察の動きを予想していたからできたことではないだろうか。

「さて――」悪いムードを一新させようとの意図か、幾分、明るい口調で丸之内が言った。「ここまでのところの情報を整理すると同時に、我々はこの後の捜査方針を確認すべきだろうね。この不審車両の問題だが、これを失敗と捉《とら》えるべきではないだろう。むしろ、こうした手品みたいなやり方に振り回されてはいけない。こういうときこそ、冷静になるしかない」

丸之内ならではの説得力だった。

情報が整理された。

高塚の倉庫にあったのは、二人組の一人、山崎義男が実家の三ヶ日から持ち込んだ手筒花火だったこと。倉庫内の捜査に関しては、倉庫の持ち主である佐久間シズの立ち会いの下、行われたが、ヒカリがいたという決定的証拠は見つからなかったこと。

もちろん、倉庫内にある全ての指紋を採取したり落ちている毛髪等全てをDNA鑑定したりしたなら、ヒカリの存在を裏付けるものが見つかるかもしれないが、それをやるには正式の捜査令状が必要となり、今回は事件そのものが秘密裏に処理されている都合上、踏み込めないのだった。

佐久間シズによると、義男も藤治郎も借金取りに追われていたのだそうだ。警察を借金の取り立てと間違って逃げ出した、というのがシズの見解だった。

それにしても、不審車両が消えたことは、不可解であるとしか言いようがなかった。

詳しく調べたところ、東海道線を横切るには陸橋や地下道を使う方法があることがわかった。よって、連中は踏切を越えたあと、すぐに倉庫があった方、つまり南側に戻った可能性があるのではないかと指摘された。

しかし、南側でも検問はなされていたわけで、やはり何らかのトリックがあったとしか思えないのだ。

今後は高塚周辺での検問を解除するが、これまで通りの浜松包囲網を確実に進めると共に、あの二人組を秘密裏に緊急手配することとした。

そして話は入札とその後の対応とすすみ、一通りの確認を済ませた後、江藤が発言した。

「我々の次の手は、安否確認の要求です。これを十二時間以内に行うよう、伝えるつもりでいます。……ここを逃したら次はない。そのくらいの気持ちで気を引き締めていきたい」

珍しく顔が紅潮しているように思えた。

「調査官」

敦子が手を挙げると、江藤がキッと振り向いた。

「調査官は、あの二人組の逃走についていかがお考えですか？　あの二人組、今回のヒカリさんの誘拐に関係があると思われますか？」

江藤はほんの一瞬だが、迷いの表情を浮かべたように見えた。

「木田刑事、まだそのことを評価するには情報が少なすぎます。関係していることの証拠もなければ、関係していないという証拠もない。よって、今は彼らの行方を追いつつも、それに惑わされることなく我々がやるべきことを確実に進めていくしかありません」

そのとき、ドアが開いて早川が現れた。

入札を終えたという報告だったが、それを江藤は軽く頷きながら聞いたあと、質問をする。

「早川刑事、我々が要求した安否確認ですが、犯人側はどういう方法を取ると思いますか？」

「これまでの流れから考えて、インターネットを使うことは確実ですね。単なるメールの交換では、安否確認にはなり得ませんから、ネットに画像を貼り付ける、動画を送る、などの方法を取る可能性が高いと思います。……もちろん、そういう場合はリアルタイムにヒカリさんの安否確認が必要であると要求することになりますが」

「リアルタイムとは、具体的にどういう方法ですか？」

「私たちに都合がいいのは電話ですが、そうはいかないでしょう。とすると、メッセンジャーソフトかスカイプですね」

「メッセンジャーソフト？　スカイプ？」

村松班長が唖然《あぜん》とした表情で言う。早川はその言葉にすぐに反応して、

「両方ともインターネットを使った電話だと思って頂ければいいです。ただし音声だけに限らなくて、やりようによっては文字情報だけのチャットにもなるし、カメラを付けてテレビ電話のようにもなる」

「そういうものを使った場合、捕捉《ほそく》は可能なんですか？」

敦子が訊《き》くと、早川は額の汗をぬぐって、

「この場合、もう私が何とかするレベルを超えています。なので、ここは専門家に依頼してあります」その言葉に江藤が頷くと、早川が続ける。「我々は犯人とコンタクトを取り、できるだけ時間を長引かせるようにします。とは言っても、数分あれば、だいたいの場所を捕捉できるという話です」

敦子はコンピュータに詳しいとは言えないが、メッセンジャーソフトもスカイプも使ったことがある。特にスカイプは、インターネットを使った無料の電話で、普通の電話以上に音質が良く、重宝している。

話によると、どこかに交換機があるわけではなく、コンピュータ同士を結びつけているらしいが、こうした場合、どのように相手のコンピュータを見つけるのか、敦子にはさっぱりわからない。まさかインターネットの線の中を、結びつける糸をたどっていくわけにもいかないだろうに。

「今回はリアルタイムの交信になります。よってトリックを駆使することは難しいと思われます」

早川が本部の正面にあるスクリーンをインターネットオークションの画面に切り替えた。中央にはヒカリという名のフィギュアの写真があり、入札額のところを見ると、百億円、つまり一に続いて〇が十個並んでいて、入札者名として最先端科学センターの文字がある。

さらにメッセージとして、次のように書かれている。

――高額商品につき、取引前に商品の確認をすることが条件です。この入札後、十二時間以内に商品が私たちが期待している通りの状態か、リアルタイムでの確認ができるように手配してください――

敦子の脳裏には、あの二人組の下品な笑顔が浮かんでいる。

惑わされてはならない。彼らは、私たちが入札する事実を何らかの方法で知り、その上で警察の包囲陣を破って逃げ失《う》せたのだ。

もちろんあの二人だけでこうしたトリックの全てを考えたとは思えない。そうすると、彼らの後ろにヒカリがいるのではないか。天才児の頭脳が彼らを操っているのではないか。

敦子にはその方が坂谷隆盛の存在を持ち出すよりも、説得力があるような気がするのだ。

5

事件の鍵《かぎ》はヒカリにある。問題は不審車両の消失でも例の二人組の動きでもない。事件の中心はヒカリであり、ヒカリに関する謎さえ解き明かすことができるならば、高塚の二人組がなぜあのような動きをしたのかわかるはずだと考えた。

捜査本部を出ると、敦子は躊躇《ちゅうちょ》なく生活棟に足を向けた。まだヒカリのパズルは解けていない。少しでもピースを埋めるには清水唯の話を聞くしかないだろう。

廊下の突き当たりにある二つの扉のうち、右側が清水唯の部屋で、左側がヒカリの部屋だった。唯の部屋の方が若干広かったが、それはヒカリとのリビングルームを兼ねているからだ。

敦子は二つの扉があるホールに立ち止まり、考えを整理した。

ヒカリを巡る謎と言っても、単純なものではない。

ヒカリの両親は？　どうしてこの最先端科学センターに住むようになったのか？　そして六十二号という犬型ロボット……。

いや、ここで忘れてはならないのは、相模原博士のことだ。彼はこのセンターの中心的人物であり、ヒカリの重要な保護者であるはずなのに、敦子はまだ彼の姿を見ていない。声どころか写真も見ておらず、これはとても異常なことではないだろうか。

背後に気配を感じた。

振り向くと、銀色をした六十二号がこっちを向いて尾を振っているところだった。

充電には早すぎるから、単に唯の部屋に行くつもりなのか。それとも何か別の理由があるのだろうか？

敦子の顔を認識すると、今までになく甘えた鳴き声を出すが、それに誤魔化《ごまか》されてはいけない。この小さなロボットの中にあるのは、天才児ヒカリの心ではなく頭脳だと考えながら、分析的に観察してやろうと思った。

腰をかがめて六十二号の鼻先を見た。

よく見ると、鼻の部分にセンサーらしき物が見える。目の部分にはレンズがはめ込まれていて、その奥が何かが光っている。カメラがあるのか、それとも奥から画像を投影して、この犬の表情——瞳《ひとみ》の大きさや瞬《まばた》き——を表現しているのか。

もしもヒカリがこのセンター内部からの情報を得ていたとしたら、この六十二号が何らかの役割をしている可能性が高いだろう。何しろ、ヒカリが創り上げたのだ。六十二号の愛らしさが、このロボットが持つ目的の隠れ蓑《みの》になっているというのは、あり得る話だと思う。

敦子は六十二号を抱き上げてみた。

四本の足をばたばたとさせ、クウンクウンと鳴いてみせる。耳の部分にはたぶんマイクがあるのだろうが、外側からはわからない。それにマイクがあったところで、それが六十二号スパイ説の証拠とはなり得ない。

なぜならば、敦子たちの会話の全てがこのロボットの前でされていたわけではないからだ。

例えば、高塚の倉庫に乗り込むことを話したのは、小会議室の中だった。だが六十二号はそこにいなかったし、江藤によると会議室は全ての電波を遮る構造になっていると言う。

それに……、と敦子は考える。この犬は下手な絵をインターネット上のギャラリーにアップロードする以外には何もしていない。これは早川に頼んで調べてもらった結果だから確かなことだ。この犬は絵の他にデータのやり取りを一切していないし、その他にも外部に対する怪しい情報漏洩《ろうえい》は見られない。

敦子はゆっくりと六十二号を床におろす。

六十二号はしばらく敦子の前で尾を振っていたが、何事も起こらないのを悟ると、唯の部屋へと続く扉の少し前で立ち止まった。

なるほど、六十二号は唯に会いに来たのだ。

敦子はその横を通って、唯の扉をノックした。

「唯さん、私だけど、ちょっといいかな？」

ちょっとの間。

「はい」

唯の声が聞こえて、扉がゆっくりと開けられた。敦子が何かを言う前に、六十二号が嬉《うれ》しそうに部屋の中に入っていく。

「あら？　六十二号を連れてきたんですか？」

「もちろん違うよ。たぶん、あなたに会いに来たんじゃないのかな」

唯はやつれた笑顔を見せて、

「目的ははっきりしているんですよ」

「目的って、この六十二号の？」

唯は返事をする代わりに六十二号に向かって、まるで本物のペットのように言葉を掛けた。

「六十二号、こっちよ」

六十二号はワンと返事をすると、唯にまとわりつくように近づいていく。

「これです。六十二号の目的は」そう言いながら唯が差し出したのは、小さなウサギ型のアクセサリーロボットだった。「この子たち、仲良しなんですよ」

敦子の前で六十二号は唯の手の中にあるウサギ型アクセサリーロボットに鼻を近づける。

データの交信だ――。

ひらめいた。なぜ気がつかなかったのか。このウサギ型ロボットのことは、前から知らされていたではなかったか。

「ねえ、そのウサギ、見せてくれる?」

「は、はい」

唯はそっと敦子の手の上にウサギを載せた。

「電波を感じると踊るんです。あと六十二号が時々、来て、何か話していくと嬉しそうに動き回るんです」

「それって、話しているんじゃなさそう。いや、話しているって言っていいのかもしれないね」

敦子はウサギをひっくり返した。電池を入れる場所があるが、それ以外に小さな穴の開いている場所を発見した。

これがもしかしたら、これが六十二号の本当の耳かもしれない。いや、これが耳に違いない。六十二号自身ではなく、たくさんのアクセサリーロボットたちが、全てのことに聞き耳を立てていたのだ。

「ねえ、こういうアクセサリーロボットもヒカリさんが作ったんでしょ?」

「そうですけど?」

唯は不審そうに答える。

「他には誰が持っているの？」

「みんなもらいました。研究所の人はわかりませんけど、少なくとも広岡さんは持ってます。それから部屋の飾りみたいに置いてあるところもあります」

疑いが確信に変わる。

例えば小会議室にも、こういうロボットが飾られていたように思う。そうだ、あのとき――調査官と早川と高塚への捜査について話していたとき、六十二号は部屋の中に入り、フクロウ型のアクセサリーロボットとデータの交信をしていたのではなかったか。

つまり、これらアクセサリーロボットは、全て盗聴器だったのだ。ヒカリはそのデータを六十二号に集めさせ、この最先端科学センター内で、唯一使うことができる無線ＬＡＮを通じてネット上に送っていたに違いない。

だが、六十二号がネットに送っているのは、絵だけだったが、そこに何かあるのだろうか。ここは再び早川の助けを得て、六十二号がやっていることを詳細に検討しなければならない。

唯が怪訝《けげん》そうに敦子を見た。

「ごめんなさい、ちょっと思いついたことがあったから」

敦子は窓際に近づいて外を見た。

外は明るい。春の日差しが最先端科学センターにも差し込んでいる。窓ガラスには微《かす》かに敦子と唯の姿が映っている。そして、部屋の中を動き回る六十二号の姿も。

敦子は首を少し傾けながら、考えに集中した。さっきのアイディアをもう一度、頭の中に戻してみる。

六十二号の本当の役割のことだが、だとしたらヒカリは何のためにそんなことをしたんだろう？ まるでこうなることを予想していたかのように。

「唯さん、少しの間、このウサギさん、預かってもいいかな？ 調べたいことがあるんだよね」

唯は不安そうな顔をしたが、すぐに頷《うなず》いた。敦子はポケットからハンカチを出し、その中に包み込む。こうして何重にしておけば、ここでの会話が録音され、六十二号を通して誰かに聞かれる心配はない。

「それでね、ちょっと教えて欲しいことがあるんだけど」

敦子は言葉を選んだ。直接、全ての考えを唯に話すのは危険すぎると判断した。だからわざとゆっくりと話し始めた。

「科学センターは入札を行ったの。……ただし、条件としてヒカリさんの安否確認を要求したんだけど……」

「ちょっと待ってください」唯が慌てた。「入札って、あの子に値段を付けたんですか？」

「そう。さっき、私が自分で確認したから確かなこと」

「いくらですか？」唯は幾分興奮気味で、「ちゃんとした額ですよね？ ちゃんとヒカリを取り戻すことができるようにしてくれたんですよね？」

敦子はにっこりと笑って、これまでの経緯を説明した。

誰かわからないが、ヒカリに対して十億円という値を付けた者がいること。それを受けて、最先端科学センター側が、百億円という法外な値を付けたこと。

ヒカリが相模原博士の研究の根幹となる情報を記憶していたことは言わなかったが、とにかくヒカリを取り戻さなければならないこと、さらにこうした交渉を通して、犯人を追いつめる目的があることを淡々と伝える。

「だから安否確認を要求したんだよ。もちろんそのときはあなたの協力も必要なんだからね」

「わかりました。それなら安心できます。皆さんがあの子のことを考えていてくださるなら」

唯はまるで母親のような顔をする。敦子より若いはずなのに、この慈愛に満ちた表情は何だろう。

「でね、唯さん」敦子は唯に少し近づいた。「私、いよいよあの子の謎を解きたいんだよね」

「ヒカリの謎って言っても、私が知っていることは限られているし……」

唯の大きな目がさらに見開かれた。敦子はそんな瞳を見つめながら、

「思ったんだけど、やっぱりあの子のことを一番知っているのは、唯さん、あなたなのよ」敦子はそう決めつけておいて、さらにたたみかけるように、「で、私が知りたいのは、二か月くらい前のことなのよね。……ほら、あなたが前に言ってたけど、その頃、あの子、不思議なことを言ったんだって？」

「ああ、あのこと……」

唯はすぐに表情を曇らせた。

敦子が指摘しているのは、二か月ほど前、今、まさに敦子がいるこの部屋に、ヒカリがやってきて泣きながら呟《つぶや》いた言葉のことだ。

——ボク、何のために生まれてきたのかな？

――ボク、研究するために生まれてきたのかな？

「その前後のことを教えてくれないかな？」

「前後のことって言いますと？」

「……確か、あの子があんたに抱きついて泣いたのは、お正月のお休みが明けてすぐのことで、坂谷隆盛がここを辞めたのは一月末だっけ？」唯が頷くのを見て、「あと六十二号のことも知りたいな。このロボットが動き出したのはいつなの？　それよりも前なのか、後なのか、どっちなのかな？　それからヒカリがあんたにこのウサギ型アクセサリーロボットをくれたのはいつだった？」

唯が考え込んでいたが、急に立ち上がってベッドルームに行ったかと思うと、何かを持ってすぐに出てくる。赤い表紙をした、小さな手帳。たぶん彼女の予定などが書かれているのだろう。

「はっきりと記録してないのでわからないですけど、ヒカリが泣いたのは一月の上旬です。正月のお休みから帰ってきてすぐでしたから。……坂谷さんが辞めたのは、一月末だったと思いますが、これは私よりも江藤さんや広岡事務長の方が知っていると思います」

「じゃあ、六十二号は？」

「六十二号は去年です。私、このウサギを持って年末に実家に帰りましたから」

とすると、どういうことになるのだろうか？　敦子は考えながら、

「唯さんは、ヒカリさんが六十二号を作っているところ知っているよね？」

「知っていると言えば、知ってますよ。……いつもは研究棟にこもりっきりになるヒカリが、

自分の部屋で作業してたんですから」

「自分の部屋で作ったんだ……。それって珍しいことなんだよね？」

「ええ」そこで唯は考え込んで、「坂谷さんに手伝いを頼んでいることがありました。部品の調達とか、ちょっとした作業とか、そういうことだって話でしたけど」

「何か、変わったことはなかった？　坂谷隆盛とヒカリさんの関係はどうだったの？」

思わず問い詰める格好になったが、唯はそのことに気づかないほど、記憶を紐解《ひもと》くことに集中している様子だった。

「坂谷さんは、生活棟の技能員という肩書きで採用されていました」

「技能員って、つまり何でも屋さんってことでしょ？」

「はい。広岡事務長の下で、外勤って言って、外に買い物や銀行に行ったりする他、ちょっとした修理や掃除なんかをしてました。……で、坂谷さんって、機械類やコンピュータ類にとっても強いし、私なんかから見ると、得体の知れない部分があって、時々、ヒカリと何か話し込んでいることがあったんです」

坂谷が器用なのはわかっている。

彼はその世界のエリートだ。ロシア語、日本語に加えてカザフ語を自由自在に操り、こともあろうに、日本のエリートである江藤俊也をこれまでに少なくとも二度は出し抜いている。知的能力、身体能力ともにずば抜けていることを考えると、コンピュータや機械に関して、かなりの知識を持っていると想像できる。

「……もしかしたらロボットを作ろうっていう発想自体、坂谷さんと関係があったのかもしれません」

ハッとして敦子は唯の顔を見た。思いも寄らない重要な情報が現れた。

「坂谷隆盛がヒカリさんにロボットを作らせたってこと？」

「いえ、そう、はっきりしたことではなかったです。ただ、二人で何か必死に話しているのを見ました」そこで唯は少し笑顔を見せて、「私が嫉妬《しっと》してしまうくらいだったんですよ」

「何を話しているか、わかりましたか？」

唯は首を振って、

「外国語で話していたんです」

「外国語？」

「英語じゃないですよ。フランス語やドイツ語、中国語でもないです。私が知らない言葉でした」

たぶんロシア語なのだろう。いや、それともヒカリがいなくなった日、研究棟の外に残されていたという言語、カザフ語かもしれない。

秘密を守るために、坂谷隆盛がヒカリにその言葉を教えたのか、それともヒカリのような天才児は一瞬にして違う言葉を理解するのだろうか。

唯は敦子の心を読んだように、

「ヒカリは語学に関しては、超がつくほどの天才でした。ヒカリは、言葉なんてどれも同じだって言っていました」

坂谷とヒカリがわざわざ他人にわからない言葉で会話をしていたとすると、やはりヒカリにロボットを作るように仕向けたのは坂谷だったのだろうか？

「唯さん、これからのことなんだけど……」

唯は何も言わない。敦子の顔をじっと見ている。

「私、これからが勝負だと思っている」

「勝負って、どういうことですか？」

唯の表情が固まる。

「今ね、私たちは待っているのよ」敦子は笑顔を見せて、「犯人がひっかかってくるのをね」

「どういうことです？」

「百億円というのがエサ。で、そのエサで、犯人をひっかけるの。……ヒカリさんが無事でいるかどうか、十二時間以内に証明することを条件にしているからね、今度は向こうからアプローチがあるはずなんだ。……つまり、ボールは今、犯人側に行ってるってこと」

「犯人からのアプローチがあれば、ヒカリを見つけ出せるんですね？」

唯はかわいい女性だ。自分とは正反対。自分もこんな風に素直になれたらどんなに楽だろう。

「それで何か摑《つか》めるんじゃないかと期待している」

「私、あの子がちゃんと無事でいるのがわかればそれでいいです」

「まあ、そうなんだけどね、唯さんにはヒカリさんの無事を確認するときに手伝ってもらおうと思ってる」

「私が手伝う？」

「電話が掛かってきたら、電話に出てもらうかもしれない。ヒカリさんに一番、近い存在はあなたなんだから」

「私があの子に一番、近い存在？　そうでしょうか……」唯はふうっと息をついて、「例えば研究棟の方々はどうです？　お忙しいでしょうが、相模原博士など、適任ではないでしょうか」

そうだ、相模原博士のことを忘れていた。

研究棟との間にも江藤の鉄のカーテンが敷かれていて、中が見えない。いや、見えないどころか、その中にいる人の存在にすら触れられない。研究員はともかく、リーダーとなっている相模原博士にはこの事件にかかわる責任があるのではないか。

6

悩んだ末、江藤はもちろん、丸之内にも言わないことにした。なぜなら言わないことが逆に丸之内の意に沿っているはずだと考えたからだ。

一方で敦子は早川と唯の助けを得ることにした。

制限が掛かっている最先端科学センターの中で、秘密裏にインターネットにアクセスするには、コンピュータに強い早川の力と唯の部屋にあるコンピュータが必要だったからだ。

早川は敦子を理解してくれる心強い仲間だからいいが、唯は違う。

唯はヒカリへの想いが強い分、ヒカリの秘密を暴くことを嫌がるのではないかと心配していたが、そうではなかった。

唯が自分の推理を披露すると、唯は想像したよりずっと冷静に反応したのだった。

「ああ、それで私、何か見えてきたような気がします」

唯がこういう反応をするとは思わなかった。ヒカリが持っていた秘密にうろたえるか、敦子たちの疑いに拒否感を持つか、そのどちらかではないかと考えていた。

「私、ヒカリが自分のことを調べていたと思うんです」唯は思い詰めた様子で、「それで、あの子、自分の出生にかかわる秘密を見つけたんじゃないかって思って」

唯は立ち上がった。そして窓際に飾られているヒカリの写真を手に取る。

「だって、あの子、あんなに頭がいいくせに、自分のことは全くわからないんですよ。たぶん、ヒカリは数式や宇宙のことばかり考えていて、自分のことを考えたことがなかったんだと思います。……それに私、気になったことがあって」

「気になったことって？」

敦子が訊《き》くと、唯は敦子の目を見つめて、

「半年くらい前かな、あれは浜松動物園に遊びに行ったときで、そこでチンパンジーが赤ちゃんを抱いていたんです。……それを見て、ヒカリが言いました。……ボク、どこで生まれたんだろう？　どうしてここにいるんだろうって……」

「唯さん、ちょっと待って」

敦子は先に唯のコンピュータを触ることの許可を得てから、早川に仕事を始めるよう促す。

唯は敦子が自分に向き直ったのを確認して、

「さっきの動物園の話なんですけど、あんな風に自分のことを言うなんて、本当に珍しいんです。……あの子、私たちとは違う頭の構造をしていて、情緒的な部分が抜け落ちている、そういう風に思うことがあったんですが、違いました。……ヒカリは本当はフツウの子どもなんです。そういうことを誰も聞いてくれなかったから言わないだけで、本当は寂しくて、満たされなくて、不安でいっぱいだったのかもしれません」

「だから自分のことを調べたと思うのね？」

「はい。……ヒカリはこのセンターで育ってきたから、普通の家庭を知らないんですよ。だからあの子、本当に今まで、自分のことを調べようなんて思わなかったんです」唯は少し悲しげな表情で、「だって、ヒカリは私にこういう質問をすることがあったんですから……」

まだ唯がこの仕事を始めてまもなくのことだったそうだ。

夕食のとき、ヒカリがこんな質問をしたと言う。

——ねえ、唯。普通の家では誰が食事を用意するの？ ここみたいに、食堂があるわけじゃないよね？

家庭を知らないヒカリは、母親が食事を用意する姿を思い描くことができなかったらしい。

「ヒカリは自分がどういうところで生まれて、どういう経緯でここに来たのか、その秘密を見つけたんじゃないかしら。……もしもそうなら、あの子がここから出て行った理由も想像がつくような気がします」

ヒカリ出生の謎。そして最先端科学センターに来た経緯。そこには未《い》だ《ま》に姿を見せない相模原博士が密接に絡んできているのかもしれない。

ふと気がつくと、早川がこっちを見ていた。

「六十二号の絵、このセンターのページからリンクしてありましたから、すぐに見つかりました。それから、リンク先に怪しいソフトもありましたよ」

立ち上がってコンピュータの画面が見えるところに行く。

画面の上の方に、六十二号のギャラリーと書かれている。その他に説明はなく、あとは淡々と額に入った絵が飾られているのだ。

題名はないが、日付が入っている。

早川がスクロールするままに見ていくと、かなりの量の絵が飾られているのがわかる。

どれも中央に大きな形——花、葉っぱ、動物、乗り物、建物など——が太線で描かれていて、その形の中も外も、モザイクのように色とりどりに塗られている。だから同じような印象になるが、色合いが少しずつ違っている。

同じ日付の物が、十枚くらいはある。そして、画面の一番下には、いくつかのリンクがされているのだった。

「このうちの一つが、小さなプログラムにつながっていたんです。単純なやり方ですが、巧妙に隠してありましたよ」

「プログラム？　ダウンロードできるの？」

「そうです。やってみますか？」

「それが何か、この絵と関係があるのかな？」

「やってみないとわかりませんね」

「じゃあ、やってみて」

早川がクリックすると、ダウンロードの許可を求めるメッセージが現れる。

それにOKを出すと、あっという間に画面は切り替わって、新たなウインドウが現れた。

「あっ」

唯が声を出した。

「どうしたの？」

「その貝殻の絵——」

コンピュータのデスクトップには小さな貝殻の絵をしたアイコンができていた。

「ヒカリは貝殻が好きでした。耳に当てると海の音がするって私が教えたからなんですけど……」唯は、画面上の小さな貝殻を指さして、「ちょうどそんな貝殻を、私と一緒に行った海岸で見つけたことがありました」

「じゃあ、このプログラム、たぶん当たりだね」

敦子がそう言うと、唯が頷《うなず》く。早川はそのプログラムを操作した。

「これは、データを変換するプログラムですね」早川はハッと表情を変えて、「たぶんこの絵を音に変えられるんじゃないかな」

「絵を音にする？」

「六十二号の描いた絵は、もともと音声情報なんでしょうね。この貝殻ソフトを使うと、絵を再び音声に戻せるんだと思いますよ」

ヒカリの考えたシステムがこれで露《あら》わになったと言えるだろう。

つまり、小さなアクセサリーロボットが最先端科学センター中の音声を録音し、六十二号がそれを集めて回る。そして音声データを絵の形にしてこのギャラリーに載せることになる。ヒカリは絵がまとまったところで貝殻ソフトを使い、これらの絵を音にして聞いていたのだ。

「どれか聞いてみましょうよ」

「ちょっと貸して」

敦子は早川の手からマウスを受け取った。

どのような絵が、どれだけあるのか、確認したかったからだ。

六十二号のギャラリーは少なくとも数ページに渡って繰り広げられていた。

無理もない。ヒカリの創り出したアクセサリーロボットの数と、六十二号が動き出してからの日数を考えると、莫大《ばくだい》な量のデータが処理された勘定になる。

「この絵、いつアップされたものかわからない？」

敦子の質問に、早川は絵の上で右クリックをするように言う。

「そうすれば、プロパティから絵のデータが確認できます」

「なるほど」敦子は早川に指示されたようにしながら、「絵のタイトルが怪しい感じね」

一つ一つの絵には、アルファベットと数字を組み合わせた名前が付けられていた。

一番上に掲示されている絵のデータを見ると、数字が日付を表していることがわかる。とすると、アルファベットはデータを収集したアクセサリーロボットの名前だろうか。

いろいろと探った末に、そこにある絵はどんどん入れ替わっていることがわかった。つまり、これだけ膨大な絵でありながら、そこにあるのは過去三日ほどのものでしかないらしい。

早川によると、古い物は自動的に削除されているのではないか、とのことだった。

「とすると、ヒカリが見つけたかもしれない秘密って消えちゃってるのかしら」

唯が心配そうに言う。

敦子は手早く画面をスクロールし、さっき早川がプログラムを手に入れたリンクボタンの周辺を探っていくうちに、別のページを発見した。

どうやらここにも絵が隠されているらしい。

「特別ギャラリーがあるって書いてあるから、これかもね」

そして、敦子は見つけたのだ。

別のページにある数枚の絵。最初のページと何が違うかわからない。コスモスの花、楓《かえで》の葉、三角屋根の家――。中心にある形は違っても、どれも様々な色がちりばめられている。

「察するに、これは去年の十二月だね」

敦子がそう言うと、唯が覚悟を決めたように言った。

「それを聞かせてください。何か、わかるはずです」

敦子が早川にマウスを渡すと、早川は手早くそれを貝殻のプログラムに挿入した。

第5章　自転車旅行と星屑のダンス

1

線路下の地下道から出るときは緊張した。

警察は自分たちの動きに右往左往している。義男に指摘されるまでもなく、浜松市内の全てのパトカーがここ高塚近辺に集合してきているだろう。

その証拠に、複数のサイレンが競い合うように聞こえてくる。

藤治郎はいつものように飄々《ひょうひょう》とした雰囲気のまま、反対方向に歩いていった。藤治郎は既に近くにあるスズキ自動車工場の制服に着替えている。だからすぐに人々の群れの中に紛れてしまうだろう。

藤治郎はその後、久平たちと同様に御前崎を目指すことになっていた。もちろん、東海道線を使うのは危険だから、遠回りを承知でローカル線を使う。具体的には遠州鉄道という浜松に唯一走っている私鉄電車で天竜区西鹿島《にしかじま》駅を目指し、そこから第三セクターの天竜浜名湖鉄道で掛川に出て、そこに藤治郎の従弟《いとこ》が迎えに来る手はずだ。

警察は藤治郎、義男、そしてヒカリの三人を血眼になって捜すだろう。彼らはヒカリを連れ出すには車を使うしかないと考えている。

よって、ヒカリと久平が自転車を使うのは大正解だ。藤治郎と義男が別行動をするのも理屈に合っているし、義男が車に一人で乗っていたのも問題ないことだった。

ただし、義男が同じ車を使い続けるのは危険きわまりないことだったから、なるべく早く実家を目指すことにしていた。義男の両親は三ヶ日でミカン農家を営んでいる。ミカン畑のある山には、彼の車を隠しておく場所はいくらでもある。それに農業用の車を少しの期間、借りられるはずだった。

地下道から国道に出る途中で、パトカーとすれ違った。

赤色灯をぐるぐるさせた上に、サイレンを鳴らしていた。殺気だった雰囲気が伝わってきた。中に乗っている制服警官は目をギラギラさせていたが、彼らの目には久平の姿はもちろん、ヒカリも映っていない。まさか誘拐されているはずの子どもが、春の明るい日差しの中、自転車をこいでいるなどと思わないに違いない。

とはいえ、久平は神経質になっていて、高塚の町をはずれるまで、何度も後ろのヒカリを確かめた。

いつの間にか、ヒカリと久平は並んで走った。二人で風を切って走れば走るほど、気持ちは軽くなった。自転車で出かけるのは、思ったよりずっと良いアイディアだった。ヒカリは自転車に乗ることが好きだと言ったが、その通り、とても軽快に走る。

三十分もたつと久平は疲れてきたが、ヒカリはそんな様子を見せない。時々、表情を盗み見たが、今までにないくらい穏やかな様子だった。

しかしヒカリは道を知らなかった。あの最先端科学センターの中に閉じこめられていたわけだから、当たり前のことだったが、東西南北の感覚さえつかめないらしい。

　久平が先を走っているときは良いが、何かの拍子にヒカリを先に行かせていると、交差点に入るたびに久平の顔を見た。久平はすぐにまっすぐに行けとか、左に曲がれなどと指示をするのだが、そうやって自分が頼りにされているのが嬉《うれ》しかった。

　一時間くらい走ると、いろいろなところが痛くなってきた。

　ヒカリはリュックサックを背負っていたが、中にはペットボトルとか予備の着替えとか、軽い物しか入っていない。しかし久平のリュックサックには、あとから使うであろうラップトップのコンピュータが入っている。それが重くて、肩に食い込んでくるような感覚を覚えた。

　さらに三十分くらい走ると、やっと天竜川が見えてきた。

　この天竜川が浜松市の東側の境界になる。

　当然だが、川を越えるには橋を渡るしかない。今、ヒカリと久平が目指しているのは、天竜川に架かっている橋の中でも最南端にある遠州大橋だ。浜松から御前崎に向かう国道一五〇号線のバイパスとして作られた有料の橋で、普通自動車だと一回の通行につき百円が必要だ。

　たぶんその料金所で警察が検問をしていると久平は考えていたが、もちろん自転車にはその心配もない。料金所は橋から五十メートルほど東に離れている。自転車だったら、橋を越えてすぐ、堤防沿いに河口から遠州灘《なだ》の海岸へと通じる道があるはずだ。御前崎までの間は、海岸沿いに自転車道が整備されている。警察だって、わざわざ自転車道に張り込む余裕はないだろう。

「休憩は天竜川を渡ってからにしよう」

久平が言うと、ヒカリは少々、緊張気味に頷《うなず》いた。ヒカリも警察がいることは承知している。この検問を突破するために、自分たちは自転車を選んだからだ。

「別々に行った方がいいんじゃないかな」ヒカリが言った。「大人と子どもの二人組だと、もしも見られたら厄介だから」

「そうだな。じゃあ、俺が先に行くべきだな」

考えた末、その方が安全だと判断した。例えば、ヒカリを先に行かせて何かがあっても久平は何もできない。だが、久平が先なら話は別だ。万が一、職務質問を受けてもヒカリに合図を送って逃がすことができるからだ。

河口近くの天竜川は、川幅がかなり広くなっている。昔の人は、この川を船で渡ったというから驚きだ。遮るものがないから、風がまともに当たってくる。追い風だからまだいいが、これが逆だとかなり大変になるだろう。この橋は有料だったが、自転車や歩行者の通行も想定していて、歩道がついている。だから風に吹かれても怖いとは思わない。もっとも車の通行量もそんなに多くなかったが。

橋から下を見ると、いくつかの中州が点在して、春の緑で覆われている。南には遠州灘のきらめきが、北には遠くに山が見える。振り返ると浜松の街があって、中でも駅前の高層ビル、アクトタワーがにょっきりと姿を見せている。

橋の上を自転車で走っているうちに、気持ちが切り替わった。緊張感が取れて、こうやって自転車で走るのに、誰が何の文句を言うのだろうと思った。考えてみれば、自分は何も悪いことをしていない。夜の浜名湖で、自殺をしようとしていた子どもを助けて、その子のいうがままに保護しただけだ。自宅——最先端科学センターがヒカリの家だとしたら——に連絡しなかったのは、本人が嫌がったからだ。オークションだって、別にヒカリの身代金と書いた覚えはない。勝手に連中が曲解しているだけのことじゃないか。

顔を上げた。風が気持ちよかった。自転車がこんなに楽しいものだと今まで気づかなかった。

ずっと先に料金所が見えた。まさか自転車まで止めて見るとは思わなかったが、近づくにつれ緊張してきた。

橋の下に緑が増えてきて、堤防がすぐ目の前になった。

料金所の向こうに、パトカーが見えた。やはり検問をしているらしい。浜松から出る車のみが対象となっている。

久平は何も考えずに、料金所を通り抜けて右に折れた。一応、自転車の通行料金の十円を横に備え付けられている箱に入れた。警察がすぐ横にいるわけだから、このくらいのルールは守らなければならないし、そうした方が下手な注目を浴びなくて済むと考えたからだ。

天竜川の河口から竜洋《りゅうよう》の海洋公園を抜け、遠州灘が見えるところまで出たところで、ヒカリと久平は自転車を降りた。

昼を過ぎている。日差しが一番、強くなる時間で、実際、ヒカリも久平も汗ばんでいた。

「ボクは、外国に行ったことがないんだ」

休憩をかねて砂浜を歩いていると、唐突にヒカリが言った。

「久平はどこかに行ったことがある？」

「俺はアメリカに行ったことがあるよ。新婚旅行で、わけもわからずカリフォルニアを旅行した」

「どうだったって？」

「違ってた？」

「そりゃあ、違ってたよ」久平はふと気になって、「どうしてそんなことを訊《き》く？」

ヒカリは波の方を向いて、

「ナガレボシがね、外国に行くと考えが変わるって、何度も言ったから」

「そうか……。だがあの男が言うのは、アメリカじゃないだろ？」

「ロシアだよ。ロシアって面白い国だって。日本とは比べ物にならないくらい広くて、人間も豊かだって。日本なんかロシアに比べれば、オモチャの国みたいだって。……ボクが悲しくなるのも、オモチャの中で生きているからだって」

「オモチャの国かあ……」

坂谷隆盛の髭面《ひげづら》が浮かんでくる。

「久平はどう思う？　やっぱり日本ってオモチャの国なのかなあ」

坂谷隆盛がどういう考えを持っている男か、久平は知らない。だが、自分よりもずっと広い世界で、もっと大きなものを相手に働いているのだろう。

「外国のことなんか、俺にはわからないが、外に出たい気持ちならわかるよ。……俺はさ、伊豆の山奥で生まれたんだが、お前くらいの頃は、どこか他の街に暮らしてみたいとそればかり考えていた。……親父が連れて行ってくれて、すごく楽しかったからね」

ヒカリと久平の前では、遠州灘の激しい波が行ったり来たりしている。

「で、どうだったの？　街は楽しかった？」

久平は首を少し傾けて、

「楽しいときもあったし、楽しくないときもあった」

「山の奥の方が良かった？」

「山の方がいいと思うときもあるし、そうでないときもある」

「じゃあ、どうなの？」

「どっちでもいいってことじゃないかな。もしくは、気の持ちようっていうこと」

久平は静かに歩き出した。波に背を向け、自転車道を目指す。

「場所なんか、どこでも同じだよ。お前が楽しければそれでいい。楽しくないのが困るんだ」

自転車に乗って走ると、事件のことなど、すっかり忘れてしまう。

浜松から離れた開放感がある。それに海岸線を通る自転車道は、時に海の近くを通り、時に風よけのために植えられている松林の中を走る。サーフボードを抱えた若者、健康のためのウオーキングをするカップルに時々会うだけで、浜松の街の中とは全く違う。まるで現実から浮遊した空間だった。

ヒカリは鼻歌まじりだった。時々、久平に話しかけてきたが、どれもこれもヒカリでなければ思いつかないことばかりだった。

——ねえ、久平。ホンモノの波って複雑だよね？　横と縦とが複雑に組み合わさっているけれど、これがフラクタルだっていう人がいるんだよ。ボクはフラクタルの考えの方がカオス理論よりいいと思ったけど、久平はどう思う？——

——ここでボクは自転車で海岸を走っているんだけど、これってこの自然にどんな影響を与えるんだろうね？　ほら、久平、バタフライエフェクトってヤツだよ。ボクはさ、それって限定的だと思うんだよね。だってボクなんて、本当にちっぽけな存在なんだからさ——

ヒカリの話は意味不明だったが、説明を求めると、ヒカリなりに話してくれた。

——フラクタルっていうのは、自然の複雑な形を数学で表現しようっていう試みなんだ。波も砂の模様にも規則性があるだろ？　それを同じ数式の繰り返し、自己相似性があるって考えていくんだよ。カオス理論っていうのはさ、実はフラクタルと見方が違うだけなんだ。自然を分析していこうっていうのがカオス理論で、数学を使って表現してみようっていうのがフラクタルなんだからね——

——バタフライエフェクトってさ、蝶《ちょう》の羽のはばたきみたいな小さな動きでも、嵐とか竜巻とか、そういった大きな気象現象に影響を及ぼす可能性があるっていう話でね、さっき出てきたカオス理論の一部なんだよ。……確かにさ、可能性っていわれちゃうとあるかもしれないけど、やっぱり誤差範囲に呑《の》み込まれちゃうように思うんだよね——

ヒカリの話は理解するのに骨が折れた。だが、ヒカリが一生懸命、久平に向かって何かを伝えようとしている姿は、見ているだけで幸せだった。

本当は時刻が気になった。ポケットに入れてあるはずの懐中時計を見ようとして、躊躇《ちゅうちょ》した。時刻を確認したとたん、事件のことが蘇《よみがえ》ってくる。最先端科学センターが入札をしたのかどうか、そして他の動きがあったのかどうか、確かめなければならなくなる。

「久平？」

海岸沿いに通っていた自転車道が、太田川という二級河川を前にしてぐっと左に折れたところでヒカリが久平に声を掛けた。

「どうした？　道だったらこれでいいんだぞ。太田川は河口近くに橋がないから、ここだけは国道一五〇号線と合流するんだから」

「違うよ」自転車を止めた。「ボク、お腹がすいた。それにそろそろ入札のことも気にしなきゃいけないと思う」

「そうだな」冷静を装って、「一五〇号に出たら、コンビニを探そう。疑われると困るから、俺だけ行って何か買ってくるからな」

国道一五〇号線はさすがに交通量が多い。自転車道と一緒になっている部分は歩道がしっかりしているから大丈夫だが、トラックの巻き上げる汚れた空気に、思わず顔を背けたくなる。

太田川の橋を越えたところでコンビニエンスストアが見えた。自転車道はすぐに右折して、再び海岸沿いを行くが、久平はヒカリをそこで待たせておいて、コンビニで買い物をした。

サンドイッチとおにぎり。それから水分補給のためのペットボトル。

コンビニに入るときに少し緊張したが、指名手配をされているわけではない。警官の姿もパトカーも見えない。帽子を深めにかぶり、うつむき加減のまま、さっと用を済ませることにした。

ヒカリは大人しく待っていた。一五〇号線から百メートルほど南に行ったところで、道の横にある大きな石に、ぼんやりと腰掛けていた。今日のヒカリは、ジーンズ姿だった。全て藤治郎の選んだ古着だったが、十歳の少女が持つ、伸びやかな姿が薄いピンクのシャツと青いジーンズに映えていた。

ズボンと同じ、青いジーンズ生地のキャップをかぶっていたが、その下から、真っ黒くてさらさらした髪の毛と透き通るような肌が見え隠れしていて、久平はドキリとした。紛れもなくヒカリは美少女で、道ばたに座らせておいていいような子ではない。だが久平は、そんな気持ちなど全く知らない顔をして、ヒカリの肩をポンとたたいた。

「ヒカリ、行くぞ。海を見ながらメシにしよう」

久平は自分の妻と子どもを想った。

今は中学生になった息子。彼がヒカリと同じくらいの頃、こうして二人で過ごした時間はどれほどだったろう。久平は妻に「子どもと遊んでくれ」と言われるのが嫌だった。子どもと遊ぶと疲れる。何をしたらよいのかわからない。そう考えていた。

だが、それは間違いだった。子どもと一緒に何かをする必要はなかった。ただ時間を一緒に過ごせば良かった。例えば、ヒカリと自分がこうしているように。

松林の中を通って遠州灘の見えるところに出た。自転車を少し走らせて、サーファーも散歩する人も、全く見えなくなったところで、自転車を止めた。

砂浜と松林の間にあるコンクリートの堤防に腰を掛けて、サンドイッチを食べた。

ヒカリは食べながらよく喋《しゃべ》った。

ヒカリの興味は波の色やリズムだったりエネルギーだったりした。さらには時間と空間の在り方だったり、物質の本質だったりした。

――時間って不思議なんだよ。時間だけは必ず過去から未来に進んでいる、いや、進んでいるように見える。これって人間の意識の問題なのかな？　それとも世界の関係性の問題なのかな？――

――海って大きいよね？　でもそれが全部、果てしないくらいに多量の原子から成り立っているんだよね。でもね、原子って実は隙間だらけだって知ってる？……すごく乱暴な話なんだけどさ、例えば原子が直径百メートルくらいの大きな球だったとしたら、原子核って、ビー玉くらいの大きさしかないんだよ。もちろんその百メートルの球の中を電子が飛び回っているんだけど、電子は原子核の比較にならないくらい小さなものだからさ、原子って本当はスカスカなんだよね――

久平は何も言う必要なかった。ただ頷《うなず》いて、ニコニコしていると、ヒカリが勝手に自分で話を進めて、そのうち計算をするのだ。ヒカリの頭は、一度に凄《すご》い量の計算をこなすことができるらしく、久平には全くわからないが、勝手に数字や記号、外国語などを呟《つぶや》いては悦に入っていた。

そして――、サンドイッチがきれいになくなったところで、ヒカリは久平のリュックサックに入っているコンピュータを取り出した。

久平は辺りを見回したが、人影一つ見えなかった。遠州灘《なだ》の向こうを大きな貨物船が動いているのが見えただけだった。

すぐにコンピュータの調整を終え、インターネットに接続した。

「ここは電波状況が悪いからね、どうしてもデータのやり取りは遅くなるんだ。だから、今は情報を集めるだけなんだ」

　そして、画面が切り替わってすぐに、

「やっぱり入札されてた」

　すぐ後ろに立っている久平を見上げて、

「ほら、ボクの値段が百億円になっている。条件は……、ボクが実在しているかの確認だね」

　確かにオークション画面の入札額が百億円になっていた。入札者の部分には、国立最先端科学センターの文字があり、さらに入札者からのメッセージには次のような記述があった。

　──高額商品につき、取引前に商品の確認をすることが条件です。この入札後、十二時間以内に商品が私たちが期待している通りの状態か、リアルタイムでの確認ができるように手配してください──

「十二時間以内？」

　久平が言うと、ヒカリは冷静に答える。

「入札時間が昼の十二時だから、要するに今日中ってことだね」

「ネットを使って、連絡を取るのか？」

「そうだね。チャットで済ませられればいいけど、たぶんボクの写真とか、声とかが必要になると思う」

「どうする？」

「ここじゃ何もできないよ。だって、通信速度がのろすぎるから」

「じゃあ、どこでやるんだ？」

「どこかのフリースポットが安全だと思う」

「フリースポットって何だ？　そんなの、どこかにあるのか？」

「無線LANを使って無料でインターネットにつながれる場所。……実は出発前に義男に調べてもらったからわかってる。この先、大須賀《おおすか》ってところにあるショッピングセンターのファストフード店がそれなんだ。店に入らなくても、近くに行けば大丈夫だと思うよ」

　大須賀のショッピングセンターは浜松と御前崎のちょうど中間点。一五〇号線に隣接するアメリカ的なショッピングモールで、スーパーマーケットや家電量販店、書店、レストラン、ゲームセンター、ファストフード店などが集合している。

「ねえ、久平、大須賀のショッピングセンターまでここからどのくらい掛かると思う？」

　久平は時計を見て、

「今が午後二時、これから一時間か一時間半はかかるだろうな」

「三時から三時半だね」

　そこでヒカリはコンピュータに向かって、

「じゃあ、久平。作文してよ。午後三時から三時半の間に、こちらから連絡を入れるって。……だって、こっちから連絡したときに相手がいなかったら意味がないでしょ」

　ヒカリの意図がわかった。最先端科学センターが入札したのを受けて、こっちから返事を出そうというのだ。

　それから久平はヒカリと相談をしながら、結局、次のような連絡文を作り上げた。

　——入札、ありがとうございます。当方としては、この入札額に大変、満足しております。

従って、御依頼の通り、商品の確認ができるように取りはからいたいと考えております。つきましては、本日、午後三時から三時半の間に、こちらから御連絡を入れさせて頂きますのでお待ちください――

ヒカリは満足げな様子で、この文章を早速、メールした。

それを確認した後、久平は義男に電話を掛けた。携帯電話を使ったが、これは昨日、義男がどこからか手に入れてきたもので、非合法の物らしい。

電話を掛けると、すぐに義男のキンキンした声がした。

「久平さん？　やっとつながったねえ」

どうやら何度か、義男が電話をしていたらしい。久平は携帯をポケットの奥底に入れていたから、全く気がつかなかった。自転車に乗っていたから尚更だ。

「今、入札を確認して、メールを入れたところだ。ヒカリがね、三時から三時半の間に、向こうに連絡をすることになっている」

こちらの様子を手早く説明すると、義男も自分たちの状態を話した。

藤治郎は既に天竜浜名湖鉄道に乗って掛川を目指している。義男は一度、検問に引っかかったが、同乗者がいないことと怪しい荷物がないことから問題なく通過したとのことだ。

「さすがに緊張したよ。でもさ、言われた通りにつなぎの作業服を着ていたし、車の整備を仕事にしているって言ったから、全く問題なかったよ」

車の整備員という設定にしたのは、問題の車に改造された部分があったからだ。顔を油で汚し、眼鏡を掛け、印象を思い切り変えていたのも良かっただろう。いずれにしろ、義男は無事に三ヶ日に着き、そこで親戚《しんせき》の車――農作業で使っている小型のバンだ――を調達して、久平たちがいるところに向かっているとのことだった。今度は御丁寧にも荷台に野菜を積み込んでいたので、天竜川の橋の検問も、あっという間に通過できたらしい。

「久平さんたちの居場所はわかっているよ。久平さんの携帯の場所をGPSで検索できるからね。だから、何かあったらすぐに連絡してよね。いつでも助けに行くから」

久平は安否確認の作業を行う場所を告げた。もしも問題が起こるとしたら、そこしか考えられないからだ。

こうして義男と話したことは、久平を冷静にした。

二人は大須賀のショッピングセンターに向かってペダルを踏んだ。真っ青な空と海の中で、ヒカリと久平は前に向かって走っていた。

2

午後三時二十二分を数秒過ぎたときだった。

大会議室の張りつめた空気の中、早川の声が響いた。

「入りました。相手はメッセンジャーを使ったチャットを要求しています」

壁の一つにスクリーンが掛けられ、そこにコンピュータの画面が投影されていた。

「わかる？　これ、犯人が送ってきたメール」

唯の隣で、敦子が言った。

全く自分は場違いな存在だと思った。こんな捜査本部の中枢に、自分のような素人がいて良いものかと疑問だった。

だが、一方で、いなければならないと思っている。ヒカリの様子がわかるのだったら、それを知りたい、リアルタイムであの子のことをわかっていたい、その一心だった。

――最先端科学センター様。そちらの御依頼に従って、商品の確認（証明）作業を行いたいと思います。メッセンジャーソフトでのチャットにより、確認（証明）作業の方法を取り決めますので、下記よりソフトをダウンロードし、IDを取得したところで、IDを記載したメールをお送りください。すぐにメッセージをお送りし、リアルタイムでの交信を開始します――

「ねえ、この言葉、あの子が書いている可能性はない？」

敦子が唯に訊《き》いた。唯はすぐに首を振って、

「ヒカリにこういう言葉遣いは無理ですね」

「じゃあ自作自演という線はないわけね」

自作自演など、あるわけない。

もちろん唯にもヒカリが悩んでいたのはわかる。六十二号によって集められたあの情報を聞けば、なおさらだ。自分自身の存在を問いかけ直すために、何らかの思い切った行動が必要だったに違いない。だが、ここまで大それたことを、世間知らずのヒカリが主導できるとは考えにくいのだ。

「とにかく引きずり出してください。スカイプでテレビ電話をやるのがいいですね。そうすれば、三分で場所が特定できますから」

江藤が彼にしては幾分、興奮気味に言った。

早川は既にメッセンジャーソフトのIDを得て、それをメールしている。

「まずはメッセンジャーで、そこからスカイプですね。うまいこと誘い出しましょう」

画面が変わって、メッセンジャーソフトが立ち上がり、すぐにオークションの出品者からメッセージが入った。

――では、商品の確認作業を始めます。そちらからの質問に答えるという形で、ここに対象の存在を証明します。対象にしかわからない質問をどうぞ――

嫌な感じがした。いくらオークションに出品されたのがフィギュアという建前だったとしても、ヒカリを『対象』と呼ぶやり方が気にくわない。

「どうしましょう？」早川が訊く。「すぐにスカイプを提案しますか？　それともここで何か質問をしましょうか？」

「この状態で相手の場所の特定ができるか、やってもらいましょう。そのためにも、まずは文字情報でのやり取りから入ります」

江藤が指示をした。

それを受けて、早川の横にいる背広姿の男が別のコンピュータに向かう。どうやらあの男がインターネット捜査の専門家らしい。

「質問は、そうですね、広岡事務長、お願いしていいですか？」

唯はその言葉にハッとする。そして、この部屋の中に広岡の顔を見つけ、困惑する。

ヒカリを悩ませる元になった情報は、広岡の口から出てきたものだったからだ。

「そうですね、あの子にしかわからない質問ですね？」

広岡が立ち上がって早川に近づく。

白髪に手を入れて、ごりごりと掻《か》き混ぜる。少し見ない間に、さらに皺《しわ》が増えたと思う。

「じゃあ、円周率を訊いてみましょう。ヒカリなら記憶しているです。……そうですね、一万桁《けた》から一万十桁の数字……」

早川はその質問をキーボードに打ち込む。

――円周率の一万桁から、一万十桁の数字――

即座に数字が現れる。

――5667227966――

「合ってますか？」

早川が訊くと、広岡はメモを確かめて、

「合ってます。じゃあ、次に電子の質量でも訊いてみますか」

――電子の質量？――

やはりすぐに数字が返ってくる。

――9.109 38215（45）$\times 10^{-31}$Kg――

「正解。……じゃあ、もう一つ。プランク定数は？」

――プランク定数？――

――6.626 06896（33）$\times 10^{-34}$J.s――

「これって、何ですか？」

唯が訊くと、敦子は眉間《みけん》に皺を寄せて、

「たぶん量子力学とか、そういう物理の定数よ。科学者の常識ってこと」

「ああ、だったらヒカリは全て暗記してます。あの子、数字と言葉には滅茶苦茶《めちゃくちゃ》強いですから」

唯はホッとした。このコンピュータの向こう、インターネットの網の目のどこかに、ヒカリが存在するのは確実だ。こういう数字を、あっという間に引き出すことができる人なんか、そうそういるわけがない。

「ダメです。場所の特定は難しいですね」

早川の隣で背広姿の男が言った。

「予定通り、スカイプにしましょう。それなら大丈夫です」

江藤の言葉に早川は頷《うなず》いて、

「じゃあ、やりますか」

――文字情報のやり取りだけでは、確認は十分でないと当方は考えます。対象を確認するような質問には限りがありますし、対象の安全や健康が損なわれている可能性があります。高額の取引ですので、ここはスカイプ等による音声、画像によるリアルタイムの確認をお願いします――

すぐさま、返事が来る。相手のタイピングはかなり速い。

――了解しました。スカイプによる音声の確認を受け入れます。また、静止画像であれば、対応が可能ですが、一分間に限定します――

思ったよりあっさりとした反応だった。敦子も、他の捜査員も意外だと思っている様子だ。

「一分間を三分間に延ばすのが鍵《かぎ》だね。そこはうまいことやろう」

丸之内一課長が言う。

「それにしても、不気味なくらい、いい感じだね」

敦子が呟《つぶや》く。

「何かあるんですか？」

唯は意味もなく不安になって敦子に訊いた。

「相手だって焦ってると思う。時間が長引けば長引くほど、リスクが高まると思っているんだよ」

そのとき、スピーカーのスイッチが入って、スカイプの通信が始まったのがわかった。

早川の隣の男が、あわただしく動き出す。たぶん場所特定のための作業に入ったのだろう。

——今から一分間だけ、ボクが喋《しゃべ》ります。ボクは元気です。リアルタイムでボクが話していることを証明するために、ボクの静止画を送ります。それから今から一分間、時計の数字を読み続けます。現在、午後三時二十五分、六秒、七、八、九……——

いきなりヒカリの声が聞こえてきた。体の中が熱くなり、涙がどっと流れてきた。自分でも驚いてしまうくらいの量だった。

「ヒカリ……」

「唯さん、これ、あの子の声なの？　どう？　ちゃんとしてる？　おかしくない？」

敦子が早口で訊いてくる。それに唯は必死で頷く。

「唯さん」江藤が立ち上がった。「ヒカリに問い掛けなさい。あなたが一番、あの子と近い人間なんだから」

　唯は考える暇もなく、早川が急いで持ってきたマイクに向かって言った。

「ヒカリ、ヒカリ……。唯よ。あんた、元気なの？　元気だったら、ちゃんと返事をして」

　スピーカーからはヒカリが読み上げる数字が聞こえていたが、そう唯が言ったとき、ちょうどヒカリの写真が画面に映し出された。

　ヒカリが自分で言った通り、現在の画像なのだろう。

「ヒカリ、あんたの写真、こっちについたよ。本当に大丈夫なの？　ちゃんとご飯食べてる？」

　クリーム色の壁を背にしてヒカリがこっちを見ている。顔が画面のほとんどを占めているから、場所がどこかわからない。

　ヒカリは頬を真っ赤にしていたが、あとはいつもと同じだった。無造作な髪、真っ白な肌、大きな瞳《ひとみ》。白いビニール製の上着を着ている。見たことのない服だから、誰かが着せてくれたのだろうか。

「ヒカリ、あんた、そこにいるんなら、ちゃんと返事をしなさい」

　――二十三、二十四、二十五、二十六……――

　ヒカリは冷静に数を唱え続ける。

「このままだと一分、経ったところで通信は途切れてしまうぞ」丸之内が言う。「何か、ないか？　何か、長引かせる手は？」

　丸之内の焦った声に、唯は思わず反応して、

「ヒカリ、あんたが何で悩んでいるか、私、わかったのよ」

江藤が唯を見た。

「私、何も知らなかった。だから、すごくびっくりした。でもヒカリが、自分の生まれてきた意味を知りたいって思うの、すごくわかった」

ヒカリの言葉が止まった。

「ヒカリ……」唯はそっと語りかけた。「……たとえあなたが、最先端の遺伝子工学の力で、天才になるべくして生まれてきたとしても、ヒカリはヒカリだよ。……実験室から生まれてきたとしても、そんなの関係ないのよ。……あなたの人生はあなたのもので、私たちと同じじゃないの？」

広岡が立ち上がって、何かを訴えるようにこちらを見ている。

珍しく江藤が動揺している。

「だからヒカリ、戻ってきてね。……身代金とか、そういうの、私にはわからないけど、ちゃんと戻ってきて。私、待ってるからね」

そこまで言い終えたとき、ヒカリが何かを叫び、それを最後に通信が途絶えた。

日本語ではなかった。

英語でもなく、フランス語でもなく、それはたぶんロシア語ではないかと唯は想像した。意味はわからない。だがほとばしるような感情に溢《あふ》れていて、唯はどうしようもなく、その場に立ちつくした。

画面にヒカリの顔が大写しになっている。唯はそれを見つめ、ヒカリのことを考える。

いつの間にか、自分のことに興味を抱いたヒカリ。自分の出生に対する深刻な疑問に心をふるわせたヒカリ。

そして天才児ヒカリは自らの秘密を暴くために六十二号を創り出さなければならなかった。

――あの子はうまく育っているね――

――さすがに、選ばれた遺伝子を使い、それをさらにデザインしただけのことはある――

――実験室から、あのような子を産み出すことができるなんて、まさにこれは奇跡だよ――

――あの子はこの国の救いの主となる。そして、同じような子どもを創り出すことができれば……――

六十二号のギャラリーの奥に隠された絵には、そのような会話が残されていた。そしてその話し手の一人が広岡だったのだ。

敦子によると、人間の遺伝子を操作することは、倫理上の問題により国際的に禁止されている。それを日本という国が、自国の未来のために秘密裏にやぶった結果がヒカリで、だから国家機密だったのではないか。

「割り出しました」

ヒカリの最後の言葉が消えようとするとき、早川の隣で男が叫んだ。

「位置特定ができたのか？」

「掛川市西大渕《にしおおぶち》です。一五〇号線沿いのショッピングセンターですね」

「掛川？」

どよめきが会議室内を襲う。

「浜松じゃないの？」

敦子が立ち上がった。

掛川と言えば浜松よりずっと東だ。天竜川を越え、磐田《いわた》市を越え、その先にある場所だ。

「どういうこと？　どうやってあの子、浜松の外に？」

警察にしてみると、あり得ないことが起こった、そういう雰囲気だった。

急に部屋の中が慌ただしくなった。

敦子も早川もそうだが、声高に話を始める。交錯する言葉を拾い集めると、ヒカリがいると特定された場所に、誰がどのように行って保護するのか、どのような形を取るのがよいのかを検討している。

一五〇号線はもちろん、現場からの道路を封鎖し、できるだけ多くの捜査員を現場に急行させることがあっという間に命令されるのを聞きながら、唯はヒカリのことを思った。

なぜヒカリはロシア語で話したのだろう？　そして何を言ったのだろうか？

目の前で起きた出来事の重さに、唯が呆然《ぼうぜん》とその場に座っていると、敦子がやってきた。

「唯さん、あんた、大したものだわ」

「私が？」

敦子はにっこりと笑って、

「ヒカリさんの秘密の件、江藤調査官から叱られるでしょうね。でもあの場面であの話をしなかったら、場所の特定が難しかったのも事実だわ」

珍しく、敦子はふふふと声を出して笑った。

「私、まずいこと、言ってなかったですか？」

「かなりまずいね。だって、あの子のことは、国家機密でしょ？」

「やっぱりそうですか？」

深刻になる唯を敦子はなだめるように、

「でもいいの。とにかく、あの子がいる場所が特定できたんだから。……これで事件が解決すれば、そんなにいいことはないもの」

「うまくいくといいですね」

「そうね……」敦子は少し暗い表情を見せて、「でも、ちょっと難しいかなと思ってるんだよね」

「どうしてですか？」

「あの子が掛川、つまり浜松の外にいるってことが、まず想定外だからね。……ということは、緊急配備をするのにも時間が掛かる。つまり、私たち、裏をかかれてたってわけ」

敦子はそう言いながら、唯を立つように促し、そのまま廊下へと連れ出そうとする。

「あの、すみません」唯は勇気を出して、「私、教えて欲しいんです。さっきヒカリは何と言ったんでしょうか？　それから、ヒカリのことも、もっと詳しく知りたいんです」

敦子はその場に立ち止まり、天井を仰いで考え込んだ。

「そうね。そこのところ、もう少し、整理した方がいいね……」敦子は辺りの様子を見て、「じゃあ、少し部屋で待っていてくれる？　必ず連絡するから」

敦子はそう言って、唯を廊下へと送り出した。

3

久平の前をヒカリが走っている。

一言も喋《しゃべ》らない。久平にも喋らせない。

なぜかわからないが、ヒカリは急に見えない鎧《よろい》を身につけてしまい、まるで走っていないと死んでしまうかのように、ただ前に進んでいく。いや、少しはヒカリも喋ったが、それは「早くしないと警察が来る」という当たり前のことだけだった。

二人は大須賀のショッピングセンターから弁財天川沿いに海岸に出て、再び、自転車道を走っている。人影はほとんどない。海の中にサーファーを数人、海岸に釣り人も数人。あとは弁財天川の河口で、外国人グループが遊んでいるのを見ただけだ。

それにしても、あのとき、何が起こったのだろう？

全ては順調だったはずなのに、時計の秒針を読み上げているヒカリの声が急に震えて止まったかと思うと、あの子はマイクに向かって話したのだ。

久平は少し離れた場所でヒカリを見守っていた。女の子とおじさんの二人組は、目立ちすぎる、そういう理由だった。

久平の場所からもヒカリの感情的な声が聞こえた。

日本語でも英語でもない言葉。

そして涙。

だが、ヒカリは涙を隠そうと必死だった。袖《そで》で涙をぬぐい、それでもこぼれてくるから、顔を背けて、そのまま走り出した。

自転車道を東に向かっていると、弓形に湾曲した海岸線が見えた。真ん中には高い煙突がにょきにょきと見えたが、これは浜岡《はまおか》原子力発電所だ。御前崎はその向こう、海岸の先端になる。

御前崎には何時に着くだろうか。車だったら、浜松から御前崎まで一時間半程度。だが、久平たちは、ここに来るまでに既に五時間近く使っている。長い休憩は必要ないはずだが、まだ時間は掛かるだろう。

自転車道は一本道だった。急に海岸沿いの上り坂に出たが、その先は左にカーブしながら続いていた。

「おい、ヒカリ、少し休ませてくれ」背中に向かって大声で言ったが、振り向かなかった。「先に行ってもいいが、待っていてくれよ。上りはきついんだ」

ヒカリは一瞬、肩越しに振り返ったが、そのまま前に進んだ。体を起こし、ペダルに体重を掛け、ぐいぐいと進んで曲がった道の向こうに見えなくなった。

表情を見る限り、泣いてないし怒ってもいなかった。何か別のことを考えて、気分転換ができたのかもしれない。ここは放っておくしかない。一本道だ、どこかに消えてしまうことはないだろう。

上り坂に久平は自転車を降りて歩き始めた。そのすぐあとのことだ。

「あのー、ちょっと、お尋ねしてよろしいでしょうか？」

急に背後から声を掛けられた。驚いて、心臓がいつもと違うリズムを刻んだ。

「こっちで、女の子が自転車に乗っているのを見かけませんでしたか？　たぶん東に向かっていると思うんですが」

振り向いてまた心臓が震えた。その声の主が、自転車に乗った制服姿の警察官だったからだ。

急に冷静になった。ここは重要な局面だ。どう振る舞うのが一番、良いのか考えなければならない。

まず、この警官、自分を疑っているようではなさそうだ。だが、ヒカリを捜している。知らないと言うのがよいか、それとも別の方向を指すか？

「十歳くらいの女の子です。ショートカットで、白い上着を着ているはずです」

白い上着ではなく、あれはカッパだ。静止画を撮って送るかもしれないとヒカリに言われて、服は違うものにしておくべきだろうと考え、久平が百円ショップで買った。

もちろんそのカッパはすぐに捨てた。だから今は、薄いピンクのシャツ姿になっている。

「ショートカット、白い上着姿の女の子、ですか？」

わざとゆっくり復唱しながら、頭を働かせる。

ヒカリは何も知らず、この先を走っているはずだ。何とか、あの子にこの危機的状況を知らせる方法はないだろうか。いや、それとも義男に連絡を取るべきではないか。

「見てないですか？」

警官が事務的に訊《き》いた。

「いやあ、わかりませんねえ。……って言うか、もしかしたら見たかもしれないですが、気づきませんでした。海ばかり見て走っていたもので」

「そうですか……。わかりました。ありがとうございました」

警官は自転車に乗って、ペダルを踏み込み、久平の横を通って前に出る。

思わず、後ろから引き留めようという衝動に駆られる。

だが、この一瞬に義男に連絡を取ることにした。喋《しゃべ》るわけにはいかない。ただ彼に電話をする。彼が受話器の向こうでこちらの気配を感じてもらう、それしかないと考えた。

携帯電話は胸ポケットの中だった。首に掛かっているストラップをたぐるようにして取り出すと、義男の短縮番号を素早く押した。そして、電話が切れないようにそっとポケットに戻す。

「おーい」

不意に警官が声をあげた。

顔を上げると、ヒカリが消えていった先、自転車道の東の彼方《かなた》で、誰かがこっちに向かって何かを言っている。目をこらしてみると、制服姿の警官だとわかる。

ということは、ヒカリは挟み撃ちにされて、見つかってしまったのだろうか？

「おーい」

向こうから返事があって、こっちの警官はさらに勢いよく自転車のペダルを踏んだ。久平も思わず自転車に乗り、追い掛けた。

坂道だから、息が切れた。体が揺れた拍子に、ポケットから携帯電話が飛び出してきた。それを口元に近づけて、緊急事態と呟《つぶや》いた。義男が向こうで聞き耳を立てていればいいが、それを確かめる術《すべ》はない。そのまま電話を切ってポケットに戻した。

太股《ふともも》がぱんぱんに張ってきた。海の匂いと波の音の中、風を切って進んだ。

向こうで待っている警察官はサングラスをした体格の良い若者だった。

「そっちにいませんでしたか？」

サングラスの方が訊いて、こっちの年配が首を振る。

「いや、そっちはどうなんだ？」

サングラスは背後を指さして、

「あっちに自転車が乗り捨てられていたんですよ」

「自転車？」

数メートル先だった。

ヒカリの自転車が倒れていた。まるで急いで飛び降りたばかりのように、スタンドもされず、無造作に転がっている。

「あ……」

思わず声をあげてしまった。

年配の警察官はその声を聞き逃さずに、久平の方を振り向いた。

「あんた。何か、気がついたことでも？」

視線が鋭くて、危ないと思った。久平はとぼけた様子で、

「ああ、そういえば、さっきその自転車に乗った誰かが走っていったような気がして……。いえ、海に気を取られていたんで、しっかりとは見ていなかったんですが……」

「やっぱりそうか」年配の方はそう久平の言葉に応じておいて、サングラスの方に、「さっき、話を聞いた人なんだよ」と説明する。

サングラスは首を傾げて、

「この人、その女の子の連れなんじゃないの？」

「いや、私が聞いた話だと、女の子は一人で自転車に乗っていたらしいよ」

大須賀から別々に走っていたのが功を奏した。だが、少し調べれば自分がずっと一緒だったこともばれてしまうだろう。

年配の警察官は腕組みをした。

「おかしいな？　ここは一本道だぞ。そっちとこっちの両方から挟み撃ちしているのに、自転車だけ残して消えちゃうなんて」

辺りをぐるりと見回す。

久平もつられて見る。

自転車道は西から東へと続いている。北は松林。南は砂浜。堤防の下にジープがあって、釣り人が何か準備をしているが、ヒカリらしき人影はない。

そのうちサングラスは松林の中に入った。年配の方は、無線機を出しながら浜に降り、マイクに向かって話しながら釣り人のところに向かった。

久平は自転車を堤防に立てかけた。それからもう一度ぐるりと辺りを見回した。

悪い夢を見ているようだった。

緑の松林と青い空。波の音と風の歌。砂浜の上に描かれる風紋。変化のない自然の中で、突然、起こった不思議な状況に、『神隠し』などという普段では考えられない言葉が浮かんだ。

二人の警官が戻ってきた。やはりヒカリは見つからなかったらしい。

「誰もここを通らなかった？」

久平が動かずにいるのを見て、サングラスの方が訊いた。

「誰も来ませんよ」

「とすると、松林から通りに出たかな？　よくわからないが感づかれたとしか思えないな」

久平のことを無視して年配の警官がサングラスに言った。

「悪いがあんた、女の子を見たら、保護してくれないかね。一一〇番してくれればいいから」

「はい」

「協力に感謝するよ」

年配の方がそこまで言うと、二人は大急ぎでそれぞれの自転車に乗り、二人そろって西に向かって走っていく。

久平はふと我に返って、もう一度、松林の中を見た。まさかヒカリの存在を見落としていることはないだろうが、念には念を入れておきたいところだ。

松林の中に一歩、踏み入れる。地面は思ったよりも柔らかだが、これは松の葉が絨毯《じゅうたん》のように積もっているからだ。薄暗くて、じめじめとしていて、緑の匂いがする。この松林、堤防に沿って東西に長く続いている。しかし南北の幅はせまくて、すぐ近くに民家の塀が見えた。

ヒカリがこういうところを一人で走り抜けるとは思えない。とすると、砂浜に下りたか、それとも誰かにさらわれたか。まさか、星に近いところの約束を守ろうとして、どこか高いところを目指したのだろうか。

念のため、辺りを見回したが高層建築など、見あたらないし、木登りをした形跡もない。

久平は考え込みながら自転車道に戻った。ヒカリの自転車は相変わらず転がっていた。確認のために、堤防から砂浜を見た。ヒカリがいるなら、わかるはずだ。

そこまで考えたとき、さっきの釣り人が目に入った。

ねずみ色のズボンにカーキ色のシャツ。ポケットのたくさんついたジャンパーを羽織り、紺色の帽子をかぶっている。手には釣り竿《ざお》を持っていたが、まだ何か車から出そうとしているようだ。だが、その車の様子を見たとき、急に思いついたことがあった。

久平は堤防から飛び降りて、その車に近づいた。

釣り人はどうやらゴムボートを膨らめようとしているらしい。

この遠州灘にゴムボート？　そりゃあ、無理だろう。というより、なぜここでボートを出そうとする？

「あんた、これ以上やると、大声をあげるよ。警察はすぐ近くにいるはずだから」

釣り人に向かって、いきなり強い口調で言った。

「何でしょうか？」

「ナガレボシさん、いや、坂谷隆盛さんと呼んだ方がいいかな？」

久平はそう言いながら、釣り人の帽子を取った。太陽の光に、坂谷隆盛のにやけた顔が浮かび上がった。

「ばれたか」

「警察が来る前に匿《かくま》ってくれたことには礼を言うが、そのボートで遠州灘に出るというのはいただけない。だいたい約束違反じゃないか」

「約束？　どんな約束だったかな？」

「ヒカリのためなら争いごとはしない。警察に渡さないのなら、それで良いって」

髭面《ひげづら》は笑顔を歪《ゆが》ませた。久平はジープの中に向かって、

「ヒカリ、もういいから出てこいよ。このままだとナガレボシに連れて行かれちゃうぞ」

その言葉にジープの奥の毛布が動いた。

「ボクを連れて行く？　ナガレボシはそんなこと言わなかったよ」

隆盛は慌てて、

「ヒカリ、そうじゃない。俺と一緒に来た方がずっと安全だ。……この久平とかいう男と一緒だと、そのうち警察に捕まってセンターに戻されちゃうぞ」

ヒカリが顔を出し、久平の差し出した手をつかんだ。

「ナガレボシ、ボクは久平と行く。誘われてもロシアには行かない」

「行ってみて嫌だったら戻ればいい。やってみなければわからないことってあるだろう？」

隆盛は海を見た。向こうに漁船が見えたが、もしかしたらそれは隆盛の仲間かもしれない。

「警察が捜しているんだ。悪いが俺たちは先に行くよ」

久平はヒカリの手を引っ張った。あの警官たちがいつ戻ってくるか、わからない。自転車が残っているのだ。それを調べにくるのは間違いない。

「警察に連れ戻されるのが嫌なら、俺と一緒の方がいいだろう。連中は海まで追ってこられないんだから」

「ダメだね。俺が警察に教えるよ。あっという間に海上保安庁と自衛隊が乗り出すはずだ」

胸のポケットから携帯電話を取り出して見せた。隆盛の表情が一瞬、硬くなり、次の瞬間、

久平の手に引きちぎれるような痛みが走った。

驚いた。ヒカリも久平も声を出すことすらできなかった。そのくらいの早業で、気がついたときには、手をつないでいたはずのヒカリは隆盛の腕の中にいて、彼の片手にはサバイバルナイフが握られていた。

「な、何をする？」

久平が動こうとしたとたん、隆盛はナイフを光らせた。ヒカリの口は隆盛に押さえられている。だから喋れない。隆盛はプロだ。ヒカリの自由を奪うことなど、簡単にできるのだろう。

「その携帯を捨てるんだな。じゃないとお前にとっても俺にとっても不幸なことになる」

燃えるような目をしたヒカリは、手足をバタバタさせた。二つの手は、隆盛の腕をほどこうと必死に動いていたが、隆盛は気にも留めていない。

「まさかヒカリをどうにかするんじゃ……」

「ここでお前が携帯電話を壊すか、俺に渡すかして、ヒカリと俺を行かせるんなら、何もしないさ。もちろん、ヒカリの安全は俺が保障する。ただしこの馬鹿馬鹿しくも特殊な国からは出て行くがね」隆盛は腕の中のヒカリを見て、「ヒカリ、時間がないんだ。許してくれ。……お前に後悔させるようなことはないから」

久平は携帯電話を握りしめた。ヒカリの安全が第一なのはわかっている。だが、このまま隆盛の思い通りにしたら、二度とヒカリを取り戻すことは不可能だろう。

「ヒカリが嫌がっているんだ。嫌がっていることをやっていいと思っているのか？」

振り絞るように言ったが、隆盛は口を歪ませ鋭い目で睨《にら》み返すだけだ。

隆盛は久平の出方を見ている。もしも久平が動かなければ、ヒカリを本当に傷付けるか、久平に襲いかかるのか、そのどちらかになるのではないか。

と、そのとき隆盛が唸《うな》った。

「や、やめろ、何をする?」

ヒカリが隆盛のサバイバルナイフを掴《つか》んでいた。力のある隆盛も、まさかヒカリの手が自分のナイフに伸びるとは思っていなかったらしい。

「ナガレボシ、だったらボクは——」隆盛の手がヒカリの口から外れていた。「ボクは死ぬ。……ナガレボシがボクを殺してくれてもいい。だってボクなんか、作られた存在で、生きている価値なんか、ないんだから——」

ほとばしるような声に、隆盛がひるんだ。

「馬鹿、やめろ! ヒカリ、お前に死なれちゃ、困るんだ」

ヒカリは隆盛のナイフを両手で握り、自分の首に向かって必死で突き立てようとしている。隆盛はそれを大慌てで止めようとしている。

チャンスだと思った。

久平は渾身《こんしん》の力を込めて、隆盛に体当たりした。

ゴキッと骨がぶつかる音がした。砂浜の上に隆盛の身体が崩れ落ちると同時に、久平はヒカリの腕を掴んだ。

「ヒカリ、行くぞ。俺たちの旅はまだ途中なんだ」

隆盛は砂浜に転がっている。久平はそんな隆盛に向かって砂を掛けた。特に目と鼻と口を狙った。隆盛は目を押さえて転がった。久平に向かって立ち上がろうとしたが、目を開けられずに、再びその場に倒れてしまった。

　久平はヒカリの手を取って、堤防に向かって走った。ここに警察が来るのは時間の問題だ。何とかしてこの場からヒカリを連れ出さなければならない。

「ヒカリ、ナイフなんか捨てちゃえ」

　そう言いながら、ヒカリの手からサバイバルナイフを奪って、遠くに投げる。

　息を切らして堤防まで来た。ヒカリの自転車が転がっているが、それには触らないようにした。これを動かすと警察はヒカリが自転車で逃げたとわかってしまうからだ。

「ヒカリ、俺のリュックを背負って、後ろに乗れ。俺がこぐから」

　ヒカリはすぐに久平の意図を理解した。久平の乗ってきた自転車は、婦人用で荷台がついている。久平が自転車に乗ると同時に、ヒカリが久平の背中にしがみついてきた。必死だったから重さを感じなかった。

　隆盛の様子を見た。彼はやっとのことでジープの横に立ち、ヒカリと久平の方を呆然《ぼうぜん》と見ていた。追い掛けてくる様子はない。

　ヒカリを後ろに乗せて、自転車を走らせた。少し先に行けば道は防砂林の中に入っていく。そうすれば多少は見つかりにくくなる。久平も必死だったが、ヒカリもそうだろう。ヒカリは何も言わなかった。ただヒカリの体温だけが背中に伝わってきた。

　そして何とか国道につながる小道を通り過ぎ、防砂林の奥に入ったところで、やっと久平は息をついて自転車から降りた。

「ヒカリ、少し休ませてくれ」

久平はヒカリにそれ以上の言葉を掛ける余裕がない。ただ息を整えながら、考えを巡らせた。最先端科学センターに連絡を取ったときのヒカリの言葉と涙、その後の硬い表情。そして隆盛とのやり取り。ヒカリの心がどこをさまよっているのか、気になるところではある。しかし、今、久平が考えなければならないのは、警察と隆盛のことだった。

警察は安否確認のやり取りで、ヒカリの居場所を割り出した。ただし浜松の外だったから、警察は思ったようにできなかった。例えばさっきの二人だって、事件の深刻さをどれだけ理解していたかわからない。しかし今頃は掛川市の中央や浜松市から、たくさんのパトカーがこっちに向かって走っていることだろう。

とにかく先に進もう、と久平は考えた。

ヒカリの自転車がそのままなら、連中は、これ以上、自転車を探すことはしないはずだろう。

しかし——

問題は自転車が一台しかないことだった。

ふと久平は気がついて、胸ポケットから携帯電話を取り出し、義男を呼び出した。

すぐに彼は応答して、焦り気味の声が響いてきた。

——久平さん、どうした？　どうなった？　何か問題が起こったのか？

久平はその声に微笑んだ。彼の一生懸命さが久平に安心感を与えたからだ。

「義男、俺たちは何とか大丈夫だが、お前はどうだ？　どこにいて、何をしている？」

——僕は大須賀の例のショッピングセンターにいる。どうしていいか、わからなかったから、とりあえず久平さんたちの近くに行こうと思ったんだ。

「じゃあ、義男、悪いけど、そのショッピングセンターで自転車を一台、買ってきてくれないか？」

——自転車？

「ヒカリの新しい自転車だよ。その辺においてあるのを盗んでくるのはダメだぞ。もしも誰かに見つかったら、すぐ近くに警察がうようよいるから、すぐにつかまっちゃう。……ここは馬鹿正直にヒカリのサイズに合いそうなヤツを買ってくるんだ。いいか？」

——わ、わかった。買ったら、すぐに久平さんたちのところに届けるよ。……そうすると、たぶん東大谷川がいい。そこの橋のところで待っていてくれればいいよ。

こういうときGPS機能は役に立つ。東大谷川がどこなのか、久平にはわからないが、義男がそこだと言えば、それでいい。勝手にヤツが見つけてくれるだろう。

「ヒカリ、行こう」

久平は自転車を押して歩き始めた。歩きながら今度は隆盛のことを考えた。

彼はどうやって久平たちの居場所を知ったのだろうか？　そして彼は、このあとどういう行動を取るつもりだろうか。

4

大須賀のショッピングセンターにあるファストフード店が現場だとわかった。

そこにあるフリースポットと呼ばれる無料のアクセスポイントを利用して、連中はインターネットに接続したのだ。

現場が特定されて七分後、パトカーがそこに急行した。そして店員を質問攻めにした結果、連中が店の外からアクセスしていたことがわかり、さらに聞き込みを続けた結果、一組のカップルが、不思議な女の子を目撃していることがわかった。

ショートカットの女の子。十歳くらい、というから、ヒカリに間違いはない。

写真を見せたら似ていると言った。遠くからだったため、断定できない、と言う。

だが、もっとも不思議だと思うのは、その女の子が一人でそこにいて、見た感じ、何の不自然さもなかったということだ。誰かに脅されている風でも見張られているようでもない。一人の男が近くにいたが、二人に何らかの関係があったかどうか定かではない。

近くにいたカップルは、その女の子が自転車でその場から去っていくのを目撃している。すぐに近くにいた男の方がどうだったのかはわからない。ちょうど学生の集団が自転車でその店にやってきたところで、紛れてしまったからだ。

店の中で、学生たちにも話を聞いているが、こっちは全く参考にならない。連中は互いのお喋《しゃべ》りに夢中で、周りのことなど、何も気づいていなかったのだ。

こうして聞き込みが終了するまでに、さらに十分がかかり、その結果、自転車道への配備は、現場特定の二十分近く後になった。

そのうち、掛川市の南、弁財天川の河口付近を通る自転車道で、ヒカリと思われる少女の自転車が発見された。その直前には、一人で自転車に乗っているところが目撃されていて、警察の動きを察知されたためか、その場所からヒカリは忽然《こつぜん》と姿を消したという。

近くにいた者から、砂浜をジープが走り去ったとか、国道沿いに怪しい外国人の集団がいるとか、様々な情報が入っているが、どれも確認がとれていない。よって現在、ヒカリは自転車から降りて、犯人グループの車に収容されたか、徒歩のまま付近に潜んでいるか、どちらかであると考えられていた。

敦子は捜査本部の混乱の中にいて、次々に命令が出されていくのを見守っていた。

本部の中央には、現場付近の地図が広げられ、そこにはいくつもの付箋《ふせん》が付けられている。現場から同心円が何重にも引かれ、主要な道路には検問を示す赤い印が入っている。自転車が発見された場所にも、同じように印があり、現在ではそこを中心とした道路全てを封鎖しているとのことだ。掛川警察署からは、次々にパトカーが緊急配備され、敦子の仲間である県警特殊捜査班のメンバーも浜松から現地に向かっていた。

はじめから敦子は、現場に乗り込まないつもりだった。

最先端科学センターから掛川の現場まで、サイレンを鳴らして乗り付けても一時間はかかる。それだけの時間があれば、捕まるか、捕まらないか、結果ははっきりとしてしまうことだろう。だとしたら、本部から全体を把握し、次にどんな手を打てるか、検討していた方がいい。

それに例の倉庫から車で走り去った二人組の件もある。敦子はこの事件に関与しているのは確実だと考えていたが、たとえそうでなかったとしても、あれはあれで重要な捜査対象だ。今のところ、車も二人組も忽然と消え去ったことになっているが、有力な情報がいつ得られるかしれない。

「自転車だったとはね」

丸之内が話しかけてきた。

「自転車なら検問に引っかかりません。現場の位置から考えると、浜松から遠州大橋を通って、ずっと自転車道を来たんでしょう」

「まあ、それはいい」丸之内は捜査本部の様子に気を配りながら、「問題は別のところにあるとは思わないか？」

「子どもが一人でいたことですか？」

「そうだ」丸之内の目が見開かれた。「証言をそのまま信じれば、ヒカリという子どもは一人でコンピュータを扱っていたという話じゃないか」

「狂言誘拐の線はどうでしょう？」

「木田刑事はそう思うのかね？」

「一人でいることを説明するとすれば、それが最もわかりやすい解答です。しかし――」

「しかし？」

敦子は首をひねりながら、

「あの子は天才ですが、日常的なことは全くできなくて、一人であれだけのことをするのは不可能だろう、というのが清水唯をはじめとする科学センター関係者の言い分でした」

「うん。そういう話は聞いている」

「となると、課長。次の二つのうち、どちらかでしょうね」敦子は頭の中を整理しながら続ける。「犯人グループがヒカリさんを利用しているのか、それともヒカリさんが犯人グループを利用しているか――」

丸之内が天井を仰いだ。

「なるほど。そういう整理の仕方があるな」

「こだわるわけじゃないですが、もしもあの二人組が犯人なら、ヒカリさんに利用される、ということもあり得ると思うんです」

「逆に、坂谷隆盛ならあの子を操ることもあり得るんじゃないか？」

敦子は曖昧《あいまい》に頷《うなず》く。

「可能性はあります。ですが、課長、ヒカリさんの出生の秘密を考えると、坂谷隆盛を持ち出さなくても、彼女がここから出て行ったことの説明がつくと思うんですが」

丸之内は目玉をぎょろりとさせた。そして鋭い視線を敦子に向けて、

「君が説明を試みるのはかまわないが、大切なのは事件を解決することだ。……この事件は複雑怪奇だよ。キリル文字、オークション、国家機密に犬型ロボットの六十二号――。まあ、いろいろあるが、いずれにしろ……」丸之内は口をへの字に曲げて、「君が暴いたあの子の謎のことを整理しておく必要があるだろう」

いつになく重々しい口調に敦子は思わず、頭を下げた。

「勝手なことをしてしまって、すみません。このことを知っておかないと根本的な解決にならないと思ったので」

丸之内はふうっと息をついて、

「もちろん君の意図はわかっているが、何しろ相手は国だ。江藤調査官の立場を考えると、状況はどうあれ、あんな風に唯さんが発言するのは非常に困る。しかも、その秘密を暴くのに君

と早川刑事が一枚噛《か》んでいたというじゃないか」

敦子はただ頭を下げる。丸之内はその様子を見て、微笑んで、

「まあ、済んだことはいい。あの場にいたのは県警の猛者《もさ》のみ。秘密を漏らす者は皆無。よって、私が本部長から注意を受けたくらいどうってことはない。それよりも、この情報を整理して、事件解明に結びつけるのが我々の仕事ということだ」

辛《つら》くなった。自分が叱られるならまだしも、自分が尊敬する上司が注意を受けたとは。しかも、その上司は自分の気持ちを理解してくれている。ここに来て自分の見通しの甘さに怒りがこみ上げてくるが、だからこそ事件を解明することで丸之内に報いたいと考えた。

「課長、あのとき、ヒカリさんが外国語で何を叫んだのか、知りたいんですが、教えて頂けないでしょうか？」

「そうだな。どうしたって、そのことを整理しないと始まらないだろう」

丸之内の前向きな言葉に、敦子は頭を下げて、さらに言葉をつなげた。

「課長、これはお願いなんですが、清水唯さん、あの人にも聞いてもらった方がいいと思うんです。機密事項であることをもう一度、確認した方がいいでしょうし、彼女を仲間に入れておかないと、次に進めないように思うんです」

「次に進めない、というと？」

「ヒカリという天才児と犯人グループの関係がどうであれ、ヒカリさんが、いわゆる普通の人質でないことははっきりしています。つまり、ヒカリさんは、犯人と対等、もしくはそれに近い立場にいるわけで、となると、ヒカリさん自身の気持ちも、この事件には大きな影響を及ぼ

していると考えるべきでしょう」

敦子の心には、唯と一緒に暴いたヒカリの出生にかかわる事柄が浮かんでいる。

全てをしっかりと理解したわけではないが、ヒカリは通常の生まれ方をしていない。敦子にはよくわからないが、アニメやSFの世界にあるような、人造人間、アンドロイドに近いように思う。

「今後、犯人グループは身代金の受け渡しを要求してくるでしょう。……でも、その陰には必ずあの子がいます。身代金の受け渡しにあの子がどのようなかかわり方をするのかはわかりませんが、それが成功しても失敗しても、次に来るのは、ヒカリという子どもの気持ちです」

「どういう気持ちだね？」

「あの子が科学センターに帰る道を選ぶか、そうではなくて、別の道を選ぶか」

「あの子が選ぶのかね？」丸之内は考えながら、「身代金がかかわってくるとしたら、犯人グループに主導権がある、そう考えるべきでは」

敦子は丸之内の言葉を遮って、

「だったら、犯人グループは、ヒカリさんを一人にしません」敦子は少し強い口調で、「だいたいヒカリさんはこの科学センターから自分で出て行ったんです。誘拐されたのではなく、自分から出て行って、たぶん自分から犯人グループに接触したか、偶然の出会いがあった……」

丸之内は敦子を見つめている。敦子は丸之内に自分の気持ちが届いているのを理解して、

「ですから、私としてはあの子の気持ちをちゃんと受け止めておく準備をしなければならないと思うんです。身代金の受け渡しのあと、あの子にちゃんと戻ってきてもらわなければ、この

事件は終わらないわけですから」

丸之内はそこで立ち上がった。

「わかった。私が江藤調査官に掛け合って、あの子の秘密についてきちんと話をしてもらうようにしよう。もちろん清水唯さんが同席できるように取りはからおう」

「ありがとうございます」

敦子は心の底から、自分の上司に感謝していた。

5

その場にいるのは、唯の他に、木田敦子刑事、江藤調査官と丸之内警視正、そして広岡事務長だった。

江藤は不機嫌さを隠していなかった。一方、木田敦子は落ち込んだ様子で、たぶんヒカリの謎をあれこれ詮索《せんさく》したことが原因で、叱られるか責められるかしたのだろうと唯は想像した。

「今回、話題にするのはヒカリのことですが、これは国家機密です。話の流れ上、下手に誤解されるよりも正確な情報を得て頂いた方が良いとの判断でお話ししますが、このことは親、兄弟はもちろん、どんな事情があろうとも他言はできません。守秘義務があることを承知して頂き、その件について誓約書を提出して頂きますが、異論はありませんね？」

江藤の話は異論がないことを前提とした話であるし、それは唯も承知している。

無言を了承と理解し、江藤が話を続けた。

「最初にヒカリのことについて、正確な情報をお伝えします。それをお話しするのは、たぶん広岡先生にお願いするべきだと考えます」

江藤が広岡のことを、先生と呼ぶのはこれが初めてだった。だが、広岡はそれが当然のように頷いて、話を始めた。

「私は、事務長という職に就いていますが、元々は研究者でした。それも遺伝子工学を専門としています。……皆さんも御存知だと思うのですが、十年ほど前に、ある日本人研究者がノーベル生理学・医学賞を受賞したんです」

「確か、名前を安斉泰一と広岡謙二っていう二人の研究者……」敦子がそこまで言って広岡の顔を見つめ、確認するように、「広岡謙二という研究者が……」

広岡は頷いて、

「それが私です。……私は遺伝子操作の研究をやっておりました。安斉先生……、彼も優秀な研究者で今はその手の研究からは引退していますが、その先生と一緒に人間の遺伝子治療に関する新たな方法をいくつか開発したというわけです」

その一方で彼らが政府から秘密裏に依頼されたのが、デザイナーベイビーの誕生に向けた研究だったと言う。

デザイナーベイビー。

これは、遺伝子をあらかじめ人工的にデザイン（設計）された赤ん坊を誕生させることだ。人類という種を変化させる、いわば神の領域にかかわることであるため、倫理的な問題から国際的に禁止されている事柄だった。

しかし、それは表向きに過ぎないと江藤は言う。それなりの技術を持っている国々――アメリカ、ロシア、ヨーロッパの国々など——は、それぞれの国益のために、秘密裏に研究を進めている。日本も同様に十三年前からそのプロジェクトが始まり、その最もはっきりとした結果がヒカリだった。

「あの子はボランティアの女性の子宮で育ち、その後、産声をあげました。しかし、その前段階においては、私たちは考えられる限りの選別と操作を行ったんです。もちろん、それに至るには多くの試行錯誤があったわけなのですが。……ヒカリは我々が考える限り、完璧《かんぺき》な遺伝的可能性を持って生まれました。知的レベルはもちろん、想像力も集中力も、それ以外の才能も、そして健康や容姿に関することも。……それに、あの子が女性であることも、男性よりも女性の方が生物学的に強いということが理由となっているんです」

だからヒカリは最先端科学センターの中で育てられてきたのだ。だからヒカリの存在そのものが国家機密であり、研究対象でもあったのだ。

「坂谷隆盛のバックは、ロシアだと考えるべきでしょう。ロシアもデザイナーベイビーに大きな興味を持っている国の一つです。残念なことに、私は坂谷隆盛に心を許し、このプロジェクトの存在を知らせてしまった。そしてその結果、坂谷はヒカリに大きな価値を見いだし、大胆にもセンター内部に潜り込んできました」

そこで唯は思いついて質問をした。

「相模原博士は、どうなんですか？　ヒカリにどんなかかわりがあるんですか？」

江藤はそこで幾分、前屈《かが》みになって言った。

「唯さん、このプロジェクトは元々、神奈川県相模原《さがみはら》市で始まったんですよ。当時、安斉先生と広岡先生の共同研究室があったのが、相模原にある大学の構内だったので、それ以降、このプロジェクトは『相模原プロジェクト』と呼ばれるようになりました」

唯はぽかんとして江藤を見つめる。

相模原市だから相模原プロジェクト、そして相模原博士という存在——

つながりそうでつながらない三つの言葉に唯が首をひねると、江藤が静かに告げた。

「つまり、現実の世界に相模原博士は存在しません。相模原博士という架空の存在は、ヒカリの隠れ蓑《みの》として作られたんです。ヒカリの才能を世間に知らしめる手段の一つとしてね」

世界的に有名で、日本を代表する科学者がヒカリの隠れ蓑で架空の存在？

江藤の口から告げられた真実を把握するのに時間が掛かった。そして、世界が崩壊するほどのショックを受けた。

「では、あの人は……」

「あの人？」

「私はあの人……、背が高くて、こう、はっきりとした顔立ちをした、いつも上品な笑顔を浮かべている——あの人が相模原博士だと……」

「ああ」広岡が頷《うなず》いて、「あれが安斉ですよ。私の研究のパートナーで、ヒカリの出生のことにも私と同様にかかわった。……だから、あれも引退後、ヒカリの周りから離れられない」

特別な生まれ方をしたヒカリ。国の期待を背負ったヒカリ。

そして、相模原博士の虚像の陰に、ヒカリのどれだけの寂しさがあったのだろうか。

「だから相模原博士とヒカリは一心同体、別々に考えることはナンセンスだと……」

敦子が言うと、それに江藤が頷いた。

なるほど——。私が働いているところは凄《すご》い場所だった。この最先端科学センターの巨大な組織と敷地は、全てヒカリという少女を中心として成り立っていたのだ。

「……ヒカリの周りにはとても優秀な研究者が揃っていますが、その中でもヒカリの存在は特別です。……ヒカリは発想力、構成力、学習力と言った高度で柔らかな知的部分で、他の追随を許さない特別さを持っています。そうですね？　広岡先生」

広岡は重々しく頷いて、

「特にこの一年、ヒカリは核融合に関する画期的な理論を生み出しました。……もしもヒカリの理論が実用化されれば、その経済効果は数兆円とも無限とも言います。そしてその理論の全てが、現在、ヒカリの頭の中にのみ存在しているんです。——坂谷隆盛がそのことに気づいているかどうかは定かではないが、ヒカリは我々の希望であり夢であり、科学の可能性そのものなんですよ」

「わかりますか？」江藤が問うた。「あの子の価値がどれほどのものか。世界を変えるほどの理論を構築し、その全てはヒカリの頭の中にしか存在しない。しかもヒカリはまだ十歳、可能性も無限である。……我々がどんな犠牲を払ってでもヒカリを取り戻さなければならない理由を、これでわかって頂けるのではないでしょうか」

そこで江藤は区切りをつけるように、その場にいる一人一人の顔を順に見た。

「ここでのことは、国家機密です。秘密を漏らすと罰せられます。よろしいですか？」

冷たい言い方に、唯は憤りを感じながら応《こた》える。

「はい。それがヒカリのためになるのなら」

「もちろんです」江藤が即座に答えた。「我々はヒカリを守るために存在している。それがヒカリ自身の幸せと国益に直結するからこそ、国がヒカリを守っている」

「本当でしょうか？　本当にヒカリの幸せのためでしょうか？」

唯は負けずに言い返す。江藤に向かって、それから広岡に向かって。

「唯さん」江藤が射るような視線を向けた。「あなたはヒカリにとって、最も近しい存在ですし、そのことについて私は敬意を表します。しかし、今、話したヒカリの出生に関することは、私の許可なくして話すことを止めて頂きたい。――今回は結果として、ヒカリの現在所在地を知ることができたからまだ良かったが、これは国レベルの秘密です。その重さをしっかりと感じて頂きたい。……もちろん、それは相手がヒカリであったとしても、です。いえ、むしろ相手がヒカリであれば余計に、と言うべきでしょう」

カチンと来た。負けてられないと思った。

「どうしてですか？　ヒカリはもう知っているんです。それで悩んでいるんです。誰かがそこに寄り添わなければいけないでしょう？」

自分でも予期しないほど、激しい口調になった。しかし江藤は平然と、

「ヒカリは特別な存在です。よって、必要となれば、プロに対応させますのでご心配なく」

「プロに対応させる？」

「そうですよ。……それから、唯さんにもお話をしておくべきでしょうから、お伝えしますが、ヒカリが通信の最後に、ロシア語で話した言葉は、これです」

江藤はポケットからメモを取り出して、それを読み上げた。

——私が生まれる前に、どれだけの同胞が浜名湖に沈んでいったのか、あなた方は考えるべきだ。……私が成功したら、あなたたちは再び私のような者を創ろうとする。私のような不幸な存在は他に許してはならない——

ヒカリの叫び声が蘇《よみがえ》ってきた。ロシア語だろうが関係ない。あの言葉の調子には、ヒカリの悲鳴が含まれている。誰も信頼できないと、自分の味方はどこにもいないと、嘆いている。

「可哀相《かわいそう》なヒカリ……」

涙がこぼれた。

「つまり、それってあの子が自分でここから出て行った証拠ですよね？」

唯の隣で敦子が初めて口を開いた。

「どういうことです？」

江藤が訊《き》くと、敦子は半ば笑って、

「江藤調査官らしくないじゃないですか。……お忘れになったんですか？　ヒカリさんがいなくなった日、研究棟の外で見つかったキリル文字のことを……。そこにはこう書かれていたんですよね？　ヒカリは同胞の待つ世界へ——と……」敦子は泣き笑いの声で、「同胞とは、誘拐グループの仲間じゃありません。……つまりヒカリさんは全てわかっていたんです。自分がたくさんの同胞の末に生まれたことを。自分の前に、たくさんの犠牲があったことを。その犠牲となった同胞たちが、下水管を通って湖に流されていたであろうことを……」

涙が止まらなかった。だからヒカリは、自分が何のために生まれてきたのかと問うたのだ。

「死ぬ気だったのね、ヒカリ――」唯は顔を上げ、江藤に向かって、「ヒカリは死ぬ気だったんです。自分の兄弟のところに行くつもりだったんです。それでここから飛び出していったんです」

感情が抑えられなかった。ヒカリのことが不憫《ふびん》でたまらない。そして自分が情けない。どうしてヒカリの辛《つら》さを感じ取ってやれなかったのだろうか。

「唯さん」敦子が唯に優しい視線を投げかけた。「ヒカリさんは、あなたに怒りをぶつけたんじゃないからね、そこのところを忘れないで」

「どういうことですか？」

「ヒカリさんはね、江藤調査官や博士たちに向かって言ったんだと思うよ」

「そうでしょうか？」

「だって、ロシア語だったでしょう。あの子は自分の出生が秘密であることを承知していて、それを暴いたときの影響もわかっていて、ロシア語を使ったと思うんです」

敦子の興奮気味の言葉に、広岡が静かに続けた。

「ヒカリにロシア語を教えたのは江藤ですよ。江藤だってヒカリの天才ぶりには期待していた。もちろん私もロシア語を話すことができるが、江藤ほどじゃない。もちろん、それはヒカリも知っていてね……」広岡は苦しそうに顔を歪《ゆが》ませて、「だから、ヒカリの怒りは我々に向けられているのは確かなことだろう」

「じゃあ、どうするんですか？」

思わず唯が訊いた。広岡は唯の顔を悲しげに見つめ、ふうっとため息をついた。

唯はいつも通りの無表情でいる江藤に向かって、

「さっきヒカリの悩みにはプロが対応するっておっしゃいましたけど、どんなプロがあの子の悩みに寄り添うんですか?」

江藤は表情を崩さずに応えた。

「今のところ、精神科の医師を考えています。 ヒカリは特殊な存在だからこそ、あなたのような素人に任せるわけにはいきません。わかりますか?」江藤は唯の返事を待たずに、「ヒカリはあなたに打ち明けずに外に出て行きました。つまり、ヒカリはあなたに相談できなかった、そういうことじゃないですか?」

悔しかったが、言い返せなかった。ヒカリが唯に何も言わなかったのは、江藤の言う通りだ。だから唯は沈黙する。そしてこれ以上、自分はここにいられないと思った。ヒカリが無事に帰ってきたのを見届けたら、この仕事を辞めるべきだろう。

6

うまい具合に義男が自転車を持ってきてくれた。義男の乗っているのは三ヶ日ミカンの文字が入った小型のバンで、荷台にショッピングセンターで買った新品の自転車を横たえ、ゴトゴト音をさせて運んできてくれた。

自転車さえ手に入れれば大丈夫、その後は順調だった。疲れはしたが、ヒカリと久平はどんどん前に進んだ。浜岡原子力発電所に近づくと、海岸沿いの道はなくなってしまう。たぶんセキュリティの問題だろうが、他に抜け道もなく、御前崎に行くには車と同じ、国道一五〇号線を通るしかない状況だ。監視カメラが至る所についていたが、車しか映らない位置であることを確認して、久平たちは歩道をどんどん進むことにした。

いつの間にか、太陽は西に傾き薄暗くなってきた。

久平たちは夕日を背中にしょっている格好になった。風が冷たいが、起伏が激しい道路なので、久平は必死だった。警察の気配はない。ヒカリの自転車をあの場に残したことが功を奏したらしい。この分だと予定通り夜までには藤治郎の従弟《いとこ》の家に到着することができる。

原子力発電所の前を無事に通り過ぎ、長い下り道になった。

このまま真っ直ぐ行くと、御前崎の灯台の方を通らずに駿河湾《するが》に抜けることになるが、それでは目的地と違う。

だからヒカリと久平は、道を下ってすぐのところを右折して、御前崎の海岸を目指した。

急に車が少なくなった。歩行者も自転車もない。再び海の匂いが風に乗っかってやってくるようになる。起伏のある道を進んでいるうちに日はどんどん落ちていって、横を通り過ぎる車のヘッドライトも点灯されるようになった。

一番長い坂を上りきると、灯台が見えた。明るい光が、薄闇を切り開き、太平洋に向かって伸びている。ここまでくれば大丈夫。坂を下りきった後、自転車を適当なところに止めて、もう一度、坂道をあがれば、目標の家があるはずだった。

暗くなったことで、警察に追われる心配も減った。そう考えていたときだ。

正面から来た車がやけにゆっくりだと思った。

ヘッドライトが下から上へと動いてきて、ヒカリと久平を照らし出した。思わず手をかざす。

横を見ると、ヒカリがヘッドライトの正面から当たり、顔が白く光っている。車はわざとスピードを落として走っているようだった。

「ヒカリ、逃げるぞ」

思わず久平は叫んだ。

ヘッドライトを照らしていたのが、パトカーだとわかったからだ。

ヒカリが飛び出した。幸い下り坂だったからすぐにスピードが出る。久平もあとに続いた。

パトカーの中から何か声が聞こえるが、無視した。

片側一車線ずつの道路だ。Uターンするには、何度も切り返しをする必要がある。それに久平たちが走っていた側にはガードレールがついている。慎重にやらないとぶつけてしまうだろう。

思った通り、パトカーはすぐに追ってこない。この隙に海岸まで突っ走ってしまおう。そうすれば、分かれ道があるし、隠れる場所もある。

風が耳で鳴っている。

ヒカリのスピードはかなり速い。久平も必死でついていく。たぶんヒカリは全くブレーキを握っていない。久平も、ここで遅れを取るわけにはいかない。

背後でサイレンが聞こえた。ついにパトカーが戻ってくる。

だが、ヒカリも久平も既に御前崎の海岸に近づいている。サーファーがいる。思ったよりずっとたくさんの人が海辺にいる。

「ヒカリ！」

久平が呼ぶと、ヒカリが少しブレーキをかけた。

「自転車を捨てるぞ」

返事はないが、理解しているはずだ。

久平がヒカリの前に出る。真っ黒いウエットスーツに身を固めたサーファーの一団は、パトカーのサイレンに顔を上げていたが、その理由が久平たちとは思っていない様子だ。

久平は彼らの間をすり抜けるように走った。そして車が通っていないのを見計らって、道路を横断し、山側に動いた。

いくつかの無料駐車場を過ぎて、山の中に入る道を見つけると、そこへ自転車を走らせた。上り坂だ。だからすぐに自転車を降りる。ヒカリがついてきているのは気配からわかる。すぐ近くにある標識のかげで自転車を降りて、そのまま捨ててしまった。

「さあ、ヒカリ、こっちだ」

ヒカリは無言でついてくる。久平は山道をそのまま登るのではなく、横の山の中へと入り込んだ。警察はすぐに追いつくだろう。そして、サーファーたちに話を聞いて、久平が山側の道に入ったことを知るだろう。だから、そのまま中に入らないのが肝心だ。

ここは裏をかいて、海側に出ようと考えた。

無料駐車場の裏手に出る。公衆トイレの建物の裏に潜み、あたりの様子をうかがう。

ヒカリが久平のすぐ近くに来て、そっと手を握る。

「久平?」

ヒカリが心細げに言った。

「大丈夫。……それより、お前、速かったな。あんなに速く走れるとは思わなかったぞ」

「だって警察に連れて行かれるのは嫌だったから」

「そりゃあそうだ。ここまで来たんだ。俺だってお前を渡すわけにはいかない」

赤色灯が見えた。サイレンの音はいつの間にか消えた。パトカーから制服姿の警察官が何人か降り立った。たぶん無線で本部には報告済みだろう。となると、そのうちこの辺は警察だらけになる。

久平はヒカリの手を引っ張った。

すぐ近くに小さな川があった。水路と呼ぶべきかもしれないが、その川は道路の下を通って海に流れ込んでいた。闇に紛れて海に出るにはこれしかない。汚れるのは嫌だが、そんなことを言っている場合ではない。

ヒカリを半ば強引に引っ張って、水路の中に入った。膝《ひざ》まで水があった。

そのままぐいぐいヒカリを引いて、トンネルに入った。道路の下は真っ暗だった。膝のあたりに海草のようなものが引っかかった。

海の匂いと泥の臭さが混じっていた。気持ち悪いし冷たいが、気にせずにどんどん歩いた。

ヒカリの手を握りしめて、何とかトンネルから出ると、全てが海だった。暗い海の向こうに水平線があって、そこに貨物船の影があった。

紅《あか》い西の空から、暗い東の空まで、微妙な色のスペクトラムだった。月は既に天空から西にあり、東の暗い空には星が出ていた。

「ヒカリ、こっちに来い」

冷たくなったヒカリの手を引っ張って、トンネルの横に動いた。背中を道路の壁に付けて、二人で並んで立った。

頭上からはいろいろな音が聞こえた。車の音、無線機の音、靴の音、人の声……。だが、連中は自分たちに気がつかないだろう。トンネルの入り口に少しだけ入り込んだ壁にくっついているのだ。海岸まで降りてきたって見つけるのは難しいだろう。

「なあ、ヒカリ」

「何だ、久平」

「しばらくこうして、空と海でも見ているっていうのはどうだ?」

「いいんじゃない」

久平はヒカリの肩を抱いた。ヒカリがしがみついてきた。

※

ずいぶん、長い時間がたった。

すっかり日は沈み、空も海も真っ暗だった。

時々、ぐるりと遠くの海が光るのは、御前崎灯台のせいだ。

潮風にも慣れた。水に濡《ぬ》れていた足下も、いつの間にか気にならなくなった。

星が綺麗《きれい》に光っていて、それが昔のことを呼び起こした。

久平の生まれ育ったところは、伊豆の山奥で空が狭い場所だったが、闇が深い分、星の輝きは美しかった。息子が幼かった頃、彼を背中に星を見上げ、その美しい輝きに我が子の健康と幸せを願ったものだ。

「ヒカリ」

「何？」

「急に思い出したんだけど、俺たち人間って、星のゴミからできているって言ったっけな」

「うん。……星が爆発してできたゴミが固まったのが地球で、さらにその中で無理矢理、できあがったのが人間……」

「そうだったな」

「で、その人間の中でも、無理矢理作られて生まれてきたのがボク……」

久平はヒカリの言葉をどう捉《とら》えるべきか、考えながら、

「お前、さっきどこかの国の言葉で叫んでいたのって、そのことか？」

ヒカリが久平を見た。真っ黒い瞳《ひとみ》の中に星が宿っていた。

「そうだ」

低い声だった。

「何て言ったんだ？」

ヒカリは答えない。波の音だけが繰り返されている。

「ヒカリ、言えなかったらいいが、一緒に警察から追われている仲じゃないか。話したらすっきりするんじゃないか？」

思わず自分の胸にヒカリを引き寄せた。ヒカリは何も言わない。ふと見ると、ヒカリは手で涙をぬぐっているところだった。

「どうした？　そんなに辛《つら》いことなのか？」

「久平、ボクね……」ヒカリはまるで少女だった。「ボクは実験室の中で作られたんだ。普通の人間のように、お父さんとお母さんから生まれてきたんじゃなくて、シャーレの中で組み合わされて、どこかの誰かに借りた子宮から生まれてきた」

意味がわからなかった。

「どういうことだ？」

「ボクはね、実験動物なんだよ。本当はやっちゃいけないことなのに、天才を作り出そうって、遺伝子を秘密でいじって、ボクを作ったんだ。だからボクはあんなところに閉じこめられていた」

そこまで言われて、久平は理解できた。

そうか——、そうだったのか……。

「だからお前、死のうとしたんだな」

自分が恥ずかしくなった。俺は金と体裁で死のうとしたが、こいつは違う。もっと大きい動きの中で苦しんでいた。

「ボクが生まれるまでにたくさんのボクが死んでいる。——それに、ボクがうまくいったら、連中はボクをもう一人作る。ボクの細胞からクローンを作って、どんどんボクみたいな変なヒトを創り出す。……だからボクは成功してはいけない。生きていたらいけない、そう思った」

なぜか久平も涙ぐんでいた。こんなに頭が良くて綺麗《きれい》な心を持っているヒカリを、こんな風に苦しめるなんて、許しておけない。

「久平？」

「何だ？」

「あのね、ボクがサガミハラなんだよ」

「え？　どういうことだ？」

「世界的に注目されているサガミハラってね、ボクのことなんだ。ボクのために創りだしたファンタジーなんだ」

さらに謎が解けた。荒唐無稽《こうとうむけい》な話に思えるが、ヒカリとつきあえば、それが本当であることも十分に理解できる。

「ボクはね、既に成功し始めている。このままじゃいけない。このままだと、連中はすぐに第二のボクを創り出す。だからそうなる前に死ぬしかない」

この野郎、と思った。どうにも許しておけないと考えた。ヒカリをそんな風に追いつめやがって、この俺が何とかしてやるぞ、と何の権限もないのに怒っていた。

久平はヒカリを見た。愛《いと》おしいと思ってヒカリを抱き寄せる手に力を入れた。

「お前、死ぬなよ」

半分、怒ったように言った。

「どうして？」ヒカリは急に声を荒げて、「どうせボクらは宇宙のゴミなんだよ。生きようが死のうが、関係ない。ボクなんか、人間なのか人間でないのかもはっきりしなくて、生きているのか生きていないのかもわからない。そういう存在なんだぞ。……生きていたっていいことなんか、まるでないんだから」

どこかで聞いたような言葉。

──生きていたっていいことなんか、まるでない──

そうだ、いつだったか息子が言った。学校なんか面白くない。勉強したっていいことはない。大人を見ていればわかる。このまま生きていたっていいことなんか、まるでないって。

「なあ、ヒカリ」ゆっくりと久平は語り始めた。「お前の理屈だと、この地球全部が宇宙のゴミなんだな」

「うん。……でも、それはボクの理屈じゃない。真実だよ」

「わかった。だが、それが真実だろうが嘘っぱちだろうが、そんなことはどうでもいい。問題は、お前がそう信じているってことだ」

ヒカリはまだ何かを言おうとしたが、それを久平は制して、

「じゃあさ、ヒカリ。──地球がゴミなら、月もゴミだな」

「うん」

「……地球がゴミってことは、この海もゴミだな」

「うん」

「じゃあさ、海を見てみようよ」

そう言ってから久平は黙ってヒカリの肩を自分に引き寄せた。

ヒカリの体は小さくてあたたかだった。自分の胸の中にすっぽりと入ってしまいそうだった。

「なあヒカリ、海は動いているよ」

「うん」

「波が行ったり来たりしているよ」

「うん」

「それから、月も動いているし、地球も動いている」

「うん」

「この宇宙では、ゴミが動いてるんだぞ。わかるか？」

久平は自分でそう言ったくせに、何を言っているのかわからなくなっていた。

「ほら、波もお月様もそうだけど、宇宙ではゴミが動き回っている。……なあ、そうだろ？」

「うん」

久平は何となく楽しくなってきて、

「連中の動きはみんな規則的だ。リズミカルでね、まるでダンスしているみたいじゃないか」

久平はヒカリを胸の中に入れながら、波のリズムに合わせて、ゆっくりと揺れてみた。

「ほら、ザブーン、ザブーンって、踊ってる」

ヒカリの頭が久平の胸にある。久平はヒカリを後ろから抱きかかえて、軽くステップを踏む。

「ザブーン、ザブーンって踊ってる」久平は半分、笑って、「こいつら、ゴミ屑《くず》のくせに踊るんだ」

「月も踊ってるのかもしれないね」

ヒカリが急にそう言った。久平はヒカリの言葉に驚いたけれど、嬉《うれ》しくなった。

「そうだ。お月様も踊ってるし、地球も水星も火星も踊ってる」

「太陽の周りで？」

「そうだ。太陽の周りで踊ってる。……みんな輪になって、まるでキャンプファイヤーみたいに太陽を囲んでさ。――なあ、ヒカリ、地球や月も俺たちと一緒、みーんな星の屑に違いないんだから、踊ってみるか」

久平は海岸に一歩踏み出して、ヒカリの手を引いた。

もちろん久平は踊りなんか知らない。だから適当にザブンザブンと口ずさみ、適当なメロディとリズムをくっつけて、ヒカリと向かい合って踊った。

「そうか、みんな踊ってるのか」ヒカリが久平を見上げて言った。「星も太陽も、地球も――、それから原子の中ではクオークたちも踊る。もちろん久平とボクも踊る」

「そうだよ、ヒカリ。ボクらは踊ってる。もしかしたらどこかの星だったときのことを、想い出してるのかもしれない」

踊れば楽しくなる。

楽しければ、ゴミでも何でもいいだろう。

ぐるぐる回っているうちに、ヒカリがくすくす笑い出した。

久平はびっくりしてヒカリを見た。この子がこんな風に声をあげて笑うのを初めて見たからだ。

「久平、ボク、楽しい」

「そうか、楽しいか?」

久平は嬉しくなって、さらに奇妙なリズムとメロディで踊った。ヒカリはゲラゲラ笑った。

いつの間にか、腰までびっしょりになっていたけれど、そんなの関係なかった。

——ボクらは、星屑、星屑のダンス、ボクらは星屑、ゴミだけど〜、楽しく踊れば大丈夫——

奇妙なダンスにヒカリは大笑いをし、疲れ果てたところで、久平はヒカリを抱きしめた。

「お前はいい子だよ。天才だとか遺伝子がどうのとか、そんなの関係なく、かわいい、いい子だ。……俺はお前のお父さんか、恋人になりたいくらいだ。そのくらい大好きになった」

十歳の女の子相手に、四十代の自分が愛の告白をするなんて、間抜けだと思った。

だが、真剣だった。

7

それから間もなくして、ヒカリと久平は藤治郎の従弟《いとこ》の家を訪れた。

パトカーがうろうろしていたが、警察官の姿はとりあえず見えなくなった。だから、久平は慎重に移動を開始した。目的地は御前崎灯台の近くだったから、海岸から灯台の下まで出て、そこから一気に山を登った。

面白かったのは、途中で藤治郎と出会ったことだ。

「待ちかねたよ」

釣り人姿に変装した藤治郎は、そう言って笑顔を見せた。

藤治郎はずい分前に従弟の家に着いていて、ヒカリと久平の到着を待っていたらしい。だが御前崎海岸にパトカーが集結したのに気づいて、かなり心配していたと言う。

藤治郎の従弟とその妻が何度も海岸を見に行ったが、もちろんヒカリと久平を見つけることもできず、義男と電話連絡するのが精一杯。義男が久平の携帯をGPSで探し当てて、御前崎にいることまで伝えてくれたが、それ以上のことは何もできず、警察が見えなくなってから、こうして近所を回っていたのだそうだ。

「義男はどうした？　こっちに来ないのか？」

「婆さんと連絡をした結果、例のアパートを借りることにしたんだってさ。……ほら、婆さんが言ってただろ？　死んだ旦那《だんな》の友人名義、秘密のアパートがあるって。それを早速、借りることにして、わしたちがいつ戻ってもいいようにして待つって言うんだ。これからの展開に対応するためにね」

そう言っているうちに久平たちは目的地の家に着いた。

藤治郎の従弟は、名前を山岡源五郎《やまおかげんごろう》という。この辺では有名な漁師なのだそうで、かなりの大邸宅に住んでいた。

「子どもが出て行っちまったからな、この大きな家に、婆さんと二人きりだ。部屋もたくさんあるぞ」

そう言って、ガハハハと笑った。

源五郎は、藤治郎と同じく、背が低くて、ヒカリとそうかわらない。

双子のように見えたが、違うのは漁師独特の日焼けと、筋肉質の身体だった。

部屋の中に入ると、その高級な調度品に驚いた。源五郎が言った通り、部屋数も多く、三人が別々の部屋を用意された。

源五郎の妻も優しくていい人だった。どう考えても胡散臭《うさんくさ》い三人組なのに、ただただ親切だった。汗と埃《ほこり》と海水で、本当にゴミ屑のようになったヒカリと久平を見て、さっさと風呂《ふろ》を準備してくれた。汚れた服はすぐに洗濯機の中に放り込み、どこから引っ張り出したのか、二人にぴったりの着替えまで用意してくれた。

ヒカリが風呂に入っている間、久平は藤治郎と話をした。

ヒカリの秘密のこと、その時のヒカリの様子などを正直に話すと、藤治郎は涙を流した。

「そうさなあ、あの子の背負っている物っていうのは、わしたちの想像を超えていたってことだ。……だから、百億円なんだ。だから、あのナガレボシとかいう野郎も必死になるんだ」

また藤治郎はこうも言った。

「人間ってものは、自分が何者か知らされず生まれてくる。普通だったら、周りの人間の様子を見ながら、自分ってものの位置を見つけたり諦《あきら》めたりするんだが、この子の場合はそうはいかなかったんだ。あれだけ特殊な環境の中で育てられた上に、自分っていうものを作る暇もなく、頭でっかちになっちまった。……あの子を作った人間は、あの子が特別だって信じていたし、まあ、そういうところもあったんだろうが、それでも子どもは子どもだよ。いくら天才だって、これじゃあ何が何だかわからなくなる」

言われてみればその通りだった。ヒカリは天才で特別かもしれない。でも、子どもであることは事実だし、そうであれば愛されなければならないのだ。

地球も人間も、ヒカリの言う通り宇宙の屑かもしれないが、子どもは子どもというだけで価値がある。それをヒカリは知らなかった。

「さっき義男とも話したんだが……」ヒカリの出生に関する話が落ち着いたところで、藤治郎が深刻になった。「あのナガレボシって野郎のことを、ちゃんとしておいた方がいいと思うんだ」

「そうだな。俺も気になっていたんだ」

「だいたい、お前の動きを把握しているところが気味悪いと思わないか？　特に自転車道を走っていたヒカリを、どうやって捕まえたんだ？……結果的には警察から匿《かくま》うことになって良かったんだが、一歩、間違えれば、そのまま太平洋におさらばされかねなかったよ」

「そうなんだ。偶然にしちゃ出来すぎだよなあ」

藤治郎は、うんと頷《うなず》いて、

「あの男、今でもヒカリを諦めちゃいない」藤治郎は身を乗り出して、「特に今、わしたちは警察にマークされていないところにいる。そうなると、あの男にとっては好都合になる」

久平は海岸での坂谷隆盛の様子を思い出した。あの男、最後にはナイフを取り出し、ヒカリの気持ちを無視しようとしたのではなかったか。

「あのときもギリギリだったんだ。もしも俺が気づかなかったら、そのまま連れ去られていただろうな。……ヤツのジープにはゴムボートが積まれていたし、海には漁船がいたしな」

「今になってわかるんだが、あの男、もともとあの子と浜名湖で落ち合うつもりだったんじゃないかな」

言われると坂谷隆盛が考えていたシナリオが見えてきた。

彼は、はじめからヒカリを奪うことを目的にして最先端科学センターに潜り込んだのだ。だが、セキュリティが思ったより厳しいとか、自分の正体が見破られたとか、何らかの理由により力ずくでの奪取を断念し、ヒカリが自分からあのセンターの外に出てくるように仕組んだに違いない。

ヒカリは頭の良い子だ。誰かの言うことを簡単にきかないし、脅しに屈するようなところもない。ヒカリを無理矢理連れ出すなんてことは、並大抵なことではないと理解したあげく、隆盛はあんな風にやわらかく、また理解があるような振る舞いをしていたのだろう。

「あの男はプロだよ」久平は自分に言い聞かせるように、「ヤツが本気になったなら、この家もぶっ壊されちまうかもしれないな」

藤治郎は首をひねって、

「まさかね。そんな大袈裟《おおげさ》なことはやらないだろう。あの野郎、警察を怖がっているんだ。目立つわけにはいかないから」

久平は一つ、頷いて、

「だが、不思議なのは、ヤツがどうやってヒカリの居場所を見つけたのかだ」

「臭いでもするんじゃないか?」

藤治郎はそう言って笑ったが、その言葉にピンと来たことがあった。

「わかった」

「何だ?」

「俺が発信器をつけられていたんだよ」

坂谷隆盛と高塚の倉庫で会ったときを思い出した。あれは昨日のことだ。自分が奪っていったくせに、ヒカリの居場所を教えろと、押し込み強盗みたいにやってきたときのこと。

ヒカリのことで争いはしない、などと寝ぼけたことを言いつつ、彼は突然、しゃがみ込み、久平の足に触ったことがあった。自分が蹴飛《けと》ばしたラジカセの埃を払うふりをしたが、あの行動には別の目的があったのではなかったか。

そこまで考えて、久平が立ち上がろうとすると、それを藤治郎が止めた。

「まさか、その発信器を壊しに行くつもりじゃないだろうね？」

「どうして？　壊さないとあいつ、ヒカリを奪いに来るよ」久平は少し興奮して、「あいつは化け物だ。俺たちが何したって止められない」

「そうかな？」藤治郎が首をひねった。「ここに来てもらった方が良くはないか？　例えば罠《わな》を仕掛けて待つことだってできる」

「罠、ねえ……」

「とにかくこの辺で野郎にはヒカリさんのことを諦めてもらわなきゃいけないと思うんだよ。それでないと、落ち着いて何もできやしない。だから発信器を壊しちゃいかんよ。そうすると、あの野郎、わしたちが感づいたのに気がつく」

「なるほど。……じゃあ、壊すのは後回し。とりあえず本当に発信器があるかどうか確かめてくるよ」

久平はなぜか物音を立てないように注意しながら廊下を歩き、玄関に行った。久平の靴は源五郎の妻が洗ったらしく中に新聞紙を突っ込まれて、立てかけられていたが、それを久平は慎重に手に取った。

発信器はすぐにわかった。あのとき隆盛に触られた左の靴に、石ころ程度の大きさの機械が見つかった。靴ひもの中に紛れていて、簡単にははがれないようになっていた。

「あれは防水だね。俺は素人だけど、あれは盗聴器ではないと思う。単なる発信器だ」

久平はリビングに戻って、藤治郎に言った。そして、座りながら続けた。

「あいつは確実にここに来るだろうが、問題はどういう罠を仕掛けるかってことだ」

既に隆盛はこの場所を特定してるだろう。ならば、どうすべきか。藤治郎と一緒に考えようとしたが、そこで話は一時中断となった。風呂から出てすっきりした顔になったヒカリが、源五郎の妻と一緒に戻ってきたからだ。

坂谷隆盛の件に、ヒカリをこれ以上巻き込みたくない——。藤治郎と久平はこのことを共通理解していた。なぜならば、ヒカリは隆盛のことを友達のように思っていたからだ。甘いかもしれないが、ヒカリには大人同士の争いを見せたくなかった。

久平が風呂に入っている間に食事が用意されていた。

御前崎らしく新鮮な魚介類を中心に、これでもかというくらいの御馳走《ごちそう》だった。

ともかく今は少しでも休もうと、大人たちは軽く酒を呑《の》み、ヒカリは食事の途中から居眠りを始め、結局、久平がヒカリを布団に運ぶことになった。

そこで藤治郎と久平は再びさっきの話に戻った。

坂谷隆盛は今夜、やってくるかもしれない。いや、あの男のことだ。ヒカリと久平の二人が疲れている今夜を狙うのは必然だろう。

だから何とかして、罠を作らなければならない。

久平も藤治郎も頭をひねったが、どうしても良いアイディアが見つからなかった。警察に見張りを頼むしかない、という冗談半分の話がまとまり掛けていたとき、近くで話を聞いていた源五郎がとんでもないアイディアを披露した。

「そういうときは、網を仕掛けりゃいいんだよ。網にからめてから考えりゃあいいだろう」

源五郎は本気だった。なぜなら彼は漁師で、彼の手にはホンモノの網が握られていたからだ。

8

その日の深夜——。

源五郎の家の玄関からリビングに続く廊下の端で、久平と藤治郎が息を潜めていた。浜松から御前崎まで自転車で走ってきたのだ。疲れていないはずもなく、夕食時に呑んだアルコールも手伝って、久平は何度もうつらうつらしたが、そのたびに藤治郎が頭をこづいた。眠いのはわかるが、お前がやらなきゃいけないんだ。ヒカリを守るのはお前の役割だろ——。

ヒカリはリビングの横にある和室で眠っていた。その部屋はちょうどこの家の中央にあって、どうやってもその部屋に入るには今、久平たちが待っている廊下を通らなければならないのだ。

源五郎夫婦の寝室は二階だったが、源五郎自身は久平たちの動きが気になるようで、階段を少し下りてきては様子を見ているらしかった。

廊下の天井に網が張られていて、久平たちが引っ張るとそれが落ちてくることになっていたが、そのあとはある程度、力ずくに押さえ込むしかなかった。そのとき漁師である源五郎の存在は大きかった。たとえ六十を超えた年齢だったとしても。

御前崎の夜は静かで、車の通る音もしないが、そんな中、微妙な変化を感じた。

違和感は着実に大きくなって、それが物音になった。

暗闇の中で藤治郎が頷くのがわかった。そして静かに玄関の方向を指さした。よく見えなかったが何か音がした。たぶん隆盛は何らかの方法で鍵《かぎ》を開け、玄関から堂々と入ってきたのだ。

それから間もなく、暗闇の中にさらに黒い影がゆっくりと現れた。その影が廊下の中央に来たとき、久平たちは計画通りの行動を開始した。

「それっ」

藤治郎がまるで投網《とあみ》をするように声を掛け、それが合図で藤治郎と久平が一緒に天井の網を落とした。

ガサッ。

そして男が倒れ暴れる音。さすがに悲鳴は聞こえない。網がかぶせられれば立っていられなくなる、という源五郎の話だったが、そう簡単にはいかなかった。

隆盛らしき黒い影は果敢にも立ち上がり、逃げだそうとした。久平は思わず男を押さえようとしたが、それがいけなかった。腕に痛みが走った。刃物で斬りつけられたのだ。

この混乱の中で、いつの間にかナイフを手にしていたとは驚いた。真っ暗だと言うのに、相手が坂谷隆盛だと確信した。

「この野郎……」

腕を押さえたが、怖くなった。相手の影が見えなくなってしまったからだ。

そのときパッと天井の蛍光灯がついた。白い床に灰色の網が広がっていて、その下に黒ずくめの男が這《は》いつくばっていた。

坂谷隆盛は頬を真っ赤にして久平を睨《にら》んでいた。動けない、というより、わざと小さくなり反撃のチャンスを待っているようだった。

次の瞬間、隆盛が立ち上がって久平に向かってきた。網越しに久平を捕まえ、片手に持ったナイフを突きつけようとした。

「や、やめろ」

そう言いながら後ずさりしたとき、隆盛が転んだ。ドサッと音がして、久平も一緒になって転んだ。頭を打ったが、必死で体を起こしたとき、思わぬ光景が目の前に広がっていた。

隆盛の上に藤治郎と源五郎の二人が乗っかっていたのだ。

源五郎が頭、藤治郎が足の上で、源五郎は網を操りながら隆盛から奪ったナイフを手にしている。

「漁師をなめるなよ」源五郎が静かに、ただし強い口調で言った。「この網は業務用でね、ナイフで切ろうったって切れねえし、鮫《さめ》が暴れたって破れないんだ」

二人の下で隆盛が身体をくねらせるが、そのたびに網が彼の身体に食い込み、そのうち全く動けなくなってしまった。

源五郎のロープはいつの間にか隆盛をぐるぐる巻きにして自由を奪ったようだった。その証拠に、二人が隆盛の上からおりたというのに、彼は微動だにせず、ただ燃えるような視線を久平に向けている。

「隆盛さん、痛い思いをさせて悪いが、ヒカリを連れて行ってもらっちゃ困るんでね」

久平が言うと、隆盛は低く笑いながら、

「あんたたちがこういうことをすると思わなかったよ。素人にしちゃあ上出来じゃないか」

「褒めてくれて、ありがとう」久平は息をついて、「だけど隆盛さん、本当に困るんだよ。だって、あの子の気持ちはどうなる？　あの子は誰かの思い通りにはならないんだよ」

隆盛は不満そうな顔をしているが、何も言わない。だから久平は言葉をつなげる。

「あんた、あの子が死のうとしたのを見なかったのか？……あれは、あんたから逃げるためじゃない。本気だったんだ」

「どういうことだ？」

「ヒカリが自分の出生のことで、悩んでいるんだ。自分が創られた存在で、道具でしかないって、本気で死ぬつもりだったんだよ」

「馬鹿な。だから価値があるんじゃないか」

久平は静かに頷《うなず》いた。

「なるほど。要するにあんたもヒカリを利用する側の人間だってことだな。……ヒカリは、〝流れ星〟に願いを懸けようと思っていただろうが、やめた方が良さそうだ。……俺としても、ヒカリをあんたに絶対渡すわけにはいかないという気持ちになった」

「じゃあ、どうするんだ？」隆盛が訊《き》いた。「俺は今、お前たちに捕らえられている。警察に突き出す気か、このままリンチする気か知らないが、とにかく俺はお前たちの手の中にある」

「本当かな？」

堂々とした隆盛の言葉に、久平は本気で問い返した。

「取引はできないかな」隆盛がいくぶん明るく言った。「俺は警察に突き出されると非常に困る。お前たちも、今、ヒカリがこの場にいる状態で警察に連絡するわけにはいかないだろうし、かといって、俺を拘束しておくのも手間がかかる。……俺は危険人物だからな」

ここが重要なところだった。隆盛が自分で言っている通り、彼をこのまま拘束しておくことは危険だろう。もちろん久平たちが彼を殺したり傷付けたりできるはずもない。

「どうすればヒカリを外国に連れて行かないと約束できる？」

「約束ならすぐにするさ。あの子が自殺するのは困る。それはよくわかる。だから、もうやめた。それでいいんじゃないか？」

「信じられないね」本音だった。「あんたはそれでもヒカリを外国に連れ出したいんだよ」

「じゃあ、どうすりゃいいんだよ」

久平は考えて、

「あんたの弱みを何か握らせてもらおうか。約束を守らなかったときの保険ってヤツだ」

「なるほどね。考えたね」隆盛はにやりと笑った。「俺の秘密の住所でも教えるか？　公安の連中が喜ぶ情報だと思うがね」

「いや、物がいいな。情報は確認して初めて価値が出る。例えば秘密の住所だって、俺に教えたとたん、引き払ったら意味がないじゃないか。だから、モノだ」ここで久平は隆盛の腰に小さなバッグがあることに気がついて、「……そうだ、そのバッグの中身を見せてもらおうか。そこに携帯電話でもあれば、それを預からせてもらうよ」

「お、おい、携帯はないだろう？」

珍しく隆盛が慌てた。それを見て、これしかないと強く思った。

「あんたに選択権はないんだよ」

そう言いながら、網の中に手を伸ばした。

隆盛が暴れた。源五郎がロープを引っ張ると、彼の動きが止まった。藤治郎と久平は二人で協力して彼の腰にあるポーチを網の中から引っ張り出すことに成功した。

「お前ら、いい加減にしろよ。そんなことをしてタダで済むと思うなよ」

隆盛の恫喝《どうかつ》に久平は後戻りできない気持ちになった。これが隆盛の生命線なのだ。これを握るしかヒカリの安全を保つ方法はない。

ポーチを開けた。中は雑多な物で溢《あふ》れていた。何らかの薬品——たぶんヒカリを眠らせておくつもりだったのだろう——、鍵の束、財布、身分証明書、トランシーバーのような機械——発信器の信号を捕えるためか——、そして携帯電話。

「携帯電話を預からせてもらうよ。……いや、ちょっと待ってくれよ。義男に訊いた方がいい」

久平は自分の携帯電話で義男を呼び出した。

真夜中だが、さすがにこの状況だ、彼なりに緊張していたらしく、数秒後には彼の寝ぼけた声が聞こえてくる。

「義男、携帯電話のことを訊きたいんだが、いいか？」

いいも悪いもない。久平は事情を口早に説明し、もしも坂谷隆盛が携帯電話の中に重要な情報を隠しているとしたらどこなのかを教えるように言った。

義男によると、最近の携帯電話はセキュリティがとてもしっかりしてるらしい。坂谷隆盛が捕らえられているときならいいが、一度、彼を自由にしたら、遠隔操作を行って、ロックを掛けたり秘密情報そのものを削除したりできる可能性があるという。また情報の漏洩《ろうえい》を恐れる企業の中には、携帯電話にそうした情報を保存することを禁止していることも多いそうだ。

坂谷隆盛が大切な情報を携帯電話に保存しているはずがない、というのが義男の見解だった。

「久平さん、その通りだよ」電話のやり取りを聞いていた源五郎が言う。「本当に大切なことは、頭の中か自宅の金庫だよ。とにかくわしらはそうするよ。持ち歩くと波にさらわれる危険があるからな」

源五郎の言葉に久平は納得だった。それで突然、決断した。

「やーめた」

ぎろりと隆盛が睨み、源五郎と藤治郎が驚いた顔をした。

「携帯は返すよ」久平は実施に携帯電話を元あったポーチの中に戻してから、隆盛の顔を覗《のぞ》き込んだ。「その代わり、あんたに直接、訊くよ」

「何を訊く？　情報を聞き出したんじゃ意味がないって今、自分で言ったところじゃないか」

「あんたはプロで俺は素人だ。携帯電話だろうが他の物だろうが、何が本当で何が嘘かわからない。そうやってあんたの術中にはまったあげく、ヒカリを連れて行かれたんじゃ、かなわない」

隆盛が笑った。

「どうして笑う？」

「お前の言う通りだと思ったからだよ」そこで真顔になって、「で、どうするんだ？　俺を全面的に信じる気になったか？　それともヒカリのことを諦《あきら》めたか」

久平は首を振って、

「いや、俺はあんたと契約することにした。考えてみてくれないか？　いくら払ったらヒカリを連れ出さないと約束してくれる？」

「何だ、お前。どういうことだ？」

「あんただって金が欲しいだろう。どういう仕事をしているかは知らないが、何をやるにしても金はいる。そうじゃないか？」

久しぶりに伊豆の旅館の主《あるじ》だったときを思い出した。あのときは立場が逆だった。金貸しは久平の前で、金がいるのは当たり前のことだ、金がなければ何も始まらない、と繰り返したあげくまとまった金を置いていった。だが、それは始まりではなく終わりだったというわけだ。

「おい、久平さん、本気か？」

藤治郎がささやいた。久平はそれを目で制して、隆盛に訊く。

「いくら欲しい？　こっちの条件はヒカリに手を触れないことだ」

「永遠に、ということか？」

隆盛は首をひねって、

「とりあえず五年でどうだ？　五年経てばあの子も十五歳、自分で自分のことを考えられるようになる」

「なるほど」隆盛は網の中で考え込む。「……はした金じゃだめだぞ。俺にも都合がある」

「はした金のつもりはないさ」

「じゃあ、いくら出せる？」

「十億でどうだ？」

「十億？」隆盛が驚いたように復唱した。しかし、そのうち笑い始めた。「なぜ十億なんだ？」

「お前、ヒカリのオークションに十億で入札しただろう？　だからだよ。……それに、俺たちはヒカリの身代金で百億円をいただく。その一割なら妥当じゃないか」

本当に百億円を奪うことができるかわからない。だが百億円が久平たちにとって大きすぎる額であることはわかっている。だったら、十億くらいは安いものだ。

「いや……」隆盛は真剣に考えて、「一億でいいよ。十億は扱いにくい。受け取るにしろ保管するにしろ、手間が掛かるしリスクもある。ここは安全に一億もらえばいいとする」

そこまで決まればあとは早かった。

網の中ではあるが隆盛に少しだけ自由を与え、細かいところを詰めた。隆盛は連絡先の住所と銀行の口座番号を久平に教えた。百億円という金をどうやって奪うか、まだわかっていないのだ。隆盛への支払い方法も今決めることはできない。だが何とかして約束を守るつもりだったし、隆盛もそれを信用しているように思えた。

契約書は二枚作成して、互いに一枚ずつ持っていくことになった。形式を整えることは互いの行動を縛ることだと久平は考えていた。それはヒカリと久平の指切りと同じはずだった。

第6章　百億円とシュレーディンガーの猫

1

最先端科学センター様、おめでとうございます。オリジナルフィギュア、『ヒカリ』の落札者に決まりました。

＝＝＝＝＝＝＝＝＝＝＝＝＝＝＝＝＝＝＝＝＝＝＝

商品：オリジナルフィギュア『ヒカリ』

希望数量：1
落札数量：1
落札単価：10,000,000,000円（百億円）

あなたが落札したことは、出品者にも通知されています。支払い方法や商品の受け取りについては、出品者と相談してください。

＝＝＝＝＝＝＝＝＝＝＝＝＝＝＝＝＝＝＝＝＝＝＝

※

最先端科学センター様
落札、ありがとうございました。よい値段を付けて頂き、とても喜んでおります。取引終了まで、どうぞよろしくお願い致します。

さて、高額商品につき、代金の受け取りの確認が済み次第、商品の発送となります。互いの信頼関係に基づき、取引を進めたいと思っています。

代金ですが、全て壱万円札にて、お支払いください。高額ですが、当方の都合により、使い古しの壱万円札、百万枚の御用意をお願い致します。また今回の取引は全てインターネット上にて管理したいと考えております。ウエブカメラ（移動可能なもの）と画像確認用のホームページを準備し、すぐに使える態勢を整えて頂きたいと思います。

番号の控え、薬品の吹きつけ等、不審なところがありましたら、即刻、取引を中止します。その場合は、次点の方との取引か、オークションそのものをなかったものとさせて頂きます。

次回の連絡を明日の午前十時とし、取引方法を提案致します。

以上の件について、質問、異議は受け付けません。

出品者名・スターダスト

※

ふざけたメッセージに捜査本部は大きく揺れていた。

まるでゲームのようなやり方。わかっていたはずだが、こういう反応をされると、頭に来る。理屈ではなく、感情的に許せない。

捜査本部では丸之内が声を荒げている。たぶん本気で丸之内は怒っていて、だから捜査本部全体に気合いが入るのだ。

「とにかく犯人側の動きを止めることを考えましょう。連中は百億円を何とか取りに来なければならないんです。百億円は、犯人のメールにもありましたが一万円札で百万枚、重さは一トン。アタッシェケースに入れて持って歩けるようなものではありません」

この発言は浜松中央署の岩城警部だった。岩城は浜松の幹線道路を押さえておく必要性を主張したが、誰も異論はない。丸之内はさらに御前崎地区の洗い出しを命じた。

「高塚の二人組は御前崎と関係がないかね？　それとあの倉庫の持ち主の婆さんはどうだ？　御前崎とつながりがあるんなら、そこを徹底的に洗っておかなきゃダメだ」

丸之内の質問に、敦子が答えた。

「浮田藤治郎の出身地が掛川市ですね。御前崎の隣です。ですから、知人か親戚《しんせき》が御前崎にいる可能性がありますので、その点は現在、捜査中です」

「それよりも――」村松班長が言う。「御前崎に自衛隊のレーダー施設があることが気になりますね。坂谷隆盛は自衛隊に興味を持っているはずですから」

村松は依然として坂谷隆盛の関与を疑っているが、敦子は違う。それよりも例の二人組のことが気に掛かる。なにしろ高塚の倉庫から飛び出した不審車両はそのまま行方不明になっていたからだ。花火といい、パトカーの包囲網から消え失《う》せたことといい、全てにおいて今回の事件と同じ匂いがするではないか。

「御前崎で一緒に自転車で走っていた男のことは何かわかったか？」

丸之内が訊《き》くと、これには岩城が答えた。

「御前崎で目撃された男、大須賀の海岸線で警官が話をした男、そして事件発生当日、雄踏のコンビニでヒカリさんと一緒だった男——、これら全てが同一人物である可能性が高いことがわかってきました」

江藤が坂谷隆盛の日本人協力者だと予測した男が、あれからずっとヒカリと行動を共にしているらしい。つまりこの男が事件に深く関与していることは間違いない。

「いずれにしろ、今日か明日に動きがあります。前回は浜松の周りを検問で固めましたが、今回は御前崎です。御前崎は南と東が海ですから、地理的に浜松よりもやりやすいですね」

「大丈夫か？　前回は自転車でやられたが」

「もちろん自転車道も見張ります。身代金受け渡しの動きが出るまでのことですからね」

ここまで来ると、捜査は地道に積み上げるしかなく、またそれが警察の得意技だった。

菊川《きくがわ》の手前、自転車道で見つかった自転車、そして御前埼の駐車場横のしげみに乗り捨てられていた自転車からはそれぞれヒカリの指紋が見つかり、これがヒカリが御前崎に行った確証となった。あとの問題は例の中年男だった。

写真はコンビニエンスストアの防犯カメラで撮ったぼやけたものしかない。だが警察官などの目撃証言から似顔絵を作ることができるし、御前埼で見つかった自転車からは指紋を採取することができている。この男の正体は、時間さえかければ見つけられるだろう。

この捜査会議に江藤の姿はなかった。朝、自衛隊のヘリコプターで東京に向かったという話から考えるに、金の準備をしているのではないだろうか。もしくは、政府への説明と、上司からの叱責《しっせき》の両方を受けているのか。

捜査会議が終わったところで、敦子は唯の部屋を訪れた。

「話しに来たんだけど、いいかな？」

そう言いながら扉を開けると、唯は昨日よりもやつれた顔で、中に招き入れ、待ちかまえたように宣言した。

「私、ヒカリが帰ってきたら、この仕事、辞めさせてもらうつもりです。江藤さんに、私ではヒカリの世話はできないって言われましたから」

「ああ、あの話ね」

敦子はため息をついた。確かにあの江藤の言葉は唯を傷付けただろう。

「あなたの気持ちはわかる。でもね、そのくらいのことで、諦《あきら》めるわけ？　私、あなたの味方なんだよ。あなたにもっと頑張ってもらいたいと思ってるの」

敦子は唯の部屋の中を歩きながら、

「今回の事件について、いろいろ考えていくとね、あの子はどうやら犯人グループと対等にやりあっているらしいんだよ。でね、これは私だけの勝手な考えなんだけど、この事件って二つの側面があると思うんだよね」

「二つの側面、ですか？」

唯は興味深げに敦子を見る。敦子は指を立てて、

「一つはね、普通の事件としての見方でね、身代金目的だってこと。……そして、もう一つはね、ヒカリさん自身が、自分の存在を確かめるために起こしている事件だってこと……」

「え？　ヒカリが何をしているって？」

唯はまるでヒカリの母親のように、心配でたまらないといった表情を浮かべた。

「子どもが大人になるときにやることだよ。あなたも私もやってきたんだ。ただヒカリさんのはスケールが違うね。……もっとも背負っているものが違うんだからしょうがないんだろうけど」

唯は黙った。何か考えている様子だった。

「だからね、唯さん、あなたがしっかりしなきゃいけないと思うんだよね」

「私が？」

「精神科の医者とか、そういう問題じゃないよ。そう思わない？」

「思いますけど」

「だよね」敦子はここだけの話と断ってから、「私、刑事なのにこんな風に子どものことに入り込んじゃいけないんだろうけど、何だか気になるんだよ。……でね、できれば江藤っていう人――私には上司なんだけどさ――、やっつけたいんだよね」

「え？」

「もちろん、例えばの話だけどね」敦子は唯に笑いかける。「事件のことはしっかりやる。それが私の仕事だからね。身代金の受け渡しのところで、犯人を捕まえられるように精一杯頑張るよ。……でもね、ヒカリさんが帰ってきてからのところは、私、唯さんに頑張ってもらいたいんだよね。……江藤調査官の言いなりじゃなくてさ」

唯は真剣な表情を作って、

「私が頑張るって、どういうことですか？」

「だからさ……」敦子も真剣になる。「ヒカリさんの気持ちをあなたが支えるんだよ。医者じゃなくて、あなたがやるの。それがあなたの仕事。わかる？」

唯は黙っている。そのうち、なぜか彼女の目が潤んできた。

「あなた、どうして泣くんだよ。……こういうときこそ、涙なんか忘れて、怒らなきゃ」

「怒るなんて、できません。私、自信がありませんから」

「あなた、いい加減にしなさい」仕事で知り合った人に、ここまで熱くなったことはなかった。いや、冷静でいることこそ、プロとしての証《あかし》だと思っていた。「あなた以外に、ヒカリさんが帰ってくる場所がないんだよ。……あなたが、ちゃんとしなきゃ、あの子は帰ってこなくなるんだよ」

唯は涙をぬぐう。涙を止めようとしているのは伝わってくる。

「すみません」

「謝らなくてもいいよ。だけど、協力してよ。江藤っていう人をやっつけて、ヒカリさんを取り戻すようにさ」

唯はやっと落ち着きを取り戻し、小さなタオルで顔を拭《ふ》いた。

「私、何をしたらいいですか？　私には何ができるんでしょうか？」

「そうね、あなたにできることね」敦子は考え込んで、「何とかしてあの子にメッセージを送って欲しいな」

「メッセージってどんな？」

「そりゃあ、あなたが考えることじゃないの？……あの子の状況がわかったんだから、そこから何か、あの子の気持ちを楽にしてあげられるような……」

敦子はそこで思いついて、

「そうだ、あなたから預かったウサギさんと六十二号を使うのはどうかな？　きっとあなたのメッセージをヒカリさんに届けてくれると思うけど、どう？　やってみない？」

我ながら良い考えだった。

あの六十二号、アクセサリーロボットを使って盗聴をして、それを絵の形にする機能がある。そのために捜査側の情報が漏れていたのだろうが、ここは逆の形で使えるのではないだろうか。

今、六十二号は、ヒカリの部屋に閉じこめられている。そして、唯のウサギは敦子の管理下にある。この二つを使うのに江藤の許可などいらないだろう。いや、江藤に知られず、勝手にやることに意味がある。

2

源五郎の家は、本当に居心地が良かった。

次の日、珍しく朝寝坊をした三人は、起きてすぐに作戦会議を持った。

これからどうやって身代金を受け取るのか、そしてその後、どのようにすることが全員の幸せのためになるのか、何らかの解答を見つけようとした。

身代金の受け取り方は、ヒカリが考えることになっていた。藤治郎と久平の二人が、ヒカリにいくつかの条件を告げる。できること、できないこと、気にしなければならないこと、そのうちの一億円を坂谷隆盛に渡したいことなど、まるでコンピュータにデータを入力するみたいに、次々に情報を与えなければならなかった。

ヒカリからの質問もたくさんあった。

一万円札の正確な大きさ、重さ、人間が持てる重さの上限、等々。さすがにヒカリは天才児で、すぐにいくつかのアイディアが思い浮かんでいるようだった。

「百億円は多すぎるんだよね？ そうじゃなかった？」

ヒカリが確認する。

「そうだよ。多すぎて、後が大変だし、リスクも高まる。だからナガレボシにも一億、分けてやろうって話になった」

「ナガレボシにはどうやって渡せばいいのかな？ 言えば取りに来るの？ それとも手伝ってくれる？」

久平は笑って、

「ナガレボシに手伝ってもらいたくないな。俺たちだけでできるってところを見せたいから。……あと、ナガレボシの連絡先はわかってるよ。住所も電話番号も」

「そうか、わかった。……百億っていうお金、ボクたちに多すぎるんだったら、それも考えに入れる必要があると思うな」

源五郎が漁から帰ってくる頃には、ヒカリが出した一つのアイディアを具体化する作業に入っていて、久平は、その全てが楽しくて仕方がなかった。

役割分担ははっきりとしていた。

アイディアを次々に出すのがヒカリで、それを実践できる形にするのが久平、久平の指示を受けて電話をしたり買い物に行ったりするのが藤治郎と源五郎夫婦だった。

ヒカリの頭の切れ、スピードは圧巻だったが、久平も負けているわけにはいかなかった。まるでビジネスマンみたいに、コンピュータと携帯電話を駆使し、義男やシズと連絡を取りながら、かなり細かいところまで詰めてしまった。

計画は、うまいことできていると久平は思っていた。だが準備が必要で、それにはすぐに取りかからなければならなかった。

源五郎の家には、久平たちが必要とする物、――コンピュータやプリンター、紙などが潤沢にあったので、それも楽だった。

久平は具体的な準備作業になってからも力を発揮した。鼻歌交じりで文章を打ち出したり電話を掛けたりしていたが、あまりにも楽しくなって、こんなことをヒカリに言った。

「なあ、このやり方、きっとうまくいくと思うからさ、何か名前を付けようよ。何とか作戦っていう風にさ」

ヒカリは何を言われているのかわからずポカンとしていたが、藤治郎が機嫌良く応じた。

「久平が言っているのはさ、アメリカの軍隊みたいに、『不朽の自由』作戦、とか、『高貴な鷲《わし》』作戦とか、自分たちがやることに名前を付けるってことさ」

「じゃあ、『シュレーディンガーの猫』作戦だね」

「え？　シュレ何とかの猫って何だ？」

久平が訊《き》くと、ヒカリがインターネットを操って、説明のページを見つけ出した。

読んでみたけれど、わからない。藤治郎も一緒に見たが、二人とも頭をひねるばかりだ。

「『シュレーディンガーの猫』って、量子力学の有名なパラドックスなんだよ。……量子――すごーく小さい電子とか、クオークの世界のことだけど――の存在は確率でしか決められないってことで、この世界が重ね合わせの中にあるってことなんだ。『ある』と『ない』ですら、重ね合わさっていてね、人間がそれを観察するまで決まらない」

「観察するまで決まらない？」久平が訊く。「人間が観察すれば、どっちかになるってこと？」

久平のレベルでは理解できないことなのだろうか。半ば諦《あきら》め掛けたとき、藤治郎が言う。

「世の中、バクチだってことだろ？」藤治郎はさも全てを理解したような顔をして、「ほら、こうやってコイントスをするだろ？」

実際に藤治郎は十円玉を空にとばして、それを受け取ったかと思うと、もう一方の手でカバーする。

「わしの手の上で、コインが表か裏か、今はどちらとも言えない。つまり重ね合わせの状態なんだが――」藤治郎は片手をどけると、十円玉は当たり前のように裏面を見せている。「こうしてわしが手をどけた瞬間に、裏か表に決まる。――つまりね、世の中、バクチだってことだ」

「ホントかな？」

久平が疑いのまなざしを向けると、ヒカリは大真面目で、

「そういう説明の仕方もあると思うよ。……でもさ、こういう不確かな存在の話、コペンハーゲン解釈っていうんだけど、信じている人は少ないんだよね。今はね、もっともっと話は進んで、エヴェレット解釈って言ってね、世界そのものが、人間にはわからないようにたくさん存在しているって話になっていてね、それを考えているとボクはすごく哀しくなる」

話の最後でヒカリは沈んだ調子になったから、久平はわざと笑顔を見せて、

「でも、それって踊ってるんだろ？」

「え？」

「ほら、ヒカリが言っただろ？　クオークも踊るんだって。原子の中で踊ってるって」

ヒカリはニッと笑った。

「そうだ、久平。クオークも踊ってる。星も、それからボクたち星屑《くず》も同じだよ」

「じゃあ、いいじゃないか」久平は真面目な顔をして、「世界がいくつあるか知らないが、とにかく俺たちは自分の世界で、ちゃんと踊ってるってわけだ。……だから、この際、その何とかの猫作戦ってヤツをやろうじゃないか」

ヒカリはそこでコクンと素直に頷《うなず》いて、仕事に戻っていく。すごく自然な表情をしたヒカリに、久平は愛《いと》おしくなる。

夕方になって、準備がだんだんと整ってきた。

『シュレーディンガーの猫』作戦は、自分たちにぴったりだった。常識外れだけど、ちゃんと理屈が通っていて、ヒカリにとっても久平たちにとっても上手にできている。藤治郎の言うところの、「バクチ」的に見えるところもあるが、実はコインが表になるか裏になるのか、しっ

かりとコントロールができているという優れもののアイディアだった。

夜が来て、源五郎と酒を酌み交わし、朝が来たら浜松に移動しようということになった。

源五郎によると、外には朝方から怪しい車が止まっているとのことで、すぐに警察だとピンと来た。どちらにしても御前崎と浜松の出入り口には、半端ではない数の警察が検問を張っているはずだし、もちろん自転車で戻ることも考えられず、ここは別の手を使うしかない。

御前崎は南に遠州灘《なだ》、東に駿河湾となっている。そして西と北の主要な道路にはちゃんと検問がされていたし、だいたい源五郎の家から出るのも大変なのだった。

だが、この難問をヒカリはあっさりと解いてしまった。

「じゃあ船にしようよ。だって、船乗りがここにはいるんでしょ?」

漁師の朝は早い。午前二時に起床して、三時には家を出る。ヒカリ、藤治郎、久平の三人は、闇に紛れて源五郎の家の庭先から路地に出た。ここからなら警察にも誰にも見つからず、こっそり御前崎の港まで歩いていけるのだ。

『シュレーディンガーの猫』作戦に使う様々な物は、ビニール袋に入れて、三人と一緒に船に積み込んでもらった。月と星が海の波間に浮かんでいるような夜、三人を乗せた漁船は港を出て遠州灘に向かったのだ。

船はかなり揺れた。はじめは気持ち悪かったが、ヒカリが平気でいるので我慢した。

「久平、これもダンスだよね?……違う? 星も月も、ボクも久平も、船の上でダンスしているみたいだよね?」

ヒカリは御機嫌だった。

船の上から見える街は綺麗《きれい》だった。船が揺れるたびに、街が揺れた。そのうち浜松の街が近くなり、朝日が出たところで、源五郎の知り合いの船を見つけた。

そっちは浜松の西にある舞阪《まいさか》港に帰る船で、海の上で三人は船を移るのだ。波が大きくて、なかなか難しかったが、源五郎と向こうの船長が協力して三人を渡してくれた。

はじめに久平が渡り、次にヒカリが藤治郎から久平の手に飛び移り、最後に藤治郎が何とか乗り移った。

そして、漁が終わるのを待って、舞阪の港に着いたのがお昼過ぎ。そこに連絡済みの義男が迎えに来ていて、やっとのことで浜松の街に戻ったのだ。

3

最先端科学センター事務室の奥にある来客用のスペースで、唯は二人の老人と話していた。安斉泰一と広岡謙二。ノーベル生理学・医学賞を受賞した二人の博士だ。

「広岡事務長、すみません、本当は先生とか博士とお呼びするべきでしょうが」

「いや、事務長がいいよ。それが今の立場なんだからね」

「では、広岡事務長。それから安斉博士。……私、今からヒカリにメッセージを送ろうと思っているんです」

驚く二人に、唯は六十二号のことを話した。アクセサリーロボットが人々の会話を録音し、六十二号がそれを絵画作品としてインターネット上に掲載するシステム。ヒカリが自分の出生の秘密を見つけるために創り出したこと、そして、その結果が今回の事件だったこと――

「もっと早く気づくべきだったよ」

広岡が頭を抱え、安斉が頷いた。

「唯さん、誤解してもらいたくないんだが……」安斉が語る。「我々なりに、あの子のことは考えてきたんだよ。……例えば広岡と私には取り決めがあった。つまり私は研究室の中のあの子を見つめ、広岡が生活棟でのあの子を見つめる。……私たちはそうやってあの子の親代わりになろうとしていたんだよ」

「でも不十分だったんです。違いますか？」

唯にそんなことを言う権利はないかもしれない。だが、ヒカリのことを想うと言わずにはいられない。

「こうなってしまうと、言い訳にしかならないのだがね、……私たちはあの子がそういう特徴を持っていると誤解していたんだよ」

「特徴？　どういう特徴ですか？」

「一言にするならば、ある種の『自閉性』というモノだ」

広岡が言いにくそうに説明を始めた。

「あの子は我々にとって特別な存在だった。……いろいろな意見があるし、倫理上の問題があるのは承知しているが、研究者にしてみると、ヒカリの誕生は大きな成功で、満足でもあった。だから我々は、完璧《かんぺき》に生まれたヒカリを、完璧に育て上げたかったんだよ」

安斉が頷いて、二人の説明は続いた。

ヒカリが生まれてすぐに、ヒカリのために医師や心理士、幼児教育のプロなどでチームが組まれたのだそうだ。そして、そうした専門家がヒカリの成長を最高の方法で支えていくつもりだったのだそうだ。

だが、三歳に達する頃から、ヒカリの成長は歪《ゆが》みを見せ始めたと言う。

「はじめに気がついたのは、心理士だったんだ。……たくさんの子どもを扱った女性だったんだがね、ヒカリの情緒的な発達の遅れと認知の歪みを指摘したんだよ。そしてそれが『自閉的』であることをね」

ヒカリは親代わりの女性を拒否し、ありとあらゆる人間関係を拒否した。ヒカリは数字や文字を好み、人形よりも図形を好んだ。人と遊ぶことを拒み、玩具《おもちゃ》ではなく、数字や文字を並べ、図形を描いて遊んだ。

「ヒカリの脳を調べたことがあるんだがね、あの子の脳は広範囲に活性化していたよ。セロトニン系よりもドーパミン系が発達していてね、偏りはあるものの、非常に高い汎用《はんよう》性があると想像できた。……実はね、こういう傾向っていうのは、自閉症スペクトラムの一部に認められることがわかっている。そしてそうした方々の多くは、社会参加が難しくて、ヒカリも同様の可能性があった」

そこで広岡は言葉を区切り、改めて告白した。

「しかしね、正直に言って、私は嬉《うれ》しかったんだよ」広岡が唯を見つめる。「ヒカリは天才になるべきだ。我々の最高傑作にふさわしい、高い知能と創造力を持つべきだ。感情や人間関係など超越した存在になるべきだ、そう考えていたんだ」

そしてヒカリは数学と科学を好み、幼児期のうちに義務教育で学ぶことを済ませ、さらに高等数学をマスターし、学齢になった頃には、大学院レベルの理解力を示していたのだった。

「ただね、ヒカリが天才的なのは知的な部分だった。そういうことは遊びの感覚でいくらでもやる。ヒカリの発想は素晴らしい。神懸かり的だと評価していたが、一方でヒカリは人間関係や情緒面で、通常の発達をしているとは言えなかった。つまり人間としては非常にバランスが悪かったんだ」

広岡や安斉が何もしなかったかというとそうではない。医師や心理士の治療的なかかわりに加え、里親のところに行かせてみたり唯のような世話係をつけたりした。

だが、効果は全く現れず、広岡も安斉も諦《あきら》めていたのだと言う。

「このまま大人になるのも悪くはない、そう思っていた矢先の出来事がこの事件なんだよ」

話を聞いているうちに、なぜか涙が溢《あふ》れてきた。

「発達のバランスが悪くても、それでダメになるわけじゃないと思います。ヒカリはヒカリで、ちゃんと生まれたし、ヒカリのやり方で大人になっていこうとしていたのに……」

「何度も言うようだが、私たちは、私たちなりにヒカリを理解しようとしていた。そしてヒカリに必要なものは全て与えようと努力していたんだよ」

安斉が言ったが、唯の涙は止まらない。

「でも、人間はやっぱり実験動物じゃないんですよ。だから、理解しようとしていた、とか、必要なものは全て与えようとしていた、という風に、子どもに何かを意図的にするっていうのは、間違っていたと思うんです」唯はやっと自分の気持ちを見つけて、「子どもって、もっと自然です。こちらも一人の人間として、身構えずに気持ちをつなげることさえできれば……」

そこで安斉が唯の言葉を遮って、

「私たちだって、自然であろうとしたんだよ。あの子らしさを認めようと思ったんだ。……発達のバランスが悪くても、それがあの子の全てを否定するものじゃない。そうしたことを全て含めて、私たちは、あの子を素晴らしい子どもだと思っていたんだ」

安斉の言葉を広岡が引き継ぐ。

「だがね、やはり難しかったね。……その点、家庭というシステムはとても理にかなっている、そう思ったよ。だから唯さんの言う通りだ。私たちのやり方は間違っていた」

唯はどう答えて良いかわからなくなった。広岡と安斉のやったこと——実験室の中で子どもを産み出したこと——は、やはり倫理的に認められるべきではない。だが、広岡にも安斉にもヒカリに対する愛情があったし、精一杯の努力をしてきたのだ。

「運が悪かったのかしら」

思わず唯が言う。

「運のせいにはできないでしょうな」安斉は考えながら、「我々は科学者だ。やはりこの結果は重く受け止めなければならない。それで少しでもあの子が幸せだと思えるようにしなくては」

その言葉に唯はやっと光明を見いだして、

「そうです。今からでもヒカリを少しでも幸せにしてあげられるように、広岡事務長と安斉博士には協力をしてもらいたいんです」

唯は訴える。

「……協力、ですか——」

「ヒカリにメッセージを送りたいんです。何か言葉をいただけませんか？」

広岡と安斉は顔を見合わせた。

「私たちには何も言葉がないんだよ」

広岡が言った。

「どうしてですか？」

「私たちは、ヒカリを見誤っていた。その責任がある」

安斉が言った。

「だから、メッセージが欲しいんです」

唯の言葉に二人は黙り込む。

唯は沈黙の重みに耐えられなくなって、言葉をつないだ。

「結局、ヒカリは普通の子どもだったってことじゃないでしょうか？　天才かもしれない、特別な能力を持っているかもしれない。特殊な生まれ方、育ち方をしてきたかもしれない。……でも、やっぱりヒカリは子どもで、表面には表れてこないけれど、ちゃんと気持ちでつながれるし、心が育っていく、そういう子どもだったんです」

ヒカリはつきあいにくい子どもだった。

だが、一緒にいると、ヒカリの素直で、感性豊かで、寂しがり屋の心がこぼれてくることがあって、そんなとき、ヒカリは誰よりもかわいく思えるのだった。

「そうだな、普通の子どもなんだな」絞り出すような声で広岡が言った。「我々はあの子を特別扱いしすぎたのかもしれないな」

安斉も頷《うなず》いて、

「私たちはそんな当たり前のことに、こんなに近くにいたのに気づかなかった」

唯はその言葉に反応して、

「普通の親もそうかもしれないですよね。……私はまだ親じゃないからわからないんですけど、普通の親だって、我が子を特別だと思って、思い通りに育てようとして、それがうまくいかなくて、ある日、気づくんです。我が子も普通だった、普通っていうのは、そういうものだって……」

「そうだな。……うん、たぶん唯さんの言う通りだろう」

安斉が幾分、明るい調子で言った。

「だから、その普通のヒカリに、普通のメッセージを送りたいんです。お願いできませんか？」

唯の言葉にゆっくりと広岡が頷き、そして安斉も同じようにした。

広岡も安斉も、彼らなりにヒカリを愛していた。それが伝わってきた。

4

最先端科学センター様
取引についてお知らせします。
明日、三月十七日（日）、午前八時までに、以下の準備をお願い致します。

代金について
・全て使い古しの壱万円札で百万枚を用意すること。ただし、番号の控えを取る、薬品をつけるなどの細工をしないこと。（それらの存在が明らかになった時点で、取引を中止する。また取引の途中で、チェックを行うことがある）
・壱億円ずつビニール袋に入れ、一番から百番までビニール袋に番号を付けること。（ビニール袋は厚めの丈夫な物を使用すること。途中、そのビニール袋が破れるなどの事態が起こったときは、落札者側の不備として取引を中止する）
・ビニール袋への入れ方は、添付画像を参考にして、全て同じ大きさになるようにすること。
・一番から九十九番まではテープにて厳重に密閉すること。百番のものは、すぐに開けられるようにすること。
・ただし途中で密閉する必要が出てくるので、テープをその袋と一緒に持参すること。
・壱万円札やビニール袋などに、発信器など、行き先を追跡するための器具等をつけないこと。（それらの存在が明らかになった時点で、取引を中止する。また取引の途中で、発信器の存在等のチェックを行うことがある）
・以上の事柄が疑いなく履行されたことがわかるように、あとにあるカメラ係が使用するのと同じホームページに、その模様をリアルタイムで中継すること。
・ただし全ての準備が疑いなく行われていることが証明できるように、準備段階では複数のカメラを使用すること。

・また以上の準備が行われる時刻について、出品者側にできるだけ早く連絡をすること。（連絡なく行った場合は、取引を中止する）
・以上の事柄が準備が終わった後も、そこに何らかの細工をしないことを証明するために、全てのビニール袋を次の連絡があるまでずっとホームページ上に映し出しておくこと。
・以上の準備は、全て最先端科学センターの大会議室を使用して行うこと。

代金運搬用車両について
・運搬用の車両は、二トントラックとし、レンタカーを使用すること。
・使用期間は、三月十七日（日）の二十四時間とすること。
・トラックの中には、添付ファイルにあるようなコンテナを二十用意すること。（壱億円が入ったビニール袋を、一つのコンテナにつき五袋ずつ入れるため）

運搬員について
・運搬員は三人で、銀行関係者がその任にあたること。警察官、最先端科学センターの者はその役割を果たすことはできない。（それがわかった時点で、取引を中止する）
・運搬員は、次のような係を兼ねること。運転手、一人。通信係、一人。カメラ係、一人。
・三人の運搬員は、全員、指定の作業着を着用し、胸のところに番号を付けること。指定の作業着は添付ファイル参照。量販店で購入が可能なので、必ず用意をすること。また胸の番号が1の者が運転手、2の者が通信係、3の者がカメラ係とする。

・通信係は携帯電話をいつでも通信可能な形で持っていること。その番号とメールアドレスを出品者側に本日中に通知すること。
・カメラ係はビデオカメラを持参すること。またその映像をインターネット上にリアルタイムで映し出すシステムを作り、本日中にそのページアドレスを出品者側に通知すること。
・三人の運搬員のうちカメラ係と通信係が荷台に乗って、乗車中もずっと代金の撮影を続けること。また無線などを用いて、運転手と荷台の通信を行っても良いが、その様子はカメラの音声機能を通して、ネット上で公開すること。

次回の連絡について
・三月十七日（日）午前八時に、通信係にメールで連絡を入れることにする。
・その時には、最先端科学センターの大会議室に、代金の全てが指示のあった方法でビニール袋に入れられ、運搬員三人と運搬用のレンタカーが準備されていることとする。

なお、この取引は互いの信頼関係に基づいて行います。よって、全ての事柄が私たちの意図に基づいて、準備されることを望みます。質問は受け付けません。

以上の事柄が全て行われたことを確認ができたところで、実際の取引に入ります。もしも少しでも疑いがあった場合は即刻、取引を中止します。

以上。

商品出品者・スターダスト

※

三月十六日（土）午後七時——

それが犯人側に伝えた作業開始時刻で、その五分前から、早川はビデオカメラのスイッチを入れ、機器の調整を行っていた。

そして七時。いよいよ奇妙な準備が始まるのだ。

午前中まで捜査本部として機能していた最先端科学センターの大会議室は、この時点で、大きく様変わりしている。

早川の手持ちカメラ以外に、部屋に固定されたカメラが三つ。どのカメラもあらゆる角度から、部屋の中央に置かれている札束を捉《とら》えていた。

一万円札で、百万枚。犯人側の指示通り、使い古しのものだった。

従来の誘拐事件であれば、特別な薬品を吹きつけておく、番号を全て記録する、ビニール袋などに発信器を付けておく等の細工をするのが当たり前だったが、その全てを江藤が拒否した。彼らのメッセージにそれらを牽制《けんせい》する文があったのに加え、ヒカリの無事が最大の目的である限り、こうした冒険は必要ないというのが、その理由だった。

しかし丸之内が江藤を説得した。犯人逮捕が警察の役目である以上、最大限の努力はしたいとのことで、最終的には、今回の取引の最中に、もしも発信器取り付け等の細工ができたらやっても良いとの許可を得たのだった。

もっとも江藤は最後の最後まで慎重だった。

何しろ、丸之内によると、江藤は霞《かすみ》が関《せき》に呼び出され、散々な目に遭ってきたらしい。百億円のことよりも、未《いま》だに犯人を特定できていないこと、ヒカリを取り戻していないことを責められたという話だ。金はいらない。もう一桁《ひとけた》上積みしてもいい。だが確実にヒカリを取り戻すのだ、と厳命されてきたらしく、それが江藤の態度にも表れていた。江藤は元々、表情を崩さない男だったが、東京から帰ってきてからは、それに凄《すご》みが加わった。近づくことさえ、遠慮したくなってしまうほどだった。

その江藤の目が光る中、札束の袋詰め作業と、その中継が始まった。

ここには警察や最先端科学センター関係者が加わってはいけないという条件はない。だからその場にいる者全員が参加した。

そして、その作業が始まってすぐ、江藤が早川のカメラの前に立った。

「私は内閣官房調査官の江藤だ。ここにある百億円は、私の責任、いや、日本という国の責任《たぐい》において、何の仕掛けもないことを保証する。番号を控えてもいなければ、薬品や発信器の類も全くない。君たちが私の言葉を信じないのなら、君たちの言うがままに実験をしてみせる用意もある。だが、君たちが少しでも私の言葉を信じるなら、速やかに取引に応じ、何よりも私たちが大事にしている者を私たちに安全に引き渡して欲しい。それを心の底から願っている」

原稿があるわけでもないのに、江藤はスムースにそれだけのメッセージを喋《しゃべ》った。

そして、終わると早川に指示をして、今一度、現金の袋詰め作業を写させた。

敦子は運搬員の作業着姿だった。警察が運搬員に入ることはいけない、ということだが、これをやらずしてどうする。丸之内が江藤を説得してくれたのだから、取引中に何とかして発信器を取り付けてやろうと考えていた。敦子は例の二人組に顔を見られているが、作業着姿をして髪型と化粧を工夫すれば、いくらでも印象を変えられる。その上、連中は賢い。運搬員の中に刑事が混ざることくらい、承知しているはずだ。

　三人の運搬員のうち、通信係の敦子の他も刑事だった。運転は浜松中央署の岩城警部で、カメラ係が敦子の同僚の早川、とにかく精鋭の三人で、油断なく運搬作業を行い、その中で犯人に迫りたいと考えたのだ。

　袋詰め作業が終わった。

　一万円札百枚の束が、一つの袋に百個。これで一億円。その袋は、犯人側の指示通り、縦三十二センチ、横三十八センチ、高さ十センチの大きさになり、重さは約十キロになっていた。

　そして、その袋がこの部屋の中に百個。これで百億円。

　全ての袋に番号を書いた紙が貼られていて、そのうち一から九十九までは、梱包《こんぽう》用の布テープで頑丈に密封され、百番だけが、中が取り出せるように軽く止めてあった。

「インターネット上でのビデオ中継は諸刃《もろは》の剣だな」

　丸之内が言う。

「どうしてですか？」

「連中にとっては我々の行動を監視することになるが、我々も事件の様子を逐一、摑《つか》むことができる。我々だって、金の動きに応じて、人員の準備や配置をリアルタイムで調整できるから」

　実際、丸之内は全ての勢力をこの浜松に結集させている。御前崎に派遣していた捜査員は引き上げさせ、不審車両を追っている連中も、同様にした。どう考えても明日に予定されている身代金受け渡しこそ、犯人逮捕の最大のチャンスとなるはずだからだ。

午後九時過ぎに指示された準備の全てが終わったが、その後、捜査会議が開かれた。

犯人から送られたメッセージの分析と、明日の予想だった。

「どこに運べって言うんでしょうね？」

運転主役の岩城警部が最も不安そうだった。

「市内から出ないんじゃないでしょうか」

敦子が応じると、丸之内が反対意見を述べた。

「そういう固定観念は良くないだろう。引っ張り回すだけ引っ張り回す、というのがよくあるパターンだから」

確かに丸之内の言う通りだ。

一般的に、身代金の受け渡しには手間が掛かるとされている。犯人側の計画通りにいくことは難しく、タイミングがずれればずれるほど、取引は長引いてしまい、その分、身代金を積んだ車は多く走らなければならなくなる。

しかし、今回はどうだろうか？　全てが異例ずくめ、前代未聞のことばかりが続いている事件だ。そういうパターンにはまるのだろうか。

「カメラの中継は、連中らしいやり口だと思いますよ。これまでもずっとネットを上手に使ってきたわけですから」

早川が言うと、そこで江藤が口を開いた。

「そうですね。でも今回、彼らはやっとリアルの世界に登場します。しかも、百億円はかなりの金額です。これらを彼らは、何とかしなければならないわけですからね」

江藤は前々から、この身代金受け渡しの時こそ、犯人逮捕とヒカリの解放を行う最大のチャンスだと言っていた。ヒカリの身柄が優先だから、すぐに逮捕をすることはないだろうが、相手の正体を突きとめるだけでもいいと考え、そのために百億という破格の金を用意したのだ。

「どこまで走らされるんでしょうね？」

岩城が言ったが、誰も答えない。レンタカーは二十四時間、借りることになっていたが、だからといって、その時間内で取引が終わる保障はない。

静岡は日本の中心だ。高速道路を使えば、東にも西にも北にも簡単に足を延ばすことができる。中部国際空港か富士山静岡空港に行って、積み替えということも考えられれば、港を使う可能性もあるだろう。

「いずれにしろ、犯人の動きに対応して捜査を広げていくしかないでしょうね」

結局、いくら話しても相手の動きの予想をすることはできず、不毛な会話が交わされるだけだった。

一時間が経過したところで、明日の具体的な捜査員の配置などの確認に入った。

「私からとりあえず、愛知県警、長野県警、岐阜県警、神奈川県警には連絡を入れました。一応、海上保安庁及び海上自衛隊、航空自衛隊にも連絡済みです」

そう江藤が言う。

丸之内からは市内、各所で覆面パトカーを配備することの報告があった。市内の警察署はもちろん、高速道路や主要な国道も同様で、こうした態勢の確認を行ったところで会議は終了となった。

敦子はもう一度、百億が置かれている大会議室を訪れた。

三人の制服警官が立っていた。彼らが裏をかいて、明日の八時前にこの場所を襲ってくることを警戒しているのだ。つまり、最先端科学センターも警察も、万全の態勢を作ったと言えよう。

5

通信係　様

これより取引を開始します。

カメラ係に以下のことを指示してください。

・運搬車両のナンバー、及び車内の様子を写すこと。不審物の有無が確認できるように、隅々まで写すこと。

以上のことが終わり次第、昨夜のうちに袋詰めが終わっている代金の積み込み作業を行ってください。

積み込みは運搬員となっている三人のみで行ってください。

また、そのときは最先端科学センター関係者がカメラ係を務めることができます。

出品者であるスターダストからメールが届いたのは、三月十七日、日曜日の午前八時ちょうどだった。

※

その時刻に送信されるよう、あらかじめプログラムされていたのではないかと敦子は想像した。

敦子はメールをすぐに読み上げた。同時に本部にあるモニターの一つに、メール文が映し出された。敦子の携帯に来たメールは全て、自動的に本部に転送されるシステムになっている。

この場の様子がカメラによって中継されている以上、こうしたメールへの反応も犯人側に筒抜けになる。だから、江藤も丸之内も表だった指示はしない。そういう取り決めになっている。犯人を刺激しないことが肝心だからだ。

その代わり、敦子をはじめとする運搬員への指示や連絡は、専用の携帯に送られることになっている。つまり敦子は、犯人からのメール受信用と、本部からのメール受信用の二つの携帯を持っていて、それを右と左のポケットに分けて管理することにしていた。

早川がカメラを持ち、運搬車両まで映像を映しながら移動する。

ナンバープレートを最初に映し出すが、ここに平仮名の「わ」があることが大切だ。「わ」ナンバーはレンタカーであることの証明だからだ。

その後、早川は車内を映し始めた。荷台には指示された通りのコンテナが二十個。それ以外には不審物は何もないように見えているはずだった。

というのは、敦子のポケットには、ボタン電池ほどの大きさの発信器が二十個、入っていたからだ。もちろんスイッチを入れるまでは、電波を発信しないから、今のところ、犯人がどのような検査を仕掛けようと、見つかる心配はない。

早川が荷台をくまなく撮影した。

カメラの画像を、今後、インターネットに飛ばすためのコンピュータが車内には用意されているが、それは荷台に取り付けてある。カメラ係が荷台に乗ることから、その方が都合がよいと判断した。

丸之内に指示されて、そのことを敦子がカメラに向かって説明した。

気にくわないが、仕事だから仕方がない。刑事ではなく、銀行員であることが前提なので、そのふりをする。その上、わざと真っ赤な口紅を付け、濃いめの化粧をするなどして印象を変えているから、もしもあの二人組が見ても刑事だとはわからないだろう。

「このコンピュータが通信用です。カメラで写した画像をすぐにインターネットにつなげるようにセットしてあります」

敦子は緊張している様子を見せようと、少し機械的な口調を使った。うまくいったかわからない。

敦子がそう言い終わると、早川は運転席の撮影を行い、その後、カメラを動作させたまま大会議室に戻った。

トラックは玄関に横付けされている。

大会議室からトラックまで、十五メートルほどある。その廊下をゆっくりと早川は歩き、それであらかじめ決められていた別の刑事にカメラを渡した。

これでトラックへの搬入作業が始まるのだ。一つのビニール袋が一億円分で、十キロある。これを百袋、三人でトラックに積み込まなければならない。まともにやったら、一人で三百キロ以上運ぶことになり、なかなかの作業になる。

だから、敦子たちは台車を準備した。そして、台車に現金を載せるのが早川、台車でトラックの下まで運ぶのを敦子、トラックに積み込むのが岩城とした。

早川が台車に袋を積み上げる。最初は敦子もそれを手伝う。どんなに頑張っても五袋が精一杯で、そこまで積むと、それを敦子がトラックの下まで運ぶ。トラックには、岩城が待っていて、それを積み込む。荷台にはコンテナがあって、それに五袋ずつ入れて奥へ送る。

かなり大変な作業だった。だが岩城も早川も必死で動く。

すぐに汗が出た。時間がどんどん過ぎていく。急ぐ必要はないくせに、どういうわけか一生懸命になる。その様子を丸之内と江藤が遠くから見ている。

結局、積み込みに四十分掛かった。

百番と書かれた札束入りのビニール袋が載ったところで、メールを受信した。このタイミング、やはり犯人は映像をどこかで見ているのだ。

「メールが入りました」

誰にともなく言うが、そこにいる全員が聞いているのを敦子は知っている。

「──直ちに、運搬トラックは出発してください。浜松城公園に向かいますが、そのとき『はまゆう大橋』を渡るようにしてください。次の連絡は、浜松城に近づいたところで行います」

はまゆう大橋は、最先端科学センターがある村櫛《むらくし》半島から浜松市街地への近道として作られた橋だ。まだ新しいが有料のため、利用者はそれほど多くない。

つまり、これは犯人側が運搬トラックの前後に覆面パトカーなどが付き添っていないかどうか、監視するための方法ではないだろうか。

敦子は丸之内を見た。

丸之内はすぐ近くにいる江藤と何か話している。その後、最先端科学センターの出口付近で待機している覆面パトカーを指さしている。

そのうちに本部からの連絡用携帯にメールが入る。カメラがこちらを向いていないのを確認して、素早く見ると、やはり運搬車両の前後を警察の車が走ることは取りやめるとのことだった。

敦子は百億円の札束と一緒に、荷台に乗った。これだけあると、札束も玩具《おもちゃ》のように感じるが、一方で現実的な額の大きさに緊張感もある。今までに感じたことのない、締め付けられるような気持ちだった。

岩城の合図が、運転席との間にある小窓から見えた。

これで出発だ。

敦子と早川がいる荷台の後ろは閉められてしまっている。だが運転席との間にある窓から漏れる光と、自分たちが持ち込んだライトで、中の様子を撮影することができる。

敦子は自分たちがどこにいるか確認するために、小窓から前を見た。最先端科学センターの敷地から出て、はまゆう大橋を目指す。幸い天気は良く、穏やかな風景が広がっている。

早川はコンテナとその中のビニール袋、そして札束の撮影を続けている。画像はコンピュータを通してインターネット上のページに次々に送られているはずだった。敦子の携帯に捜査本部からのメールもない。ということは何の問題もないということだろう。

　はまゆう大橋に入った。渡りきると料金所があって、そこで一旦《いったん》停止をする。

「あっ」

　思わず声をあげた。

「どうかしました？」

「メールが来たみたい」

「誰からですか？」

　その問いには答えない。ここで犯人から、などと言うと、自分たちが刑事であることがばれてしまう。あくまでも「出品者」と「落札者」の関係でいなければならない。

「メールを読み上げます」

　これは早川に伝えるためでもあり、連絡用のインターフォンを通じて、運転手席にいる岩城に伝えるためでもあった。さらにそれは、早川の持っているビデオカメラを通して、捜査本部に伝えるためでもあり、どこにいるかわからない犯人グループに了解したことを伝えるためでもあった。

「百番のビニール袋から、五十万円分を取り出してください。そして、あとは他の袋と同じように密閉してください。以上のことを、浜松城に到着する前に済ませてください」

　不可解な指令だった。

だが、これが一つの袋だけを開けさせておいた理由なのかもしれない。

百番の袋は敦子が座っている場所から一番近いところにある。他の袋が頑丈にとめてあるのに対し、その袋は犯人側の命令通り、仮止めの形を取っている。

「じゃあ、作業を始めます」

早川がこっちを撮るので、カメラに向けて言った。

百番の袋を探し当てる。その番号が書いてあるところをカメラに示し、それから袋の中に手を伸ばした。

「一万円札が百枚で一束ですので、この封を切ります」

手近な束を取り出す。百万という束は、そんなに高額とは思えない。少なくとも、一袋に入っている量からすると、百分の一、つまり一パーセントに過ぎないからだ。

動いている車の荷台で、百万円の束を正確に五十万円ずつに分けるのはなかなか難しいことだった。

揺れるたびに、手元が狂った。緊張もある。カメラの向こうに、犯人だけでなく、江藤や丸之内もいる。もしかしたら、江藤の上司にあたる人間も、この画像を注視しているかもしれない。

「これで五十枚です。確認します」
五十、数えたところで、半分を袋に残し、自分の手にある方をもう一度、数える。
ちょうど信号待ちになったのを利用して、一気に数える。

「はい。やっぱり五十です。確認ができましたので、これを別のところに取っておきます」

ポケットの中に入れようとしたがやめた。いらぬ疑いを持たれるような行動は危険だしポケットの中には発信器が入っている。何かの拍子に外に飛び出したら全てが水の泡になる。いろいろ考えた末、通信用のコンピュータの下に、挟んでおくことにした。

そして、今度は百番の袋の密閉に取りかかった。

こっちも案外、手間取った。揺れるたびに、テープが曲がってしまい、きっちりと止めることができず、何重にもすることで安定させた。

敦子がそこまで終えたところで、再びメールが来た。

「メールが来ました。読み上げます」

さっきと同じ手順。片手で五十万円を押さえながら、もう一方の手で携帯電話を操作する。

「取り出した五十万円は、十五万円と三十五万円に分けて、通信係のポケットに入れてください。運転手に、これから浜松市の卸本町《おろしほんまち》を目指すように言ってください。卸本町までの道は任せます。以上」

読みながら、考えを巡らせた。

いったい、どういうことだろうか？　どうして五十万円を十五万円と三十五万円という中途半端な数に分けるのだろう。そして、どうして卸本町などという、場所を選んだのだろう。

色々と考えたくなるが、それではいけない。すぐに作業に入らなければ。

「卸本町、わかりますか？」

運転手の岩城に訊《き》く。

「わかります。浜松の問屋街です。ここから二十分くらいかかります」

敦子はその答に満足し、さっきの五十万円を取り出した。

こういう仕事にはもしかしたら何の意味もなくて、単にトラック内での時間を稼ぎ、金に細工できない状況を作るためのものではないか。

だが、今回の仕事はそこまで時間が掛からなかった。慣れてきたのもある。

敦子はそれぞれを左右両側のポケットにしまった。カメラに映らないように注意しながら、発信器を先にズボンのポケットに移動させておいたから大丈夫だった。

そして、その瞬間、再びメールが入った。あまりのタイミングの良さに驚くが、それだけカメラの映像がリアルタイムで犯人の前に送られているということだろう。

「メールが来ました。読み上げます」

さっきと同じ手順。

「目的地が決まりました。……運搬車はそのまま県道三一六号線、通称、舞阪竜洋線を目指してください。目的地は、舞阪竜洋線通り沿いにある卸本町の看板の交差点を右折し、二本目の通りを左折したところです。石塚《いしづか》商会という看板がある建物を目指してください」

石塚商会、というところを、大きな声で言った。

これで自分の仲間がその石塚商会周辺に集まってくることは確かだ。

そう考えたときにメールが来たが、これは本部からの連絡が入る方の携帯だった。

だから目で早川に合図した後、そっと黙読する。

やられたと思った。次のような内容だったからだ。

——たった今、本部にもメールで連絡があった。以下の通り——

『今から取引にかかわる大事な作業を浜松市南区卸本町で行います。最先端科学センターは直ちに警察に連絡をし、今から二時間、卸本町周辺に一般車が入らないように、道路の封鎖を依頼してください。卸本町から外に出て行く車両については許可しますが、警察や最先端科学センター関係者の車、商用車を含み、全ての乗り入れを禁止します。この封鎖を、今から十分以内に始めてください。できない場合は、取引を中止します』

——よって、卸本町の目的地周辺に配備することは不可能。周辺にて指示の通り道路の規制を行いつつ、支援を行う——


何ということだ。取引にかかわる作業のために、警察に道路規制をさせるとは……。

やはり一筋縄ではいかない相手だ。

これまで、警察に対してこれほど高飛車に出た犯人はいただろうか。

同様の連絡が、早川にも岩城にも送られている。二人ともそれぞれの役割を果たしながら、メールを読む。カメラを構えながら早川は目を白黒させ、表情を歪《ゆが》ませて見せた。赤信号の時に読み終えた岩城も、思わず後ろを振り返る。

たぶん捜査本部は混乱していることだろう。

十分以内ならば、卸本町にパトカーが急行することが可能である。だが、そこで本当に道路規制をやるのだろうか？

——いや、やらざるを得ないだろう。

敦子は自分の疑問を自分で握りつぶす。

江藤がそれを命令するに違いない。全て犯人の言う通りにしておきながら、その中から相手に迫る手がかりを得ようとするのが彼の方針だ。ヒカリの奪還が第一の目的である以上、警察のプライドなど、全く意に介さないことだろう。

それにしても、石塚商会とは何だろうか？　そこに犯人が待ちかまえているのか？　それとも別のトリックがあるのだろうか。

そこまで考えたとき、再びメールが入った。

「メールです。読み上げます」

半ば自動的に言う。

「運搬員の皆さんへ。もう五分ほどで、卸本町の石塚商会に到着することと思います。そこで皆さんは、石塚商会の皆さんと協力の上、ビニール袋に入った代金を段ボール箱に移し替える作業を行うことになります。ビニール袋の番号と段ボール箱の番号が合うようにしてください。石塚商会の社長さんには、あらかじめ仕事の内容を伝えてありますので、石塚商会の皆さんの話に合わせた上で、指示に従ってください。また、作業が終了したところで、通信係は、先ほどの十五万円を段ボール箱の代金、及び、作業代金、お礼として渡してください。領収書をもらえますので、それはお持ち帰りください」

ゆっくりと読み上げた。

何だ？

ビニール袋に入れた札束を、今度はその袋ごと、段ボール箱に入れるというが、その目的がわからない。それに五十万円のうち、十五万円は行き先がはっきりとしたが、あとの三十五万円はどうなんだろうか。これも何かの代金だったりお礼だったりするのだろうか？

一方、敦子は発信器のことを考えた。札束の入ったビニール袋にくっつけて、一緒に段ボール箱の中に入れる手もあるように思えたからだ。

しかし、そのあとに犯人が何らかのチェックをする可能性も捨てきれないことから、敦子は決断ができないでいた。

そうしているうちに、岩城が右折をしながら言った。

「卸本町に入ります」

警察は道路の規制を始めたのだろうか？

荷台にいるからよく見えないが、時間的に考えても、既にパトカーが到着し仕事を始めていてもおかしくはない。

トラックが揺れた。運転席に通じる窓から前を見ると、石塚商会という古い看板が一瞬、通り過ぎていった。

正面につなぎの作業服を着た黒縁眼鏡の男が立っている。石塚商会の人らしく、トラックを誘導している。犯人の依頼を受けて、この車が来るのを待っていたようだ。

6

その男は石塚哲夫《てつお》と名乗った。

黒縁の眼鏡とマスクをしていたが、人のよさそうな中年親父で、やたらに愛想が良かった。

「お疲れ様です。いやあ、大変ですなあ」そう言いながら、ペコペコと頭を下げた。カメラを持っている早川に気がつくと、「ああ、それで撮るんですね。……詳しいことは秘密だそうですね」

石塚はそう言い終えると同時に大きなくしゃみをした。とたん、ポケットから取り出したティッシュで、大きな音を立てて鼻をかむ。

「すみません……」そこでもう一度くしゃみをして、「今日はひどく花粉が飛んでるみたいで、こんなマスク姿で、申し訳ないですなあ」

敦子は早川と顔を見合わせたが、何も言えない。何しろカメラの前だ。その上、メールには『石塚商会の皆さんの話に合わせる』よう書かれていた。彼らがどんな指示を受けているのか、確認するわけにもいかない。

石塚は運搬員の三人がトラックから降りるのを待って、手をポンとたたいた。

「じゃあ、手はず通りやるか」

それを合図に、石塚の後ろに立っていた三人の男が前に出てきた。

三人の男も石塚と同様につなぎの作業服を着ている。同じ帽子をかぶり、同じ手ぬぐいを首に掛け、同じ軍手をはめている。ただ何となく、雰囲気が違うような気がする。

「私がここの社長、この三人がうちの社員でね。……全員、日系ブラジル人ですわ」

そう石塚が笑った。

よく見ると、三人の名札には、カルロス、ロベルト、アントニオと片仮名の名前が並んでいる。

「日本語はあまりわからんですが、大丈夫です。ちゃんと言われた通りにやりますよ。連中にもあらかじめ説明してありますから」

つまり石塚のもとには、既に犯人側から連絡があったということだろう。

敦子の目の前で石塚がポルトガル語で指示をした。短い言葉だったが、それで連中は理解できたらしく、笑顔でキビキビと動き始める。

石塚商会と大きな看板が掲げられた建物はシャッターが閉められたままだ。しかしその前に段ボール箱が積み上げられていて、それを石塚商会の社員がトラックの方に運んでくる。

一方、石塚は手帳サイズの機械を取り出して、敦子たちに言う。

「まずこの機械で異常がないか調べろってことですから、やらせてもらいましょう」

敦子はすぐにピンと来た。電波を感知し、発信器の有無を調べるための機械なのだろう。

石塚は遠慮なくトラックの荷台にあがり、その機械をコンテナにかざし始める。

「悪いけど、ここを撮ってもらっていいかな？　大きな音が出ない限り大丈夫ってことだけど」

もちろん異常があるはずがない。安心して見ていられたが、一方で困ったことになったと思っていた。

こうした機械を用意しているのだ、今後、何回もチェックを繰り返すこともあり得るのではないか。普通の犯人なら一回で済むかもしれないが、敦子たちが相手にしているのは、天才児とその仲間たちなのだ。

「オーケーです」

石塚がそう大きな声で言ったあと、再びくしゃみをした。いちいちマスクをはずして鼻をかむ。

「本当に今日は花粉が飛んでるみたいですなあ」

撮影が続いているのを意識してか、そう言ってからトラックの荷台から飛び降りる。

「じゃあ、荷台のコンテナを全部、おろさせてもらって、こっちの段ボール箱——うちは段ボール箱の問屋ですがね——に、ビニール袋を入れて梱包《こんぽう》します。まずは、全員でコンテナをおろしましょうや」

石塚社長は慣れたもので、さっさと現場を仕切っていった。カメラを回している早川以外、全員でコンテナをおろしにかかる。

しかし、一つのコンテナには十キロのビニール袋が五袋入っていて、なかなかの重さだ。

「おい、そこの」石塚がカメラを回している早川を指さして、「あんた、そのカメラをそこのお姉ちゃんに渡して、こっちの仕事をやりなさいよ。力仕事なんだからさ」

早川はおどおどしていたが、敦子はこの状況だと石塚に従うしかないだろうと判断した。

「石塚商会の皆さんの話に合わせるんだから、いいのよ」

そう言って、敦子がカメラ係となった。どこを映すべきか、迷っている暇もなく、トラックから次々におろされるコンテナを映し続けた。

「あんたら二人と私で、一袋ずつ、こっちに用意してある段ボールの中に入れていきましょうや」

石塚が早川、岩城に指示した。

「うちの三人が、梱包作業をやります。慣れた者でないとなかなか綺麗《きれい》にできないからな」

六人が、袋を段ボール箱に入れること、箱をテープで留めることの二つの作業に分かれて取り組むことになった。つまり段ボール箱に袋詰めされた金を入れる者とテープで留める者がそれぞれ二人組になる。

「袋の番号と箱の番号を一致させなければならないってことですから、あんたたちも番号には十分に注意してください」

これはなかなかの作業だった。

早川、岩城、そして石塚社長の三人がビニール袋を持ち上げる。するとブラジル人の三人が袋の番号に合った段ボール箱を用意する。早川らはビニール袋を段ボール箱の中に綺麗に入れ込むと、それぞれの相棒が段ボール箱を手早く閉めて、テープで留めるのだ。

一袋が十キロだから、やはり重労働だ。だが、慣れるに従ってスピードが上がった。途中、作業が止まるのは、石塚社長がくしゃみをするときだけだ。

こうして作業に没頭すると、一袋に一億円という大金が入っているという事実が、だんだんどうでも良いことのように思えてくる。

「この中身、玩具《おもちゃ》の札束という話だが、なかなか精巧にできてますなあ」

作業中に、石塚が言った。

なるほど。

それなら彼らが驚きもせずにこうして働いている理由がわかる。

敦子が撮影を続けている間に作業はどんどん進み、いつの間にかトラックの横に段ボール箱が積み上げられている。

そして、十箱で一つの山ができて、その山が十個、連なっていく。

「さあ、これをもう一度、トラックに積みましょうや。それで仕事は終わりですわ」

石塚社長の音頭で再び、全員が作業に取りかかる。

敦子の仲間たちはトラックの荷台に上がり、石塚商会の社員三人が下から箱を放り上げる。中身が本物の現金だと思っていないためか石塚商会の連中は、ポルトガル語で妙なかけ声をしながら、ひょいひょいと箱を放り上げた。それを岩城、早川、石塚社長の三人が必死で受け取っていく。

作業を始めてから一時間は経っていた。

敦子はカメラを動かしていただけだから何ともなかったが、特に太っている早川は作業着を汗で濡《ぬ》らしている。

全ての箱がトラックの荷台に収納できたところで、石塚が箱の数をチェックするように言う。石塚に言われるまでもなく、やらなければならないことだ。

ここでカメラを早川に渡して、敦子と岩城で箱のチェックを始めた。敦子は発信器のことを半ば諦《あきら》めていた。一度、チェックが入ると、これからも繰り返されるような気がして仕方がない。

箱のチェックは順調に進んだ。持ち上げてみては重さを確認する。問題は全くない。

その作業が終わりに近づいたところでメールが入った。

「メールです」

敦子はそう言いながらも箱の確認を続けた。もしも空箱を持って行ったら意味はない。きちんと入っていることを確認しなければならない。

だが、この石塚商会でのことは、あとから確認すればよいだろう。カメラを通してたくさんの目が状況を把握している。百個の箱に細工することは難しく、江藤の言う通り、百億円という金額の大きさが犯人の動きを難しくしていると思った。

「箱が百個あることが確認できたら、通信係はポケットにある十五万円を段ボール箱代金、作業代金、お礼として石塚商会社長に渡してください。そして、すぐにトラックを発車させます。行き先は、浜松城公園です」

十五万円のことは、さっきから承知している。だから、すぐに敦子は石塚に手渡した。

「ああ、ありがとうございます。……いやあ、それにしても申し訳ないですなあ。こんなにたくさんいただいて」

横に並んでいる三人のブラジル人も輝くような笑顔だった。彼らにも特別手当が出されるのだろう。

「段ボール箱代だけなら、二万円ですからねえ」

そう言って、ハハハと笑ったあと、また大きなくしゃみをする。

「皆さんはまだお仕事でしょうけど、頑張ってくださいね」

石塚はそう言いながら、お金を数え、十五枚あることを確認して領収書を渡した。

「また、何かありましたらよろしくお願い致します」

そう言って頭を下げる。

敦子はこれ以上、ここにいる必要はないと判断し、荷台に乗り込んだ。

「浜松城公園だって。出発しましょう」

敦子の言葉に、岩城がエンジンを掛けた。

「たぶん、そこに到着する前に何か連絡が来るんでしょうけど」

出発を前に、石塚商会の社長と社員全員が、こっちに向かって手を振っていた。

「何だか変な感じだね」

カメラが回っていることも忘れて、敦子は思わず、そう呟《つぶや》いた。


次のメールは警察本部からだった。

出発して一分、というところだろうか。

――犯人側から最先端科学センター宛《あて》にメールが入った。内容は以下の通り――

『警察による浜松市南区卸本町周辺での道路の封鎖、ありがとうございました。おかげで作業は滞りなく終了したことを確認しました。現在、運搬車両は浜松市内を走行中です。卸本町での作業はこれで終わりになりますので、道路の封鎖は解除して頂いて結構です。これまで取引の手続きが順調に進んでいることについて、感謝します。あと少しのお付き合いをよろしくお願い致します』

――よって、卸本町周辺の道路規制は終了した。なお運搬車両の前後には覆面パトカーが複数台ついており、万全の態勢を取っているので安心するように――

筋が通っている。

だが、それが妙だった。

ということは、段ボール箱に入れたことにも意味があるし、敦子のポケットに今も残されている三十五万円にも意味があるに違いない。そして、既に敦子たちは犯人の手中にあるのかもしれない。

そこまで考えたとき、再びメールが入った。今度は犯人から敦子たちに宛てたものだ。

「メールが入りました。読み上げます。……運搬車は今から浜松市南区若林《わかばやし》町にあるエクスプレス配送社に向かってください。国道二五七号線沿い、黄色い看板が目印です。約十分後に到着できる距離です」

エクスプレス配送社とは、最近、急成長の宅配会社だ。元々は引っ越しを専門としていたが、数年前に宅配業に参入し、徹底した価格破壊と種類の多いサービスで有名になってきた。

宅配便の会社に行くのだから、何かを送るのだろうか。それとも受け取るのだろうか。まさか、ここにある一億円入りの箱をどこかに送るというのではないだろうか――

汗が出てきた。

なぜならば、今、自分が考えたシナリオこそ、全ての解答のように思えたからだ。

段ボール箱に入れさせた理由は、これから宅配便としてどこかに送るためだ。

敦子のポケットに入っている三十五万円は、その宅配にかかる代金だ。最先端科学センターで段ボール箱に入れさせなかったのは、宅配便で送ることを事前に察知されないためかもしれない。そして現金を箱に入れる途中で、すり替えられたり発信器などを仕掛けられたりすることを阻止するためか。

しかし、なぜ宅配便なのだろうか。

宅配便で送るのならば、送り先の住所が明らかになる。どんな遠くであろうとも、受取人がはっきりとするし、その控えが敦子たちの手元に残ってしまう。

これでは犯人側に金が渡らないのではないだろうか。

では今後、宅配業者のもとから、何らかのトリックを使って金を奪うつもりなのだろうか。あり得るかもしれない。もしくはエクスプレス配送社の中に犯人の仲間が既に入り込んでいて、何らかのすり替えを行う準備があるのか。

しかし、幸いなことに敦子のポケットには発信器が入っている。もしかしたら、この小さな機械がここで役に立つかもしれない。

そんなことを考えているうちにトラックは目的地に到着した。

「到着です」

運転席から岩城が言った。

エクスプレス配送社の敷地は、出入りするトラックのために十分に広い。しかも敦子たちが来ることを彼らは予測していたらしく、すぐに数人の社員がトラックの誘導をする。

「メールです」

タイミング良く、犯人からのメッセージが届く。

――エクスプレス配送社に鈴木《すずき》則夫《のりお》という方がいます。

その方に全てお願いしてありますので、そちらの指示に従ってください。現金の入った段ボール箱は全て鈴木さんの指示に従って発送することになりますが、そのとき、通信係は発送にかかる代金として三十五万円を支払ってください。

今回の取引は、全ての荷物が送り状の指示通りに配送され、送り状で指定されている受取人が荷物を受け取るまで終了しません。

よってエクスプレス配送社が行う配送業務を妨害することはできません。また、最先端科学センター側は受取人がきちんと受け取ったことを確認することはできますが、その受取人から金銭の返却を求めることはできません。

もちろん受取人が自主的に金銭を返却する場合についてはその限りではありません。発送が滞りなく行われたことが確認できれば、そこで運搬員の役割は終わりとなります。レンタカーの返却を行い、仕事を終了してください——

予想をしていたくせに、読み上げながら、混乱した。

このメッセージの通りだとすると、百億円は一億円ずつ——うち一つは五十万少なくなっているが——箱詰めにされたまま、どこかへと送られていくことになる。そして、中の一億円は、送り先の人物の手に入るのだ。

ということはどうなる？

送り先に犯人はいるのだろうか。まさか送り先の全員が犯人だとか？

敦子はふうっと息をついた。

体中が熱くなったが、それを醒《さ》ます術《すべ》がない。全てが彼らの思惑の中にある。

だが、ポケットの中にある発信器の存在がとても頼もしく感じられた。ここで二十個の小さな機械を、ランダムに箱に仕掛けてやろう。それも、箱の全てがエクスプレス配送社に引き渡されてからがいい。そうすれば、少なくとも犯人が自分たちの責任を追及することはできない。

荷台から下りると、エクスプレス配送社の制服を着た若い男性が待っていた。

名札に鈴木則夫とあるから、彼が担当者なのだろう。

「御利用ありがとうございます」

深々と頭を下げた。彼は敦子が刑事だと知らず、単なる大口の客だと思っている。

「御依頼の通り、送り状は用意していますし、スタッフも待っておりますので、発送の手続きをさせて頂いてよろしいでしょうか？」

敦子は頭を下げて、お願いするしかない。

鈴木は営業スマイルを浮かべて、敦子を事務所の中へと案内した。代金の支払いをさせるためらしい。振り返ると、鈴木と同様にエクスプレス配送社の制服を着た男性が数名、運搬車の荷台に集まってきている。

鈴木は敦子の視線に気がついたようで、

「御依頼の通り、段ボール箱の番号と送り状の番号を合わせて発送します。安心安全、確実格安がモットーです。どうぞ御安心くださいませ」

事務所にはいると、既に三十五万円の領収書ができている。

手続きはあっという間に終わる。領収書をポケットに入れ、足早に外に出た。

運搬車から一億円入りの段ボール箱が次々におろされている。その様子を早川が撮影しているが、エクスプレス配送社の社員たちは、石塚商会の連中と同じで、全く緊張感がない。

いつもの業務を淡々とこなしているようにしか見えないし、たぶんそうなのだろう。

社員の一人が、段ボール箱の番号を確認しながら、送り状を貼り付けている。

どこが送り先なのだろうか。

一番、近くの段ボール箱を見ると、それは九番の箱で、次のような宛先《あてさき》になっていた。

――東京都港区西麻布《にしあざぶ》四丁目○の△　特別養護老人ホーム、希望の里　様――

「特別老人ホーム？」

思わず声に出した。それを鈴木が聞きつけて、

「どうかなされましたか？」

敦子はハッとして、

「いえ、何でもないんです」わざと笑顔を作った。「あのー、送り状の控えはいただけるんでしょうか？」

「もちろんです。全ての作業が終わりましたら、一括してお渡ししますので、しばらくお待ちください」

鈴木が事務所に戻っていくのを確認してから、送り状を見ていくことにした。

――青森県八戸《はちのへ》市小中野町三丁目□番、特別養護老人ホーム、悠久寮　様――

――群馬県沼田《ぬまた》市利根《とね》町△の○、特別養護老人ホーム、日光会　様――

どうして特別養護老人ホームなのだろうか……。

一億円がそれぞれの老人ホームに渡されても、犯人は何の得もしないはずだ。

今度は少し離れたところの段ボールに近づいて見る。

すると、今度は全く違う宛先が書かれていた。

――長野県松本市里山〇番地、松本高原温泉組合　様――

――静岡県伊豆市月ヶ瀬□番地、中伊豆山の里温泉組合　様――

今度は温泉組合だった。

老人ホームと温泉組合、全く意味のない組み合わせに思える。

混乱していて、喉《のど》がからからになってきた。このことを早く本部に伝えなければならない。

そして、何が起こっているのか、きちんと分析しなければならない。

「手続きは終了しました。これが送り状の控えです」

営業スマイルを浮かべて、鈴木が送り状の束を敦子に手渡す。

「ありがとうございました」

鈴木が言う。

敦子は無言だ。混乱で言葉が出ない状況だ。

そのとき、再びメールが入った。

半ば自動的にそれを口に出して読む。

「以上で、運搬員の役割は全て終了しました。カメラ撮影も終了です。お疲れ様でした」

読み終わったところで、後ろから早川が敦子の肩を叩《たた》いた。カメラを下ろしたところだった。

岩城が向こうからやってきた。汗だくだった。

「終わりましたね」

岩城が言った。

「いや、これから始まるのよ」

敦子がそう返しながら、ポケットの中から発信器と警察手帳を取り出した。

すぐにエクスプレス配送社に依頼しなければならない。発信器の取り付けを含んだ捜査への全面協力を。

7

百通の送り状の内訳が、すぐさま捜査本部のモニターに映し出される。
——一億円の送り先一覧
送付先県別
静岡県に二十、あと四国の四県と沖縄、北海道をのぞいた四十都府県に各二
送付先種類別
老人ホーム二十、温泉組合二十、大学関連の研究所二十、環境保護団体十、民間研究施設十、障害児・者施設十、個人名十
※五十万少ない百番は静岡県内の個人宛
敦子は疲れていた。しかしここで倒れるわけにはいかないと、最先端科学センターに戻るとすぐに捜査本部に顔を出したが、そのまま働く羽目になった。大事なときだから文句を言えないが、これまでの緊張感から、体が崩れ落ちそうな疲れを感じていた。

「一つ、気になる事実があるんだよ」

発信器の取り付けを含め、一通りの報告を終えると、丸之内はねぎらいの言葉よりも先にそう言った。

「何ですか？」

敦子も疲れたなどと口にできない。ここは気力で前に進むしかない。

「これを見てくれないか」

本部中央にある画面が切り替わって、宛先一覧が現れた。丸之内はそこに並んでいるリストのうちの一つを指さして、

「これは宛先の中から民間研究施設を選び出したものなんだが、その中に露日経済協力研究所があるんだよ」

「露日経済協力研究所？　何ですか、それ？」

住所は東京都杉並区。他の研究所がバイオテクノロジーやエネルギー、コンピュータなど、いわゆる理系のものなので、経済を掲げるこの研究所が目立たないわけではない。

丸之内は面白くなさそうに、

「坂谷隆盛がかかわっている団体でね、これまでも江藤調査官がマークしていたということだ」

「じゃあ、これで何かわかるとか、動けるとか、あるんですか？」

丸之内は首を振って、

「いや、何もできないだろうということだ。……もちろん犯人は意図してこの団体を選んだろうが、それで坂谷を犯人と決めつけるわけにはいかない。そして子どもを無事に保護していない今、犯人の意図に反して、このグループ宛の荷物を止めるわけにもいかない」

疲れた身体にコーヒーを流し込みながら、頭を働かせる。

坂谷隆盛と関係が深い研究所が宛先に選ばれている。だがこれは何を意味している？

敦子自身は、これまで中年男と高塚の倉庫の二人組を犯人の中核に位置づけている。その連中が坂谷隆盛と面識があった、もしくは何らかの連絡を取り合った、ということなら理屈が通るかもしれないが。

「坂谷は犯人グループの一員だろうか？」

丸之内が自問自答するかのように呟《つぶや》いた。

「一員だったら、こんな風に送らないように思います。宅配会社なんかに頼まず、もっと堂々と奪う、そんなイメージがあります」

「やはりそうか？」

「だって、坂谷隆盛は江藤調査官への対抗心があるはずです。ですから、今回の手続き——百億円を百個の箱に入れて、宅配会社を使うという——は、らしくないと思います」

「まあ、そういうことだろうな」丸之内は頷《うなず》く。「たとえ坂谷が犯人だったとしても、彼のところに入るのは一億円だ。百億円からすれば、たった一パーセントに過ぎないわけで、それも不思議な気がする」

「じゃあ、犯人側は何をする気ですかね？」

敦子が訊《き》くと、丸之内は腕組みをする。

「わからん。この研究所のことは横においておいて、あとはただひたすら、可能性を潰《つぶ》していくしかない。さっき江藤調査官とそう話したところだ」

そこまで話したところに、早川と岩城が戻ってきた。二人ともげっそりとしている。

岩城は運転に気を遣ったろうし、早川は石塚商会の場面をのぞき、ずっとカメラを構えていた。その上、二人は重労働も行っている。

「疲れているところ悪いが、報告をしてもらおうか」

そう言いながら丸之内は江藤を呼びに行く。

江藤は電話中だったが、手早くそれを終わらせて、敦子たちの顔を見ると、小さく頷いて見せた。彼なりのねぎらいだったのかもしれない。

「犯人側の思い通りに進んでしまったが、発信器を付けられたのは良かった」

丸之内がそう評価した。

確かに、それ以外のことは全て犯人グループの計画通りだったと言えよう。彼らから次々に送られてきたメールは、相変わらず外国のサーバーを経由しており、どこから送られてきたか確認が難しいし、当然だが、宅配便を使うことも想定外だった。しかも百億円が一億ずつ箱詰めされ、百か所に送られている。

そして、その送り先について――

「一億円が坂谷隆盛に関係した研究所に送られていることの他は大丈夫なんですか？　送り先で、他に何か気になるところはないんですか？」

早川が訊くと、丸之内はゆっくりと首を振る。

「あとは何もない。坂谷隆盛との関係はないし、他の点からも真っ白だ。もっとも個人の住所は確認ができていないから、そこから何か出てくるかもしれないが」

「でも、百億円はまだエクスプレス配送社の倉庫かトラックの中ですよね？　坂谷の一億円を含めて、未《いま》だ犯人の手に渡ってないってことですよね？」

早川が言ったが、それには全員が頷く。

「つまり勝負はこれからだってことだ」丸之内が言う。「君たちがやらされたのは、発送までの手続きということになる。一億円ずつ、ビニール袋に入れ、それを段ボール箱に入れさせ、さらにエクスプレス配送社で発送する……」

「どうしてはじめから段ボール箱に入れさせなかったんですかね？」

岩城の言葉に、すぐに丸之内が反応して、

「それは段ボール箱に入ってしまったら、中が確認できなくなるからだろうな。……空箱だったり偽物が入っていたり、もしくは発信器などのトリックが入ったりしないように、彼らは自分たちの見ている前で、トリックのない段ボール箱に札束を入れさせたかった、そういうことだよ」

「私もそう思います」敦子も同意見だ。「……ビニール袋であれば中が確認できますけど、それが箱に入った瞬間、見えなくなります。だから、カメラで映させたり箱に入れる直前に発信器の有無を調べさせたりしたんだと思います」

「じゃあ、やっぱりこれからですね」

岩城が言う。

「そうだ。だから今、態勢を整えている」

丸之内が状況を説明した。

既に石塚商会とエクスプレス配送社の両方に捜査員を差し向けていた。しかし、日曜だったせいか、石塚商会は社長も社員も早々に帰宅してしまったらしく、十分な捜査ができていない。

一方、土日も営業するエクスプレス配送社からは全面協力の約束を取り付けたと言う。

「途中で入れ替えることはできない、というのがエクスプレス配送社の見解なんだ」

最近はエクスプレス配送社に限らず、どの宅配会社も、一つ一つの荷物に付けた送り状にバーコードを付け、コンピュータによる管理を徹底している。全ての送り状にバーコードが付けられているわけで、全く同じ箱を用意したところで同じ送り状を複製することはできず、途中での入れ替えは不可能だと言う。つまり発信器などつける必要がないくらい管理されているとエクスプレス配送社は言うのである。

「送り状をあらかじめ複製しておくという可能性はないですか？」

敦子が訊くと、これも難しいと丸之内は言う。

「送り状は、君たちが行ったあの事務所で用意したものだそうだよ。つまりね、連中はメールに添付して送り状に必要なデータを送ったのだ。そのメール文も既に手に入れているんだがね」

――エクスプレス配送社、浜松支社様　三月十七日（日）十時半過ぎに、百個の荷物（サイズは添付ファイル参照）の配送をお願いしにトラックでうかがいます。その際に必要なデータを添付しますので、送り状をあらかじめ用意し、すぐに添付できるようご準備をお願い致します――

「では、もっと手荒な真似をする、とか……」

早川が言う。

「手荒、というと？」

「その荷物が載ったトラックごと、強奪するということです」

「じゃあ、なぜ百個の荷物をあんなにバラバラな場所に送るんだ？　一か所にまとめておけば、一つのトラックを強奪するだけで全てを手に入れられる」

「そうですね」

「そうは言っても、その辺はぬかりなくやるつもりなんだ。……エクスプレス配送社の全面協力を得て、全ての段ボール箱が警察の保護のもとに移動できるように、今、調整中なんだよ。もっとも、ここは江藤調査官にお願いをして、関係する都府県の警察本部に協力を得なければならないんだが」

　気の遠くなるような作業だった。だが、一つの段ボールに一億円という大金が入っていると思うと、そうは言っていられない。

「正直に言って、裏を掻《か》かれましたね」

江藤がそう切り出した。いつも強気な彼も、さすがに焦燥感を隠せない。

「裏を掻かれた、と言いますと？」

丸之内が訊くと、江藤はうつむいて、

「私は、百億という額の大きさが、犯人を苦しめるはずだと踏んでいたのですが、この状況は明らかに逆です。我々が百億という額の大きさに苦しめられている」

　百個の箱は、百か所に向けて発送された。

静岡県内には二十あり、そのうち十が西部地区となっているが、それでも多量だ。

一つの荷物を追うのに、二人の捜査員が必要だと考えると、県内だけで四十人。県外に運ばれる荷物も、静岡県の中を移動するときは静岡県警で捜査員を貼り付けなければならず、かなりの人員が割かれることになる。

そして、この仕事は失敗が許されない。

「こうなると、発信器はつけてもつけなくても同じように思えますね」

あれだけ苦労してつけたのに、敦子自身がそう思ってしまう。

丸之内や江藤はもちろん、早川やそれ以外の捜査員も、そのことについては同感で、結局、全てが犯人の手の上で進んでいるようにしか思えないのだった。

「宛先《あてさき》も気になりますよね？　坂谷の関係する研究所はさておき、他の老人ホームとか障害児者施設に環境保護団体、そして研究施設。でも、そういう団体だけかと思うと、個人名が入っていたり温泉組合だったり。いったいどういう基準で選んでいるかもわからない」

早川が言う。敦子はそれに続いて、

「全てが送り返されてくる、という可能性はありませんか？　全てが実在していない団体だったり別の事情があったりして、結局、送り主に戻ってくる、とか……」

敦子は送り状の控えを見たのだが、その中で気になる部分があったのだ。

もしも受取人がいない場合、送り主に送り戻すというところに印が打ってあったのだ。

「個人名以外は調べたが、どの団体も実在が確認されているんだ。しかも送り主はこのセンターになっていたのではなかったかね？」

丸之内が言う。

「そうでした。確かにこのセンターが送り主になっていました。……ということは、このままでは犯人の手に入らない、ということになります」

「ところで——」岩城が口を開いた。「宅配便だと、明日か明後日《あさって》に到着することになりますね」

「そうだな。だが、そこでもう一度、考えなければならないことがあるんだよ」

丸之内がふうっとため息をついた。

「わかります」敦子が言う。「課長、その後の動きですよね？　犯人からの指示では、科学センターも警察もエクスプレス配送社の配送業務の妨害をできないし、受取人に金銭の返却を求めることもできない、としていますから」

丸之内はそこで江藤に向かって、

「江藤調査官、その辺はどうでしょう？　これから受取人には協力を求めていかなければならないのは確かです。中身を見せて頂いて、我々が用意した金があるのか、それ以外にメッセージはないか、受取人に対して、犯人側からの働きかけがあるのか、もしくは既に何かあったのかどうか……」

江藤が腕組みをした。

「もしも金がまともにそこに到着したとしたら、返却を求めることはできないでしょう。少なくともヒカリが無事に帰ってくるまでは。……いや、ヒカリが無事に帰ってきたとしても、受取人が自発的に戻してくれるのならともかく、強制できないでしょう」

「というと？」

「ヒカリの存在が秘密だからです。よって、この事件も社会に知られてはならないことです。……もしも受取人たちが、我々の動きをマスコミに流したらどうなりますか？　だいたい一億円が届いただけでもニュースです。これらをマスコミに知られないようにしなければなりません」

そうだった——

この事件は、社会的にはないはずのことだ。

「もしかしたら、ここが最も難しい局面かもしれないな」

丸之内が言った。

「相手が団体であれば、それなりに理性的な対応が期待できる。だが、個人名のところはなかなか難しいだろうな」

今朝、百億円を運搬車に積み込んだとき、今日の夜までに事件が終わるだろうと考えていた。終わらないまでも、犯人に迫るか、逆に犯人にしてやられるか、その結果くらいはわかっているだろうと踏んでいた。

だが、それは間違いだった。

幸か不幸か、事件はまだ続いている。犯人は見えないどこかで、まだ盤面を睨《にら》んでいる。敦子はそう確信していた。

8

三月十八日（月）——

昨日から今日にかけて、これほど警察が一度に動かされた時はなかったかもしれない。

百個の段ボール箱の行方を追い掛ける捜査員たち。

全ての段ボール箱を監視し、犯人側からの攻撃に備えていたが、今のところ、不穏な動きは全くない。

二十個の発信器は動いているが、行方不明になった荷物はなくて、敦子が自分で指摘した通り何の意味もなしていないのが実情だった。

本来はもう一日掛かる東北や九州などの遠方であっても、エクスプレス配送社の格別な努力によって、今日中に全てが受取人に届くことになった。

そして最初の配達が、本日の午前十時頃。

場所は浜松市内の、それも最先端科学センターから車で十分の距離にある老人ホームだったのだ。

敦子は丸之内、岩城らと共に、その現場に向かった。

浜松市南区新橋町。特別養護老人ホーム、新津の家——

浜松では最も古い老人ホームで、建物の老朽化も激しく、その玄関について敦子も驚いたほどだった。特別養護老人ホームというのに、車椅子への対策が十分ではなく、玄関のスロープでさえ、あとから職員が手作りをした物だったのだ。

「いいですよ、何でも協力します。私どもは、皆さんに支えられているわけですから」

新津の家の理事長である山岡達子《やまおかたつこ》がそう言って迎えた。

山岡達子は敬虔《けいけん》なクリスチャンで、元々は看護師だったと言う。ずっと独身を守っており、地元の病院で、特に癌患者のターミナルケアを中心に仕事をしてきた人格者である。

敦子はよく知らなかったが、浜松に住んでいる岩城がそう言うのだ。

「山岡先生は素晴らしい方ですよ。新聞に取り上げられたのを私、読んだことがあります」

山岡は七十を超えていたが、敦子よりずっと姿勢が良く、きびきびとした動きをしていた。

「ええ、別に不審な電話も手紙もございません。今日、皆様がいらっしゃらなかったら、私も平凡な毎日を重ねていただけでしょう」

山岡はにこやかに言う。

敦子たちは、山岡に言われて理事長室に入り、あたたかいお茶をもらったが、そのうち内線電話がかかり、荷物が到着したことがわかった。

「さあ、お目当ての荷物が届きましたよ。何が入っているんでしょう? 私、わくわくしますわ」

山岡がさっと立ち上がると、事務員があの段ボール箱を運んできた。

二人がかりだ。かなり重そうに見える。敦子も重いのを知っていたが、二人で運ぶほどとは思わなかった。それとも、あのときは興奮状態で、その重ささえ感じられなかったのだろうか。

「私が開けるんでしょうか？」

山岡が少々、芝居がかった様子で言う。

「お願いします」

丸之内が丁重に頭を下げたが、すぐに思いとどまって、

「やはり私たちがやりましょう。……御説明できないのが申し訳ないのですが、もしも何か危

険物が入っていたら取り返しのつかないことになります」

「危険物ですって?」

山岡が口をへの字に曲げた。

「いや、念のためということです」

丸之内が言うと、山岡は胸に手を当てて、

「そうでしょうね。でも、警察の方が三人もいらしているわけですから、何らかの問題はあるかもしれません。……私、何だか本当に楽しくなってきましたわ」

山岡は人格者かもしれないし福祉分野ではかなりの力を持っているかもしれない。だが、ここでは場違いにしか思えなかった。

敦子は事務的な言い方で、

「では、開けさせて頂きます」

白い手袋をはめてから、一歩、前に進み出た。岩城も一緒に箱の横にしゃがみ込む。

用意してあったカッターナイフを使い、段ボール箱に張られているテープ——これは敦子の目の前で石塚商会の連中が張ったものだ——に切れ目を入れる。

何も起こらない。考えてみれば当たり前で、この段ボール箱は発信器こそ付けられていないものの、ずっと敦子たちの監視下にあった。

岩城が一気に段ボール箱を開けた。

「あら、何かしら……」山岡が敦子のすぐ後ろから覗《のぞ》き込んでいた。「何か、たくさん入っているわね」

山岡の言う通りだった。

箱いっぱいにビニール袋があって、その向こうに一万円札の束が見えている。もちろんそこに札束があると敦子たちは予想しているからこそ、そう見えるのであって、何も知らない山岡には何が入っているかわからないだろう。

見ただけだと、何の変化もなさそうだった。昨日の今頃、石塚商会で入れたままになっている。ということは、どうなるんだろうか？　犯人の目的はどこにあるのだろうか？

「出してみて」

丸之内の指示に従って、段ボール箱からビニール袋を取り出す。

取り立てて、何にも起こらない。ビニール袋以外に、何かが入っているわけでもなく、やはり石塚商会での作業のままだ。

「何かあると思ったんだが……」

丸之内が呟《つぶや》いた。

「このビニール袋に入っているのは何ですの？」

山岡が訊《き》く。

それに敦子は答えられず、丸之内の顔を見る。丸之内は決断をするように一つ頷《うなず》いてから、

「現金ですよ、山岡さん」

「現金？　あっ……」

山岡が口に手を当てた。

「何か心当たりでも？」

敦子が訊くと、山岡は焦った様子で、

「まさか一億円、入っているんじゃないでしょうか？」

山岡はうろたえている。そして、自分の机から一通の茶封筒を持ってきた。

「私、この手紙がこの荷物と関係がないと思っていたんです。脅迫めいたことは全くなくて、不審というより単なる悪戯《いたずら》の手紙だと……」

封筒の表には、新津の家、山岡達子様と綺麗《きれい》に印字されており、速達で郵送されてきている。

嫌な予感、というか、既に確信に近いものがある。

つまり、これは犯人からの手紙なのだろう。

「読ませて頂いて、よろしいですか？」

丸之内が訊くと、山内はすぐに頷く。丸之内は手袋をはめて、その手紙を受け取った。

「あら、刑事さん。私、そんな重要なものだとわかりませんでしたので、普通に手で触ってしまいました。私の指紋がたくさんついているでしょうね」

「大丈夫ですよ。念のためにやっていることですから」

丸之内は安心させるように言いながら、封筒の中から紙を引っ張り出す。

A４の大きさ、プリントアウトしたままの用紙だったが、あの犯人が用意したものならば指紋とか、そういう初歩的なミスを犯すとは思えなかった。

丸之内が読み始めた。

——新津の家、理事長、山岡達子様

突然のお手紙を失礼致します。

山岡様をはじめとする新津の家の皆様は、これまで老人福祉の現場で、並大抵でない御苦労を重ねていらっしゃったと推察しております。

そこで私は、山岡様をはじめとする皆様の御苦労に敬意を表し、別便にて現金、壱億円を送らせて頂きました。

寄付金は明日か明後日《あさって》に到着する予定です。

山岡様をはじめとする新津の家の皆様が、この壱億円を地域の老人福祉充実のため役立てて頂けることを信じております。

私は基本的にこの寄付行為が世間に知られることを好みませんので、このことを秘密裏に処理して頂ければ幸いです。ただし最先端科学センターや警察、政治権力が私の行為を阻止するようでしたら、私が責任を持って然《しか》るべきところに連絡を入れたいと思いますので、山岡様から直接、新聞社等にその非道を訴えて頂ければと思います。なお、この寄付金を返還したい場合は、国立最先端科学センター、広岡事務長に御連絡ください。

敬具。

国立最先端科学センター、相模原晃一――

気になったのは最後の部分だった。

この寄付行為を世間に知られたくはないが、最先端科学センター、警察、政治権力が阻止するようならば新聞社に直接、その非道さを訴えて良い、という部分――

ヒカリのことが国家的な機密だからこそ成り立つことで、これはある種の脅迫だと考えた。だが、山岡は一億円という額の大きさと幸運に興奮状態にあり、そんな詳細な文章には気を取られていない様子だった。

「相模原晃一というのは、あの相模原博士ですよね?」

山岡に訊かれて、仕方なく敦子が頷く。すると山岡は嬉々《きき》として、

「あんな立派な博士がこんな変な手紙を私どものところなんかに送ってくるなんて、悪戯に違いないって考えていたんですよ」

嫌らしいやり方だ。

敦子たちは、誘拐されているヒカリが相模原博士であることを知っている。だから余計に犯人側の用意周到さに震えがくる。

「では、この手紙は本物なんですよね?」山岡が興奮気味に言う。「そして、ここには一億円が?」

誰も何も言わない。だが、山岡は無言の承認を得たと理解した様子だった。

「うわー、助かるわ。……相模原博士って、私、存じ上げないんですが、素晴らしいお方なんでしょうね! 私たちのような福祉の最前線で頑張っている者にこのような寄付をしてくださるなんて」

それから山岡はビニール袋に近づく。さすがに開けようとはしなかったが、顔を近づけて、中に一万円の札束があることを確かめた。

「一億あれば、この施設を生き返らせることができますわ。……もちろん事務方と十分に相談

しなければなりませんが、少なくとも、エレベーターを付けることができますもの」

丸之内がふうっと息をついた。

「どうしましょう？」

岩城が丸之内と敦子を山岡から引き離して訊いた。丸之内は小さな声で、

「取り上げるわけにはいかないだろうな。……この人が連中とかかわりがないことは一目瞭然《いちもくりょうぜん》だし、ここで我々が何かをすることもできない」

「それに同じことが、他でも起こっている、もしくは起こりつつあるわけですものね」

敦子が言った。

「その通りだよ。いずれにしろ、もう一度、状況を把握すべきだろうね」

結局、その一億円はすぐに銀行に来てもらい、金庫に保管することになった。

敦子たちは山岡から手紙を借り受け、さらに現金の捜査をする許しを得た。

山岡は不安げだった。

「その一億円、私どもにいただけるんですよね？　神様が私たちに下さったものだと思うんです。どうか、その手紙にあるように、私どもの手にお渡しください」

怒りを感じたが、山岡にぶつけるべきでないことはわかっていた。いや、怒りに加えて、力が抜けてしまいそうな敗北感に襲われていた。もっともこうした感情は、この事件が始まってから何度も味わっていたのだが。

※

その日の昼から午後にかけて、次々に連絡が入ったが、どこも状況は変わらない。敦子が発信器を付けた物もその中に入っているが、全てが役に立たなかったと言えよう。

老人ホームの全てが、新津の家と同様の手紙を受け取っており、全ての施設長が山岡達子と同様の反応をした。大学の関連研究所も同様だったし、障害児・者施設も環境保護団体も同じだった。温泉組合に至っては、地域復興の基礎とするとのことで、警察が止めなければ、大々的にマスコミに露出し、相模原博士に対する感謝を表明したいと息巻くところばかりだった。

一方、注目されていた坂谷隆盛と関係がある露日経済協力研究所だが、ここも他と同様に一億円は驚きと歓迎の声で迎えられた。

もっとも研究所は坂谷隆盛の私的なものではない。内部事情はわからないが、そこから金を取り上げる方法はない、というのが捜査本部の見解だったし、丸之内によると警視庁の公安も同様の反応をせざるを得ないのではないか、とのことだった。

「連中はこういう寄付がやりたかったのか？　それで満足なのか？　そんな神様のような連中なのか？」

丸之内が半ば自棄《やけ》になってそういう質問をしたが、誰も答えられない。

どう考えても、彼らには得るところがない。敦子はヒカリがそれを望んでいたのかもしれないと思ったが、それを唯が明確に否定した。

「あの子はお金に興味はありません。それに老人ホームの存在だって、知らなかったと思います」

寄付という発想そのものが、ヒカリには縁がないと唯は言う。

とにかく金は全部、段ボール箱の中に存在し、奪われた形跡はない。寄付を受けた団体の責任を問うこともできなければ、犯人の意図もわからない。よって、ヒカリが戻ってこない今、金銭の返却を求めるわけにもいかず、成り行きに任せるしかないのではと敦子は思っていた。

次々に同様の連絡が入ってきたが、その中に気になるものがあった。

「宛先《あてさき》が個人名になっているものですけど、送り先に該当者がいないんです。なので、荷物は科学センターに送り返されることになるそうです」

最初の連絡が入ったのは、午後二時過ぎ。

静岡県内の個人宛に送られた段ボールを追跡していた敦子の同僚からの連絡だった。

はじめは犯人が住所と氏名の組み合わせを間違えたとか、そういう話だと思っていたが、だんだんとそうではないことが明らかになってきた。

つまり、宛先が個人名だったものは、全て宛先住所に該当者がなく、どれも最先端科学センターに送り返されてくることがわかったからだ。

個人名宛になっていたのは、百箱中の十箱。そのうちの一箱は五十万少ないものだったが、それでも十億円に近い大金だ。これら全ての宛先に該当者がいないというのは犯人の意図が感じられ、それで丸之内がエクスプレス配送社になるべく早くそれらを最先端科学センターに送り返すよう依頼をしたのだった。

個人名の宛先で一番近いのが、県内の富士市で、県警の捜査員が付き添っている上に、偶然、敦子が発信器を貼り付けた物の一つだった。

エクスプレス配送社は特別便に変えてその荷物を運び、それが最先端科学センターの捜査本部に届いたのは夜の七時を少し過ぎた時間だった。

「発信器に異常はありませんし、重さも変わっていませんよ」

運び込んできた捜査員が言う。

見た目も変わらないし、発信器の付けられた位置にも変わったところはなく、敦子がエクスプレス配送社に荷物を置いてから、何の細工も受けていないのは一目瞭然だ。

「だが、犯人側はこの箱が科学センターで開けられるように仕組んでいるわけだから、何らかのトリックが仕掛けられていてもおかしくはないだろう。まさか、他の箱と同じように、一億円を我々にプレゼントしてくれるわけないだろうからな」

丸之内らしくない冗談だったが、それがそのまま彼の緊張を示していた。

江藤が慎重論を唱えた。何かあるといけない、というわけだ。

「既に九十億円が無傷のまま、寄付金という形になったことがわかりました。つまり犯人の目的は金銭じゃなかったということじゃないでしょうか」

江藤が言うと、丸之内がすぐに質問する。

「というと、他の目的が考えられますか？」

江藤は頷《うなず》いて、

「だから危険だと言っているんです。犯人が金銭目的でなかったとしたら、あとはテロです。ヒカリを確保しておいて、科学センターに爆発物を送りつける、などということも考えられます」

江藤の脳裏には坂谷隆盛の存在がある。それが敦子にも伝わってきた。

「しかし今から爆発物処理班を呼ぶのは現実的とは言えないですよ。いくら私が手配しても、数時間は掛かる」ここで丸之内は江藤を諭すように、「それよりも我々は中に何が入っているか、迅速に摑《つか》み、次の手を打たなければならない。そうじゃないですか？」

丸之内の言葉に江藤は頷かざるを得ない。

「私にやらせてください」

敦子は思わず志願した。

もしかしたら、この箱に事件の結末があるかもしれない、そんな根拠のないひらめきがあったからだ。

「私も一緒にやりますよ」

早川も言う。たぶん同じ気持ちだろう。

丸之内が頷いて、それから箱は最先端科学センターの建物の外へと運ばれた。

万が一、爆発物が入っていたときに、被害を最小限に抑えるためだ。

箱に耳を付けてみる。

何の音も聞こえない。これまでトラックに揺られ、場合によっては、荷台から投げ下ろされてきたはずだ。振動に反応するようだったら、既に爆発しているはずだろう。

だが、何もないとも言い切れない。箱を開けたとたん、殺傷能力のあるガスが噴霧されることだってあり得る。爆発物だけが危険物ではない。

早川と目を合わせ、彼が頷いたのを確認してから、一気にカッターナイフでテープを切った。

そして早川が箱を少しずつ開けていく。

何も起こらない。中には何が入っているのだろうか？

ビニール袋が見える。その奥には何かの束があるが……。より詳しく見ようと顔を近づけていったとき、隣で早川が笑い出した。おかしいというのとは少し違う。自虐的と言うべきだろうか。

「木田刑事、そこに書いてありますよ」

早川が指さした。それで遠くで見守っていた江藤や丸之内がわらわらと走り寄ってくる。

「ほら、そこです」

開けた段ボールの裏側の部分に何か、貼られている。

「領収書、だって……」

思わず手に取ろうとして、やめた。これも貴重な捜査資料になるからだ。

「領収書、最先端科学センター様。オークションに際し、ここに壱億円を受領したことを証明します。出品者、スターダスト」

読み上げたのは早川だ。敦子はすぐに反応して、

「じゃあ、こっちのビニール袋の方は？」

すぐに出してみる。ビニール袋の中をよく見てみると、札束の大きさに切られた紙が束にされている。

「すり替えられたんだ」

呟《つぶや》いた。

だが、いつだ？　ずっと目を離していなかったはずだ。石塚商会からずっと、荷台の中でも

エクスプレス配送社に渡すときも。そしてエクスプレス配送社の内部でも。

「こっちに手紙が入っている」

早川がビニール袋の横に茶封筒を見つけた。今朝、新津の家で見たものと同じだ。

「開けてもいいですか？」

早川が訊《き》くと丸之内が頷く。

早川が丁寧に封筒を開けると、慎重に中身を出して、それを丸之内に渡した。

丸之内も手袋をはめている。

「読んでください」

江藤が言う。

「じゃあ、読みます」

丸之内が読み上げたが、その場にいる者は皆、丸之内の背後からその手紙を覗《のぞ》き込んでいた。

——最先端科学センター　様

このたびは商品の落札をありがとうございました。
百億円という私どもの想像をはるかに超えた金額で入札して頂き、誠意溢《あふ》れる対応を頂いたのですが、
しかし、せっかくそれだけの金額で落札して頂いたわけで、私どもの方から減額することは、百億円という額は私どもにとって、負担の大きな金額であると考えました。
商品に価値を見いだして頂いた落札者だけでなく、関係する皆様に対し失礼だと考えるところとなりました。そこで、誠に異例ではございますが、私どもが頂くのは十億円（配送にかかる

費用五十万円は私どもが負担させて頂きました）とし、残りの九十億円については、今回の商品に関係の深い相模原ヒカリさんの意向を踏まえ、全国の様々な組織に寄付させて頂くことにします。

よって、今回の寄付先については、ヒカリさんと私どもが相談して決めたところであり、それぞれの団体とは何の利害関係もないことを強調しておきたいと思います。

さて、代金を頂きましたところで、こちらから商品をお渡ししなければなりません。

商品ですが、先日、御連絡を差し上げた通り、安全な状態で保管しております。

代金を頂いたわけですので、速やかにお渡ししたいと思っておりますが、この商品、御存知の通り、意志がございます。

私どもとしましては、そちらに戻るように手はずを整え誠心誠意の努力をさせて頂きますが、最終的な判断は商品となった御本人のものであると考えます。

御本人が直接、そちらに連絡を入れるように取り計らい、さらに商品にふさわしい自由と力を与えるところまで、こちらの義務とさせて頂き、あとは御本人とそちら様で自由に話を進めて頂ければと思います。

私どもと致しましては、今回の取引にとても満足しております。そのことから、今回の取引を私どもが『シュレーディンガーの猫』作戦と呼んでいたことをお知らせして、感謝の言葉に代えさせて頂きます。ありがとうございました。敬具。

出品者　スターダスト――

読み終わったが、誰も言葉を発しなかった。

この手紙が本当であるならば、個人名が宛先《あてさき》となっている十個の箱の中身は全てすり替わっていることだろう。

つまり彼らははじめから十億円だけを狙っていたのだ。江藤の言葉通り、百億円という額に踊らされていたのは捜査本部の方であり、彼らではなかったということだろう。

としたら、いつだろうか？　いつすり替えが行われたのだろうか――。

そのとき早川が首をひねりながら甲高い声で言った。

「『シュレーディンガーの猫』って何ですかね？　何か、すごく気になるんですが……」

「量子論で、とても有名なパラドックスのことです」

江藤が答えた。

「それが何か今回の事件にかかわっているんですか？」

敦子が訊くと、江藤は首をゆっくりと振って、

「『シュレーディンガーの猫』というのは、オーストリアの理論物理学者、シュレーディンガーが持ち出した実験のことなんですが、それがこの事件としっかりと結びついているかというとそうではないでしょうね。まあ、ここでは連中の洒落《しゃれ》の一つというところでしょう」

「洒落、ですか……」

「『シュレーディンガーの猫』の実験では、猫を箱の中に閉じこめてですね、その他に、その猫を殺せる毒ガスの詰まった壜《びん》とそれを割る装置――そこに量子論が絡んでくるんですが――なんかを用意するんです。……内容を理解するにはそれなりの知識が必要ですから省きますけ

ど、つまり箱の中の猫が生きているか、それとも死んでいるのか、その可能性を論じる実験なんです」

「それがどうしてこの事件と結びつくんですか？」

「彼らは単に箱の中身を言いたかっただけなんでしょうね」

「箱の中身、っていうと、現金ですよね」

「そうです。その現金を箱の中に入れて、本物のままでいるか、それとも偽物に替わってしまうのか。……それは箱を開けてみるまでわからない――」

『シュレーディンガーの猫』の実験のことは、敦子にはピンと来ない。だが、そこにヒカリの匂いを感じる。

十歳の天才児。相模原博士そのものだったヒカリ。あの子だったら、シュレーディンガーの猫のことも、きちんと理解していることだろう。

「今頃になって気がついたんですが」江藤は悔しげに言う。「偽物とのすり替えは、石塚商会じゃないでしょうか？」

「石塚商会、ですか？」

敦子が訊き返す。

「あの場面が一番、混乱していました。わざわざ警察に道路封鎖をさせて、あの場所だけ隔離していました。その上、丁寧にも発信器の有無のチェックも行いました。それに石塚商会の社長とは、まだ連絡が取れていないという話じゃないですか」そこで江藤は段ボール箱から発信器をつまみ上げて、「発信器を付けたのはエクスプレス配送社ですから、すり替えをされてからということになる」

「でもカメラが回っていました」

「カメラは完璧《かんぺき》じゃありません。死角はいくらでもあります。……例えば、封をした段ボール箱を十個ずつの山にしていましたよね？」

「はい」

「十個ずつの山が十個で百個となります。ですが、あれだけの作業を必死でやる中では、全ての山を監視することは難しいです。……もしもあのとき、石塚商会の社員以外に誰かがどこかに隠れていたとしたら、どうでしょう？　あなたたちが段ボール箱に入れること、カメラを回すことに熱中している間に、十箱を入れ替えることなど、簡単にできたはずです。もしかしたら、あの眼鏡にマスクの社長本人が、犯人グループの一員かもしれない」

そこまで江藤が話すと、丸之内が真っ赤な顔で叫んだ。

「石塚商会の捜査はどうなってる？　どっちにしても、あのふざけた社長と社員を捜し出すんだ」

敦子は体中の力が抜けてくるのを感じた。

やはりこの事件は最後まで前代未聞のことばかりだった。

連中は身代金で寄付をし、自分たちが欲しい分だけを手に入れた。

そして敦子たちは、彼らの尻尾《しっぽ》さえ、見ることはできなかった。

9

浜松に戻ってきてからは、ずっと佐久間シズが用意してくれたアパートに転がり込んでいた。程なくして義男が現れたが、そのとき当たり前のようにシズも一緒にやってきた。

「久平、あんた、なかなかの顔つきになったじゃないか」

そう言いながらも、シズはヒカリに会いたくてたまらなかったらしい。

シズは買い物袋いっぱいに食材を持ち込んで、昔ながらの料理を作った。ヒカリのためだと言いながら御馳走《ごちそう》を多量に作り、全員を満腹にすると満足げに帰っていった。

「あたしはね、ヒカリがかわいくてたまらんのだよ。ヒカリがうちにも遊びに来てくれるといいんだがね」

もちろんシズは状況を把握している。だからこのアパートからヒカリたちが出られないことも、この場にいることを警察に悟られないようにすることも承知している。全部が綺麗《きれい》に終わったら、きっと会いに行くからとヒカリが約束して、それでしばらくシズは家で待つことになった。

一方で久平たちは全員でオークションの取引準備を行った。

基本的に全ての計画はできていたし、何よりもヒカリが前向きで明るかった。久平たちのチームワークも万全で、久平を含め、全員が自分の持てる力を十分に発揮することができた。

これはあとから久平が気づいたのだが、この準備期間を久平たちはとても楽しんでいたのだった。

たぶんこれはダンスだ。ヒカリと久平たちが一緒に踊る、華麗なダンスだったに違いない。

そして久平の予想通り、全てが、これ以上を望めないほど、順調に行った。

段ボール箱のすり替え作業は、石塚商会という既に廃業した会社を借りることにした。久平自身が石塚社長を演じ、わざわざ日本語のうまくない日系ブラジル人を三人、社員として雇ったのだ。

これは昔、シズの旦那《だんな》の商売がうまくいっていた頃に世話をしたブラジル人の男の紹介だったから、信頼できると言っていい。日本語が不自由な方が、さらに信頼性が増すだろう、というのが彼らを選んだ趣旨だったが、それはヒカリの天才的な言語能力という前提があってのことだ。仕事内容はヒカリが図に書きながら流暢《りゅうちょう》なポルトガル語で説明し、ついでに、必要最小限の言葉を久平に教えたのだった。

実際にすり替え作業をしたのは、藤治郎と義男だ。日曜日だから、問屋街は閑散としている。その上、警察に道路を規制させ、目撃者のいない状況を作りだした。さらに久平が上手にトラックを誘導して死角を作り、すり替えやすく段ボール箱を積ませたのだ。

正真正銘、一億円入りの段ボール箱十個——ただし正確に言うならば、そのうち一つは五十万少ないものだったが——は、義男のバンで運び出した。

例のトラックがエクスプレス配送社に向かって出発した後、ブラジル人の三人を含め、全員がそのバンに乗って、警察が道路規制を解除したすぐあとに、落ち着き払って卸本町の外へ出た。たまたま警察車両の横を通ることになったが、ちょっとドキドキしたのは、その瞬間だけと言っていい。

そして、一億円入りの段ボール箱が十個、久平たちの手元にある。

しかし、これだけうまくいったのだから、嬉《うれ》しいのかというと、そうでもない。金が手に入った時点で、何となくみんな気持ちが沈み込んでしまった。

「これで久平の借金も何とかなったわけだよね」

ヒカリが言うが、それ以上の成果があったと、久平は思っている。

今回、百億円のうち、十億円のみを自分たちの手に入れ、さらに一億円を坂谷隆盛との約束通り露日経済協力研究所に送ることとし、残りの八十九億円はいろいろなところへの寄付とした。

これはヒカリのアイディアで、『百億円の価値があるヒカリ』と『十億円でも持て余してしまう久平たちの実情』を、単純に組み合わせ、さらに『坂谷隆盛に一億円を渡す』という条件をクリアできるようにしただけのことだった。

だが、結果的に、それは相手を大きな混乱に陥れることになるはずだった。

——百億、用意させたら、全てを奪うと思うのが普通だが、わしたちはそうしなかった。……そこがこの計画のいいところだね——

藤治郎がそう満足げに言ったが、これこそ今回の取引を成功させた最大の要因だろう。

それに、この寄付というアイディアが、久平たちにとってとても嬉しいことだった。

老人ホームや障害児・者施設に寄付したいと言ったのは、藤治郎だった。

彼はへへへと笑いながら、「わしもそのうち世話になるからね」と言った。

環境保護団体への寄付を主張したのは義男で、研究施設への寄付はヒカリの気持ちだった。

久平は、その点、少しだけ打算的で、自分の実家が所属する温泉組合を寄付の先に入れた。

もしも一億という金を、久平の家が所属する温泉組合が得たとしたならば、たぶん久平の宿にもいくらかの金が回ってくるだろう。

「ヒカリ、ありがとう。お前との出会いがなかったら、俺は今頃、死んでたよ」

久平が言うと、ヒカリはお互い様だと言う。

「ボクも久平に会わなかったら死んでたよ。でも久平が一緒にダンスを踊ってくれたから、それで生きる気持ちになった」

ヒカリは自然な笑顔を見せるようになった。肩に入っていた力が抜けて、心の動きが表情や言葉、目の動きから見えてくるようになった。

十億円の金をどうするかは、まだ何も決まっていない。単に手を付けることが怖い、というのもある。

しかし、久平が抱えている心配の種は、もっと別のところにあることがわかっていた。

それはもちろんヒカリのことだ。

ヒカリは今、アパートの一室で生き生きとしている。コンピュータを自由に使い、相変わらず別の言葉を読んだり書いたりしている。紙にたくさんの数式を書いたり図面を引いたりしていることもあるが、そんなヒカリを見ているだけで、久平は幸せな気持ちになる。

しかし、時間はどんどん過ぎて、事件が終わったと思われる日がやってきた。

三月十九日、火曜日の朝。

どう考えても、全ての荷物は行くべきところに到着し、最先端科学センターではすり替えられた箱と久平たちからのメッセージを見つけるはずの頃、ヒカリがいきなり久平を呼んだのだ。

コンピュータの前だった。

「どうした、ヒカリ」

「ボクは帰らなきゃいけないよね？」

「そんなの、お前の自由だよ。お前が帰りたかったら帰る。帰りたくなかったら、帰らない。何なら、俺と一緒に伊豆に来ればいい」

「そんなこと、できるはずがないよ」

久平はヒカリの肩に手を置いて、

「お前、俺たちは星の屑《くず》なんだぜ。どうせゴミなんだ」

「でも踊ってるんでしょ？」

「そうだよ。勝手に踊ってる。どうせ屑だから、何をやっても全く大したことはない。大事なのはヒカリが自分の意志で踊るってことなんだ。誰かに踊らされているうちは、どこにいたってダメなんだよ」

「そうか」ヒカリは考え込んで、「そうだよね……」

息をふうっとついた。

「たぶん今日中に科学センターへ連絡を入れた方がいいだろうとは思うよ。……そこでお前が帰りたくないなら、帰らないって言えばいい。それで大丈夫だ」

ヒカリが最先端科学センターに帰ると言ったら、自分はどうするだろうか？

「ボクが科学センターに帰っても、久平は死なないかな？」ポツンと言った。ヒカリは久平を見て、「死なないよね？　借金も返せそうだし、全てはうまくいった。ボクも約束を守ったし、久平も守った。だから死なないよね？」

女の子で、自分は中年の男。親子でもなく、もちろん恋人でもないヒカリとの距離に、久平は卒倒しそうになる。

「あのね、ユイからメッセージが来た」

「唯？　ああ、お前の世話係のお姉さんか？」

「うん」

「メールできたのか？　それとも別の魔法か？」

「ボクはね、科学センターの中に耳を持っている。それは秘密の耳だったんだけど、ユイと木田敦子っていう刑事がその謎を解いてしまったんだ。……それで、ユイはそのシステムを使ってボクにメッセージを送ってきた」

「そのメッセージ、どうだったんだ？」

「まだ聞いていない」

「どうして？」

「怖いから」

大きな瞳《ひとみ》が久平を見つめた。

「なぜ怖い？」

「わからない」

「死なないよ」

低い声になった。

死なないが、帰って欲しくない、そう言いたかったが、素直になれなかった。相手は十歳の

久平はヒカリを自分に引き寄せて、

「でも聞いた方がいいだろう？　それを聞いてから、お前は戻るか戻らないか、決めるつもりなんだろう？」

ヒカリは静かに頷《うなず》く。

「じゃあ、聞こうよ。大丈夫だよ。俺が一緒だ。な？」

ヒカリはゆっくりと頷いて、コンピュータに向かった。そして貝殻の形をしたアイコンをクリックした。

ざわざわと音がして、そこから若い女性の声が流れてきた。

――ヒカリ？　ヒカリ、私、唯だよ。あんたがいなくなって、いろいろな事件が起こって、私たちはとても大変なことになったの――

あたたかな声で、彼女の気持ちが十分に伝わってきた。

――でもね、前にスカイプで話した通り、私はあなたの秘密を見つけたのよ。それで、あなたは叫んだのよね。

ボクはあなたたちの道具にはならない。ボクが成功したらダメなんだ。ボクのような不幸な存在は他に許してはならない、ってね。

私、哀しかった。あなたの気持ちを全然知らなかった。あなたのことを誰よりも大事にしているつもりだったのに、何もわかっていなかったと知らされたから――

唯の声にすすり泣きが混じっている。

ヒカリは黙って、それを聞いていた。真ん丸い瞳。そして真っ直ぐな唇。

「唯ってお姉さん、いい人なんだな。お前のこと、かわいがってくれていたんだな」

素直にそう言うとヒカリもニコリと笑うが、こういうときに笑顔を見せるところが、昔と違うと久平は思っていた。

——ヒカリ、ここに広岡事務長と安斉博士が来ているの。二人からメッセージがあるから、最後まで聞いてください——

その唯の言葉にヒカリはパッと久平を見て、

「久平、広岡と安斉はボクを作った人間だよ。ボクを実験室の中で創りだしたんだ」

強い口調でヒカリが言う。さっきまでとは違う雰囲気になっていた。

「わかった。だが連中の話を聞こうじゃないか」

久平がそうなだめると同時に、コンピュータから声が聞こえてくる。

——ヒカリさん、広岡です。あなたが自分の力で自分の秘密を見つけたことに、まず私は敬意を表さなければならない。そして、それをきちんとした形で君に説明しなかったことを謝罪しなければならないだろうね。……それはここにいる安斉も同じ気持ちでいる。な、そうだろ？——

——ヒカリさん、安斉です。私も広岡先生と同様に思っています。あなたが指摘した通り、私たちにはそういうつもりがなくても、あなたを道具のように扱っていたのかもしれない、そう反省しています——

再び声は広岡の物になって、

——ヒカリさん、だがね、今回の色々な出来事を通して、我々もこれまでとは違ったやり方で君に接していきたいと思っているんだ。君を道具扱いしないし、君と同じような人間を創るつもりもない。……これは正直に言うんだがね、君は奇跡なんだ。我々の技術や知識を超えたところで生まれてきた存在なんだよ。……だから我々は君をヒカリと名付けた。この世の中を照らす、奇跡そのものである光としてね——

——そうだよ、ヒカリさん。……だから当然、二人目の君はいない。君はただ一人の存在だし、君は一人の人格として扱っていくべき存在に育っている。それは我々としてもとても嬉《うれ》しいことなんだよ——

ヒカリは泣いていた。

たぶん複雑な想いがたくさん重なっているのだろうが、嬉しくないはずはないと久平は思った。

——ヒカリ——

唯の声だった。

——私たち、あなたのことを愛してるんだからね。それだけは忘れないでね。あなたがいなくて、みんな必死なんだからね。……つまりね、ヒカリ、あなたは研究のためだけの存在じゃないってこと。そういうことなんだからね……——

ヒカリは声をあげて泣いた。

泣いて泣いて、ずっと泣いて、涙が出なくなってもまだ泣いて、藤治郎と義男が驚いて右往左往するくらい泣いて、それからヒカリは赤ちゃんのように眠った。

久平は眠っているヒカリを抱いたまま、藤治郎と話をした。

「どうやら帰してやらなきゃいけないみたいだな」

そう久平が言うと、藤治郎は首を少し傾けて、

「とりあえずは、そういうことだ。……だが、わしたちはこの子に自由と力を与えた。だから、この子はまたわしたちのところに戻ってくる。そうじゃないか？」

「……そうだな、藤治郎さんの言う通りだ」

ヒカリの頭をそっとなでながら久平が答えた。

「ヒカリちゃんは大丈夫だよ。僕たちとは違う世界に住んでいるかもしれないけど、これからもずっと僕たちとつながっていられるはずだよ」

珍しくしんみりした声で義男が言った。

「久平さんよ、あんた、泣いてるのか？」

藤治郎が訊《き》いた。

「何だと？　そんなわけがない。俺は大人だぞ」

本当は少し涙が出そうだった。

今は自分の手の中にあるヒカリが、遠いところに行ってしまうようで、怖かった。だからわざと笑顔を浮かべて藤治郎と義男に言った。

「俺が送っていくよ」

すると藤治郎は笑って、

「捕まりに行く気じゃないだろうね？」

「まさか。……ヒカリに力と自由を与えたんなら、俺にも自由と力があるはずだ。俺は逃げな

いんだよ。ヒカリのためにもね」
藤治郎は笑っていた。義男は泣き笑いだった。だが二人とも反対しなかった。

エピローグ

三月二十日水曜日、午後二時半――

突然、唯のところに内線電話が掛かってきた。広岡事務長からだった。

「唯さん、凄《すご》いぞ」

「え？　何ですか？」

「ヒカリから電話があった」

「え？　ヒカリから？」

「そうだ、ヒカリからだ」

広岡の声には喜びが含まれている。それに気づいて、唯は既に笑顔になっていた。

「あの子、帰ってくるんだそうだ。フィギュアとしてね」

「え？　フィギュア？」

「百億円のフィギュア。そしてヒカリってわけだ」

「いつ帰ってくるんですか？」

一瞬のうちにいろいろなことを考えた。

ヒカリは疲れているんじゃないだろうか。お腹がすいているんじゃないだろうか。

ヒカリの部屋はあれっきり閉め切ったままだが、そのままで良いだろうか。他に何かしておかなければならないことは？

一瞬、木田敦子のことが頭に浮かんだ。

木田はまだ捜査中だが、ヒカリのことは誰よりも気にしている。戻ってきたら、必ず会いたいとくどいほど言っていた。

「すぐだから、急いで玄関に来たらいい。もしかしたら、もう着いているかもしれない」

「え？　どうしてそんな急に！」

悲鳴を上げると、広岡は笑い声で、

「だって携帯から電話しているって言うんだ。それにガーデンパークを歩いているって言うんだから……」

唯はすぐに受話器を置いて駆けだした。早く、一刻も早く、あの子の顔を見なければ。

……たぶん不機嫌だろうな。挨拶《あいさつ》もなく、ちょっとその辺を散歩していたくらいの感じで、何事もなかったように戻ってくるんだろうな。

そう考えながら唯は笑顔だった。

そうだ。この際、事件のことはどうでも良い。

犯人は相変わらず見つからないし、どうやら百億円も戻ってこないようだが、それでもいい。とにかくヒカリが戻ってくればいいって、江藤だって言っていたではないか。

玄関から飛び出すと、そこに広岡が立っていた。

横には江藤がいつも通り黒い背広姿で立っていて、その横には安斉もいた。

「ヒカリはどこです？」

唯が言うと、江藤が真っ直ぐ前を指さした。

「あっ」

思わず声が出た。

門のところに人影が見える。

ただし、二人だった。大きい影と小さな影。二人は手をつないで歩いてくる。

「ヒカリ？」

「そうだ。あの子がやっと帰ってきたんだ」

隣で広岡が優しい声で言った。

「でも、誰と一緒なのかしら？」

「犯人かもしれないね」

広岡が答える。

そうやって話しているうちに、ヒカリの姿が明らかになってきた。

ピンクのシャツにジーンズ。今日のヒカリは女の子に見える。そして、驚いたことにヒカリは笑顔だった。

隣の男に向かって何かを喋《しゃべ》っている。優しそうな笑顔で、ヒカリと二人で歩いていると親子のように見える。あたたかい視線をヒカリに注いでいて、とても犯人には見えない。

「ただいま」

ヒカリがそこにいるみんなに向かって言った。

「おかえり」

それぞれが口々に言うが、江藤の声だけは聞こえなかった。

ヒカリの隣で、男が深々と頭を下げた。

「この人、久平って言うの。この数日間、一緒だったんだよね？」

「ええ。ヒカリさんとは、とても仲良くしてもらいました」

その瞬間だった。江藤が男の胸ぐらをつかんで怒鳴りつけた。

「仲良くだと？　お前は誘拐犯だろうが！」

江藤がそんな風に逆上したのは初めて見た。唯はもちろん、広岡や安斉もどうしていいかわからずにいる。

「広岡さん、すぐに警察を呼んでください。中に誰かいるでしょう」

広岡は動こうとしたが、それをヒカリが制した。

「警察を呼んでこの人を逮捕するんなら、ボク、ここからまた、いなくなるからねっ」

空気が切り裂かれるような声だった。広岡の動きが止まり、江藤が不思議そうな表情を浮かべた。

「私を逮捕してもいいですが、それで全てのことを明るみに出すつもりですか？」

久平と呼ばれた男が言った。するとヒカリが続ける。

「そんなことをするんなら、ボクはボクの力を自分のためにしか使わなくするよ」ヒカリは江藤を睨《にら》んで、「わかるよね？　ボクが何をいいたいのか……」

江藤は何も言い返せない。

久平は自分の胸をつかむ江藤の手をゆっくりとほどきながら、

「私はヒカリさんと仲良くして頂いて、とても良い数日間を過ごしました。……ヒカリさん、いろいろと複雑な事情を抱えてらっしゃるようでしたけど、話をするうちに、それはちっとも複雑じゃなくて、もっとシンプルなことだっておわかりになったようですよ。だからこうして送ってきたんです」

その優しい口調に、ヒカリがにっこりした。

「ボクはね、みんな好きになった。唯も広岡も安斉も、もちろん江藤も、みんな大好き。外の世界を色々と見せてもらって、ボクは自分が自由だってことも力を持って生まれてきたことも、わかった。……だから、大丈夫だって感じた」

すがすがしい言葉だった。

「おかえり」

唯が一歩出ると、ヒカリが瞳《ひとみ》をキラキラさせた。

こんな笑顔、これまで見たことない。

思わず抱きしめにいこうとすると、ヒカリの方が飛びついてきた。

ヒカリは大きくなった。それに仲間を見つけた。

この仲間はずっと続いていく。それは間違いない。

「ねえ、ユイ。踊ろうよ。星屑《ほしくず》のダンスっていうのがあるんだ。それを踊ろう。そうすると嫌なことがあっても、全然、平気。頑張れるかもって思うよ」

ヒカリが唯の耳元で言って、それからヒカリは妙なステップを踏んだ。

——ねえ、ユイ、踊ろうよ。ボクらはボクらのダンスをね——

●第30回横溝正史ミステリ大賞選考経過

ミステリ小説の新人賞、第30回横溝正史ミステリ大賞（主催＝株式会社角川書店・協賛＝株式会社テレビ東京）は二〇〇九年七月三一日の締め切りまでに応募総数二二三編が集まり、第一次選考、第二次選考により、最終候補作として左記の四編が選出された。

「お台場アイランドベイビー」　伊与原新
「代襲相続」　従野　真
「薔薇《ばら》という名の馬」　蓮見恭子
「ボクら星屑《ほしくず》のダンス」　佐倉淳一

この四編による最終選考会を二〇一〇年四月一九日午後六時より、選考委員、綾辻行人、北村薫、馳星周、坂東眞砂子（五十音順）の四氏の出席のもとに行い、厳正なる審査の結果、「お台場アイランドベイビー」を大賞に、「薔薇という名の馬」（「女騎手」と改題）を優秀賞に決定した。また、選考会とは別途に、株式会社テレビ東京が映像化を前提として独自に選出するテレビ東京賞は、厳正なる審査の結果、「ボクら星屑のダンス」を授賞作に決定した。

横溝正史ミステリ大賞事務局

第30回横溝正史ミステリ大賞　選評

＊作品タイトルは選考時のものです

選評

綾辻行人

四本の最終候補作中、伊与原新「お台場アイランドベイビー」が頭抜けて優れていた。選考会でも皆の意見が一致し、かつてないほどにすんなりと、この作品への大賞授賞が決まった。現代の日本社会が抱えている幾多の問題を踏まえたうえでの、近未来ニッポンの社会状況（しかも首都圏直下地震発生後）のシミュレーションがまず、小気味よいリアリティをもって構築されていて、めっぽう面白く読める。この点だけでも、この作者がたいへん怜悧《れいり》な頭脳の持ち主であることが窺《うかが》われるし、それは物語全体の書きっぷり――描写力や説明力、構成力などにもよく表われている。

謎解きミステリとしての創意には若干、物足りなさを感じるが、作品の性質を考えると文句をつけるところでもないだろう。主人公の巽丑寅をはじめ主要登場人物の大半が、何らかの社会的アウトサイダーでありつつも、それぞれに良い味を出していて楽しめる。「震災ストリートチルドレン」の謎を端緒としながら、物語が進むにつれて徐々に見えてくる事件像は、ちょっとありがちすぎるかなと思える構図を部分的に含んではいるものの、核心部に大杉栄のアナーキズム思想を持ってくるところで一本、独自の骨が通っている。

　ともあれ、この作者が大いに「書ける人」であることは疑うべくもない。素晴らしい才能の登場を、力いっぱいの拍手で迎えたい。

　佐倉淳一「ボクら星屑のダンス」は惜しい作品だった。特に終盤、百億円の身代金奪取のシークエンスは、天藤真の傑作「大誘拐」を彷彿《ほうふつ》とさせて非常に愉《たの》しく読めたし、結末のハートウォーミングにも正直（不本意ながら）、感動させられた。のだが、その前段階がどうにもいただけない。さまざまな初期設定があまりにも甘すぎる、のである。全面改稿してこの「甘さ」をなくしていけば、格段に良い作品になるはずなのだが。

　蓮見恭子「薔薇という名の馬」は、候補作中で唯一、本格ミステリ的な結構を備えた作品。和製ディック・フランシスをめざした心意気や良し、という競馬ミステリであるが、長編を支えるにはいささか小粒なメイントリックと、いささか舌足らずな人間ドラマの描きっぷりが気になった。ただ、この作品に対する北村薫さんの高評価もよく理解できるので、優秀賞授賞には賛成することにした。

　従野真「代襲相続」。章によって語り手を変えながら、連作短編風に事件が語られていく。昨今、目にすることの多い形式であるだけに、何か独自の素敵な仕掛けが待ち受けているものと期待したのだが、残念ながらそれは大きく裏切られたと云わざるをえない。

選評

北村　薫

もめることなく、すんなりと結論の出る選考会だった。

授賞作となった「お台場アイランドベイビー」は、手慣れたタッチで読ませる。ただ、近未来アンチユートピア物は、これまで幾つも書かれている。そういう作を自分が数多く読んでいるとはいい難い。《この作の新鮮味については、馳選考委員の意見をお聞きしよう》と思いつつ会議に臨み、その結果、授賞に賛成した。

しかし、作中にあまりにも簡単な説明で片付けられ、気になるところもあった。最大の問題点は、みどりの同性愛者としての立場が、浮かんで来ないことだろう。彼女という人間を描く上での重要なポイントなのに、そこを擦り抜けられては、穴の空いた絵を見るようだ。《こうしたら》――という私見はある。

さらに、動物を愛する丈太のいる物語世界において、ダーウェイの殺人についての扱い、そしてそれ以上に（というのが物語の玄妙なところだが）、コアジサシの扱いがひっかかる。「水平方向にフルオートで数十発連射」というのが、コアジサシに危害を与えないもの、脅しのためのものという言葉のフォローがぜひほしい。水平方向には、まだ一羽のコアジサシもいないのか、また、最終的に死なないですむのか、気になってしまう。瑣末《さまつ》なことのようだが、決してそうではない。それを気にさせる物語作りをしているのだから、首尾一貫させてほしい。

「薔薇という名の馬」も、好感を持って読んだ。揃えた材料と小説化のバランスがよく、心地よく読める。ディック・フランシスは、《前提》として書かれているので、それとの多くの類似点はいうべきではなかろう。それ以上に、女性騎手を主人公とし、日本を舞台にし、これだけの世界を作り上げたことを評価すべきだと思う。

ミステリ的な仕掛けについても、《そうなるだろう》と見当のつくことが、傷になっていない。むしろ、《では、それをどう料理するのか》という手際を見るべき作である。その意味で、細かい包丁さばきにセンスがある。

ミチルのある考え方なども、彼女が競馬界の人間であることが、裏からの支えになっている。随所に、行き届いた作者の技がある。手を入れるところのない完成度――という点では一番だった。優秀賞として刊行されることになったのは喜ばしい。

これに対し、「ボクら星屑のダンス」は、突っ込みどころ満載だった。それでも面白く読めた。ミステリという観点から見て、身の代金オークションなどの、誘拐をめぐるアイデアがよく、それだけでも読んで損をしたという感じにならない。

多くの問題点を指摘したが、修正の上での刊行には賛成した。よく練り上げることにより、《なぜ、二作授賞にしなかったの?》といわれるほどのものになる可能性を秘めている。そういう素材だ。

これらの作に対し、「代襲相続」は、最初の部分が原稿と分かったところまでは快調。どうなることかと大いに期待したが、そこから後の展開を含めると、前記三作に及ばなかった。

選評　馳　星周

「代襲相続」は出だしに限って言えば、他のどの候補作よりわくわくさせられた。文章の下手くそさが意図的なものに感じられたのだ。なにかとてつもない仕掛けが施された小説かもしれない。

しかし、文章はただ下手なだけだった。物語にはなんの工夫も凝らされていなかった。なぜこの作品が最終候補作に選ばれたのか理解に苦しむ。

「薔薇という名の馬」は最初の数ページを読んだだけで、ディック・フランシスへのオマージュ作品だということがすぐにわかる。わかるだけに期待して読んだ。端正な文章、日本の競馬界に対するうんちくと描写、そして、人間の悪意を描こうとするその筆致。どれも不足はない。これがプロの仕事なら70点は与えられるだろう。だが、これは新人賞なのだ。突き抜けた何かがなければ受賞の誉れを得ることは難しい。残念ながら、この作品にはその「何か」がなかった。

だが、胸の奥が燃えたぎるようなその「何か」を見つけることができれば、この候補者は大化けするのではないかと思う。

「ボクら星屑のダンス」は、なにを隠そう、候補作中、一番感動した作品である。星屑のダンスのイメージがあまりにも美しい。しかし、主人公たちが星屑のダンスを踊るまでの過程が杜《ず》撰《さん》すぎる。そしてなによりも、基本的に善人しか登場しないという作者の想像力の貧困が星屑のダンスの美しさを否定してしまっている。

汚濁にまみれているからこそ美しい。そうしたイメージを抱くことはできないものか。

「お台場アイランドベイビー」は近未来サスペンスとしてよくまとまっている。リサーチも充分だし、物語るというテクニックも及第点だ。しかし、この作品にも善人しか出てこないというかんともしがたい瑕《きず》がある。腹立たしいほどの瑕だ。

完全な善も完全な悪も存在しない。人は悪と善の間を行ったり来たりする存在である。そうした観点に立たなければ、虚構を積み重ねて真実に到達するという小説の本分を満たすことはできない。

せっかく緻密《ちみつ》に組み立てた近未来の東京の姿がどこか薄っぺらく感じてしまうのも、その街で蠢《うごめ》く人間たちの姿が薄いからだ。

とはいえ、本作が候補作中出色の出来であることに異論はない。もっと完成度の高い作品と競ることになれば難しかっただろうが、運も実力のうちである。

選評　　坂東眞砂子

今年の候補作は、どれもある一定の基準には達しているが、インパクトには欠けるという印象が残った。だから、どの作品にも大きく思い入れや肩入れができないという、白々とした気分にならざるをえなかった。そんな中ではあったが、大賞を受賞した「お台場アイランドベイビー」は、舞台や時代設定に独自のものがあり、魅力を覚えた。

主人公である巽と、マサイ族の血を引く少年丈太という組み合わせもおもしろく、近未来のお台場の風景にはわくわくした。背景に持ってきた大杉栄のアナーキズムに関しても、好感を抱いた。だが、情熱といったものが伝わってこなくて、強く推すところまでには至らなかった。他の選者が推すならば、大賞に不服はないという作品であった。

短所を挙げれば、話の運び方である。巽とみどりの視点で描かれているのだが、この二者の視点の交替があまりに規則的なため、退屈である。巽が丈太と共に謎を追究しはじめる動機の説得性に欠ける。子供を亡くしたという説明が後追いでなされるが、物語の最初の部分に置くべきだろう。また巽の死もあまりにあっさりと処理されていて、尻切《しり》れトンボの読後感となってしまう。せっかく盛りあげた結末が生かされていない。

大杉栄に関しては、個人的な興味もある私としては、背景となっている彼のアナーキズムにもっと踏みこんで、物語に組みいれて欲しかった。

「ボクら星屑のダンス」は、つらつらと楽しく読めはしたが、あちこちに欠点が目につくため、話に没入することはできず、途中から興ざめしてしまった。これらの欠点はあまりに多いために、あげつらうこともできないほどだ。結局、薄っぺらな印象しか残らなかった。

「薔薇という名の馬」は、女性騎手という主人公設定、競馬世界という舞台性が意表を突いた。文章力もある。しかし、魅力に乏しい。それは、「生ける屍《しかばね》」だと独白しているにも拘《かか》わらず、ちっとも、そんな感じがしない主人公「私」に魅力が乏しいからだろう。読んでいて、彼女の絶望感、孤独感が伝わってこないのだ。また、馬の描写は生き生きしているのに、人の描写、ことに人の死の描写はあまりにあっけない。この作者は、人よりも馬のほうが好きなのかもしれない。

「代襲相続」は、選考会の場で、かなり酷評されたが、私としてはそれほどひどい作品とは思わなかった。確かに、最初のおふざけのような章が長すぎるし、結末は貧弱、ずさんなところは多々ある。それでも、発想はおもしろいし、居酒屋、劇団内部の人間模様などのリアリティはある。特に、女のわけのわからなさがよく描かれている。

下手なミステリー仕立てなんかにせずに、腹を括《くく》って、女の不可解さ、不条理を突く心理小説を書いてみたらよかったのではないかと思う。

横溝正史ミステリ大賞受賞作リスト

◎第１回（1981年）
斎藤澪『この子の七つのお祝いに』

◎第２回（1982年）
阿久悠『殺人狂時代ユリエ』
佳　作）芳岡道太『メービウスの帯』

◎第３回（1983年）
平龍生『脱獄情死行』
佳　作）速水拓三『篝り火の陰に』

◎第４回（1984年）
受賞作なし

◎第５回（1985年）
石井竜生／井原まなみ『見返り美人を消せ』
佳　作）中川英一『四十年目の復讐』
佳　作）森雅裕『画狂人ラプソディ』

◎第６回（1986年）
受賞作なし

◎第７回（1987年）
服部まゆみ『時のアラベスク』
佳　作）浦山翔『鉄条網を越えてきた女』

◎第８回（1988年）
受賞作なし

◎第９回（1989年）
阿部智『消された航跡』
佳　作）姉小路祐『真実の合奏』

◎第10回（1990年）
受賞作なし
優秀作）水城嶺子『世紀末ロンドン・ラプソディ』

◎第11回（1991年）
姉小路祐『動く不動産』

◎第12回（1992年）
羽場博行『レプリカ』
松木麗『恋文』
特別賞）亜木冬彦『殺人の駒音』

◎第13回（1993年）
受賞作なし
優秀作）打海文三『灰姫　鏡の国のスパイ』
優秀作）小野博通『キメラ暗殺計画』

◎第14回（1994年）
五十嵐均
『ヴィオロンのため息の－高原のDデイ－』
佳　作）霞流一『おなじ墓のムジナ』

◎第15回（1995年）
柴田よしき『RIKO－女神《ヴィーナス》の永遠－』
佳　作）藤村耕造『盟約の砦』

◎第16回（1996年）
受賞作なし
優秀作）山本甲士『ノーペイン　ノーゲイン』
佳　作）西浦一輝『夏色の軌跡』

◎第17回（1997年）
受賞作なし
佳　作）建倉圭介『クラッカー』

◎第18回（1998年）
山田宗樹『直線の死角』
佳　作）尾崎諒馬『思案せり我が暗号』
奨励賞）三王子京輔『稜線にキスゲは咲いたか』

◎第19回（1999年）
井上尚登『T.R.Y.』
佳　作）樋口京輔『フラッシュ・オーバー』
奨励賞）小笠原あむ『ヴィクティム』

◎第20回（2000年）
小笠原慧『DZ　ディーズィー』
小川勝己『葬列』

◎第21回（2001年）
川崎草志『長い腕』
優秀作）鳥飼否宇『中空』

◎第22回（2002年）
初野晴『水の時計』
テレビ東京賞）滝本陽一郎『逃げ口上』

◎第23回（2003年）
受賞作なし

◎第24回（2004年）
村崎友『風の歌、星の口笛』
優秀賞／テレビ東京賞）
射逆裕二『みんな誰かを殺したい』

◎第25回（2005年）
伊岡瞬『いつか、虹の向こうへ』
テレビ東京賞）伊岡瞬『いつか、虹の向こうへ』

◎第26回（2006年）
桂木希『ユグドラジルの覇者』
テレビ東京賞）大石直紀『オブリビオン～忘却』

◎第27回（2007年）
大村友貴美『首挽村の殺人』
桂美人『ロスト・チャイルド』
テレビ東京賞）松下麻理緒『誤算』

◎第28回（2008年）
受賞作なし
テレビ東京賞）望月武『テネシー・ワルツ』

◎第29回（2009年）
大門剛明『雪冤』
テレビ東京賞）大門剛明『雪冤』
優秀賞）白石かおる『僕と『彼女』の首なし死体』

◎第30回（2010年）
伊与原新『お台場アイランドベイビー』
テレビ東京賞）佐倉淳一『ボクら星屑のダンス』
優秀賞）蓮見恭子『薔薇という名の馬』

解説

吉野仁

人はなんのために生きているのか。

うまくいかないことばかりで行き詰まりを感じたり、なにをしても楽しめず落ち込んでしまったりしたとき、ふと自分の存在について考えてしまうことはないだろうか。ときに意義を見いだせず死んでしまいたくなるのかもしれない。

いまそんな気持ちになっている人がどこかにいるのなら、すぐにこの本、佐倉淳一『ボクら星屑のダンス』を読ませたい。なぜなら、本作に登場する久平やヒカリもまた同じ悩みを抱えていたからだ。ふたりとも、生きていたってしょうがない、もう死ぬしかないと思っていた。

しかし、浜名湖で出会ったふたりは思わぬ運命に導かれていく。国立最先端科学センターから逃げ出したヒカリは、久平の仲間たちとともに、何者かに誘拐されたと見せかけ、途轍《とてつ》もない大金をせしめようと企《たくら》むのだ。

第三十回横溝正史ミステリ大賞テレビ東京賞受賞作、佐倉淳一『ボクら星屑のダンス』は、壮大なスケールで描かれた誘拐ミステリである。なんと身代金は百億円。はたして事件の行方はいかに……。

と、すでに本作を読み終えて巻末解説に目を通されている方ならば、きわめて感動的な物語を楽しまれたことだろう。個性的なキャラクターの登場、軽妙な会話のやりとり、大胆不敵な事件とその奇抜な展開、ローカルな舞台における逃走と追跡のサスペンス、宇宙および人類史スケールの発想など、およそ新人の第一作とは思えぬ筆さばきを見せている。いや、いまだ書店で手にとってこの駄文を目にしながら迷っている方がいるのならば、ぜひぜひ購入し本文をひもといていただきたいものである。

そもそも本作に与えられた横溝正史ミステリ大賞「テレビ東京賞」とは、「最終候補作の中からテレビ東京が独自にテレビドラマ化を前提とした作品を選出した賞」である。この第三十回のときに大賞を受賞したのは伊与原新『お台場アイランドベイビー』、そして優秀賞として蓮見恭子『女騎手』(応募時の題名は『薔薇という名の馬』)が選ばれた。実際、選考会では『お台場アイランドベイビー』の大賞受賞が満場一致ですんなりと決まったという。最終選考において本作は、いまひとつ評価を得ることができなかったのだ。

しかし、この第三十回の選評を細かく読んでいくと捨てたものではない。

たとえば、選考委員の綾辻行人氏は、〈惜しい作品だった。〉という書き出しで、〈特に終盤、百億円の身代金奪取のシークエンスは、天藤真の傑作「大誘拐」を彷彿とさせて非常に愉しく読めたし、結末のハートウォーミングにも正直(不本意ながら)、感動させられた。〉と述べている。もっとも〈さまざまな初期設定があまりにも甘すぎる、のである。全面改稿してこの「甘さ」をなくしていけば、格段に良い作品になるはずなのだが。〉と続けている。

同じように馳星周氏は〈「ボクら星屑のダンス」は、なにを隠そう、候補作中、一番感動した作品である。星屑のダンスのイメージがあまりにも美しい。しかし、主人公たちが星屑のダンスを踊るまでの過程が杜撰すぎる。〉と語っている。

北村薫氏にいたっては、〈「ボクら星屑のダンス」は、突っ込みどころ満載だった。それでも面白く読めた。ミステリという観点から見て、身の代金オークションなどの、誘拐をめぐるアイデアがよく、それだけでも読んで損をしたという感じにならない。〉という言葉のあと、〈修正の上での刊行には賛成した。よく練り上げることにより、《なぜ、二作授賞にしなかったの？》といわれるほどのものになる可能性を秘めている。そういう素材だ。〉と述べていた。

要するに、アイデアや物語の核となる部分はものすごく優れているものの、それにいたる展開や細部の甘さが各委員から同じように指摘され、残念ながら大賞を逃すこととなったのだ。

おそらく応募原稿の段階では、天才児のディテールをはじめ、出会いや事件をめぐるご都合主義な面やリアリティのなさが目立ってしまったのかもしれない。

今回の文庫刊行に際し、応募原稿を三回ほど書き直したという。指摘された欠点が練り直され、冗長な部分は削り、新たに加筆修正したという。その作業を繰り返したことで、より完成度の高いミステリに生まれ変わったといえるだろう。北村薫氏が語っていたように、「なぜ、これほどの面白い小説が受賞作でなかったの？」と感じていただければ幸いである。

じつはこれまで作者の佐倉淳一は、三回ほど横溝正史ミステリ大賞の最終候補に残っている。たとえば第二十五回のとき、選考委員の坂東眞砂子氏は、〈個人的に最も好感を抱いたのは、佐倉淳一氏の『あなたの知らない惨劇』だった。作者には、これを書きたい、という情熱があり、それが真摯に伝わってくる。〉と述べ、さらに第二十七回のときも〈候補作の中で、私が最も「何か」を感じたのは、『浮遊する繭』だった。（中略）作者、佐倉氏には、いいたいことがあり、それは分厚いものだという印象を受ける。〉とつねに高く評価していた。

本作を読めばお分かりのとおり、個性的な人物が出会い、会話し行動を重ねていくドラマの筆さばきは、新人とは思えないほど見事であるばかりか、なにより読み手に訴えかける熱いテーマをそなえた作品だ。人間を含む、あらゆる物質はそもそも星屑《ほしくず》の寄せ集め。踊るクォークのかたまり。存在の無意義に悩むヒマがあれば、一緒になって踊りゃんせ。その根本的なテーマがうまくストーリーと絡み合い、奇想天外で痛快なミステリに仕上がっているのだ。これが本作『ボクら星屑のダンス』の最大の魅力だろう。

もちろん細かく言えば「突っ込みどころ」はあるかもしれないが、そんな意地の悪い心持ちは忘れ、話の流れに乗って楽しくダンスして欲しいものである。

また、先に引用した選評で綾辻行人氏も指摘しているとおり、本作における誘拐ミステリとしての展開は、傑作として名高い天藤真『大誘拐』を思いださせるものだ。この『大誘拐』は、日本推理作家協会賞の受賞作であり、天藤真にとっての代表作であるばかりか、かつて週刊文春で行われたミステリーベスト10のアンケートの「二〇世紀」部門で堂々の第一位に輝いた名作なのである。紀伊《きい》に広大な土地をもつ富豪の老婆が誘拐され、百億円もの身代金が要求されるというストーリー。奇想天外な方法による身代金受け渡しのほか、全体に飄々《ひょうひょう》としたユーモアがただよっているなど、いろいろな意味で人をくった誘拐ミステリなのだ。

この『ボクら星屑のダンス』もまた、百億円の身代金をはじめ、この『大誘拐』と共通する部分は多い。もっともネット社会ならではの要素を大胆に取り入れ、現代版としての面白さを打ち出している。天藤真のユーモア精神を確実に受け継ぎ、心温まるミステリに仕立てつつも、しっかりと佐倉淳一ならではの感動あふれるサスペンスを打ち立てている。見事なものだ。

さて、気になるのは、作者の今後の活躍である。しかし本作がデビュー第一作とはいえ、これまでの横溝賞応募歴から見ると、幼児虐待をテーマとした探偵小説、解離性同一性障害をあつかったサスペンスとさまざまなタイプによるミステリ創作の実力を備えているようだ。なにより、本作に登場した久平とヒカリという登場人物は、読み終えてもなお心に残る魅力的なキャラクターである。これだけの筆力があれば、次作に期待せずにはおれない。ぜひとも佐倉淳一は、これから次々と文句なしの傑作を世に送り出して欲しい。それを願ってやまない。

本書は第30回横溝正史ミステリ大賞テレビ東京賞を受賞した
『ボクら星屑のダンス』を加筆訂正したものです。

ボクら星屑《ほしくず》のダンス

佐倉淳一《さくらじゅんいち》

角川文庫 16929

平成二十三年七月二十五日　初版発行

発行者―井上伸一郎

発行所―株式会社角川書店
東京都千代田区富士見二―十三―三
電話・編集　(〇三)三二三八―八五五五
〒一〇二―八〇七八

発売元―株式会社角川グループパブリッシング
東京都千代田区富士見二―十三―三
電話・営業　(〇三)三二三八―八五二一
〒一〇二―八一七七
http://www.kadokawa.co.jp

印刷所―暁印刷　製本所―BBC

装幀者―杉浦康平

さ 58-1　ISBN978-4-04-394459-0　C0193

角川文庫発刊に際して

角川源義

第二次世界大戦の敗北は、軍事力の敗北であった以上に、私たちの若い文化力の敗退であった。私たちの文化が戦争に対して如何に無力であり、単なるあだ花に過ぎなかったかを、私たちは身を以て体験し痛感した。西洋近代文化の摂取にとって、明治以後八十年の歳月は決して短かすぎたとは言えない。にもかかわらず、近代文化の伝統を確立し、自由な批判と柔軟な良識に富む文化層として自らを形成することに私たちは失敗して来た。そしてこれは、各層への文化の普及滲透を任務とする出版人の責任でもあった。

一九四五年以来、私たちは再び振出しに戻り、第一歩から踏み出すことを余儀なくされた。これは大きな不幸ではあるが、反面、これまでの混沌・未熟・歪曲の中にあった我が国の文化に秩序と確たる基礎を齎らすためには絶好の機会でもある。角川書店は、このような祖国の文化的危機にあたり、微力をも顧みず再建の礎石たるべき抱負と決意とをもって出発したが、ここに創立以来の念願を果すべく角川文庫を発刊する。これまで刊行されたあらゆる全集叢書文庫類の長所と短所とを検討し、古今東西の不朽の典籍を、良心的編集のもとに、廉価に、そして書架にふさわしい美本として、多くのひとびとに提供しようとする。しかし私たちは徒らに百科全書的な知識のジレッタントを作ることを目的とせず、あくまで祖国の文化に秩序と再建への道を示し、この文庫を角川書店の栄ある事業として、今後永久に継続発展せしめ、学芸と教養との殿堂として大成せんことを期したい。多くの読書子の愛情ある忠言と支持とによって、この希望と抱負とを完遂せしめられんことを願う。

一九四九年五月三日

角川文庫ベストセラー

赤川次郎ベストセレクション⑩
血とバラ懐しの名画ミステリー
赤川次郎
紳二は心配でならなかった。婚約者の素子の様子がヨーロッパから帰って以来どうもおかしい——。趣向に満ちた傑作ミステリー五編収録！

赤川次郎ベストセレクション⑪
いつか誰かが殺される
赤川次郎
永山家の女当主・志津の誕生日を祝うため、毎年行われる余興、それは「殺人ゲーム」——。今年も喧騒と狂乱、欲望と憎悪の宴の幕が開いた！

赤川次郎ベストセレクション⑫
死者の学園祭
赤川次郎
立入禁止の教室を探険する三人の女子高生。彼女たちは背後の視線に気づかない。そして、一人一人、この世から消えていく……。傑作学園ミステリー。

赤川次郎ベストセレクション⑬
長い夜
赤川次郎
「死んだ娘と孫の家に住み、死の真相を探れば借金を肩代わりする」。事業に失敗した省一は喜んで引き受けたが——。サスペンス・ホラーの名品。

赤川次郎ベストセレクション⑭
愛情物語
赤川次郎
天才バレリーナとして将来を嘱望される美帆。16歳になった今、まだ見ぬ父を探して冒険の旅を始める——。珠玉のラブ・サスペンス。

赤川次郎ベストセレクション⑮
魔女たちのたそがれ
赤川次郎
それは、幼なじみからかかってきた一本の奇妙な電話から始まった——。山あいの町で続発する怪事件。その裏に隠された戦慄の事実とは？

赤川次郎ベストセレクション⑯
魔女たちの長い眠り
赤川次郎
平和に見える町で起こる動機不明の連続殺人事件。狂気と憎悪が渦巻く中で、人間の想像を超えた恐るべき何かが動き始めた——。戦慄のホラー！

角川文庫ベストセラー

ダリの繭《まゆ》　有栖川有栖
ダリの心酔者である宝石会社社長が殺され、死体から何故かトレードマークのダリ髭が消えていた。有栖川と火村がダイイングメッセージに挑む！

海のある奈良に死す　有栖川有栖
〝海のある奈良〟と称される古都・小浜で、作家有栖川の友人が死体で発見された。有栖川は火村とともに調査を開始するが…⁉　名コンビの大活躍。

朱色の研究　有栖川有栖
火村は教え子の依頼を受け、有栖川と共に二年前の未解決殺人事件の解明に乗り出すが…。現代のホームズ&ワトソンによる本格ミステリの金字塔。

ジュリエットの悲鳴　有栖川有栖
人気絶頂のロックバンドの歌に忍び込む謎めいた女の悲鳴。そこに秘められた悲劇とは…。表題作はじめ十二作品を収録した傑作ミステリ短編集！

空の中　有川　浩
二〇〇X年、謎の航空機事故が相次ぐ。調査のため高度二万メートルに飛んだ二人が出逢ったのは⁉　有川浩が放つ〈自衛隊三部作〉、第二弾！

海の底　有川　浩
四月。桜祭りでわく米軍横須賀基地を赤い巨大な甲殻類が襲った！　潜水艦へ逃げ込んだ自衛官と少年少女の運命は⁉〈自衛隊三部作〉、第三弾‼

塩の街　有川　浩
すべての本読みを熱狂させた有川浩のデビュー作‼「世界とか、救ってみたくない？」塩が埋め尽くす塩害の時代。その一言が男と少女に運命をもたらす。